Auf der Vulkaninsel St. Lucien herrscht die mächtige Dynastie der Bell-Frauen. Seit Jahrhunderten wird die Krone an die älteste Prinzessin weitergegeben. Doch hinter der glamourösen Fassade der Königsfamilie lauern düstere Geheimnisse, die nur die zweitälteste Prinzessin zu hüten weiß. Saphina war immer die jüngste und damit unbedeutendste von drei Schwestern. Nun rückt sie durch unerwartete Ereignisse in der königlichen Thronfolge auf und tritt vollkommen unvorbereitet ein dunkles Erbe an. Und ausgerechnet Dante, der undurchschaubare Adelssohn, soll ihr dabei helfen …

CHRISTINA HIEMER

The SECOND PRINCESS

VULKANHERZ

CARLSEN

Lektorat: Kerstin Kopper
Coverbilder: Trevillion Images/© Tatiana Mertsalova; shutterstock.com/
© Vit-Mar/© Ople Witsanu
Covergestaltung: Formlabor
Illustration Innenklappe vorn: kimcarlika
Illustration Innenteil hinten: Chii Rempel
Satz: Pinkuin Satz und Datentechnik, Berlin
Herstellung: Gunta Lauck
Litho: Margit Dittes, Hamburg
ISBN 978-3-551-58442-7

Unser Versprechen für mehr Nachhaltigkeit
- Klimaneutrales Produkt
- FSC®-zertifiziertes Papier
- Hergestellt in Europa

Für all die wundervollen Prinzessinnen, die immer schon mutige
Kriegerinnen und entschlossene Heldinnen sein wollten:
Ihr könnt verdammt noch mal alles sein, was ihr wollt.
Lasst euch nie etwas anderes erzählen …

Prolog

Manchmal frage ich mich, ob ich wirklich eine echte Bell bin. Seit unzähligen Generationen herrschen wir nun schon über St. Lucien. Eine Dynastie von mächtigen Frauen, die – so heißt es in unserer Familie immer – stets weise und voller Anmut regierte, seit meine Vorfahrin Aramea Bell vor einigen Jahrhunderten die kleine Karibikinsel eroberte. Sie war eine englische Lady, eine Frau von Welt, die sich schon damals zwischen all den Männern behauptete und eine mächtige Flotte anführte. Sie ließ sich mit ihrer Gefolgschaft auf St. Lucien nieder und legte den Grundstein für die Bell-Dynastie.

In der Bevölkerung ranken sich die verschiedensten Geschichten um die Entdeckung der Insel. Manche stellen Aramea als Heldin dar, die den Menschen Wohlstand und Sicherheit brachte. Doch einige der Bewohner verteufeln bis heute den Tag, an dem ihr Schiff anlegte. Denn die Erde von St. Lucien wurde mit Blut getränkt. Doch seit den letzten Aufständen vor fast zweihundert Jahren gab es keine Kämpfe mehr und auch die Einheimischen haben mittlerweile ihren Zorn verloren. Zumindest die meisten.

Meine Mutter wird nicht müde zu betonen, dass unser Geschlecht geboren sei, um zu herrschen. Es liege uns im Blut, die Menschen anzuführen. Aber wenn ich mir meine älteste Schwester so angucke, bin ich mir da nicht so sicher. Noch ist meine Mutter die Königin von St. Lucien. Aber das wird sich schon sehr bald ändern …

KAPITEL 1

»Saphina! Hör auf, in der Gegend rumzuträumen. Komm her und hilf mir gefälligst mal.«

Ertappt schreckte ich hoch und sah in Livias wütendes Gesicht. Ihr sonst so makelloser heller Teint war einer leicht rötlichen Gesichtsfarbe gewichen und ihre kalten blauen Augen bohrten sich förmlich in mich hinein. Meine älteste Schwester war mit vielen guten Eigenschaften gesegnet, doch Geduld gehörte ganz sicher nicht dazu. Ich erhob mich von meinem Stuhl und trottete zu ihr hinüber.

»Halt die Schleppe«, wies mich Livia schnippisch an. Als ich nach dem dünnen Tüll griff, schnalzte sie missbilligend mit der Zunge. »Was ziehst du denn für ein Gesicht? Kannst du dich nicht für mich freuen? Fällt es dir so schwer, mir mein Glück zu gönnen?«

Ihr herablassender Tonfall ließ mich innerlich mit den Augen rollen. Seit Monaten drangsalierte Livia nun schon den gesamten Palast mit ihren ausufernden Hochzeitsvorbereitungen. Nichts, aber auch wirklich gar nichts konnte man ihr recht machen. Meine Schwester hatte bereits drei der besten Schneider der Insel in die Flucht geschlagen, indem sie deren Kleiderentwürfe als »Bettlerlumpen« betitelt hatte. Sie mutierte mit jedem Tag, der ins Land zog, mehr zu einem Monster, das jeder dunklen Kreatur aus den alten Insel-Legenden Konkurrenz machen konnte.

Vorsichtig zog ich die Schleppe glatt, während meine Schwester sich auf dem kleinen Podest hin- und herdrehte und sich selbstgefällig im Spiegel betrachtete. Die üppig verzierte goldene Erhebung befand sich direkt in der Mitte des Anprobezimmers und bildete das Herzstück des Raumes.

»Das Kleid ist einfach perfekt«, rief Livia. Als sie mir einen scharfen Seitenblick zuwarf, setzte ich schnell ein Lächeln auf.

»Ja, es ist wirklich ein absoluter Traum.«

Livia lächelte selig und wandte sich wieder ihrem Spiegelbild zu. Erleichtert atmete ich aus.

Sag ihr einfach, was sie hören will. Wenn man das schafft, ist sie leicht zufriedenzustellen. Genau das waren die Worte meiner anderen Schwester gewesen. Maylin, die Mittlere von uns dreien, war schon immer die Klügste gewesen. Sie las in Menschen wie in Büchern und durchschaute einfach alles und jeden. Manchmal ertappte ich mich bei dem Wunsch, sie würde die neue Königin werden. Aber die Regeln auf St. Lucien waren streng und in all der Zeit, in der die Bells nun schon über die Insel herrschten, hatte noch niemand die festgelegte Ordnung infrage gestellt. Die älteste Prinzessin suchte sich als Erste einen Mann und wurde direkt im Anschluss an die Hochzeit zur Königin gekrönt. Egal, ob sie des Amtes würdig war oder nicht.

Anders als in vielen anderen Monarchien wählten die Prinzessinnen auf St. Lucien ihren Gemahl selbst aus. Nicht die Männer entschieden, sondern die Frauen. So hatte es Aramea Bell beschlossen und so war es seit jeher Brauch. Ob diese Wahl jedoch immer die richtige war, stand auf einem völlig anderen Blatt.

»Saphina! Pass auf, du zerreißt noch den Tüll«, kreischte Livia. Erschrocken ließ ich die Schleppe los und fing mir erneut einen wütenden Blick ein. »Wo ist eigentlich Maylin, wenn man sie mal braucht? Mit dir kann man hier wirklich nichts anfangen. Jeder Besenstiel hat mehr Modegeschmack als du.«

Ich holte tief Luft, ehe ich mir auf die Zunge biss. »Du hast Maylin vor zwei Stunden zum Blumenladen geschickt.«

Livia wedelte abweisend mit der Hand vor meinem Gesicht herum und stieg dann von dem kleinen Podest. Der Stoff ihres Kleides raschelte leise und der breit ausgestellte Rock wogte bei jeder ihrer Bewegungen wie eine sanfte Welle um ihren Körper.

»Was macht sie dann so lange? Sie wollte doch bei der Anprobe dabei sein. Und wo ist die Schneiderin schon wieder?« Mit hektischen Bewegungen strich sie ihr Kleid glatt und ich spürte deutlich, wie die Stimmung mit jeder Sekunde weiter kippte.

Zugegebenermaßen beneidete ich Maylin um ihre Aufgabe. Ich wäre gerade überall lieber gewesen als mit Livia in diesem viel zu kitschigen Anprobezimmer. Die Wände waren in einem dunklen Lila gestrichen und mit einer weißen Bordüre verziert. Überall standen halb angezogene Kleiderpuppen.

»Maylin kommt sicher gleich«, versuchte ich meine Schwester zu beruhigen. Aber so wie ich Maylin kannte, würde sie sich extra viel Zeit lassen, um diesem Martyrium hier zu entgehen.

»In dieser Familie ist wirklich auf niemanden Verlass. Eine Braut sollte so kurz vor ihrem großen Tag mit etwas mehr Herzensgüte umsorgt werden. Aber nein, stattdessen muss ich mich um alles allein kümmern. Glaubt ja nicht, dass ich mir bei eurer Hochzeit mehr Mühe gebe.«

Livia verschränkte die Arme vor der Brust und sah mich erwartungsvoll an. Beinahe hätte ich laut losgelacht. Maylin und ich würden ganz sicher nicht so bald heiraten. Denn anders als Livia mussten wir nicht regieren. Zwar waren Maylin und ihr Freund Dante schon einige Zeit zusammen, doch irgendwie wirkten die beiden in letzter Zeit seltsam distanziert. Aber wie sollte man unter diesen Umständen auch eine normale Beziehung führen? Maylin wollte die Welt erkunden, etwas erleben, nicht in einem gläsernen Palast versauern und den lieben langen Tag neben dem Thron ihrer Schwester sitzen. Vielleicht fühlte sie sich durch die vielen Regeln und die Etikette wieder einmal eingeengt. Wäre ja nicht das erste Mal.

»Ich werd draußen mal nachsehen, ob ich die Schneiderin finde, okay? Und du ziehst dein Kleid aus, nimmst dir ein Gläschen Champagner und entspannst dich. Alles wird gut, du wirst sehen.«

Livias Blick wurde weicher, sie nickte und verschwand kurz darauf hinter einem Vorhang. Ich nahm mir einen Keks von dem kleinen Tisch mit dem Champagnerkühler, ehe ich leise den Raum verließ. Als ich die Tür hinter mir ins Schloss zog, stieß ich ein Seufzen aus.

»Brautzilla hält euch ganz schön auf Trab, was?« Dantes Gesicht zierte ein breites Grinsen. Seine Gegenwart machte mich immer ein klein wenig nervös und ich vermied es, ihm in die dunkelbraunen Augen zu schauen. Zweifelsohne sah er gut aus – und das wusste er –, aber er wirkte weder überheblich noch selbstgefällig.

»Mann, bin ich froh, wenn die blöde Hochzeit endlich vorbei ist und sie aufhört, uns herumzukommandieren wie auf einem Schlachtfeld.« Demonstrativ biss ich ein großes Stück von dem Keks ab und kaute genüsslich. »Hast du zufällig Maylin gesehen? Oder die Schneiderin? Gehetzter Blick, hat immer ein Maßband über den Schultern hängen, man kann sie eigentlich gar nicht verwechseln.«

Dante musterte mich belustigt, während er sich lässig an die Wand lehnte und mir dabei zusah, wie ich mir das letzte Keksstück in den Mund schob. »Tut mir leid. Ich hab weder die eine noch die andere gesehen.«

»Wäre ja auch zu schön gewesen. Dann werd ich mich mal auf die Suche machen.«

Dante nickte mir kurz zu, dann schritt er den Flur entlang und verschwand um die nächste Ecke. Da er offensichtlich nicht zu Maylin wollte, war er sicherlich wegen Regierungsangelegenheiten hier. Vermutlich geisterte sein Vater, Baron De Lacey, auch irgendwo herum.

»Phh, weiß nicht mal, wo sich seine Freundin rumtreibt«, murmelte ich, während ich in Richtung Eingangshalle lief.

Unterwegs begegnete ich allerlei Bediensteten, die geschäftig dabei waren, den Palast zu dekorieren. Alles musste glitzern und funkeln, denn schon in zwei Tagen würden die Hochzeit und die anschließende Krönung stattfinden. Suchend lief ich die lange Treppe zur Halle hinunter, in der hektische Betriebsamkeit herrschte. Alle, die mich bemerkten, knicksten, bevor sie sich wieder ihrer Aufgabe zuwandten. Es war für mich nach wie vor ziemlich befremdlich, dass sich die Menschen im Schloss jedes Mal verbeugten, wenn ich ihnen begegnete. Die meisten kannte ich seit meiner Kindheit, sie waren für mich wie ein Teil meiner Familie. Aber leider sahen meine Mutter und Livia das nicht so entspannt. »Nur wer Respekt einflößt, hat wahre Macht«, war einer ihrer Lieblingssätze.

Meine Mutter war seit dem Tod meines Vaters vor beinahe fünf Jahren nicht mehr dieselbe. Zu seinen Lebzeiten hatte er sich für so vieles engagiert und war dem Volk immer nah gewesen. Er liebte den bunten Markt in der Hauptstadt und ich erinnere mich noch gut daran, wie er mich einmal dorthin mitnahm und wir jede Menge Obst und Gewürze kauften. Mutter war ganz krank vor Sorge gewesen, doch Vater hatte nur müde gelächelt. Er war ein gutherziger Mann gewesen und hatte stets alles darangesetzt, das Leben der Menschen zu verbessern. Er war beliebt und geschätzt gewesen, weil er sich nie etwas aus Reichtum und Macht gemacht hatte. Doch er war von uns gegangen und in das Herz meiner Mutter hatte sich eisige Kälte gefressen. Sie lachte kaum noch und sah in allem nur das Schlechte. Es schien, als hätte Vater das letzte bisschen Frohsinn mit sich genommen, denn auch Livia litt sehr unter seinem Tod und sperrte jegliche Gefühle in eine Kiste, die sie in den hintersten Winkel ihres Herzens schob. Einzig Maylin brachte in diesen Palast noch etwas Sonne.

»Saphina, was machst du denn hier unten? Solltest du nicht bei Livia sein und ihr bei der Anprobe helfen?«

Beim Klang der tadelnden Stimme zuckte ich erschrocken zusammen. Als ich mich umdrehte, entdeckte ich meine Mutter auf der Treppe. Sie stand einige Stufen über mir und sah auf mich herab.

»Ich bin auf der Suche nach Maylin und der Schneiderin. Livia braucht beide dringend.«

Meine Mutter stieg anmutig die Treppe herunter und blieb vor mir stehen. »Maylin sollte doch längst zurück sein. Wo treibt sie sich nur wieder herum?«

»Ich weiß es nicht. Deshalb suche ich sie ja.«

»Lass Livia bitte nicht zu lange allein. Du weißt doch, wie nervös sie ist. Und bitte denk daran, dich für später angemessen herzurichten. Ich schätze diesen saloppen Kleidungsstil in meinem

Hause nicht besonders.« Ihr Blick wanderte missbilligend über mein dunkelblaues, leicht zerknittertes Kleid und ihre Lippen kräuselten sich beim Anblick meines unsauber geflochtenen blonden Zopfes.

Bevor ich etwas entgegnen konnte, kam sie näher und drückte mir einen Kuss auf die Wange. Jedes Mal, wenn sie von diesem Palast als »ihrem Haus« sprach, musste ich innerlich lachen. In diesem riesigen Schloss konnte man problemlos wochenlang nebeneinanderher leben, ohne sich auch nur ein einziges Mal zu begegnen. Allein im Haupttrakt befanden sich neben drei Festsälen und einer riesigen Kapelle eine Bibliothek, ein Salon und mehrere Sitzungssäle.

Ich sah Mutter nach, wie sie durch die Eingangshalle schritt und routiniert Anweisungen gab. Dann drehte ich mich um und lief in Richtung Salon.

In der Hoffnung, Maylin zu begegnen, huschte ich durch die verlassenen Flure. Hier war kaum jemand unterwegs. Der dunkelrote Teppich, der auf dem Marmorboden ausgelegt war, dämpfte meine Schritte. Wenn Mutter mich so hastig umhereilen gesehen hätte, hätte sie wohl nur den Kopf geschüttelt.

Eine Prinzessin muss sich auch wie eine Prinzessin verhalten. Das beginnt beim Gang und hört bei der Sprache auf.

Ich konnte ihren anklagenden Tonfall förmlich hören. Vater hatte mich immer als seinen kleinen Wildfang bezeichnet. Als jüngste Prinzessin hatte ich das Glück, mehr oder weniger normal aufzuwachsen. Natürlich musste auch ich ein bestimmtes Maß an Etikette einhalten, aber ich würde nie ein Königreich regieren. Deshalb musste ich mich nicht mit Politik oder Wirtschaft herumschlagen. Wie viele Gabeln und Löffel es bei einem Staatsbankett gab, wusste ich leider dennoch.

Ein angenehmer Geruch ließ mich innehalten. Süßlich, gleichzeitig aber auch fruchtig und ein bisschen säuerlich stieg er mir in die Nase. Sofort begann mein Magen zu knurren. Seit man mich heute Morgen unsanft aus dem Bett geholt hatte, hatte ich keine Zeit gehabt, etwas zu essen. Elouise, meine Kammerzofe, war sonst die Erste, die mir zu einem ausgiebigen Frühstück riet. Doch jetzt, so kurz vor der Hochzeit, war sie der Ansicht, ich müsste auf meine Figur achten, damit mein Kleid bei der Zeremonie perfekt saß. Ich folgte dem Duft den Flur entlang und blieb vor einer der kleineren Küchen stehen. Der Palast besaß neben der Hauptküche, in der momentan alle Vorbereitungen für das baldige Hochzeitsessen auf Hochtouren liefen, zwei kleinere, die zum Teil die Bediensteten versorgten. Neugierig öffnete ich die Tür und linste hinein. Auf einem alten Ofen mitten im Raum saß eine Gestalt, die mir nur allzu bekannt vorkam.

»Maylin! Hier steckst du also. Livia schickt bald ein Killerkommando nach dir los. Was machst du hier?«

Ich zog die Tür hinter mir zu und umrundete eine ausladende Arbeitsplatte, auf der einige Schüsseln mit Teig standen.

»Anscheinend hat sie das Killerkommando bereits losgeschickt«, antwortete meine Schwester lachend. In den Händen hielt sie eine Rührschüssel, aus der sie sich unentwegt Teig in den Mund schaufelte.

»Sie ist kurz vor einem …«

»… Nervenzusammenbruch«, beendete sie meinen Satz. »Ich weiß. Ich kenne unsere Schwester genau wie du schon mein ganzes trostloses Leben lang. Sie übertreibt mal wieder maßlos und sollte sich nicht so anstellen. Sie heiratet diesen aufgeblasenen Giftmolch, das wäre ein sehr guter Grund für einen Zusammenbruch. Nur ist sie sich dessen leider nicht einmal bewusst.«

»Wenn Livia erfährt, dass du Tyr diesen Spitznamen verpasst hast, dann ist ihr drohender Nervenzusammenbruch dein kleinstes Problem.«

»Ich finde ihn noch überaus schmeichelhaft, wenn man bedenkt, wie schleimig und heuchlerisch er sich immer bei den Familienessen gegeben hat. Aber er kann mit noch so vielen falschen Komplimenten um sich werfen, für mich bleibt er ein Giftmolch.«

Maylin tunkte erneut den Löffel in die Schüssel und hielt ihn mir hin. Ich griff danach und schleckte genüsslich den Teig ab.

»Wir könnten uns einfach gemeinsam hier verstecken. Im Ofen da drüben sind Blaubeermuffins. Das sollte als Argument doch wohl ausreichen, oder?«

»Du weißt, das geht nicht. Wir müssen zurück. Mutter hat mitbekommen, dass du nicht da bist, wo du eigentlich sein solltest. Ihre Laune ist mal wieder vortrefflich. Die beiden flippen komplett aus, wenn wir uns nicht blicken lassen.«

Maylin ließ sich vom Ofen gleiten und strich ihr dunkelgrünes Kleid glatt. Mit ihren langen, leicht gewellten braunen Haaren und dem herausfordernden Blick wirkte sie nicht wie eine Prinzessin. Eher wie eine Amazone. Sie betrachtete mich amüsiert, während ich den letzten Rest Teig aus der Schüssel kratzte.

»Ich hab tierischen Hunger, aber bis zum Essen dauert es noch eine Ewigkeit. Und wenn ich an dieses blutrote, viel zu enge Kleid denke, das ich tragen soll, vergeht mir sofort wieder der Appetit.«

»Blaubeermuffins, Schwesterchen«, entgegnete sie zwinkernd. »Es liegt ganz bei dir.«

Maylins Blick wanderte erneut zum Ofen. Die Verlockung war wirklich gigantisch, aber wenn wir diese Feierlichkeiten ohne Familienfehde überstehen wollten, mussten wir uns dem Schicksal wohl oder übel beugen.

»Müsstest du nicht die Vernünftigere von uns beiden sein?«

Maylin lachte, während sie sich einen Lappen von der Anrichte schnappte und mir damit übers Gesicht wischte. »Wer sagt das? Außerdem hab ich dir gerade einen fetten Teigfleck aus dem Gesicht gewischt. Du könntest dich ruhig für diese schwesterliche Wohltat bedanken.«

Gemeinsam machten wir uns auf den Weg zum Ankleidezimmer. Als wir die große Halle durchquerten, entdeckte ich Dante, der mit seinem Vater, Baron de Lacey, zusammenstand.

»Willst du Dante kurz Hallo sagen? Ich kann ja schon mal vorlaufen.«

Doch Maylin schüttelte den Kopf. »Schon gut, lass uns gehen.«

Ihr Tonfall klang plötzlich abweisend. Ob die beiden wohl Probleme hatten? Sie sollten das schnell in den Griff bekommen, immerhin war Dante Maylins Begleiter für die Hochzeit. Natürlich würden die meisten Blicke auf Braut und Bräutigam gerichtet sein, aber auch uns beobachtete man mit Argusaugen. Wir durften Livia zwar nicht die Show stehlen, die Familie aber auch nicht mit irgendwelchen Dramen bloßstellen.

Ich zuckte mit den Schultern und stieg die Treppenstufen empor. »Wie du meinst. Er war aber vorhin echt nett.«

Maylin griff nach meinem Arm und ich drehte mich zu ihr herum. »Hat er irgendwas gesagt?« Ihre sonst so treuen braunen Augen wirkten mit einem Mal seltsam gehetzt.

»Nein, was hätte er denn sagen sollen? Ich war auf der Suche nach dir und dachte, er wüsste vielleicht, wo du dich herumtreibst. Immerhin seid ihr ein Paar.«

Maylin ließ mich los und schob sich ohne ein weiteres Wort an mir vorbei. Mein Blick wanderte erneut zu Dante, der offensichtlich in ein ernstes Gespräch mit seinem Vater vertieft war. Die tiefen Furchen auf der Stirn des Barons waren selbst von hier aus zu erkennen. Dante gestikulierte wild, doch sein Vater schien ihm gar nicht zuzuhören. Plötzlich sah Dante direkt in meine Richtung. Es waren nur wenige Sekunden, in denen sich unsere Blicke trafen und ein kleines Lächeln über seine Lippen zuckte. Dann verschwand es wieder und er diskutierte mit seinem Vater weiter.

»Kommst du endlich?«, rief Maylin mir vom obersten Treppenabsatz aus zu.

Schweigend folgte ich ihr. Doch den ganzen Weg über fragte ich mich, was zwischen ihr und Dante wohl vorgefallen war.

KAPITEL 2

Zwei Stunden später saßen wir alle auf Frisierstühlen und ließen uns für das Probe-Essen aufhübschen. Ursprünglich wäre der Termin bereits vor zwei Wochen gewesen, aber Mutter hatte zu dem Zeitpunkt mit einer hartnäckigen Erkältung gekämpft, sodass das traditionelle Festessen vor der Hochzeit erst heute stattfand. Und weil die Königin nicht mit Traditionen brach, war jegliche Argumentation, dass dieses Fest aufgrund der morgigen Hochzeit eigentlich überflüssig war, absolut sinnlos.

Maylin hatte nichts mehr zu ihrem Streit mit Dante gesagt und vor Livia wollte ich sie auf gar keinen Fall dazu befragen. Dante war der einzige Mann, den Mutter für ansehnlich und standesgemäß genug für Maylin erachtete. Das lag nicht nur an seinem attraktiven Erscheinungsbild, sondern auch an seinem selbstbewussten Auftreten, mit dem er sein Gegenüber schnell für sich einnehmen konnte. Mutter und Baron de Lacey kannten sich gut, unsere Familien waren seit vielen Generationen eng miteinander verbunden.

Verstohlen warf ich einen Blick nach links. Maylin war in ein Buch vertieft, während Livia zu meiner Rechten unentwegt vor sich hin plapperte.

»Diese Schneiderin gehört eigentlich auf der Stelle gefeuert. Diese einfältige Gans hat nur Glück, dass ich sie noch für die letzten kleinen Änderungen brauche. Aber wer konnte schon ahnen, dass ich so kurz vor der Hochzeit noch mal so viel abnehme?«

Als keiner reagierte, lehnte sie sich leicht nach vorn, um einen Blick auf Maylin zu erhaschen. Die hob kaum merklich das Buch ein Stück weiter an. So war es zwischen den beiden schon immer gewesen. Livia, die sich, wann immer sie konnte, in den Vordergrund drängte, Maylin, die viel zu schlau und gerissen war, als dass sie darauf ansprang, und ich, die jüngste Prinzessin, die zwischen den Fronten stand und nicht wusste, wo ihr Platz war.

»Hauptsache ist doch, dass dir dein Kleid an deinem großen Tag passt«, entgegnete ich versöhnlich.

»Da hast du auch wieder recht«, flötete Livia. Ihre langen blonden Haare wurden gerade von einer zierlichen Bediensteten hochgesteckt. Einzelne Locken fielen ihr über die nackten Schultern. Sie sah bildschön aus.

»Wann geht das Probe-Essen eigentlich los?« Maylin legte das Buch beiseite. Ihre dunkelbraunen Haare waren bereits zum Teil geflochten worden.

»In weniger als einer Stunde, oder?«, fragte ich an Livia gewandt.

Sie nickte. »Genau. Aber die meisten Gäste sind ohnehin schon unten und warten nur noch auf uns.«

Die Friseurin begann mein Haar zu bürsten und ich versuchte mich dabei ein wenig zu entspannen. Aber mein leerer Magen und die seltsame Stimmung im Raum ließen mich nicht zur Ruhe kommen. Immerhin, als ich wenig später in den Spiegel schaute, war ich mehr als zufrieden. Während Livia und Maylin aufwendige Hochsteckfrisuren trugen, zum Teil mit geflochtenen Zöpfen und glitzernden Haarspangen verziert, war meine eher schlicht gehalten. Ein kleiner geflochtener Zopf, der sich von der Mitte meines Kopfes bis zu meinen Haarspitzen zog. Meine langen Haare waren leicht gewellt und das Blond glänzte vom Bürsten. Eine schlichte silberne Haarspange war der einzige Haarschmuck, den man mir zugestand.

Nachdem die drei Bediensteten den Raum verlassen hatten, betraten unsere Zofen das Zimmer, um uns beim Ankleiden zu helfen.

Maylin trug ein dunkelblaues Kleid, das dem Nachthimmel über St. Lucien Konkurrenz machen konnte, Livia war in zartes Rosa gekleidet und ich trug Rot. Auffälliges, sattes Rot. Livia schien meinen kritischen Blick zu bemerken.

»Mutter ist der Meinung, das passt perfekt zu deiner hellen Haut.« Livia strich über den glänzenden Stoff ihres Kleides, während sie mich dabei beobachtete, wie ich mich ungläubig im Spiegel betrachtete. Dieses Kleid an mir zu sehen war noch einmal etwas völlig anderes, als wenn es auf dem Bügel hing.

»Die Farbe ist sehr … auffällig.«

Ich drehte mich ein wenig hin und her. Über dem roten Stoff befand sich eine dünne schwarze Tüllschicht. Das Kleid war bodenlang und die Korsage mit vielen kleinen schwarzen Perlen bestickt. Es war wunderschön, aber es passte ganz und gar nicht zu mir, und das wusste Mutter ganz genau. Denn wenn es eine Sache gab, die ich hasste, dann war es, im Mittelpunkt zu stehen.

Maylin trat hinter mich und strich mir übers Haar.

»Du siehst toll aus, mach dir keine Sorgen. Bringen wir's einfach hinter uns, okay?«

Ihr liebevoller Tonfall beruhigte mich ein wenig. Maylin war da, sie würde direkt neben mir am Tisch sitzen. Die Sitzordnung stand seit Wochen fest und mit ihr an meiner Seite würde ich diesen Abend heil überstehen. Es war schließlich nur ein Probe-Essen. Ich atmete tief ein und spürte, wie eng sich die Korsage an meinen Körper schmiegte. Als ich wieder ausatmete, knurrte mein Magen erneut.

»Wir sollten langsam runtergehen, sonst verhungert Saphina womöglich noch«, sagte Maylin lächelnd.

Nach der Begrüßung der Gäste wurden wir in den großen Festsaal geführt. Heute war der Tisch nur für die Hälfte der geladenen Gäste gedeckt. Zu einem Probe-Essen schickten die Adeligen oftmals ihre heiratsfähigen Söhne als Vertretung, wenn es mehr als eine Prinzessin gab. Denn immerhin konnte man auf diesem Wege ebenfalls Teil der Königsfamilie werden. Dieses Festmahl war daher eine Mischung aus Kuppel- und Verhandlungsbankett, das die meisten Gäste auch dazu nutzten, ihre Kontakte zu pflegen. Die Frauen hingegen tauschten dort den neuesten Klatsch und Tratsch aus.

Ein großer Mann führte Maylin und mich zu unseren Plätzen. An der Stirnseite des langen Tisches nahm Livia Platz, der rechte Stuhl neben ihr blieb frei. Es war Tradition, dass der Bräutigam beim Probe-Essen nicht mit anwesend war, sondern das Schloss erst am Tag der Hochzeit wieder betrat. Nachdem ich mein ausladendes Kleid halbwegs gerichtet hatte, fiel mir Dante auf. Er trug einen schwarzen Anzug mit goldenen Fäden, die im Licht der Deckenlampen funkelten. Sein dunkles Haar war streng nach hinten gekämmt und auch sonst wirkte er seltsam steif. Selbst als er Maylin und mich bemerkte, blieb seine Miene ernst. Der Kellner führte ihn auf die gegenüberliegende Seite des Tisches, sodass Dante mir direkt gegenübersaß. Wieso um Himmels willen saßen die beiden nicht nebeneinander? Rechts neben Maylin saß stattdessen ein schlaksiger Kerl, den ich nicht näher kannte. Das konnte ja heiter werden.

Wenig später betrat Mutter den Saal. Alle Anwesenden erhoben sich und verbeugten sich vor ihrer Königin. Bedächtig schritt sie voran, ein falsches Lächeln auf den Lippen. Sie trug ein dunkelgrünes Kleid, das sie gleichzeitig elegant, aber auch erhaben wirken ließ. Meine Mutter entschied sich oft für Grün. Maylin hatte ihr im Streit einmal vorgeworfen, dass ihr Grün so gut stehen würde, weil es nicht nur die Farbe des Neids, sondern auch die der giftigsten Schlangenart auf St. Lucien war. Mutter hatte ihr daraufhin in all ihrer Theatralik eine Kristallvase vor die Füße geworfen. Eine tiefe Kerbe im Marmorfußboden erinnerte bis heute an diesen Streit. Unsere Mutter ging majestätisch am Tisch entlang und berührte Maylin kurz an der Schulter, ehe sie bei mir stehen blieb.

»Das Kleid steht dir vorzüglich, Saphina«, säuselte sie mir ins Ohr.

Ich nickte ihr kurz zu, ehe sie sich abwandte und sich letztlich auf dem freien Platz direkt links neben Livia niederließ. Alle starrten in ihre Richtung und erwarteten die Begrüßung durch die noch amtierende Königin, Rowina Bell.

Meine Mutter ließ den Blick bedächtig über die Anwesenden schweifen, ehe sie sich erhob, um so auf ihre Gäste hinabblicken zu können. Sie genoss die Aufmerksamkeit und ich fragte mich schon jetzt, wie sie damit zurechtkommen würde, wenn Livia bald ihre Position einnehmen würde. Dann wäre es ihre älteste Tochter, die die Menschen erwartungsvoll anblicken würden.

»Herzlich willkommen in unserem wunderschönen Astørcia-Palast. Meine Familie und ich begrüßen Sie ganz herzlich zu diesem wundervollen, ganz besonderen Anlass. Es freut uns sehr, dass Sie unserer Einladung gefolgt sind, und wir wünschen Ihnen allen einen angenehmen Abend. Essen Sie jedoch nicht zu viel, das richtige Festmahl findet ja erst noch statt.«

Ich spürte einen leichten Tritt gegen mein Schienbein und drehte mich zu Maylin. Die Gäste klatschten und lachten über den vermeintlichen Scherz. Als Maylin kaum merklich die Augen verdrehte, musste ich mir ein Kichern verkneifen. Wir beide wussten nur zu gut, dass Mutter diesen Satz todernst gemeint hatte. Aber die Gäste schienen sie nicht halb so gut zu kennen, wie sie vorgaben.

»Ihre Mutter ist ja ein richtiger Spaßvogel.«

Verwundert drehte ich mich zu meinem anderen Sitznachbarn herum. Erst jetzt nahm ich den schwarzhaarigen Mann richtig wahr, der im Gegensatz zu den meisten anderen Gästen nicht in übertriebenen Applaus und gekünsteltes Lachen ausgebrochen war.

»Ja, an ihr ist wahrhaft eine Komikerin verloren gegangen«, sagte ich.

Er lächelte mich verschwörerisch an und seine leichten Grübchen ließen ihn auf Anhieb sympathisch wirken.

»Darf ich fragen, mit wem ich das Vergnügen habe? Ursprünglich sollte ich nämlich neben einem entfernten Onkel namens Mortimer Cruz sitzen. Sie sehen jedoch weder wie mein Onkel noch wie ein Mortimer aus.«

Der Fremde grinste erneut. »Das haben Sie wirklich ganz fabelhaft erkannt. Anscheinend hat Ihre Mutter die Sitzordnung noch einmal kurzfristig zu meinen Gunsten verändert. Glauben Sie nicht, dass ich der bessere Sitznachbar bin?«

Er beobachtete mich aufmerksam und versuchte offensichtlich jede noch so kleine Gefühlsregung auf meinem Gesicht abzulesen. Der Fremde sah gut aus, keine Frage. Seine stechend grünen Augen zogen mich an und ich konnte keineswegs abstreiten, dass er wirklich charmant und wortgewandt war. Allerdings war ich nicht so naiv anzunehmen, dass diese neue Bekanntschaft ein bloßer Zufall war. Livia und Mutter tüftelten schon seit Tagen daran herum und mir war allzu bewusst, dass hinter dieser kurzfristigen Änderung pure Berechnung stecken musste.

Ich sah nach vorn zu Mutter, die mich neugierig musterte. Als sich unsere Blicke trafen, konnte ich erkennen, wie sich ein leichtes Lächeln auf ihren Lippen abzeichnete. Das hier war also auf ihrem Mist gewachsen. Deshalb das neue, viel zu auffällige Kleid – sie wollte mich mit diesem Typen verkuppeln! Garantiert war er ein hoher Lord oder Baron von Schlagmichtot.

»Das mag wohl sein«, antwortete ich beherrscht. »Sie haben mir jedoch immer noch nicht Ihren Namen verraten.«

Der junge Mann warf Mutter ebenfalls einen kurzen Blick zu, ehe er antwortete. »Sie hat mich schon vorgewarnt, dass Sie schwer zu bändigen sind. Ich denke, da hat sie nicht übertrieben.«

Er griff nach dem leeren Glas vor ihm und hob es leicht an. Sofort trat eine Kellnerin näher heran und füllte das Glas.

»Danke sehr«, flüsterte er der Kellnerin zu, die sich zügig wieder entfernte.

Es war selten, dass Menschen unseres Standes dieses Wort kannten, geschweige denn, dass sie es gegenüber Bediensteten laut aussprachen. Ungläubig starrte ich ihn an.

»Mein Name ist Theodor, aber Theo ist mir weitaus lieber. Und du bist Saphina, richtig? Sollen wir das nervige Siezen nicht besser bleiben lassen? Immerhin müssen wir diesen Abend irgendwie gemeinsam überstehen.«

Theo sah mich herausfordernd an. Ich wollte ihn nicht mögen, schon aus Prinzip. Meine Mutter hatte kein Recht, mir ausgerechnet heute einen Mann vor die Nase zu setzen. Andererseits schien er ganz nett zu sein und flüchten war ohnehin keine Option. Dennoch würde ich mich nicht verkuppeln lassen, weder von ihr noch von sonst irgendwem.

»Na gut, einverstanden.«

Er hielt mir sein Glas hin und ich griff nach meinem. Dann schüttete er mir die Hälfte seines Champagners ins Glas. Dabei kleckerten wir die weiße Tischdecke voll. Ich konnte die pikierten Blicke meiner Mutter förmlich spüren. Doch ich dachte gar nicht daran, zu ihr zu sehen. Gut gelaunt stieß ich mit Theo an.

»Mutter tötet dich und deinen neuen Freund gerade fünffach mit ihren Blicken«, flüsterte mir Maylin zu.

»Man erntet, was man sät«, entgegnete ich schulterzuckend.

Nachdem wir die ersten zwei Gänge halbwegs gut überstanden hatten, bemerkte ich, wie Theo belustigt auf meinen Teller starrte.

»Isst du eigentlich auch was oder guckst du dir das Essen lediglich an?«

Während er sich eine weitere Garnele in den Mund schob, stocherte ich auf meinem Teller herum. Natürlich hatte ich Hunger und mein Magen knurrte schon seit dem Morgen. Aber das

Kleid war mir so eng auf den Leib geschneidert, dass ich wirklich Angst hatte, die Korsage würde aufplatzen, wenn ich mir auch nur einen Happen zu viel gönnte. Normalerweise waren mir die Ratschläge von Livia wirklich egal, die der Ansicht war, eine Prinzessin dürfe sich nie satt essen. Dennoch wollte ich heute nicht als Gesprächsthema des Abends enden, weil ich mir zu viele Häppchen gönnte und dadurch die Nähte meines Designerfummels sprengte.

»Ich würde sehr gern mehr essen, ich fürchte nur, das halten die Nähte nicht aus«, antwortete ich Theo hinter vorgehaltener Hand.

Er verschluckte sich beinahe an seiner Riesengarnele und spülte den Hustenanfall schnell mit einem großen Schluck Champagner hinunter. »Du machst Scherze, oder?«

Ich schüttelte leicht den Kopf. »Ich verhungere wirklich, aber wenn ich meiner Schwester heute mit einem Kleider-Fauxpas die Show stehle, werde ich enterbt.«

Theo sah mich noch immer belustigt an. »Bist du nicht sowieso nur die Dritte in der Thronfolge? Wir Jüngeren genießen doch quasi Narrenfreiheit.«

»Okay, jetzt machst du mich neugierig, Theo. Von welchem hochrangigen Adelsgeschlecht stammst du denn ab? Keine falsche Bescheidenheit.«

Theo probierte eine der Blüten, die sicherlich nur als Tellerdeko dienen sollten.

»Theodor August Smith, jüngster Sohn von Gregory Elton Smith, besser bekannt als der Goldbaron von St. Lucien.«

Beinahe wäre mir die Kinnlade heruntergeklappt. Baron Smith war ein guter Freund unseres Vaters gewesen. Die Smiths waren vor langer Zeit gemeinsam mit den de Laceys die ersten Unterstützer von Aramea Bell gewesen. Wenn ich mich recht erinnerte, hatte einer von Theodors Brüdern vor einigen Monaten geheiratet.

»Ja, ich weiß, man kennt in der Regel nur meine zwei großen Brüder. Ich bin bisher immer erfolgreich unter dem gesellschaftlichen Radar geflogen.«

»Du Glücklicher. Also haben sich meine Mutter und dein Vater gedacht, es wäre doch perfekt, uns beide nebeneinanderzupflanzen, jetzt, wo zwischen Maylin und Dante offensichtlich Eiszeit herrscht.«

Theo sah schräg über den Tisch zu Dante, der sich wieder einmal angeregt mit seinem Vater unterhielt und Maylin bisher, soweit ich es mitbekommen hatte, keines Blickes gewürdigt hatte.

»Ja, so in etwa haben sie sich das wohl gedacht. Mein Vater meinte nur zu mir, ich solle mich benehmen und ihm keine Schande machen. Er selbst wird erst bei der Hochzeit anwesend sein. Ich befürchte, er misstraut meiner Erziehung. Wieso nur?«

Erneut funkelten Theos hellgrüne Augen herausfordernd. Er wusste sicherlich, welche Wirkung seine außergewöhnlichen Augen auf die Frauenwelt hatten. Aber wenn er glaubte, ich würde ihm allein deswegen zu Füßen liegen, dann hatte er sich eindeutig getäuscht.

»Meine Mutter ist es mittlerweile gewohnt, dass ich ihre Pläne durchkreuze. Sie wird es überleben, dass wir zwei nicht bis an unser Lebensende glücklich und zufrieden Regenbögen pupsen. Nichts für ungut, aber wie du schon sagtest: Ich bin nur die Dritte in der Thronfolge. Wenn du hättest König werden wollen, hättest du dich wohl eher an Livia oder Maylin halten sollen.«

Ich pikste mit der Gabel weiter auf der Garnele herum, entschied mich dann aber doch, sie zu essen. Sollte das Kleid doch platzen. Wenn ich stattdessen verhungerte, wäre damit auch niemandem geholfen.

Als wir endlich alle Gänge durchhatten und ich zumindest halbwegs satt war, verlagerte sich die Gesellschaft in einen der kleineren Säle. Dort gab es noch mehr zu trinken und musikalische Untermalung durch einen Pianisten. Während ich mit Maylin den Saal betrat, erzählte ich ihr von Mutters Verkupplungsaktion. Theo hatte während des restlichen Essens nicht mehr viel mit mir gesprochen.

»Langsam geht sie entschieden zu weit.« Ich konnte förmlich spüren, wie wütend Maylin war. »Dass sie das mit mir versucht hat, ist schlimm genug. Aber dich da auch noch mit reinzuziehen, wird ein Nachspiel haben. Genug ist genug!«

Bevor ich ihr erhitztes Gemüt beruhigen konnte, löste sie sich von mir und stürmte davon. Verloren blickte ich mich im Saal um.

»Hat sie dich einfach so stehen gelassen? Da sind wir ja schon zu zweit.«

Überrascht blickte ich in Dantes Gesicht. Er hielt mir ein Glas Champagner hin und prostete mir mit seinem zu.

»Scheint wohl so. Aber danke für das Glas. Ohne fühlt man sich auf diesen Empfängen immer so unvollständig.«

Er nickte wissend und trank einen Schluck.

»Was … was ist eigentlich los bei euch beiden?«

Auf Dantes Stirn bildete sich eine kleine Denkerfalte und er blickte kurz zu Boden. »Nichts, worüber du dir Sorgen machen müsstest. Ich werd mich mal unter die Leute mischen, sonst steht deine Schwester den restlichen Abend an der Bar und starrt mich böse an.«

Er strich mir mit der Hand kurz über die nackte Schulter und verschwand. Eine feine Gänsehaut huschte über meinen Rücken. Wenig später kam Maylin zurück.

»Was wollte der denn von dir?«, fragte sie ungewohnt kühl.

»Nichts, er hat mir nur was zu trinken mitgebracht, nachdem du einfach abgerauscht bist. Was ist denn los mit dir? Jetzt sag doch endlich, was zwischen euch vorgefallen ist.«

Maylin verzog leicht das Gesicht. »Ich will nicht drüber reden, okay? Lass uns lieber Mutter suchen und sie fragen, ob sie ihre beiden übrigen Töchter verschachern möchte wie Kühe auf dem Viehmarkt.«

Maylin griff nach meinem Arm und hakte sich bei mir unter. Gemeinsam schlenderten wir betont langsam durch den Saal. Wann immer jemand von Weitem so wirkte, als würde er uns ansprechen wollen, taten wir so, als wären wir in ein angeregtes Gespräch vertieft. Es funktionierte erstaunlich gut. Als ich den Blick durch den Saal schweifen ließ, entdeckte ich Mutter an der Bar. Sie sprach mit Dantes Vater, der gerade ein tiefes, herzhaftes Lachen ausstieß. Wir setzten uns unauffällig auf eine der Chaiselongues und beobachteten die beiden.

»Ob er nur so tut, als fände er Mutters Witze witzig, oder ob er tatsächlich einen so unterirdischen Humor besitzt?«

Maylin prustete leicht in ihr Glas. Ich spürte, wie der Champagner meine Zunge gelockert hatte. Den Rest des Abends sollte ich besser nur noch Wasser trinken. Mutter tätschelte dem Baron die Schulter, als sie sich langsam, aber mit Nachdruck aus dem Gespräch löste. Sie kam direkt auf uns beide zu, und auch wenn sie die Gäste unentwegt anlächelte, konnte ich ihr ansehen, dass sie ganz und gar nicht zufrieden mit dem Ablauf des Probedinners war.

»Findet ihr es nicht unhöflich, dass ihr hier in der Ecke herumlungert, während unsere Gäste sich gern mit euch unterhalten würden? Saphina, wo ist denn dein charmanter Sitznachbar? Ich hoffe, du hast ihn nicht mit deiner ungezogenen Art in die Flucht geschlagen. Die Familie Smith steht unserer wirklich nahe. Es wäre schade, wenn du unsere langjährige Freundschaft durch dein Verhalten schädigen würdest.«

Ungläubig starrte ich in das Gesicht unserer Mutter. Dass sie mich vor aller Augen maßregelte wie ein kleines Kind, war eine unfassbare Bloßstellung. Ich straffte die Schultern, sodass ich kerzengerade auf der Chaiselongue saß, und atmete tief ein. Der Geruch von schwerem Parfüm, gemischt mit dem Rauch von Zigarren, drang mir in die Nase. Ich hasste ihn.

»Möchtest du Saphina wirklich hier und jetzt eine Szene machen, Mutter? Ich dachte eigentlich, du wüsstest am besten, wie man sich bei derartigen Anlässen benimmt.«

Schockiert blickte ich in Maylins Gesicht. Selbstsicher lächelte sie Mutter entgegen, während sie die Hände in den Schoß legte und aussah wie ein Engel. Auf Außenstehende musste die Königin wie ein aufgebrachter Drache wirken, der kurz davor war, zwei unschuldige Lämmchen mit Haut und Haar zu verschlingen.

»Das ist nicht deine Angelegenheit, Maylin«, zischte Mutter, während sie uns verbissen anlächelte.

Suchend sah ich mich um, bis mein Blick an Dante hängen blieb. Er beobachtete uns, so wie die meisten im Saal. Das Stimmengemurmel war fast völlig verstummt. Wortlos flehte ich ihn an, irgendetwas zu tun. Ich kannte diesen Mann kaum, aber ich wusste, dass er Jahre seines Lebens damit zugebracht hatte, bei unseren langweiligen Banketten und Feierlichkeiten an Maylins Seite zu sein. Er kannte die angespannte Situation, die seit dem Tod des Königs in unserer Familie herrschte. Sein Blick war durchdringend, intensiv. Mein stummes Flehen erhörend, stellte er sein Glas ab und schritt auf uns zu. Wenn er Maylin erst einmal hier weggeschafft hätte, würde ich Mutter beruhigen und schon bald wäre diese Szene vergessen. Natürlich war ich wütend auf sie. Aber dennoch war das heute Livias Abend. Wir sollten unsere Streitigkeiten für uns behalten. Später war noch mehr als genug Zeit, sich gegenseitig in Vorwürfen zu ertränken.

Kurz bevor Dante unsere kleine Runde erreichte, setzte er ein charmantes Lächeln auf. »Königin Rowina, Ihr seht wie immer bezaubernd aus«, begrüßte er Mutter.

Er nahm ihre Hand, beugte sich leicht nach vorn und küsste sie.

»Eure Töchter machen Euch mit ihrer Schönheit alle Ehre. Ich habe mich gefragt, ob ich Eure Tochter zu einem kleinen Tanz auffordern dürfte. Mir ist bewusst, dass der heutige Abend eigentlich keinen beinhaltet, aber der Pianist ist ein wahrer Virtuose und ich kann einfach nicht an mich halten.«

Mutter erlag augenblicklich Dantes plumpem Charme und ihr eben noch starrer Gesichtsausdruck wich einem mädchenhaften Lächeln. »Aber selbstverständlich dürfen Sie. Es freut mich zu sehen, dass ihr eure kleine Zankerei überwunden habt. Nur zu, tanzt!«

Dante lächelte Mutter verschmitzt an, ehe er sich zu uns wandte. »Darf ich bitten?«

Für einen Moment hörte die Welt auf, sich zu drehen. Ich starrte in Dantes braune Augen, aus denen er mir auffordernd entgegensah. Mein Blick wanderte weiter nach unten zu seiner Hand. Selbstsicher streckte er sie mir entgegen, um mir aufzuhelfen. Ich war völlig perplex. Er wollte mit mir tanzen? Hier, vor all diesen Leuten, die fest davon ausgingen, dass er früher oder später meine ältere Schwester heiraten würde? Er zwinkerte mir verschwörerisch zu und wie in Zeitlupe ergriff ich seine Hand. Sie fühlte sich warm an, ganz im Gegensatz zu meiner, die eiskalt war.

»Ich wünsche Euch noch einen angenehmen Abend«, verabschiedete er sich von Mutter und Maylin und führte mich festen Schrittes an das andere Ende des Saals, wo sich der Pianist am Flügel befand.

»Was zur Hölle sollte das?«, flüsterte ich ihm aufgebracht zu, während wir uns durch die Schar der Gäste schlängelten. Ich bildete mir ein, dass tausend stechende Blicke uns verfolgten, dass hinter meinem Rücken über die Frechheit getuschelt wurde, dass ausgerechnet ich, die jüngste der drei Prinzessinnen, mit Dante de Lacey tanzte, wo er doch mit meiner Schwester zusammen war.

»Du hast so verloren ausgesehen. Ich dachte, dein stummes Flehen war eine indirekte Aufforderung, dir zur Rettung zu eilen. Et voilà, hier bin ich. Zwar ohne Pferd und schillernde Rüstung, aber ich denke, bei dem Sturm, der sich da drüben gerade aufbaut, darfst du nicht wählerisch sein.«

Als wir die kleine Ecke vor dem Flügel erreichten, umfasste er meine Taille und zog mich näher an sich heran.

»Du solltest Maylin wegbringen, nicht mich, du Dummkopf!«

Der Pianist blickte uns überrascht an, stimmte dann aber sogleich ein Stück an, das wesentlich tanzbarer klang als das vorige. Kurze Zeit später tauchten weitere Musiker mit Violinen und Geigen auf, die ihn unterstützten. Dante und ich glitten elegant über die Tanzfläche und ein kleiner Teil von mir war tatsächlich froh, Mutter und Maylin entkommen zu sein. Ich liebte sie beide, aber sie trugen ihre Machtkämpfe immer unverhohlener aus. Und ich wollte nicht zwischen ihnen stehen, denn anders als Livia war ich nicht bereit, eine Seite zu wählen. Als ich aufblickte, hatten sich die Gäste um uns herum versammelt. Dantes Hand an meiner Taille machte mich nervös. Auch wenn es nur ein Tanz war, die Einzige, mit der er so tanzen sollte, war Maylin.

»Jetzt guck doch bitte nicht so erschrocken. Die Aufmerksamkeit liegt immerhin nicht mehr bei deiner sich zerfleischenden Familie. Das ist doch das, was du wolltest, oder?«

Starr blickte ich geradeaus. Ich traute mich kaum, in die Gesichter der Umstehenden zu blicken. Dante hatte recht: Ich hatte die Aufmerksamkeit vom Streit ablenken wollen. Selbst im Mittelpunkt der Veranstaltung zu stehen war ganz sicher nicht mein Plan gewesen. Dennoch konnte ich Dante keinen Vorwurf machen. Immerhin hatte er überhaupt etwas getan, hatte versucht, mir zu helfen.

Der Klang der Musik trieb mich hinweg. Dante führte mich sicher, sodass ich sogar kurz die Augen schloss, um all die vielen Menschen auszublenden, die uns anstarrten. Doch dann hörte ich das Gemurmel. Sofort riss ich die Augen wieder auf. Die meisten Gäste hatten sich umgedreht, sodass ich auf eine Reihe fein frisierter Hinterköpfe starrte.

»Was ist passiert?«, flüsterte ich Dante zu, während er mich immer noch im Arm hielt und mich sanft im Takt wiegte.

»Ich befürchte, unser Ablenkungsmanöver hat nicht ganz funktioniert.«

KAPITEL 3

So war das definitiv nicht geplant gewesen. Schockiert blickte ich auf die aufgerissene Flügeltür, durch die Maylin den Saal vor wenigen Minuten fluchtartig verlassen hatte. Dante und ich hatten den Tanz abrupt abgebrochen, als wir den Aufruhr bemerkt hatten. Auch die Gäste blickten noch immer verstohlen in diese Richtung, dabei war meine Schwester schon längst verschwunden. Mutter und Livia standen an einem der kleinen Tische und taten so, als wäre nichts passiert. Dante unterhielt sich in Sichtweite mit einem hochgewachsenen schwarzhaarigen Mann, den ich nicht näher kannte. Dabei warf er mir jedoch immer wieder vereinzelte Blicke zu.

Ich beobachtete einen Diener, wie er die schwere Tür wieder schloss und so das letzte Überbleibsel von Maylins Verschwinden beseitigte.

»Eure Familie liebt Dramen, oder?«

Theo lehnte sich gegen den Holztresen der alten Bar, an die ich mich zurückgezogen hatte. Mein Kopf dröhnte, dabei hatte ich doch gar nicht so viel Champagner getrunken.

»Das ist ein schlechter Moment für solche Witze«, entgegnete ich tonlos.

Theo genoss offenbar den Anblick, der sich ihm bot. Eine verlorene Prinzessin, die gestrandet wie ein Wal in der Ecke saß und die niemand mehr groß beachtete.

»Ich denke, du hattest recht.« Er lehnte sich zu mir herüber und fixierte mich belustigt. Theo wirkte nicht länger charmant und sympathisch, sondern seltsam abgeklärt und kaltschnäuzig. Als ich ihn fragend anblickte, genoss er es, mich warten zu lassen. »Weißt du, mein Vater hat eine der edelsten Pferdeaufzuchten, weit über alle Grenzen bekannt. Er sagt immer, ein gutes Pferd zeichnet sich nicht durch sein glänzendes Fell oder wache, intelligente Augen aus. Ein exzellentes Pferd erkennt man an seinem starken Willen, an seinem schier unbändigen Temperament. Schade nur, dass du nicht das eine und erst recht nicht das andere besitzt. Deine Schwester hingegen hat von beidem mehr als genug. Vielleicht sollte ich mein Glück wirklich eher bei ihr versuchen. Zumal sie ja offensichtlich wieder auf dem Markt zu sein scheint.«

Er nickte dem Barmann zu, der daraufhin ein Flasche Whiskey zückte und ein Glas zwei Finger breit befüllte. Theo kippte den gesamten Inhalt in einem Zug hinunter, warf mir noch einen abfälligen Blick zu und verschwand inmitten der anderen Gäste.

Als sich der Raum endlich leerte und die meisten Gäste sich auf den Weg nach Hause machten, verließ ich ebenfalls den Saal. Dieser Abend war so viel schlimmer gewesen, als ich befürchtet hatte. Der Stoff meines Kleides raschelte verräterisch, als ich die vielen Treppenstufen emporstieg. Es war plötzlich seltsam ruhig. Die ganze Zeit über hatten mir das Gemurmel und das gekünstelte Lachen der Gesellschaft in den Ohren gedröhnt. Nun waren sie endlich alle verstummt. Auf dem Weg zu Maylins Zimmer gingen mir immer wieder Theos beleidigende Worte durch den Kopf. Er hatte mich allen Ernstes mit den Zuchtstuten seines Vaters verglichen!

Wenig später hielt ich vor der Zimmertür meiner Schwester und atmete erleichtert auf. Ich klopfte leise und wartete auf ein Geräusch von drinnen, doch es blieb still. Eigentlich konnte ich mir schlecht vorstellen, dass Maylin bereits schlief, aber vielleicht war sie doch so erschöpft gewesen, dass sie einfach eingeschlafen war. Für einen kurzen Augenblick überlegte ich, ob ich dennoch einen Blick ins Zimmer werfen sollte. Letztlich entschied ich mich aber doch dagegen. Wäre ich an Maylins Stelle gewesen, hätte ich für heute auch meine Ruhe haben wollen. Vielleicht war sie ja sauer auf mich, weil ich Dantes Aufforderung zum Tanz angenommen hatte?

Müde schritt ich den verlassenen Flur entlang zu meinem Zimmer. Ich ging hinein und hätte diesen Raum am liebsten nie wieder verlassen. Aber bereits in wenigen Stunden würden wir alle wieder an einer Tafel sitzen und so tun, als wäre nichts geschehen.

Am nächsten Morgen öffnete ich die Augen und blinzelte verschlafen die Sonnenstrahlen fort, die mir grell ins Gesicht schienen. Irgendjemand hatte die schweren dunkelblauen Vorhänge beiseitegezogen, sodass der gesamte Raum sonnendurchflutet dalag.

»Was soll das?«, murmelte ich genervt.

»Prinzessin, Sie sind schon ziemlich spät dran«, drang die kindliche Stimme meiner Zofe zu mir herüber.

Sie war bereits dabei, mir ein Glas Orangensaft einzuschenken, und kam damit auf mich zu. Lächelnd reichte sie mir das Glas, das ich nur widerwillig entgegennahm. Meine Mutter hatte mir vor einigen Wochen nahegelegt, jeden Tag mit einem Glas Saft zu beginnen. Das würde meinem Teint guttun, der für ihren Geschmack viel zu blass und kränklich war. Dafür, dass ich die Prinzessin einer sonnigen Karibikinsel war, sei ich viel zu farblos. Doch an diesem Morgen stand mir der Sinn ganz und gar nicht nach irgendeinem Saft. Deshalb stellte ich das Glas auf dem kleinen Nachttisch ab und drehte mich auf die andere Seite. Die Decke zog ich mir bis zum Kinn, während ich verbissen die Augen zukniff, um die Helligkeit auszusperren.

»Tot stellen bringt auch nichts. Sie müssen in einer Stunde beim Brunch sein und nach dem gestrigen Abend war die Laune Ihrer Mutter alles andere als blendend. Sie sollten sie nicht noch einmal verärgern. Die Leute reden schon.«

»Die Leute reden immer«, nuschelte ich in die Federkissen.

»Aber sie reden in aller Regel nicht über Sie, Prinzessin. Ihre Tanzeinlage mit dem Sohn von Baron de Lacey hat für ein ganz schönes Aufsehen gesorgt. Und der plötzliche Wutanfall Ihrer Schwester lässt Sie in keinem guten Lichte dastehen.«

Wutanfall? Was denn für ein Wutanfall? Ich hob den Kopf aus den Kissen und richtete mich auf.

»Was ist gestern eigentlich genau passiert?«

Elouise musterte mich nachdenklich. »Nun, Sie haben mit dem

Freund Ihrer Schwester getanzt und kurz darauf hat Prinzessin Maylin Ihrer Mutter und der zukünftigen Königin eine Szene gemacht. Die Königin hat versucht, sie zu beruhigen, aber Maylin hat Livia beiseitegestoßen und ist wie ein trotziges Kind verschwunden. Seitdem hat sie niemand mehr gesehen.«

Seitdem hat sie niemand mehr gesehen.

Hastig strampelte ich die Decke zur Seite und sprang auf die Beine. Elouise griff schnell nach meinem Morgenmantel und hielt ihn mir hin. Ich schlüpfte hinein, zog ihn eng um meinen Körper und lief barfuß zur Tür.

»Prinzessin! Sie können doch *so* nicht vor die Tür gehen. Sie haben ja gar nichts an.«

Bevor Elouise weiter mit mir diskutieren konnte, hastete ich bereits zu Maylins Zimmer. Ohne zu klopfen, stieß ich die schweren Türen auf und blickte auf ein perfekt gemachtes, unangetastetes Bett. Suchend blickte ich mich um, aber es gab keinerlei Anzeichen dafür, dass sie nach dem gestrigen Abend überhaupt noch einmal hier gewesen war. Wohin war Maylin nur gegangen? War sie wirklich so wütend auf mich gewesen, weil ich mit Dante getanzt hatte? Sie wusste doch, dass ich ihr nie hatte schaden wollen. Ich blickte auf die Uhr direkt über Maylins Kommode. Elouise hatte recht, ich war wirklich spät dran. Eigentlich wollte ich Maylin unbedingt noch vor dem Brunch sprechen, um mich zu versichern, dass alles okay zwischen uns war. Allerdings konnte sie nahezu überall sein und ich durfte es mir keinesfalls mit Mutter verscherzen, indem ich zu spät kam.

Niedergeschlagen trottete ich zurück und ließ mich widerwillig von Elouise einkleiden. Schon wieder ein Essen. Mir hing es jetzt schon zum Hals raus.

»Diese Farbe schmeichelt Ihrer Haut wirklich außerordentlich«, säuselte Elouise, während sie sich daranmachte, die aufwendige Schnürung am Rücken enger zu ziehen. Das Kleid für den Brunch war in strahlend hellem Blau gehalten, das den Karibischen Ozean symbolisieren sollte. Auch dieses Kleid hatte Mutter ausgesucht, aber es gefiel mir wesentlich besser als das vom Vorabend. Auf die Vorderseite der Korsage waren kleine glitzernde Steine genäht, die aussahen wie Wassertropfen. Sie flossen förmlich das Kleid hinab und bei jeder Bewegung reflektierten sie das Sonnenlicht. Der glänzende Stoff fiel sanft bis auf den Palastboden und der Rock war weniger ausladend und bei Weitem nicht so schwer wie der des roten Kleides.

»Uff, bitte nicht so fest, sonst kann ich das Essen wieder nur anstarren«, keuchte ich.

»Entschuldigen Sie bitte, meine Hoheit.«

Ihre plötzliche Distanziertheit verwunderte mich, doch als ich zur Tür sah, blickte ich in Mutters zufriedenes Gesicht. In ihrer Gegenwart musste Elouise aufpassen, dass sie nicht zu vertraut mit mir sprach.

»Saphina, du siehst fantastisch aus! Elouise, zieh die Korsage bitte etwas fester, es soll ruhig jeder sehen, was für eine wunderschöne Figur meine Tochter hat.«

Sie schritt langsam auf mich zu und strich mit der Hand über den weichen Saum des Kleides.

»Hast du Maylin heute schon gesehen? Sie ist nicht in ihrem Zimmer. Allmählich hab ich ihre Kindereien satt. So, wie sie sich benimmt, könnte man meinen, sie ist völlig von Sinnen.«

Ich schüttelte leicht den Kopf, während ich die Luft anhielt. Die Korsage schloss sich wie eine Würgeschlange um meinen Körper.

»Nach der Farce, die sie unserer Familie und vor allem Livia gestern angetan hat, verwundert mich dieses alberne Verhalten nicht mal. Aber solltest du sie sehen, sag ihr, wir erwarten sie dennoch zum Brunch. Sie hat ihre Pflichten genauso zu erfüllen wie wir anderen auch. Ob sie will oder nicht.«

»Natürlich, Mutter«, sagte ich.

Sie nickte Elouise kurz zu, ehe sie aus der Tür verschwand.

»Bitte mach die Korsage wieder lockerer, sonst ersticke ich, bevor ich überhaupt am Tisch sitze.«

Nachdem man mich vorzeigbar hergerichtet hatte, geleiteten mich zwei Soldaten zum Brunch. Mutter hatte sie offenbar vor meiner Tür abgestellt. Als ich den Saal erreichte, saßen die meisten Gäste schon am Tisch, unter ihnen auch Theodor und sein Vater. Angewidert verzog ich das Gesicht, riss mich jedoch zusammen, als ich Livias mahnenden Blick bemerkte.

Der Raum war über Nacht noch einmal komplett anders dekoriert worden. Direkt neben dem imposanten Familiengemälde am Ende des Saals waren zwei goldene Kerzenständer aufgestellt worden und ein weißer Teppich führte die Gäste von der Flügeltür bis zum Tisch. Die Saaldecke hatte man mit hellen, rosafarbenen Tüchern abgehängt und durch die Beleuchtung wirkte der Saal nun wesentlich gemütlicher. Eine Bedienstete war sogar noch dabei, die letzten Blumengestecke zurechtzuzupfen.

Auf der festlich gedeckten Tafel fanden sich unzählige Leckereien, die keiner von uns jemals aufessen konnte. Auch hier hatte man nicht mit Dekoration gegeizt, beleuchtete Gestecke mit blassrosa Blüten vollendeten das Bild.

Suchend blickte ich nach den Tischkärtchen, auf denen in schnörkeliger Schrift Namen standen. Erleichtert stellte ich fest, dass ich diesmal nicht neben Theodor saß, sondern direkt zwischen den noch nicht anwesenden Dante und Maylin – wie passend. Wenn es noch ein weiteres Indiz gebraucht hätte, dass die beiden eine ernsthafte Krise hatten, dann war es dies.

Ein Kellner schob sofort den Stuhl beiseite, sodass ich mich setzen konnte. Die große Standuhr in der Ecke des Saals zeigte beinahe elf Uhr an. Viel Zeit blieb Maylin also nicht mehr, um Mutter zu besänftigen.

Aber Maylins Platz blieb leer. Genauso wie der von Dante. Das Gemurmel war zwar bei Weitem nicht so laut und drängend wie am Vorabend, aber die geladenen Gäste blickten immer wieder zu mir und den zwei leeren Plätzen, die mich von allen anderen Gästen separierten wie eine Aussätzige, als wäre es meine Schuld, dass keiner von beiden anwesend war. Theodor, der mir schräg gegenübersaß, sah mich mit einer Mischung aus Genugtuung und Verachtung an und auch sein Sitznachbar warf mir einen komischen Blick zu. Mein Appetit war mir zwar bereits vergangen, dennoch biss ich in ein Croissant. Je schneller dieser Brunch beendet war, desto eher konnte ich mich auf die Suche nach Maylin machen.

Mutter und Livia scherzten derweil betont locker mit den Gästen. Es schien beinahe so, als würden sie die neugierigen Blicke der Adligen in meine Richtung bewusst ignorieren. Ein Kellner war gerade dabei, mir etwas Orangensaft in ein Glas zu füllen, als der Eingang zum Saal geräuschvoll aufgerissen wurde. Die schwere Tür knallte gegen die Wand und Livia sprang erschrocken auf.

»Was hat diese unerhörte Störung meiner Feierlichkeiten zu bedeuten?«, herrschte sie den Mann an, der nun mitten im Saal stand.

Er würdigte Livia jedoch keines Blickes, sondern sah direkt zu unserer Mutter.

»Entschuldigt die plötzliche Störung, meine Königin«, sprach er sie an und verbeugte sich sogleich.

Kein einziger Ton war zu hören, alle Anwesenden hielten die Luft an und starrten auf die Szene. Mutters Blick war unergründlich. Einige Sekunden verstrichen, bis der Mann sich aus seiner Verbeugung löste.

»Nun sprechen Sie!«

Man konnte ihm ansehen, wie unangenehm ihm die Situation war, wie gern er aus dem Saal geflohen wäre.

»Was haben Sie zu berichten?«, hakte Mutter in bedrohlichem Tonfall nach. Ich konnte erkennen, dass ihr Geduldsfaden kurz vorm Zerreißen stand.

»Eure Hoheit, mit Verlaub, ich halte es für angemessener, Euch diese Information hinter verschlossenen Türen mitzuteilen«, sprach der Mann mit belegter Stimme. Die Worte kamen zittrig aus seinem Mund und erst jetzt bemerkte ich seine ungesunde, fahle Gesichtsfarbe.

»Was maßen Sie sich an! Diese Tür war verschlossen, bevor Sie sie so ungeniert aufgerissen haben. Sagen Sie, was Sie zu sagen haben, und dann verschwinden Sie. Es wird uns ja wohl kaum jemand den Krieg erklärt haben.«

Mutter lächelte gezwungen und ihr Geduldsfaden riss mit einem hellen To,n und der Bote wurde von einem Schwall Wut und Entrüstung überrollt, dem er nichts entgegenzusetzen hatte. Sie erdolchte ihn beinah mit ihren Blicken. Mutter war der einzige Mensch, den ich kannte, dessen Schweigen schlimmer war als jedes Wort aus ihrem Mund.

Betreten blickte er zu Boden, räusperte sich kurz und sprach. »Nein, meine Königin. Eure Tochter … sie ist … tot.«

KAPITEL 4

Ich ertrank in seinen Worten. Sie schlugen um sich wie wilde Wellen bei unruhiger See, zerrten an mir und rissen mich mit sich in die Tiefe der Stille. Stille war es, die den Saal in ihren Klauen hielt. Dann klirrte etwas, doch niemand wagte es, einen Ton zu sagen.

»Prinzessin«, hörte ich den Kellner neben mir leise flüstern.

Mein Blick war immer noch auf den Boten geheftet. Der wiederum fixierte meine Mutter. Als ich aufsah, bemerkte ich, dass die Gäste mich anstarrten.

»Ihre Hand, Sie haben sich verletzt.«

Erst jetzt wurde mir bewusst, dass ich das Glas so fest in der Hand gehalten hatte, dass es durch den Druck zerbrochen war. Das weiße Tischtuch war mit dunklen roten Flecken besprenkelt und der Saft lief den Tisch hinab und tropfte leise auf den Marmorboden. Vorsichtig tupfte der Kellner meine Hand mit einem weißen Tuch ab, doch ich spürte nichts. Keinen Schmerz, kein Ziehen, einfach nichts.

»Was soll das heißen, meine Tochter ist tot?« Mutters Stimme klang schrill und die Art, wie sie das letzte Wort betonte, ließ mich zusammenzucken.

»Es war … Die Wache, die sie gefunden hat, glaubt, es war ein tragischer Unfall«, stotterte der Bote.

Sie.

Maylin. Er sprach von Maylin. Meine Gedanken überschlugen sich und in meinem Magen zog sich etwas schmerzlich zusammen. Ein Unfall? Was meinte er damit?

Ohne den Kopf zu heben, riss ich dem Kellner das Tuch aus der Hand und sprang auf. Der schwere Holzstuhl fiel zu Boden und ein lautes Poltern durchschnitt die quälende Stille. Wie ein gehetztes Tier blickte ich in die Gesichter der Gäste. Einige von ihnen sahen überrascht aus, neugierig oder verängstigt. Aber niemand, wirklich niemand wirkte bestürzt oder ernsthaft betroffen. Für jeden Einzelnen der hochwohlgeborenen Gäste war es nur ein unterhaltsames Schauspiel, eine weitere Bespaßung seitens der Königsfamilie. Sie genossen die Aussicht darauf, in den nächsten Tagen und Wochen Gerüchte in die Welt tragen zu können.

Und haben Sie schon das Neueste von der Königsfamilie gehört? Nein?

Ach was, das gibt's doch nicht! Harold, bringen sie Miss Tilly eine Tasse Tee. Diese Neuigkeiten schreien geradezu nach einer Tasse Earl Grey …

Ich spürte, wie mir die Kontrolle über meinen Körper entglitt, wie er mir einfach nicht mehr gehorchen wollte. Das Letzte, was ich wollte, war, hier vor allen Leuten Schwäche zu zeigen.

Mit zitternden Fingern hob ich das viel zu schwere Kleid an und floh über den spiegelglatten Boden zur Tür, ohne mich noch einmal umzublicken. Beinahe wäre ich ausgerutscht, doch im letzten Moment fand ich das Gleichgewicht wieder und rannte weiter. Völlig außer Atem kam ich wenig später vor Maylins Zimmer an. Nach Luft ringend öffnete ich die Tür. Sie schloss nie ab, eine ihrer vielen Eigenarten, über die ich meist nur schmunzeln konnte.

Wer sollte mich hier schon bestehlen, immerhin leben wir in einem Palast und es wimmelt von Soldaten, hatte sie nur gesagt, wenn ich sie damit aufzog.

Ich trat ein und ließ mich erschöpft auf ihr Bett fallen. Die Decke roch noch nach ihr, der typische Duft nach Orchideen und Lotusblüten, blumig und frisch. Der Geruch des Unbekannten, des Abenteuers, das Maylin immer gesucht hatte. Sie konnte unmöglich tot sein!

Das alles musste ein Missverständnis sein. Ich vergrub den Kopf im Kissen und unterdrückte ein Schluchzen. Jetzt, wo ich endlich allein war, unbeobachtet und außer Reichweite von Mutter und Livia, konnte ich die Tränen zulassen, die sich langsam ihren Weg bahnten. Maylin war meine beste Freundin, meine engste Vertraute und mein größtes Vorbild. Was sollte ich nur ohne sie tun? Wie sollte ich hier ohne sie auch nur einen Tag überstehen?

Ich schloss die Augen und sah sie sofort vor mir. Lächelnd, während ihr das dunkle Haar locker über die Schultern fiel und sie ihr geliebtes Reit-Outfit trug, das Mutter so verabscheute. Es entsprach eben nicht ihrem veralteten Bild einer Prinzessin, dass wir Hosen trugen.

»Saphina?«

Langsam hob ich den Kopf. Elouise stand im Türrahmen und kam langsam auf mich zu. Ihr besorgter Blick holte mich in die Wirklichkeit zurück.

»Sie bluten ja! Lassen Sie mich mal sehen.«

Elouise kam näher und kniete sich vor mich hin. Vorsichtig griff sie nach meiner Hand. Das Kissen, das ich fest umklammert hielt, war mit dunklen Blutflecken besprenkelt. Sie beäugte die Wunde kritisch und griff kurz darauf in ihre kleine Tasche, die sie immer bei sich trug.

»Da steckt noch ein Glassplitter drin. Was ist denn passiert?« Ihr besorgter Tonfall brachte mich völlig aus der Fassung.

»Maylin«, schluchzte ich. Meine Stimme klang fremd und war nicht mehr als ein krächzendes Geräusch.

»Schhht, alles gut. Wir kümmern uns jetzt erst einmal um die Wunde, okay?«

Sie hielt meine Hand fest, während sie mit einer feinen Pinzette versuchte, den Splitter zu entfernen.

»Als ich klein war«, begann sie zu erzählen, »habe ich immer geglaubt, Könige und Königinnen hätten wirklich blaues Blut. Erst als ich beinahe erwachsen war, klärte mich ein Bäckerssohn darüber auf, dass das alles nur ein Mythos sei. Überlegen Sie mal, ein Bäckerssohn, der besser Bescheid wusste als die Tochter eines Gelehrten. Ist das zu glauben?«

Ein kurzes Ziehen war zu spüren, doch ich hatte mich so auf ihre Worte konzentriert, dass der Schmerz schnell verblasste. Elouise wusste genau, wie sie mich beruhigen konnte. Sie beäugte den Splitter, ehe sie die Pinzette verstaute und ein Taschentuch zückte, das sie auf die Wunde drückte.

»Der war aber ganz schön groß. Kommen Sie mit, wir müssen einen Verband anlegen.«

Elouise hielt mir ihre Hand hin, doch ich zögerte. Ich wollte jetzt nicht diesen Raum verlassen, in dem alles nach Maylin duftete, mich alles an sie erinnerte, in dem ich ihr nah war …

Vielleicht ist das alles nur ein Irrtum?

Vielleicht ist es aber auch bitterer Ernst?

Langsam griff ich nach ihrer Hand und spürte, wie Elouise

mich sanft hochzog. Auf wackligen Beinen folgte ich ihr und sog noch einmal den vertrauten Geruch ein, ehe wir Maylins Zimmer verließen.

»Ich habe in meiner Kammer einen Verbandskasten. Wir müssen die Wunde reinigen und verbinden, damit sie sich nicht entzündet.«

Ob Elouise Bescheid wusste, was beim Brunch geschehen war? Wenn sie es wusste, verbarg sie ihr Wissen geschickt. Sie führte uns durch die schmalen Flure hindurch, bis wir im hinteren Teil des Schlosses angelangt waren, in dem die Zimmer der meisten Bediensteten lagen. Die Wände hier waren nicht mit teuren Gemälden geschmückt, sondern mit alten, staubigen Wandteppichen, die einen muffigen Geruch in den Gängen verteilten.

»Kommen Sie herein«, bat mich Elouise.

Sie schloss die Tür leise hinter uns. Ich kannte meine Zofe nun schon einige Jahre und unter anderen Umständen hätten wir sicherlich so etwas wie Freundinnen werden können. Dennoch war ich bisher noch nie in ihrem Zimmer gewesen. Der Raum, in dem Elouise sich aufhielt, wenn ich sie nicht brauchte, war kahl und ähnelte eher einer Abstellkammer als einem Schlafzimmer. Das winzige Bett hatte seine besten Tage bereits hinter sich und in den Vorhängen, die das einzige kleine Fenster des Zimmers umrahmten, waren kleine Löcher.

Während ich mich umsah, holte Elouise bereits den Verbandskasten aus einer der Schubladen. Ich trat an einen Tisch mit zwei wackeligen Stühlen. Als ich mich hinsetzte und aus Gewohnheit mein Kleid richten wollte, bemerkte ich die Flecken auf dem feinen Stoff. Überall sah ich nur Blut. Elouise kniete sich vor mich hin und begann mich zu verarzten.

Zehn Minuten später war meine Wunde versorgt und Elouise

atmete erleichtert auf. Es schien, als läge ihr mein Wohlergehen wirklich am Herzen.

»Wollen Sie über das reden, was geschehen ist, Prinzessin?«

Ihre treuen Augen ruhten auf mir und ich stieß ein Seufzen aus. Ich spürte noch immer die getrockneten Tränen auf der Haut, konnte den salzigen Geschmack beinahe noch auf meinen Lippen schmecken.

»Weißt du … es? Weißt du, was der Bote berichtet hat?« Der letzte Satz war nicht mehr als ein Flüstern.

Elouise nickte. »Ja, ich habe es vorhin aufgeschnappt und bin gleich losgelaufen, um Sie zu suchen. Es tut mir aufrichtig leid, Saphina.«

Elouise drückte kurz meine unverwundete Hand. Sofort wurde mir warm ums Herz, denn in dieser Welt, in der jeder nur auf seinen eigenen Vorteil bedacht war, war Mitgefühl wertvoller als eine Truhe voller Gold und Juwelen.

»Sie sollten sich umziehen und zu Ihrer Familie gehen. Man sucht Sie sicherlich schon und die Königin wird Ihren Trost brauchen.«

Mechanisch nickte ich, auch wenn ich mir einer Sache vollkommen sicher war: Meine Mutter war die Letzte, die Trost suchte, und meine Schwester war die Letzte, die um Maylin auch nur eine Träne vergießen würde.

Elouise wollte gerade die Zimmertür öffnen, als wir lautes Stimmengewirr auf dem Flur hörten. Wir wechselten einen raschen Blick. Vorsichtig zog sie die Tür einen Spalt weit auf.

»Sie übertragen es im Fernsehen! Los, das müsst ihr euch ansehen.«

Aus Elouise' Gesicht war jegliche Farbe gewichen.

»Nein! Das … kann doch nicht …«, stotterte ich aufgebracht.

Elouise setzte an, etwas zu sagen, doch ehe sie auch nur ein beruhigendes Wort geäußert hatte, sprang ich auf und stürmte aus dem Zimmer. Heiße Tränen rannen über meine Wangen und ich versuchte erst gar nicht, sie mir aus dem Gesicht zu wischen. Hastig bog ich um die nächste Ecke und ignorierte die Rufe meiner Zofe. Die Luft in meinen Lungen brannte und ein pochender Schmerz breitete sich in meinem Kopf aus. An einem alten Wandgemälde, das einen wunderschönen Blumengarten zeigte, blieb ich schließlich stehen und atmete tief ein, um mich irgendwie zu beruhigen.

Als ich mich halbwegs gesammelt hatte, machte ich mich auf den Rückweg in mein Zimmer. Elouise folgte mir nicht, vermutlich wollte sie mir ein wenig Privatsphäre zugestehen. Die Gänge des Schlosses waren gespenstisch leer. Es war nicht mehr weit zu meinem Zimmer, als die unterkühlte Stimme meiner Mutter hinter mir ertönte.

»Du bleibst schön hier, Fräulein!«

Wie eine Statue verharrte ich in der Bewegung, ehe ich mich langsam umdrehte und in das ausdruckslose Gesicht meiner Mutter blickte.

»Was fällt dir eigentlich ein, Hals über Kopf den Brunch zu verlassen? So habe ich dich nicht erzogen! Du hast Haltung zu bewahren, egal was passiert. Ist dir klar, in was für einem Licht du mich dastehen lässt?«

Betreten blickte ich zu Boden und schwieg. Mir fehlte schlicht die Kraft, ihr zu widersprechen.

»Hast du plötzlich deine Zunge verschluckt?«

»Nein«, antwortete ich tonlos.

»Ich werde dich auf dein Zimmer begleiten, und dann ziehst du dir etwas Angemessenes an. Wenn du wieder vorzeigbar bist, werden wir gemeinsam als geschlossene, unerschütterliche Einheit vor unser Volk treten und zeigen, dass wir uns von solchen Tragödien nicht beeindrucken lassen.«

Ich schluckte. Ungläubig starrte ich meine Mutter an. Das konnte doch nicht ihr Ernst sein! Erneut stiegen mir Tränen in die Augen, doch ich drängte sie mit aller Macht zurück.

»Wie kannst du nur so reden! Wir wissen doch noch gar nicht, was mit Maylin passiert ist.«

»Wärst du nicht weggerannt wie ein kleines Mädchen, wüsstest du sehr wohl, was passiert ist.«

Sie packte mich grob am Arm und gemeinsam liefen wir die Flure entlang. Als wir uns Maylins Zimmer näherten, bemerkte ich die Fremden davor.

»Wer sind diese Menschen?«, fragte ich Mutter.

»Das sind die Ermittler, die den Tod deiner Schwester untersuchen.«

Sie schob mich weiter bis zu meinem Zimmer. Nachdem sie mich hineingeführt hatte, schloss sie die Tür. Schockiert starrte ich sie an. Es waren nicht die Worte, die sie benutzt hatte, sondern vielmehr die Art, wie sie sie ausgesprochen hatte. Als wäre der Tod meiner Schwester – ihrer Tochter – nur einer von vielen Punkten auf der Tagesordnung. Wie konnte sie nur so herzlos sein?

Sie musterte mich beinahe verächtlich und schritt auf den riesigen begehbaren Kleiderschrank zu.

»Wo ist deine Zofe, wenn man sie einmal braucht? Na gut, dann werde ich dir ein passendes Kleid rauslegen. Wasch dir die Tränen aus dem Gesicht. Du kannst es dir nicht mehr länger erlauben zu weinen.«

KAPITEL 5

In schwarze Seide gehüllt und mit gesenktem Blick schritt ich langsam hinter Livia die Treppe zur Eingangshalle hinunter. Der Palast verfügte über ein eigenes Fernsehteam, das bereits dabei war, alles für die Übertragung vorzubereiten. Als ich quer durch die Halle lief, erhaschte ich einen kurzen Blick auf einen der aufgebauten Monitore, auf dem die Berichterstattung des größten Nachrichtensenders der Insel lief. Anscheinend hatte sich der Vorplatz des Schlosses innerhalb kürzester Zeit in ein Schlachtfeld verwandelt. Hunderte Reporter tummelten sich mit Kameras vor den schmiedeeisernen Zäunen, die das Palastgelände umgaben. Sie lauerten dort draußen wie hungrige Tiere. Die schreckliche Nachricht hatte rasend schnell die Runde gemacht, doch solange das Königshaus sich nicht offiziell zu den Gerüchten äußerte, warteten die Menschen direkt vor unseren Toren. Sicherlich hatten die Ersten auch schon Kerzen und Kränze niedergelegt. Bisher hatte Mutter diese seltenen Ansprachen immer allein abgehalten, doch heute war ein historischer Tag für St. Lucien. Noch nie in der Geschichte unserer Insel war ein königliches Familienmitglied eines unnatürlichen Todes gestorben. Die Königin bestand darauf, dass ihre beiden Töchter sie in dieser schweren

Stunde unterstützten, und sie duldete kein Nein. Während ich mich darauf konzentrierte, nicht auf Livias Schleppe zu treten, unterdrückte ich die aufkommenden Tränen.

Benimm dich endlich wie eine Prinzessin, Saphina. Du bist schließlich bald die einzige, die St. Lucien noch hat.

Die Worte meiner Mutter hallten noch immer in meinem Inneren nach. Ihr scharfer Ton hatte mich völlig überrascht. Ich hatte sie angefleht, mir zu erzählen, was mit Maylin passiert war, doch sie hatte nur ein bitteres Lächeln für mich übrig gehabt.

Das erfährst du bei der Ansprache, Saphina. So wie das gewöhnliche Volk auch. Wer sich gewöhnlich verhält, wird auch so behandelt.

Als wir die letzten Treppenstufen endlich hinter uns gelassen hatten, wagte ich es, den Kopf zu heben. Livias

glitzernde Schleppe hinterließ eine feine Spur in dem roten Teppich.

»Prinzessin Saphina, Sie werden links neben der Königin Platz nehmen.«

Verwirrt drehte ich mich um und blickte in das Gesicht einer zierlichen Frau mit Brille, die mich erwartungsvoll ansah. Als ich nicht sofort reagierte, weiteten sich ihre Pupillen und ihr Mund bildete ein kleines O.

»Es tut mir leid, Eure Hoheit. Der Verlust, den Sie …«

Ich hob die Hand und unterbrach die junge Frau. »Ich bin nicht ›Eure Hoheit‹. ›Prinzessin Saphina‹ ist vollkommen in Ordnung. Die Hoheiten befinden sich dort drüben.«

Ich wies in die Richtung, wo Livia gerade mit unserer Mutter sprach. Livias silbernes Kleid funkelte wie eine Discokugel. Die beiden wirkten seltsam ruhig, beinahe gut gelaunt. Mutter hatte auch mich in einen glitzernden Pailettenfummel stecken wollen, doch wenigstens in diesem einen Punkt hatte ich mich durchsetzen können. Ich trug mattes, schlichtes Schwarz. Keine Farbe der Welt hatte für mich mehr einen Wert, jetzt, da Maylin tot war.

»Wie Sie … wie Sie meinen, Prinzessin«, stotterte sie sichtlich überfordert. »Gehen Sie nur nicht mehr allzu weit weg. Die Ansprache beginnt in wenigen Minuten.« Dann hastete sie davon.

»Saphina, kommst du bitte zu uns«, rief Livia mir zu. Ihr Tonfall glich eher einem Befehl als einer Bitte.

Wie in Trance lief ich zu der ruhigen Ecke, in die die beiden sich zurückgezogen hatten, und erwartete fast, dass Mutter genau das wiederholte, was sie mir bereits in meinem Zimmer gesagt hatte.

Du kannst traurig aussehen, aber nicht zu traurig. Tränen sind tabu. Prinzessinnen weinen nicht!

Doch erstaunlicherweise war dem nicht so. Sie musterte mich und offensichtlich schien sie nichts an meinem Äußeren auszusetzen zu haben, denn sie strich lediglich über den weichen Stoff meines Kleides.

»Ich weiß, dass das eine schwierige Situation für euch ist und dass ihr lieber hinter verschlossenen Türen trauern würdet. Aber unser Volk erwartet, dass wir ihm Trost spenden. Wir müssen Stärke demonstrieren. Deshalb werdet ihr mich bei dieser Ansprache unterstützen.«

Livia griff nach ihrer Hand und drückte sie, während ich noch immer schweigend dastand. Alles, was ich hätte sagen können, war bedeutungslos geworden, weil der einzige Mensch, der mir wirklich zugehört hatte, nicht länger da war. Deshalb nickte ich nur und wandte mich von den beiden ab. Ich konnte ihren Anblick einfach nicht ertragen.

»Königliche Hoheiten! Es wird Zeit. In Kürze startet die Übertragung.«

Wie ein Roboter lief ich zu dem Tisch, der direkt vor unserem imposanten Familienwappen aufgebaut worden war. Das goldene, filigran geschwungene *B*, das von Dornenranken umschlossen war, befand sich direkt über uns. So wie wir saßen, sah der Fernsehzuschauer lediglich uns drei und das Wappen. Doch in der Eingangshalle, nicht von den Kameras eingefangen, tummelten sich noch viele andere Menschen. Kameraleute, Tontechniker und Lichtassistenten standen in einem Halbkreis um uns herum. Jeder Einzelne von ihnen starrte uns erwartungsvoll an. Bereits jetzt schmerzten meine Augen von dem grellen Licht. Ich versuchte sie alle auszublenden, indem ich eines der großen Banner fixierte, das am Ende der großen Halle hing.

»Die Übertragung startet in drei … zwei … eins …«, rief einer der Männer hinter der Kamera uns zu.

Der Monitor, der vor uns in Sichtweite aufgebaut war, zeigte die herunterzählenden Zahlen, und als die 1 verschwand, spürte ich, wie mich die Nervösität übermannte.

»Heute ist ein dunkler Tag in der Geschichte unserer Insel«, begann Mutter. Wie bei jeder öffentlichen Ansprache trug sie ihre Krone, die sie noch herrschaftlicher wirken ließ, als sie es ohnehin schon war.

Das Bedauern in ihrer Stimme klang ehrlich, doch ich wusste es besser. Stur wie eine Statue starrte ich jetzt auf das grüne Licht über der Kamera, war mir meiner aufeinandergepressten Lippen, der weit aufgerissenen Augen bewusst, als würde ich dem Tod direkt ins Gesicht blicken.

»Aber wenn uns die Geschichte eines gelehrt hat, dann, dass aus der Dunkelheit heraus die schönsten Dinge entstehen können.«

Ich wollte ihren leeren Phrasen nicht zuhören, all den Sätzen, die ihr irgendein Berater hastig zusammengeschrieben hatte. Keines dieser Worte war ihr eigenes. Sie erzählte von Zusammenhalt und Hoffnung. Davon, dass wir uns von diesem tragischen Verlust nicht einschüchtern lassen dürften. Doch die Menschen dort draußen interessierte ohnehin nur eine Frage, genau wie mich: War es wirklich ein Unfall gewesen?

Es schien, als würden Stunden vergehen, doch als Maylins Name aus Mutters Mund drang, verschwand der Nebel, der mich umhüllt hatte.

»Prinzessin Maylin Rebecca Bell starb in der gestrigen Nacht aufgrund eines tragischen Unfalls. Sie fiel bei einem abendlichen Spaziergang von der Palastmauer und brach sich beim Aufprall das Genick. Die Ärzte konnten keinerlei Fremdeinwirkung feststellen und es gibt keinen Grund, diese Einschätzungen infrage zu stellen. Daher wird es keinerlei weitere Ermittlungen geben.«

Mein Blick wanderte zu dem Telepromter, der bereits einen neuen Absatz einblendete. Erschrocken riss ich die Augen auf. Das, was sie gleich ablesen würde, raubte mir den Atem. Ich drehte den Kopf nach rechts und starrte sie ungläubig an. Doch Mutter tat so, als hätte sie meine Regung gar nicht bemerkt. Mir war es gleichgültig, was die Medien oder die Presse zu dieser Geste sagen würden. Sollten sie doch wissen, dass ich die Entscheidung meiner Mutter nicht guthieß.

»Wir alle sind tief betroffen und voller Trauer, aber eines wissen wir: Prinzessin Maylin hätte nicht gewollt, dass ihr Tod die Freuden des Lebens überschattet. Deshalb wird die Hochzeit und auch die Krönung meiner ältesten Tochter Livia Magnolia Bell morgen wie geplant stattfinden. Das Königshaus wird die Trauerzeit erst nach den Feierlichkeiten offiziell ausrufen.«

Ich krallte die feuchten Hände in den kalten schwarzen Stoff meines Kleides und spürte, wie ich am gesamten Körper zu zittern begann. Das konnte doch alles nicht wahr sein, aber ich hatte die Worte selbst gehört. Die beiden hatten sich wirklich dafür entschieden, diese dämliche Hochzeit über Maylins Tod zu stellen! Ich liebte meine Schwester, ich liebte meine beiden Schwestern, obwohl Livia gerade in den letzten Wochen wirklich unerträglich gewesen war. Aber sie nahm von Tag zu Tag mehr Kälte unserer Mutter in sich auf.

Die Ansprache ging noch eine gefühlte Ewigkeit so weiter. Mein Körper saß zwar noch immer auf diesem unbequemen Stuhl, doch in Gedanken befand ich mich ganz woanders. Wieso war Maylin bei Nacht draußen auf der Mauer umhergeirrt? Was hatte sie dort gesucht? War jemand bei ihr gewesen? Fragen über Fragen, die sich in meinem Kopf förmlich überschlugen. Nichts von alledem ergab einen Sinn.

»Und … Ende!«, rief die Männerstimme und sofort endete die Stille, die während der Übertragung geherrscht hatte. Mutter und Livia sprangen wie von einer Tarantel gestochen auf und hasteten zu der blonden Dame mit chaotischem Dutt, die ein Tablet in der Hand hielt.

»Die Einschaltquoten waren überragend«, teilte sie meiner Mutter mit, die zufrieden nickte.

»Gut, das dämmt die lächerlichen Gerüchte über den Tod meiner Tochter zumindest ein wenig ein. Packen Sie Ihre Sachen zusammen und dann verlassen Sie bitte das Schloss. Wir brauchen ein wenig Ruhe. Morgen ist immerhin ein wichtiger Tag für meine Älteste.«

Langsam erhob ich mich und trat einen Schritt zur Seite.

Die Frau verbeugte sich, ehe sie begann, allerlei Zeug zusammenzuraffen. Die Lampen wurden abgebaut, und auch der Tisch und die Stühle, auf denen wir eben noch gesessen hatten, wurden von zwei Männern davongetragen. Ich fühlte mich wie ein deplatziertes Möbelstück, das man versehentlich an die falsche Stelle gestellt und dort vergessen hatte.

»Livia, du solltest dich ausruhen. Dein künftiger Ehemann möchte dich morgen sicherlich nicht mit tiefen Augenringen heiraten.«

Livia gab unserer Mutter einen Kuss auf die Wange, nickte mir kurz zu und stieg langsam die Treppe hinauf. Ich wollte mich gerade umdrehen und es ihr gleichtun, als Mutter mit der Zunge schnalzte. Sie wusste, wie sehr ich dieses Geräusch verabscheute.

»Du kommst mit mir.«

Ihr Tonfall duldete keinerlei Widerspruch und so folgte ich ihr durch die große Eingangshalle hinaus ins Freie. Zielstrebig lief sie über den Kiesweg und die Meute vor den Toren flippte regelrecht aus, als sie uns erkannte. Die strahlende Sonne ließ die goldene Krone der Königin funkeln, die sie noch immer auf dem Kopf trug. Sie wog beinahe ein Kilo, dennoch schritt Mutter so elegant den Weg entlang, als würde sie lediglich eine Feder auf dem Haupt balancieren. Sie war die pure Eleganz.

»Wohin gehen wir?«

Sie ignorierte die Frage, bis wir außer Sichtweite der Schaulustigen waren und um eine Ecke bogen und sie schließlich bei dem Pavillon hielt, den Vater vor Jahren hatte erbauen lassen. Als wir noch eine glückliche Familie gewesen waren und Mutters Herz nicht kalt und hart wie ein Stück Granit. All das schien plötzlich so unglaublich weit weg. Wie ein Traum aus vergessenen Tagen. Sie setzte sich auf eine der Bänke und blickte mich erwartungsvoll an. Das Holz war verwittert und die weiße Farbe an vielen Stellen bereits abgeblättert. Der Pavillon besaß viele kleine Rundbögen, die mit schnörkeligen Details verziert waren. Um ihn herum waren früher bunte Blumenbeete gewesen, doch jetzt wuchs dort nur noch Rasen.

»Ihr habt diesen Ort hier geliebt.«

Zögerlich setzte ich mich ebenfalls und blickte ihr ins Gesicht. Es war von feinen Linien durchzogen. Jede für sich erzählte eine Geschichte – von glücklichen Tagen, an denen sie gelacht hatte, bis ihr der Bauch schmerzte. Aber auch von tragischen Tagen. Tagen des Schmerzes und des Verlusts. Tagen wie dem heutigen.

All das zeichnete sich auf ihrem Gesicht ab und dennoch war sie die schönste Frau, die ich je gesehen hatte. Sie war immer mein Vorbild gewesen, bis zu dem Tag, an dem sie aufhörte zu lachen und ihr Herz vor uns verschloss. Von da an war es Maylin gewesen, an der ich mich orientiert hatte. Meine mutige, wilde und unzähmbare Schwester.

»Ich hätte es nie für möglich gehalten, dass wir beide einmal dieses Gespräch führen würden.« Suchend sah sie sich um und etwas in ihrem Verhalten beunruhigte mich.

»Dann sollten wir es vielleicht lieber lassen«, hätte ich beinahe geflüstert. Aber ich schwieg.

»Ach, Saphina, du bist noch so jung. Viel zu jung und naiv, um zu verstehen, was heute passiert ist.« Irgendetwas an ihrem seltsam nachdenklichen Tonfall provozierte mich.

Wütend sprang ich auf. »Zu jung, um zu verstehen, dass Maylin tot ist? Willst du das damit andeuten?«

»Saphina, glaubst du nicht, ich trauere auch? Glaubst du nicht, der Tod deiner Schwester ist, als hätte man mir ein lebenswichtiges Organ aus der Brust gerissen?«

»Aber du atmest einfach weiter! Du läufst herum, erteilst den Leuten Befehle und lächelst in eine gottverdammte Kamera! Kein normaler Mensch betrauert so den Tod eines geliebten Menschen!«, schrie ich ihr entgegen.

Meine Augen brannten, doch ich wollte nicht weinen. Nicht jetzt. Ich nahm einen tiefen Atemzug, blinzelte die Tränen weg und versuchte die Kontrolle zu behalten.

»Wir sind aber keine normalen Menschen, Saphina. Ich bin die Königin von St. Lucien und unser Volk braucht das Gefühl von Sicherheit. Ich kann mich nicht heulend vor die Kamera setzen oder mich wochenlang im Palast einschließen. Ich habe ein Land zu regieren«, sagte sie in versöhnlichem Ton.

Sie griff nach meiner Hand, doch ich entzog mich ihr und ging einige Schritte zurück.

»Wie kannst du die Hochzeit nur über Maylins Beerdigung stellen?«

»Das Wohl unseres Volkes steht immer an erster Stelle. Du und Maylin, ihr habt in mir nur die herzlose, kalte Königin gesehen, die an sich und ihren Vorteil denkt. Aber so ist es nicht. Alles, was ich getan habe, habe ich für euch getan. Für euer Wohlergehen!«

Die Stärke in ihrer Stimme schwand und zum ersten Mal seit langer Zeit konnte ich unter ihrer harten Maske eine Spur Menschlichkeit erkennen.

»Verschieb die Hochzeit, Mutter«, flehte ich sie an. »Livia wird es verstehen. Sie muss es einfach verstehen! Tyr läuft ihr schon nicht weg.«

Sie erhob sich von der Bank. Langsam kam sie näher und nahm mein Gesicht in beide Hände.

»Es tut mir so leid, Saphina«, flüsterte sie. Ihre Stimme klang wie ein eisiger Windstoß in einer sternenlosen Nacht.

»Was tut dir leid?«, fragte ich verwirrt.

»Alles, was du nun auf dich nehmen musst.« Sie rückte sich die Krone zurecht, ehe sie sich von mir abwandte und ging.

»Was meinst du damit? Kannst du mir gefälligst sagen, was das alles zu bedeuten hat? Wieso hinterfragst du Maylins Tod denn nicht? Es kann doch unmöglich ein Unfall gewesen sein!«

Doch sie schritt den Kiesweg weiter, ohne sich auch nur ein einziges Mal zu mir umzudrehen.

Ich betrachtete die dunkelgrünen Ranken, die sich um den einst strahlend weißen Pavillon geschlängelt hatten. Früher hatte Vater zwischen den Blättern immer Weingummi versteckt. Ich war viel zu klein gewesen, als dass ich alle Süßigkeiten hätte erreichen können, aber Livia und Maylin hatten mir immer etwas abgegeben. Meine beiden großen Schwestern, die für mich da gewesen waren. Wo war diese Zeit nur hin und an welchem Punkt hatten wir drei uns so auseinandergelebt? Obwohl die Sonne durch das Blätterdach des Pavillons schien, fröstelte es mich. Seit wann war mein Leben so kompliziert?

Meine Füße trugen mich wie von selbst zurück zum Schloss, doch als ich das riesige Gebäude erreichte, blieb ich hilflos stehen. Was sollte ich jetzt eigentlich tun? Um mich herum herrschte wie gewohnt geschäftiges Treiben und mein Magen zog sich schmerzhaft zusammen. Statt in stiller Trauer den Tod meiner geliebten Schwester zu verarbeiten, würden wir morgen feiern.

»Saphina? Geht es dir gut?«

Verwirrt blickte ich mich um. Doch ich war noch so in meinen Gedanken gefangen, dass ich den Ursprung der Stimme nicht ausmachen konnte.

»Hier oben!«

Als ich den Kopf hob, erkannte ich Dante, der auf einem Balkon stand, wobei er sich weit über das Geländer beugte und mir zuwinkte. Ein stechendes Gefühl in meiner Brust ließ mich innehalten. Was machte er hier im Schloss? Fragend sah ich hinauf zu ihm. Er musste mein Zögern bemerkt haben, denn kurz darauf verschwand er aus meinem Blickfeld und kam mir wenig später die Treppe hinunter entgegen.

»Können wir kurz reden?«

Worüber wollte er mit mir reden? Über Maylins Tod? Plagte ihn etwa wie mich das schlechte Gewissen wegen unseres gestrigen Tanzes?

Ich wollte gerade antworten, als eine blonde Frau auf uns beide zuhechtete, uns an den Händen packte und uns über den Flur hinter sich herschleifte. Ich verzog kurz das Gesicht, weil sie ausgerechnet meine verletzte Hand ergriffen hatte.

»Entschuldigen Sie bitte!«, rief ich empört und befreite mich aus ihrem Griff.

Erst jetzt erkannte ich die hibbelige junge Frau. Megan, die königliche Stylistin, die sich einzig und allein darum kümmerte, dass die Königsfamilie immer und überall modetechnisch im Mittelpunkt stand.

»Prinzessin Saphina, ich habe Sie schon überall gesucht«, antwortete sie stattdessen und ihr Tonfall klang mindestens drei Oktaven zu hoch.

Als ich nichts erwiderte, blickte sie in Dantes Gesicht. Der hob nur abwehrend die Hände.

»Es hat ihr noch niemand gesagt, oder?« Megans Stimme klang zögerlich und ich ahnte schon, dass mir diese Neuigkeit ganz und gar nicht gefallen würde.

»Was hat mir noch niemand gesagt?«

»Wir müssen Sie für die Hochzeit neu einkleiden, jetzt, wo …«

Sie stockte kurz. »… jetzt, wo Sie ab morgen die einzige Prinzessin der Insel sind.«

Ich war schockiert. »Das ist doch ein schlechter Scherz, oder? Meine Schwester ist tot und das Einzige, worum es geht, ist, wie ich aussehe?«

»Die Königin hat gesagt …« Weiter kam sie nicht.

Ich stolperte zurück und starrte sie und Dante fassungslos an. »Es ist mir scheißegal, was die Königin gesagt hat!«, schrie ich sie an. Die Menschen, die in der Eingangshalle herumwerkelten, hielten inne und starrten mich ungläubig an. »Lasst mich einfach alle in Ruhe!«

Wütend rannte ich die Treppe hinauf. Ich wollte nur noch in mein Zimmer und die Tür verriegeln. Hatten denn alle in diesem Schloss ihren gottverdammten Verstand verloren? Wieso war es so wichtig, dass die Hochzeit ausgerechnet morgen stattfand? Mutter ging es gesundheitlich gut und es sprach nichts dagegen, dass sie noch etwas länger Königin blieb.

In meinem Zimmer angekommen, schlug ich völlig außer Atem die Tür hinter mir zu und drehte den Schlüssel im Schloss um. Ich ließ mich mit dem Rücken an der Tür hinunterrutschen und blieb auf dem kalten Fußboden sitzen. Mein Körper fühlte sich an, als würde er in Tausende winzig kleine Teile zerbrechen, und alles, was ich war, alles, was mich mein ganzes Leben lang ausgemacht hatte, verlor schlagartig an Bedeutung. Bisher war ich nie wichtig gewesen. Im Schatten meiner beiden älteren Schwestern war ich durchs Leben geschritten und niemand hatte sich darum geschert. Ich wollte weiterhin unsichtbar sein.

Ein leises Klopfen an der Tür ließ mich aufhorchen. Ich rührte mich nicht, sondern wartete angespannt.

»Saphina? Bist du da?«

Ich runzelte überrascht die Stirn. Was wollte Dante denn so Wichtiges von mir, dass er mir bis zu meinem Zimmer gefolgt war?

»Ich weiß, dass du da bist. Hör zu, ich bin auch nicht scharf darauf, dir hinterherzurennen, aber glaub mir, es ist dringend. Du willst das, was ich dir zu sagen habe, sicherlich von niemand anderem zuerst erfahren.«

Nachdem ich erneut nicht reagierte, hörte ich, wie Dante auf dem Marmorboden auf und ab zu gehen begann, aber ich wollte mit niemandem mehr sprechen. Nicht über die Hochzeit oder die Krönung, nicht darüber, was ich anziehen sollte, und erst recht nicht über Maylin.

Vorsichtig rappelte ich mich auf und schlüpfte aus den unbequemen Schuhen und dem viel zu engen Kleid. Dante würde schon irgendwann verschwinden. Ich ließ mich aufs Bett fallen. Als ich mich auf die Seite drehte, spürte ich etwas Hartes unter der Bettdecke. Mit den Händen ertastete ich die Fernbedienung. Der TV-Bildschirm hing an der gegenüberliegenden Wand. Obwohl ich wusste, dass es ein riesengroßer Fehler war, schaltete ich ihn an.

Kein Gespräch auf Erden hätte mich auf das vorbereiten können, was die Nachrichtensender über Maylins Tod berichteten. Ich zappte durch die Kanäle und überall liefen Sondersendungen zum Tod meiner Schwester. Auch weltweit wurde darüber berichtet, immerhin starben nicht tagtäglich wunderschöne Prinzessinnen von mächtigen Inselstaaten. Schließlich blieb ich an dem größten Sender der Insel hängen. Eine viel zu stark geschminkte, mechanisch in die Kamera grinsende Blondine moderierte offensichtlich eine Sondersendung.

»Und die große Frage, die wir uns alle stellen, lautet: War es

Selbstmord oder doch ein tragischer Unfall, der sich in dem malerischen Palast von St. Lucien ereignete? Wir haben heute eine Dame eingeladen, die die Königsfamilie in den letzten Wochen und Monaten hautnah erlebt hat. Einen herzlichen Applaus für Fiona McEvans, die amerikanische Luxusbrautmodendesignerin, die auch das Brautkleid von Prinzessin Livia Magnolia Bell geschneidert hat.«

Ein nerviger TV-Jingle war zu hören, als die schlaksige Frau das Fernsehstudio betrat.

Ob Mutter und Livia bereits wussten, dass die teuer eingeflogene Designerin gerade bei einer der größten Klatschtanten auf dem Sofa saß, um über unser Privatleben zu reden? Vermutlich nicht. Die beiden waren sicherlich damit beschäftigt, die Tischordnung zu ändern, denn Maylins Platz durfte auf keinen Fall leer bleiben. Sofort überkam mich wieder die Wut.

Als die Melodie endete, begann die Moderatorin, Fiona mit Fragen zu löchern.

»Wie war denn das Verhältnis der drei Prinzessinnen untereinander? Gab es öfter mal Streit oder Zankereien? Waren Maylin und Saphina vielleicht sogar eifersüchtig auf den guten Fang ihrer älteren Schwester?«

Zeitgleich wurde ein Foto von Tyr eingeblendet. Ihm gehörte eine der größten IT-Firmen der Welt, *CroninTec.* Auf dem Foto trug er einen grauen Anzug und lächelte verführerisch in die Kamera. Ein richtiger Weiberheld. Ein ekelhafter, schleimiger Frauenverführer. Ein Giftmolch.

Aber das sah man auf dem Foto natürlich nicht.

»Livia und ihr Verlobter wirkten sehr glücklich, wenn ich sie zusammen gesehen habe«, begann Fiona zu schwärmen.

Unglaublich, dass diese Frau nett über meine Schwester sprach, immerhin hatte Livia sie alles andere als gut behandelt. Und sie schien eine unerbittliche Klatschtante zu sein.

»Also gab es keine Eifersucht?«, hakte die Moderatorin nach.

»Gibt es die nicht immer bei gut aussehenden Männern?«

Fiona zwinkerte ihr verschwörerisch zu und ich unterdrückte ein Würgegeräusch. Maylin hatte Tyr gehasst! Er war überhaupt nicht ihr Typ.

»Es gibt ja nun schon länger Gerüchte über ein Liebes-Aus zwischen Prinzessin Maylin und dem jüngsten Sohn von Baron de Lacey, Dante. Erst gestern Abend soll er auf dem Empfang der Königin eng umschlungen mit der jüngsten Prinzessin getanzt haben. Ist es möglich, dass Maylin das Glück ihrer beiden Schwestern nicht ertragen und sich deshalb in den Tod gestürzt hat?«

Bevor Fiona auf diese absurde Frage antworten konnte, schmetterte ich die Fernbedienung in Richtung Fernseher. Der Bildschirm bekam einen feinen Riss und die nervige Stimme verstummte.

Die plötzliche Stille war allerdings noch schlimmer als das dumme Geplapper dieser sensationsgeilen Fernsehtante. Ich vergrub mein Gesicht tief im Kissen. Und obwohl es noch mitten am Tag war, schlief ich wenig später erschöpft ein.

KAPITEL 6

Ein eigenartiges Klappern ließ mich nur wenige Stunden später wieder aus dem Schlaf schrecken. Ich rieb mir die Augen und setzte mich im Bett auf und horchte angestrengt. Von der Zimmertür kam das seltsame Geräusch jedenfalls nicht. Neugierig sah ich mich um. Die Sonne war mittlerweile dabei unterzugehen und allmählich wurde der Raum in Dunkelheit getaucht.

Als es erneut klapperte, zuckte ich erschrocken zusammen. Es klang, als wäre da jemand am Fenster. Allerdings befand sich mein Zimmer im ersten Stock und die Fassade des Schlosses war so glatt, dass man unmöglich daran emporklettern konnte. Ich trat näher an die Scheibe und spähte hinaus. Der riesige Palastgarten lag verlassen unter mir und der Himmel am Horizont hatte sich während des Sonnenuntergangs in ein schillerndes Inferno aus Rot und Orange verwandelt. Als ich die Balkontür vorsichtig aufzog, zischte mir eine Stimme zu: »Psssst, Saphina! Komm raus!«

Ich trat auf den kleinen Balkon.

»Hier unten.«

Vorsichtig beugte ich mich über die Balustrade und starrte hinab. Dante, bewaffnet mit einer Handvoll weißen Kieselsteinen, stand direkt unter meinem Fenster und sah zu mir hinauf.

»Du hast wohl ein bisschen zu viel Shakespeare intus«, rief ich ihm zu.

Doch sein Gesichtsausdruck blieb ernst und unnachgiebig. »Wir müssen dringend reden.«

Auf seiner Stirn zeichneten sich kleine Falten ab und er wirkte seltsam angespannt. Ich kannte diesen Mann nicht gut, aber in all der Zeit, in der er Maylins Begleiter gewesen war, hatte ich ihn nie so erlebt. Dante de Lacey war die Ruhe in Person.

»Tun wir das nicht gerade?«

Ich verschränkte die Arme vor der Brust und starrte weiter zu ihm hinunter. Wieso verstand er nicht, dass ich meine Ruhe haben wollte?

»Vertrau mir. Das alles hat auch mit Maylin zu tun. Es ist wirklich wichtig. Kommst du runter und wir treffen uns in zehn Minuten beim alten Gewächshaus? Dauert auch nicht lange, versprochen.«

Seine Stimme klang seltsam farblos und der verschmitzte Tonfall, in dem er sonst gern sprach, war verschwunden. Unschlüssig blickte ich zu Boden und entdeckte die Kieselsteine, die er gegen meine Fensterscheiben geschmissen hatte. Mir würde es wohl für immer ein Rätsel bleiben, was manche Frauen an derartigen Aktionen romantisch fanden.

»Okay, von mir aus«, rief ich ihm schließlich zu.

Ich wusste nicht einmal, wieso ich zustimmte.

Dante nickte, ehe er sich umdrehte und aus meinem Blickfeld verschwand.

Ich trat zurück in mein Zimmer und lief zu meinem riesigen Kleiderschrank. Normalerweise war Elouise dafür zuständig, in diesem Ungetüm meine Klamotten zu suchen, aber ich hatte sie nicht mehr gesehen, seit sie meine Wunde versorgt hatte. Meine

Hände glitten über die unzähligen Kleider, die in den verschiedensten Farben funkelten. Alle großen Designer waren vertreten, doch kein Kleid der Welt konnte mit meiner absoluten Lieblingsjeans mithalten. Schnell schlüpfte ich hinein und schnappte mir einen dunkelblauen Pullover der University of Cambridge, den Maylin mir letztes Jahr von ihrer Reise nach England mitgebracht hatte. Er erinnerte mich an sie, und das war alles, was zählte.

Traurig begutachtete ich mich im Spiegel. Ein gewöhnliches Mädchen mit leerem Blick starrte zurück. Genau das hatte Maylin immer sein wollen: normal. Eine normale junge Frau mit einem normalen Leben und normalen Klamotten. Doch immer, wenn sie mit Mutter darüber sprach, rümpfte die nur die Nase oder lachte Maylin sogar aus.

Du willst gewöhnlich sein, mein Kind? Gewöhnliche Menschen müssen für ihr Geld hart arbeiten. Du weißt doch nicht im Entferntesten, was Arbeit überhaupt ist. Schlag dir diese Flausen aus dem Kopf und zieh dir was Schickes an.

Ich zog mir die Kapuze über den Kopf und lief zur Tür. Vorsichtig drehte ich den Schlüssel im Schloss und spähte hinaus auf den Flur. Selbstverständlich fiel mein Blick als Erstes auf einen Leibwächter, der mich neugierig musterte, jedoch keine Anstalten machte, mich aufzuhalten.

Ich lief den Flur entlang, um so zu dem kleinen Ausgang im hinteren Teil des Palasts zu gelangen. Das alte Gewächshaus befand sich im östlichen Teil des Palastgartens. Doch ich kam nicht weit. Ehe ich auch nur den Haupttrakt des Gebäudes verlassen konnte, lief ich Livia in die Arme.

»Saphina?«, fragte sie ungläubig.

Kurz überlegte ich, mir die Kapuze noch tiefer ins Gesicht zu ziehen und einfach an ihr vorbeizulaufen. Doch letztlich hob ich den Kopf und sah ihr direkt in die kalten blauen Augen.

»Livia?«, erwiderte ich im selben Ton.

»Wo hast du den ganzen Tag lang gesteckt? Und was hast du da an?« Sie ließ den Zettel sinken, den sie hielt, und stemmte die Hände in die Hüften.

»Ich hab ein wenig Zeit für mich gebraucht.«

Kurz schien Livia besänftigt, doch dann wurde ihr Gesichtsausdruck ohne jegliche Vorwarnung wieder ernst.

»Du solltest jetzt nicht allein sein. Hat Megan dir eigentlich schon von der Planänderung bezüglich der Hochzeit berichtet?«

Langsam schüttelte ich den Kopf.

»Alles muss man hier selbst erledigen. Nun gut, was hältst du davon, wenn du mich begleitest und ich erzähl dir alles, während wir die letzten Vorbereitungen durchgehen?«

Das Letzte, was ich wollte, war, diesen Abend mit Livia zu verbringen. Sie tat so, als wäre alles beim Alten, und diese Scheinheiligkeit machte mich beinahe krank. Aber sie würde sowieso kein Nein akzeptieren, also blieb mir im Grunde keine andere Wahl.

»In Ordnung. Aber nur, wenn es Kakao gibt.«

Livias helle Augen wurden schlagartig größer, ehe sie einen Schritt auf mich zukam. »Manche Dinge ändern sich wohl nie, was?«

Sie griff nach meiner Hand und ich bemerkte, wie schwitzig ihre Handflächen waren. Anscheinend ging das alles doch nicht so spurlos an ihr vorüber, wie sie es nach außen hin zeigen wollte.

»Hör mal«, begann sie zögerlich, als wir schon fast in ihrem Ankleidezimmer angelangt waren. »Es ist okay, dass du … trauerst.« Ihr Blick wanderte über meinen Pullover hinunter bis zu meinen Schuhen und wieder hinauf zu meinem sicherlich völlig zerzausten Haar, das ich vergessen hatte zu kämmen. »Aber wenn dich jemand so sieht, dann zerreißt dich die Presse in der Luft. Sie lauern nur auf eine heiße Story und ihnen ist jedes Mittel recht.«

Als wir die große weiße Tür erreichten, ließ sie meine Hand los und drückte die Klinke herunter. Zielsicher steuerte ich das kleine Sofa in der Ecke an und ließ mich darauffallen.

»Ich kann nicht so tun, als wäre nichts geschehen. Maylin ist tot! Sie ist nicht verreist oder mal eben für ein paar Wochen untergetaucht, wie sie das sonst gerne mal gemacht hat. Sie ist tot und kommt nicht wieder zurück. Nie mehr.« Die letzten Worte waren nicht mehr als ein leises Wispern. Ich erkannte meine dünne Stimme kaum wieder.

»Das weiß ich doch. Aber es war ein Unfall! Ein tragischer, dummer Unfall, an dem niemand die Schuld trägt.«

Erschrocken blickte ich sie an. Ihre Stimme klang fest, beinahe wütend. Es lag keinerlei Trauer, kein Bedauern in ihren Worten. Für sie war der Tod ihrer Schwester wohl nur ein nerviger Aufgabenpunkt auf ihrer dämlichen Hochzeitsliste, den sie abarbeiten musste, damit alles wieder nach Plan verlief.

»Maylin wäre doch niemals von der Mauer gefallen«, flüsterte ich.

»Was willst du damit andeuten?« Livias Augen stachen mir entgegen wie spitze Eiskristalle und ihre Lippen bebten, während sie begann, die vielen losen Zettel auf dem kleinen Tisch zu sortieren.

Ich wusste nicht, was ich antworten sollte. Was wollte ich damit andeuten? Vielleicht, dass Maylin niemals so ungeschickt gewesen wäre, einfach von der Mauer zu plumpsen wie ein Sack Kartoffeln? Vielleicht, dass Maylin niemals aus freien Stücken von dieser Mauer gesprungen wäre, um ihr Leben eigenhändig zu beenden?

»Sie wurde gestoßen«, presste ich mühsam hervor.

Livia hielt mitten in der Bewegung inne. »Das ist ausgeschlossen! Die Ermittler haben gesagt, dass …«

»Ich kenne Maylin schon mein ganzes Leben lang. Genau wie du. Sie wäre niemals gesprungen, und gefallen ist sie ganz sicher auch nicht. Und wie lange waren diese Ermittler hier? Zwei Stunden? Ganz schön kurz, um eine so wichtige Ermittlung für beendet zu erklären, oder nicht?«

Erst jetzt bemerkte ich, dass ich vom Sofa aufgestanden war und mir erneut Tränen übers Gesicht liefen.

»Beruhig dich, Saphina.«

Meine Schwester war sichtlich bemüht, Haltung zu bewahren, doch sie war nicht so eiskalt, dass ihr mein Zustand völlig egal war. Aber als sie die Hand hob und langsam auf mich zukam, ging ich automatisch einen Schritt zurück und stolperte beinahe über das Sofa. Schnell brachte ich etwas Abstand zwischen uns.

»Wie kannst du es nur wagen, morgen zu heiraten? Ohne sie!«, schrie ich sie an. All die Wut in meinem Bauch suchte sich ihren Weg nach draußen.

»Saphina, beruhig dich, bitte.«

Doch damit machte sie mich nur noch wütender.

»Ich …«, presste ich hervor.

Livia musterte mich mit einer Mischung aus Unglauben und Misstrauen. Doch Sorge konnte ich in ihrem Blick kaum erkennen.

»Ich werd nicht an der Hochzeit teilnehmen.«

Für einen Moment schienen die Worte über unseren Köpfen zu schweben. Doch als Livia begriff, was ich da gerade gesagt hatte, begann sie zu lachen.

Schockiert blickte ich sie an und sie verstummte zwar, doch

lächelte sie noch immer. Sie ging zur Tür und drückte auf einen Knopf, der beinahe unsichtbar in das hässliche Tapetenmuster eingearbeitet war.

»Saphina, ob du es glaubst oder nicht, aber diese Entscheidung liegt nicht in deiner Hand. Wir sehen uns morgen. Schlaf dich aus und vielleicht sind deine Worte dann weniger wirr. Du bist einfach etwas labil und ich werde sie dir nicht nachtragen.«

Sie faltete die Hände vor der Brust und wirkte wie ein Engel. Dann wurde die Tür zum Zimmer leise geöffnet und zwei uniformierte Männer betraten den Raum. Ich konnte nicht verstehen, was Livia zu diesen beiden Männern sagte, doch als sie langsam auf mich zukamen, wurde mir ganz mulmig.

»Prinzessin, wir werden Sie jetzt zurück auf Ihr Zimmer begleiten.«

Ein letztes Mal blickte ich in Livias Gesicht. So, wie sie sich verhielt, hatte ich heute nicht nur eine Schwester verloren, sondern beide.

Die beiden Männer brachten mich schweigend zu meinem Zimmer. Dieser Tag zählte zu den grauenvollsten in meinem ganzen Leben, und wenn ich Pech hatte, würde sich der morgige als genauso schrecklich entpuppen.

KAPITEL 7

Am nächsten Morgen wurde ich durch lautes Poltern aus dem Schlaf gerissen. Ich öffnete die Augen und starrte auf die Tür. Irgendjemand hämmerte energisch dagegen und versuchte immer wieder, sie zu öffnen. Doch ich hatte sie in weiser Voraussicht am Vorabend abgeschlossen und sicherheitshalber sogar noch einen Stuhl unter die Klinke gestellt.

»Saphina!«

Leise setzte ich mich im Bett auf, erwiderte jedoch nichts auf das drängende Rufen. Durch das Holz klang die Stimme nur gedämpft zu mir, sodass ich nicht eindeutig heraushören konnte, wer dort auf dem Flur meinen Namen rief.

»Ich weiß, dass du mich hörst. Mach die Tür auf!«

Ich tapste zur Tür und drückte vorsichtig meinen Kopf gegen das Holz. Als jedoch erneut dagegengeschlagen wurde, zuckte ich erschrocken zusammen und ein spitzer Schrei entfuhr mir. So ein Mist!

»Mach endlich diese beschissene Tür auf, Saphina!«

War das etwa … Dante?

Ich schob den Stuhl zur Seite und entriegelte die Tür. Noch bevor ich sie selbst öffnen konnte, wurde sie von außen aufgedrückt, und tatsächlich schob sich Dante durch den schmalen Spalt. Sofort schob er den Riegel wieder vor und starrte mich verwundert an.

»Hast du etwa bis gerade eben geschlafen?«, fragte er ungläubig.

Ich spürte, wie er mich von oben bis unten musterte und sein Blick schließlich an meiner Schlafhose mit den kleinen lila Elefanten hängen blieb. Die Hose hatte Elouise mir vor einiger Zeit besorgt, weil ich immer darüber geklagt hatte, dass ich die feinen Seidennachthemden nicht ausstehen konnte. Bisher hatte ich sie gut vor Mutter verstecken können, die war nämlich kein großer Fan von lila Elefanten.

»Wie niedlich«, meinte er.

»Danke.«

Für einen Moment wusste keiner von uns beiden, was er tun sollte. Doch Dante fing sich als Erster. Langsam schritt er durch mein Zimmer und blieb schließlich an der Fensterfront stehen. Mit einem kräftigen Ruck zog er die Vorhänge zur Seite und ließ das helle Sonnenlicht in den Raum. Sofort kniff ich die Augen zusammen.

»War das wirklich nötig?«, nörgelte ich.

»War es wirklich nötig, mich gestern einfach zu versetzen?«

Unruhig tippelte ich von einem Fuß auf den anderen, während ich fieberhaft überlegte, ob es möglich war, mir unauffällig etwas überzuziehen. Doch Dante starrte nur weiter aus dem Fenster und schien gar keine Antwort von mir zu erwarten. Als ich endlich meinen Morgenmantel entdeckte und rasch zu meinem offenen Kleiderschrank huschte, wandte er sich wieder zu mir herum.

»Es tut mir leid, mir ist was dazwischengekommen«, rief ich, während ich mir den langen hellblauen Mantel überwarf und erleichtert einen lockeren Knoten in die Bändchen machte.

»Was dazwischengekommen … So, so.«

In Dantes Stimme schwang etwas mit, das beinahe wie verletzter Stolz klang. Er fuhr sich mit der Hand durchs leicht zerzauste Haar und starrte mich noch immer an.

»Ist irgendwas?«, fragte ich irritiert.

»Deine Schwester hat mir erzählt, dass du dich weigerst, der Trauung beizuwohnen, und dass du auch der Krönung fernbleiben möchtest. Ist das wahr?«

Ich biss mir nervös auf die Lippe, in der Hoffnung, etwas Zeit schinden zu können. Schließlich nickte ich ganz leicht.

Er seufzte, ehe er sich auf mein ungemachtes Bett setzte und mit der Hand neben sich auf die Matratze zeigte. »Setz dich lieber.«

Äußerlich sah man Dante nicht an, ob er unter dem Tod von Maylin litt. Aber ich war mir sicher, dass auch ihn die Situation sehr belastete.

Mein Blick huschte über den schwarzen samtenen Smoking, den Dante trug. Vermutlich für die Hochzeit meiner Schwester, die in wenigen Stunden stattfinden würde.

Ob sie wohl schon fertig angezogen war? Ich blickte zu der großen Uhr, die über der Kommode hing. Halb neun. Die Trauung begann um zehn Uhr. Ich setzte mich neben Dante aufs Bett und starrte ihn neugierig an. Was war es wohl, was er mir unbedingt sagen wollte? Ein Geheimnis zwischen ihm und Maylin?

»Du bist deiner Schwester ähnlicher, als du vielleicht glaubst.«

Sein Tonfall klang traurig und ich spürte, wie sich ein Kloß in meinem Hals bildete. Für ein paar Minuten zumindest hatte ich vergessen, was gestern geschehen war. Doch jetzt war der Gedanke an Maylin wieder so präsent, dass nichts anderes mehr in meinem Kopf Platz hatte.

»Maylin und mich hat viel mehr verbunden als nur eine inszenierte Liebesbeziehung für die Öffentlichkeit. Ich habe geschworen, sie mit meinem Leben zu beschützen, ihr treu zu dienen und immer an ihrer Seite zu stehen.«

Dante ballte die Hände kurz zu Fäusten und ein schmerzlicher Ausdruck erschien auf seinem Gesicht. Er holte tief Luft, schloss die Augen und gewann sofort wieder die Fassung zurück.

»Durch ihren Tod hat sich einfach alles verändert.«

Vorsichtig strich ich ihm über die Schulter und versuchte ihm irgendwie Trost zu spenden. Ich wusste, dass die beiden viel Zeit miteinander verbracht hatten, auch für ihn war Maylins Tod ein schmerzlicher Verlust. Aber er trauerte anscheinend weniger aus Liebe, sondern eher aus Verbundenheit. Immerhin kannten er und Maylin sich seit vielen Jahren und ihre Verbindung hatten der Baron und Mutter schon vor einiger Zeit arrangiert.

Der Blick, mit dem er mich bedachte, ließ mich frösteln. Es schien, als würde er vielmehr mich bedauern, als wäre er hier, um mir sein Beileid zu bekunden.

»Du solltest zu der Hochzeit gehen, Saphina. Tu es für Maylin. Sie hätte sich gewünscht, dass du Livia an diesem Tag zur Seite stehst.«

Langsam zog ich meine Hand zurück. »War das alles, was du mir sagen wolltest?«

Dante sah mich ernst an und ich rückte unweigerlich ein Stück von ihm weg. Er schien mit sich zu ringen, denn ich konnte deutlich sehen, wie sich seine Kieferknochen anspannten und er sein markantes Kinn dabei ein wenig nach vorn schob. Sein Anblick hatte beinahe etwas Gequältes, als würde es ihm körperliche

Schmerzen bereiten, hier mit mir auf dieser viel zu weichen Matratze zu sitzen.

»Nein«, stieß er schließlich gepresst hervor.

»Dann wär jetzt der ideale Zeitpunkt, um mit der Sprache rauszurücken.«

Dante erhob sich von meinem Bett. Seine Schritte über den Boden waren das einzige Geräusch, das an meine Ohren drang, und sein Hin-und-her-Gelaufe machte mich völlig wahnsinnig.

»Begleite mich zur Hochzeit und zur Krönung deiner Schwester und danach werde ich dir alles erzählen. Bitte, tu Maylin diesen letzten Gefallen.«

Seine Stimme hatte etwas Forderndes, so als würde er keine andere Antwort als ein Ja dulden. Ich wollte nicht zu dieser Hochzeit, und erst recht nicht zur Krönung. Andererseits hatte er vielleicht nicht ganz unrecht. Maylin hätte sicherlich nicht gewollt, dass ich ausgerechnet heute meine rebellische Seite offenbarte und mich selbst öffentlich bloßstellte, indem ich mich gegen meine eigene Familie wandte. Ich konnte Maylins Worte förmlich hören: *Manchmal müssen wir Dinge tun, die wir nicht wollen. Einfach, weil es so das Beste ist.*

»Einverstanden.«

Über Dantes Gesicht huschte ein kurzes Lächeln. »Ich werde draußen auf dich warten, aber lass dir nicht zu viel Zeit. Es geht schon bald los.«

Dantes Blick ruhte noch einen Moment auf mir, ehe er die Tür entriegelte und auf den Flur hinaustrat.

Als ich allein zurückblieb, überkam mich ein Schaudern. Wie sollte ich diesen Tag nur überstehen, ohne komplett durchzudrehen? Als ich mich wieder ein wenig gefangen hatte, rief ich Elouise zu mir ins Zimmer. Natürlich hatte man schon vor Wochen festgelegt, was jede von uns an diesem besonderen Tag tragen würde, doch nach allem, was geschehen war, stand für mich fest, dass ich darüber nun selbst entscheiden würde. Es war nicht viel Unabhängigkeit, aber es war zumindest ein kleiner Schritt in die richtige Richtung. Ich wollte mich nicht länger so herumkommandieren lassen.

Leise klopfte es an der Tür und Elouise trat mit gesenktem Kopf ins Zimmer. Sie sah mich mitfühlend an und ihre Augen waren glasig, als hätte sie erst vor Kurzem geweint.

»Elouise? Ist alles in Ordnung?«

Die junge Frau straffte die Schultern und kam näher. Für einen Moment konnte ich erkennen, dass sie mit sich rang. Doch dann verschwand dieser leise Anflug von Schwäche in ihrem Blick und wich einer Maske, die ich selbst nur zu oft auf dem Gesicht trug.

»Aber natürlich, Prinzessin! Wir müssen Sie innerhalb von nicht einmal einer Stunde einkleiden und frisieren. Das wird ganz schön knapp«, plapperte sie vor sich hin.

Sie flitzte durchs Zimmer und hielt vor der Schminkkommode, die mir meine Mutter zu meinem sechzehnten Geburtstag geschenkt hatte. Das weiße Holz war mit vielen kleinen filigranen Blüten aus Glas verziert, die im Sonnenlicht bunt glitzerten. Elouise zog den Stuhl nach hinten und ich nahm schweigend Platz.

»Ich habe bereits jemanden in die Kleiderkammer geschickt, um Ihr Kleid zu holen«, sprach sie weiter, während sie meinen lockeren Zopf löste. Sie griff nach der Bürste und begann mir das

Haar zu kämmen. Ein unangenehmes Ziepen war zu spüren, doch Elouise war so vertieft, dass sie mein schmerzverzerrtes Gesicht gar nicht bemerkte.

»Ehrlich gesagt würde ich lieber etwas anderes tragen.«

Sie stoppte in ihrer Bewegung und sah in den Spiegel direkt vor uns. Ihr Blick traf auf meinen und sie verengte die Augen.

»Ein anderes Kleid? Wie sollen wir denn auf die Schnelle ein neues Kleid auftreiben? Prinzessin Livia wird darüber nicht erfreut sein.«

Ich runzelte die Stirn, während Elouise mit der Arbeit an meiner Frisur fortfuhr.

»Sie wird's überleben«, nuschelte ich.

Kurze Zeit später betrat ein blondes Mädchen den Raum. Sie legte die Kleiderhülle auf das Bett und verschwand wieder.

»Das Kleid ist perfekt. Es sitzt wie angegossen und es wäre Verschwendung, es nicht zu tragen«, versuchte Elouise mich zu überzeugen.

Mittlerweile hatte sie begonnen mich zu schminken und ich gab es vorerst auf, ihrem Drängen noch weiter zu widersprechen.

Als Elouise wenig später zufrieden ihr Werk betrachtete, fiel mein Blick auf die Kleiderhülle. Sie bemerkte ihn und schüttelte energisch mit dem Kopf.

»Sie können unmöglich eins Ihrer normalen Kleider tragen. Nicht zur Hochzeit Ihrer Schwester!«

»Lass das mal meine Sorge sein«, entgegnete ich schärfer als beabsichtigt.

Elouise senkte den Blick und begann den Schminktisch aufzuräumen. Mir entging jedoch nicht, dass sie mich mithilfe des Frisierspiegels beobachtete. Ein Teil des rosa Kleides, das Livia ausgesucht hatte, blitzte durch den Schonbezug und ich verzog angewidert das Gesicht. Ohne weiter darüber nachzudenken, ging ich zur Tür und trat hinaus auf den Flur.

Auf einer der Bänke, die eigentlich nur zur Deko herumstanden und die viel zu antik waren, als dass man darauf sitzen sollte, saß Dante. Als er mich entdeckte, weiteten sich seine Augen und er musterte mich erneut von oben bis unten.

»Gewagtes Outfit, aber nun gut. Du bist die Prinzessin«, begrüßte er mich in neckischem Tonfall.

»Sei nicht albern.« Ich schritt den Flur entlang, um zum nächsten Raum zu gelangen. »Gib mir einen Moment, ja? Ich bin gleich so weit.«

Ehe er antworten konnte, drückte ich die Türklinke zu Maylins Zimmer hinunter und huschte ins Innere. Ein leises Seufzen entfuhr mir, als mir ihr bekannter Duft in die Nase stieg. Alles in diesem Raum rief die Erinnerung an sie wach und ich musste mich zusammenreißen, um nicht in Tränen auszubrechen.

Nur mit Socken an den Füßen lief ich lautlos über die glatten Marmorfliesen und hielt schließlich vor Maylins Kleiderschrank. Ehrfürchtig ließ ich meine Finger über die verschiedenen Stoffe darin gleiten. Dunkelblaue, violette und anthrazitfarbene Kleider wiegten sich durch die Berührung meiner Hand hin und her, während ich nach dem einen Kleid suchte, das diesem speziellen Anlass gerecht wurde. Als ich beinahe ganz am Ende der langen Kleiderstange angelangt war, hielt ich inne. Ich schob einige Kleider zur Seite und griff schließlich nach einem ganz bestimmten. Ich konnte mich nicht erinnern, dass Maylin es jemals getragen hatte, aber es spiegelte sie und ihren Charakter unfassbar gut wider.

Ohne zu zögern, zog ich mich aus und schlüpfte in das Kleid.

Der bodenlange Stoff raschelte leise, als ich mir die Träger über die Schultern zog. Von der Brust bis zur Taille war der Stoff nachtblau und viele kleine Strasssteine glitzerten um die Wette. Sie wirkten wie Tränen, die das gesamte Kleid benetzten. Doch weiter unten mündete der Stoff schließlich in ein sattes Schwarz und die hellen Strasssteine funkelten dort wie Abertausende Sterne. Es war perfekt. Ich schnappte mir noch ein Paar schwarze Schuhe aus Maylins Schrank und lief zur Tür. Meistens hatten wir dieselbe Schuhgröße, ich hoffte, es war auch bei diesem Paar so.

Ich schlüpfte problemlos in die High Heels, und kurz bevor ich auf den Flur hinaustrat, holte ich ein letztes Mal tief Luft. Diese Aktion würde Ärger geben. Aber für mich glich dieser Tag eher einer Beerdigung als einem Freudentag und auf Beerdigungen trug man nun mal Trauerfarben.

Leise schloss ich die Tür hinter mir und blickte in Dantes Richtung. Er saß noch immer auf der schmalen Bank. Erst als er das Klackern meiner Schuhe bemerkte, hob er neugierig den Kopf.

»Wärst du so freundlich und würdest mir den Reißverschluss zuziehen?« Doch Dante schien mich gar nicht verstanden zu haben. Sein Blick klebte förmlich an dem Kleid. »Dante?«

Überrascht sah er auf und der nachdenkliche Ausdruck in seinen Augen verschwand. »Ja, sicher«, antwortete er abwesend.

Ich drehte mich mit dem Rücken zu ihm und seine kalten Hände, die mich leicht berührten, ließen mich zusammenzucken.

»So, erledigt.«

»Bin ich jetzt vorzeigbarer?«

Dante sah mich ernst an, während er mir seinen Arm hinhielt, damit ich mich bei ihm einhakte. »Das ist nicht unbedingt das, was ich erwartet hatte.«

Irgendetwas an seinem Tonfall klang seltsam abweisend, aber ich ließ es auf sich beruhen. Er wollte, dass ich ihn begleitete, und ich war neugierig auf das, was er mir im Gegenzug dafür verraten würde. Ich tat das alles also nicht nur für Maylin und mein Gewissen, sondern auch für mich selbst.

Ich hakte mich bei Dante ein und ließ mich von ihm die verlassenen Flure entlangführen, bis wir schließlich an der großen Treppe zur Eingangshalle hielten. Unten waren bereits einige ausgewählte adlige Gäste versammelt, die darauf warteten, die kleine Kapelle betreten zu dürfen, in der die Trauung von Livia und Tyr stattfand. Die Schlosskapelle war einer der ältesten Teile des Schlosses und grenzte direkt an die große Empfangshalle an. Sie war tief ins Herz des Schlosses gebaut worden, weshalb man einige Treppenstufen hinabsteigen musste.

Als ich die Gäste musterte, stellte ich mit Genugtuung fest, dass jede einzelne Frau dort unten entweder ein rosa- oder ein fliederfarbenes Kleid trug. Livia hatte wohl nichts dem Zufall überlassen wollen und eine eindeutige Kleiderordnung festgelegt – die völlig an mir vorbeigegangen war. Irgendwann hatte ich ihrem Plappern über Tischgedecke, Farbmuster und Make-up einfach nicht mehr zuhören können und nur hin und wieder ein »Oh, toll!« oder ein »Fantastisch« eingeworfen. Ein feines Grinsen huschte über meine Lippen, als ich die ersten neugierigen Blicke bemerkte.

»Die starren dich alle an«, flüsterte mir Dante zu.

»Ich weiß«, entgegnete ich.

Vorsichtig schritten wir die Treppe hinunter. Das Kleid von Maylin saß wie angegossen, allerdings drückten die Schuhe fürchterlich. So viel zum Thema, wir hatten annähernd dieselbe Schuhgröße. Ich konzentrierte mich darauf, nicht zu stolpern, was bei dem langen und ausladenden Kleid alles andere als einfach war. Erleichtert atmete ich auf, als wir endlich das Ende der Treppe erreichten. Langsam schritten wir an den Gästen vorbei in Richtung der Kapelle.

»Eine Sache musst du mir noch verraten, bevor wir hineingehen.« Ich blieb stehen und sah Dante direkt in die Augen. Darin spiegelte sich Unbehagen, aber auch Neugier. »Meine Mutter hat dich geschickt, um mich dazu zu kriegen, hier aufzukreuzen, oder? Es hat gar nicht Livia mit dir gesprochen, sondern sie, richtig?«

Dante wich meinem Blick nicht aus, sondern fixierte mich nun ebenfalls. »Ja, hat sie.« Sein nach wie vor angespannter Gesichtsausdruck ließ ihn älter wirken, irgendwie reifer, und ich erwischte mich dabei, wie ich die markanten Züge in seinem Gesicht musterte, während er mich noch immer ausdruckslos anstarrte. »Sie kann … sehr überzeugend sein«, schob er nach einigen Sekunden nach.

Ich war die Erste von uns beiden, die den Blick vom anderen löste. Wie hatte ich auch ernsthaft glauben können, Dante de Lacey würde freiwillig mit mir zur Hochzeit gehen? Wann begriff ich endlich, dass meine Mutter in ihrem Palast, in ihrem Königreich die Spielregeln aufstellte und wir alle nur Spielfiguren auf ihrem vergoldeten Schachbrett waren? Sie opferte tagtäglich ihre Bauern, um das zu bekommen, was sie wollte. Und das Einzige, was sie wirklich scherte, war unser Image.

»Womit erpresst sie dich?«, fragte ich leise.

Dante hatte sich, soweit ich wusste, bisher immer aus solchen Familienangelegenheiten herausgehalten. Dass er sich ausgerechnet jetzt einmischte, konnte kein Zufall sein. Die Gäste um uns herum ließen uns nicht aus den Augen.

»Das geht dich nichts an.«

Sein Tonfall klang plötzlich hart und seine Worte trafen mich völlig unvorbereitet. Ich wollte mich gerade umdrehen, um etwas Abstand zwischen uns zu bringen, als er mit seiner Hand meinen Arm umfasste und mich festhielt.

»Geh nicht. Denk an unsere Abmachung.«

Ich warf ihm einen missbilligenden Gesichtsausdruck zu. »Kein Wunder, dass Maylin die Nase von dir voll hatte«, zischte ich ihm entgegen. »Niemand will mit jemandem zusammen sein, der Wachs in den Händen unserer Mutter ist.« Mit einem kräftigen Ruck löste ich mich aus seinem Griff und ließ ihn stehen.

Dann erschien meine Mutter am Fuß der Treppe und ihre Augen weiteten sich kurz, als sie mich erkannte. Doch dann fing sie sich gleich wieder und zeigte den anwesenden Gästen ihre perfekte Maske. Als sie sich langsam auf mich zubewegte, wurde ihr Blick jedoch wieder ernst.

»Hallo, Saphina«, begrüßte sie mich in tadelndem Tonfall. Ihr Blick huschte immer wieder über den glitzernden Tüll meines Kleides.

»Mutter«, entgegnete ich kühl.

»Ich hatte gehofft, du kämst doch noch zur Vernunft. Aber anscheinend ist eher das Gegenteil der Fall. Livia wird dir das vermutlich niemals verzeihen. Dieser Tag ist der bedeutendste in ihrem noch jungen Leben. Ich hoffe, dass ist dir bewusst.«

»Immerhin bin ich hier. Das war es doch, was du wolltest. Spar dir deine Kommentare und versuch nicht, mir ein schlechtes Gewissen zu machen. Außerdem hat Rosa mir noch nie sonderlich gut gestanden.«

Doch sie schien nicht im Entferntesten zu verstehen, wie es mir gerade ging. »Du trägst das Kleid deiner toten Schwester,

Saphina! Das ist absolut geschmacklos und völlig unangebracht.« Sie bedachte mich mit einem letzten abschätzigen Blick, ehe sie sich auf ein kleines Podest inmitten der Halle stellte und mit einem breiten Fake-Lächeln das Wort an die Hochzeitsgesellschaft richtete.

»Verehrte Gäste, die Familie Bell begrüßt Sie ganz herzlich in unserem Schloss. Wir bitten Sie nun alle, Ihre Plätze in der Kapelle einzunehmen, damit wir mit der Zeremonie beginnen können.«

Ein aufgeregtes Raunen war in der Halle zu hören, dann begannen die ersten Gäste, die vier kleinen Stufen in das angrenzende Gewölbe hinabzusteigen, in dem sich die Schlosskapelle befand. Anders als in anderen Monarchien feierten wir unsere Hochzeiten nicht in einer öffentlichen Kirche, sondern in unserem Palast. Deshalb war es eine der größten Ehren überhaupt, so einer Zeremonie beiwohnen zu dürfen. Wenn man dann auch noch Zeuge werden durfte, wie die Königin sich mit einer ihrer Töchter zankte, dann konnte man beruhigt sterben, weil man in seinem Leben alles erlebt hatte, wofür es sich zu leben lohnte.

Ich ließ dem Großteil des lucienischen Adels den Vortritt, ehe ich selbst die wenigen Stufen hinabstieg. Das Klackern der Schuhe hallte von den Wänden wider, und obwohl wir uns nur wenige Schritte ins Gewölbe gewagt hatten, war es hier unten viel kälter als in der Eingangshalle. Nachdem wir einen schmalen Gang passiert hatten, der von unzähligen Kerzenständern erleuchtet wurde, erreichten wir die Kapelle.

Aramea Bell war nie eine gläubige Frau gewesen. Sie hatte auf die Wissenschaft vertraut und darauf, dass auch eine Frau in einer männerdominierten Welt Großes erreichen konnte. Deshalb hatte ich nie verstanden, wieso sie damals eine eigene Kapelle in dieses Schloss hatte bauen lassen. Ich teilte ihre Auffassung zur Religion und glaubte weder an Gott noch an Himmel oder Hölle. Als ich die Kapelle betrat, erfüllte mich dennoch ein seltsames Gefühl der Demut. Ich war noch nie hier gewesen, da sie lediglich für Trauungen genutzt wurde. Dieses Gewölbe war atemberaubend schön und strahlte eine unbeschreibliche Kraft aus. Vorsichtig hob ich den Kopf und mein Blick blieb an der Gewölbedecke haften. Sie war mit blauem Marmor ausgeschmückt, auf dem sich goldene Verzierungen befanden, die im Licht der flackernden Kerzen glitzerten. Unzählige Bilder waren auf der Decke verewigt worden und es schien, als hätte Aramea dort oben eine ganz eigene Geschichte erzählen wollen. Sie zeigten prunkvolle Schiffe, die über ein tosendes Meer hinwegsegelten, und viele Matrosen, die wilden Stürmen trotzten. Auch St. Lucien war dort oben in verschiedensten Grüntönen verewigt worden.

Da die Kapelle keinerlei Fenster besaß, waren die einzige Lichtquelle die Kerzen, die zu Hunderten auf kleinen Vorsprüngen drapiert worden waren oder in goldenen Kandelabern vor sich hin leuchteten. Dieser Ort hatte etwas Magisches. Ich spürte, wie es bis in meine Fingerspitzen kribbelte.

Langsam durchschritt ich die wenigen Bankreihen, bis ich beim Altar angekommen war. Auch dieser war in Gold gefasst und mit wunderschönen dunkelblauen Blumen verziert. Die Liebe zum Detail war nicht zu übersehen. Maylin hatte die Blumenarrangements ausgesucht und sich dabei selbst übertroffen. Trotz der Kälte des Gewölbes und des spärlichen Lichts hier unten sorgten die blauen Blumen dafür, dass man von dieser Kapelle verzaubert wurde.

Vorsichtig setzte ich mich an den Rand der vordersten Bank. Natürlich hatte Mutter dafür gesorgt, dass Dante und ich direkt nebeneinandersaßen, aber er interessierte mich in diesem Augenblick nicht. Ich wollte alles von diesem Ort in mich einsaugen, jedes Wandbild und jede Statue in meiner Erinnerung abspeichern, damit ich nichts von dieser Magie später vergaß.

»Saphina, es tut mir –«

»Spar dir deine Entschuldigungen«, zischte ich ihm zu. »Ich bin hier, so wie du es wolltest. Also lass gut sein. Bringen wir es einfach hinter uns.«

Ich konnte spüren, wie er ein wenig von mir abrückte und den Blick steif nach vorn richtete, wo der Priester gerade dabei war, sein Wort an die Gäste zu richten. Das Murmeln in der Kapelle erstarb und alle sahen erwartungsvoll in die Richtung des Priesters. Dieser begrüßte die anwesenden Gäste und richtete einige floskelartige Worte an meine Mutter, die sich am Ende seiner Ansprache mit einem kurzen Nicken bedankte. Der plötzlich einsetzende Gesang und die hellen Töne einer Harfe schienen aus dem Nichts zu kommen. Als ich nach dem Ursprung des Gesangs suchte, entdeckte ich eine Nische, in der drei Sängerinnen standen und mit engelsgleicher Stimme den Einmarsch des Bräutigams begleiteten. Die Gäste erhoben sich von den Bänken und ich tat es ihnen gleich.

Tyr schritt allein den Gang entlang. Er trug einen dunkelgrauen Anzug, der seine breiten Schultern noch breiter erscheinen ließ. Seine Schritte wirkten selbstsicher und er schien überhaupt nicht nervös zu sein. Nach der Trauung und der anschließenden Krönung würde er König eines der ältesten karibischen Inselstaaten sein. Maylin hatte ihm von Anfang an unterstellt, dass er Livia nicht liebte, sondern nur an dem Titel interessiert sei.

»Tyr hat genug Geld, darum geht es ihm nicht«, hatte Livia immer wieder betont, doch das eine hatte mit dem anderen nichts zu tun. Tyr war zweifelsohne reich. Einer der reichsten Junggesellen der Welt. Aber einen Königstitel konnte man sich nicht kaufen wie einen Sportwagen oder eine Jacht. Zumindest nicht so einfach.

Tyrs Lächeln sah wissend aus, und als sein Blick über die Anwesenden schweifte, blieb er einen kleinen Moment zu lange an mir hängen, ehe er vom Priester begrüßt wurde. Ich wusste nicht, ob er sich Livias Liebe erkauft hatte. Aber es spielte für mich auch keine Rolle.

Der Gesang wurde lauter und die Harfenklänge erklangen nun noch heller. Die Kapelle war bis an die Decke gefüllt mit pulsierenden Erwartungen der Gäste. Gleich würde endlich die Braut eintreten. Ich unterdrückte den Drang, mich umzudrehen, ich spürte das Flirren in der Luft, die Spannung, die durch meinen Körper strömte wie ein reißender Fluss.

Dante drehte den Kopf in meine Richtung und in seinen Augen spiegelte sich etwas, das mich zusammenzucken ließ: Mitleid. Als ich jedoch gerade nachfragen wollte, wieso er mir so seltsame Blicke zuwarf, schritt Livia an uns vorbei und stieg die wenigen Stufen zum Altar hinauf. Sie in diesem weißen Kleid zu sehen, in ihrem Brautkleid, löste ein mulmiges Gefühl in mir aus. Ihre Schleppe floss über die Stufen und war über und über mit vielen kleinen rosa Blüten bedeckt. Sie sah wahrhaftig aus wie eine Prinzessin, und das war es, was mich am meisten störte. Livia wirkte so unschuldig und liebenswert in diesem bodenlangen Kleid mit den funklenden rosa Diamanten und dem feinen silbernen Diadem, das ihren Kopf zierte. Doch in diesem Augenblick, in dem sie ihre Schleppe richtete und sich neben Tyr stellte, sah ich nicht ihre Schönheit oder ihr zauberhaftes Lächeln. Ich sah all die Momente, in denen sie boshaft und verlogen gewesen war. Die

Livia, die jetzt vor dem Altar stand, wirkte auf mich wie ein böser Zwilling, ein verschwommenes, dunkles Spiegelbild. Es fühlte sich falsch an, sie heute so glücklich zu sehen. Es war ein Fehler, dass ihr glücklichster Tag mein unglücklichster war. Sie sollte trauern, wie ich trauerte. Und trotzdem liebte ich Livia, wenn auch nicht auf die reine und unverfälschte Weise, wie ich Maylin geliebt hatte. Ich versuchte mich an die Zeiten zurückzuerinnern, in denen wir Schwestern ein unzertrennlichen Dreiergespann gewesen waren, als es noch hieß: Wir gegen den Rest der Welt. Aber das Bild war schon lange verblasst und jetzt, wo Maylin fort war, hieß es wohl nur noch: Ich gegen Mutter und Livia.

»Saphina, setz dich«, flüsterte mir Dante zu.

Viel zu spät bemerkte ich, dass alle anderen bereits wieder Platz genommen hatten. Schnell ließ ich mich auf die Bank gleiten.

Livia lächelte Tyr verliebt an. Er hob langsam die Hand und strich ihr eine Haarsträhne hinters Ohr. Ihre aufwendige Steckfrisur glich einem verdammten Kunstwerk und ich fragte mich, wie lange die arme Stylistin dafür wohl gebraucht hatte.

Harfenspiel und Gesang verklangen, der Priester schritt zu dem kleinen Rednerpult und begann von Liebe und Treue zu reden. Ich ließ meinen Blick durch die Kapelle schweifen und blieb an einer Statue haften, die etwas versteckt in einer dunklen Nische stand. Sie zeigte eine Frau mit feinen Gesichtszügen und herausforderndem Blick. Sie trug eine enge Korsage und eine Hose. In der einen Hand hielt sie ein Fernrohr, in der anderen eine Karte. Ob sie Aramea Bell darstellen sollte? Am Sockel entdeckte ich eine Inschrift.

Zum Gedenken an Aramea Bell, die mutigste, tapferste und neugierigste Frau in ganz England. Sie setzte Segel als Tochter eines Generals und warf den Anker aus als Königin.

»… schwört ihr, euch zu lieben, zu achten und zu ehren, bis dass der Tod euch scheidet, so antwortet mit Ja.«

Ruckartig drehte ich den Kopf in Richtung des Altars und bekam gerade noch mit, wie meine Schwester Tyr ihr Jawort gab. Ich war versucht, den Raum nach weiteren Relikten aus unserer Vergangenheit abzusuchen, um mich abzulenken, aber als Tyr nach Livias Hand griff und ihr tief in die Augen sah, konnte ich den Blick aus irgendeinem Grund nicht abwenden.

»Livia Magnolia Bell, ich schwöre, dich ewig zu lieben und dir bis an mein Lebensende treu zu sein …«

»Widerlich«, murmelte ich.

»Das kannst du laut sagen«, stimmte mir Dante zu. Er drehte sich zu mir und schenkte mir ein versöhnliches Lächeln. »Aber gleich haben wir's geschafft.«

»Sie dürfen die Braut jetzt küssen«, endete der Priester.

Als Tyrs Lippen Livias berührten, lief mir ein kalter Schauer über den Rücken. Ich hatte nicht einmal mitbekommen, dass die beiden sich die Ringe angesteckt hatten, aber die Kapelle applaudierte und sofort setzte das Harfenspiel wieder ein. Ich fühlte mich langsam wie in einer Telenovela. Dort wurden die kitschigsten Szenen schließlich auch immer mit dramatischer Musik untermalt.

»Findest du nicht auch, dass ein Ed-Sheeran-Song viel besser zu einer modernen Trauung gepasst hätte als dieses nervige Harfengedudel? Wir befinden uns immerhin im 21. Jahrhundert.«

Ungläubig blickte ich in Dantes Gesicht. »Du kennst Ed Sheeran?«

»Wer kennt den bitte nicht? Wir leben zwar auf einer Insel, aber doch nicht hinter dem Mond.«

Ich spürte, wie sich ein kleines Lächeln auf mein Gesicht verirrte. Eigentlich wollte ich ihm weiterhin böse sein, weil er mich so hinterhältig hierhergelockt hatte. Aber vermutlich konnte er nicht einmal etwas dafür. Hätte meine Mutter nicht ihn geschickt, dann jemand anderen.

Livia und Tyr schritten den schmalen Mittelgang zwischen den Bankreihen entlang und die Gäste klatschten immer noch völlig übertrieben. Es hatte etwas Bizarres, denn die meisten von ihnen kannten Livia nur von offiziellen Terminen oder Konferenzen und Tyr so gut wie gar nicht. Dante und ich hatten die Hände bereits unauffällig sinken lassen und warfen uns einen verstohlenen Blick zu.

Nachdem das Brautpaar die Kapelle verlassen hatte, trat meine Mutter nach vorn und richtete das Wort an die Hochzeitsgesellschaft.

»Das Brautpaar wird sich nun für einen kurzen Moment zurückziehen, aber das bedeutet keinesfalls, dass die Feierlichkeiten unterbrochen werden. Ich lade Sie alle herzlich ein, mir in den Schlossgarten zu folgen, in dem wir einen fantastischen Hochzeitspavillon errichtet haben. Dort gibt es einen Champagner-Empfang und in Kürze auch ein fabelhaftes Bankett. Bitte folgen Sie mir.«

Mutter lächelte ihr bestes Königinnenlächeln, ehe sie erhaben wie eh und je die Stufen der Kapelle hinaufschritt, um die Gäste in den Garten zu führen.

»Glaubst du, es fällt auf, wenn wir uns diesen unglaublichen Spaß schenken?«

»Der Deal hieß nur: Saphina soll bei der Trauung und bei der Krönung dabei sein. Von mehr hat deine Mutter nichts gesagt.«

KAPITEL 8

»Welchen Ed-Sheeran-Song würdest du denn auf deiner Hochzeit spielen?«

Dante starrte mich mit großen Augen an, während er einen Schluck aus seiner Colaflasche nahm. »Auf meiner Hochzeit?«, fragte er ungläubig.

»Ja. Du hast doch vorhin gesagt, du fändest einen Ed-Sheeran-Song angemessener. Also, welchen würdest du auf deiner Trauung hören wollen?«

Er runzelte die Stirn. »Shape of You?«

Ich prustete laut los und die Kohlensäure meiner Sprite stieg mir unangenehm in die Nase. »Shape of You? Dir ist schon klar, wie oberflächlich der Song ist?«

»Wieso oberflächlich? Natürlich singt er darüber, wie hübsch er ihren Körper findet, aber auch, dass er ihren Charakter mag.«

»Also, ich bin echt nicht sonderlich romantisch veranlagt, aber ich glaub, das wäre selbst mir ein bisschen zu plump.«

Er lachte herzhaft und ich stimmte ein.

Kurz nachdem alle die Kapelle verlassen hatten, waren wir gemeinsam auf die andere Seite des Schlosses verschwunden. Die Sonne schien hell am viel zu blauen Himmel, und unter anderen Umständen hätte es heute ein wirklich wunderschöner Tag werden können. Wir lagen im Gras unter einer Palme und betrachteten den Himmel.

»Und du? Welchen Song würdest du für deine Hochzeit wählen?«

Ich drehte mich auf den Bauch und griff nach einem Grashalm. »Gar keinen. Ich heirate nämlich nicht.«

»Niemals?«, hakte Dante nach.

»Nicht, wenn es sich irgendwie vermeiden lässt.«

Dante drehte sich nun ebenfalls um. »Die erste Prinzessin auf Erden, die nicht heiraten möchte.«

Wir schwiegen eine Weile, ehe ich mich langsam aufsetzte. Ich hörte in Gedanken geradezu die schrille Stimme meiner Mutter, die bei meinem Anblick garantiert einen Tobsuchtsanfall bekommen hätte.

Du trägst ein Kleid, das mehr kostet, als manche Menschen in ihrem gesamten Leben verdienen. Und dann wälzt du dich damit im Dreck!

Jeder andere hätte es vielleicht als Beleidigung meiner Schwester empfunden, dass ich mit ihren Sachen so umging, aber ich kannte Maylin besser als alle anderen und wusste, dass sie weder sauer noch enttäuscht gewesen wäre. Vorsichtig strich ich über den glitzernden Tüllbesatz.

»Das Kleid steht dir wirklich außerordentich gut«, bemerkte Dante mit einem leichten Kopfnicken in meine Richtung. Seine Augen wanderten über den dunkelblauen Stoff direkt über meinem Oberkörper. Irgendetwas in seinem Blick war seltsam.

»Du sagst das so, als würde die Häfte des Satzes fehlen.«

Trotz der warmen Sonnenstrahlen spürte ich wie aus dem Nichts eine kalte Distanz zwischen uns.

»Maylin hatte dieses Kleid einmal an, als wir zusammen waren. Es ist schon einige Zeit her«, begann er zögerlich.

Ich konnte mich nicht daran erinnern, es jemals an ihr gesehen zu haben. »Das wusste ich nicht.«

Dante legte sein Jackett zur Seite und krempelte sich die langen Hemdärmel hoch. »Sie hat damals gesagt, das Kleid sei das einzig Gute an jenem Abend gewesen.«

Ich schluckte. Meine Kehle war wie zugeschnürt. Es lag weniger an seinem Tonfall, sondern vielmehr daran, dass er von ihr in der Vergangenheit sprach. Sie war tot, nur noch ein lebloser Körper in einem dunklen Sarg. Ohne das Strahlen in ihren Augen, ohne den herausfordernden Blick. Ich würde mich niemals daran gewöhnen.

»Glaubst du, sie ist gesprungen?« Seine Frage riss mich aus den Gedanken.

»Nein. Niemals hätte sie das getan.«

Eine quälend lange Zeit sagte keiner von uns etwas. Dann erhob sich Dante langsam aus dem Gras und hielt mir seine Hand hin.

»Ich werd jetzt zurück zur Hochzeitsgesellschaft gehen. Du kommst nicht mit, nehm ich an?«

Langsam schüttelte ich den Kopf.

»Denk an unsere Abmachung, Saphina. Vertrau mir, ich tue das auch für dich.«

Als ich ihm nicht antwortete, stand er auf und lief los. Nach einigen Schritten drehte er sich jedoch noch einmal zu mir herum.

»Die Krönung ist um acht. Du weißt ja, wo.«

Ich blieb noch eine ganze Weile im Gras sitzen, unschlüssig, was ich mit dem restlichen Tag anstellen sollte. Als es irgendwann in dem Kleid unerträglich heiß wurde, entschied ich mich, auf mein Zimmer zu gehen.

Leise schloss ich die Tür hinter mir und atmete tief durch. Ich fühlte mich so müde. Es schien, als hätte ich einfach nur funktioniert, weil ich musste. Doch jetzt, wo ich allein war, fiel die Anspannung von mir ab und ließ ein trauriges Mädchen zurück, das nicht wusste, was es tun sollte. Ich schlang die Arme um meinen Körper und schloss die Augen. Während ich auf dem kalten Fußboden kauerte, konnte ich einfach nicht vergessen, was Dante mich gefragt hatte.

Glaubst du, sie ist gesprungen?

Was war zwischen den beiden wirklich vorgefallen? So viele Fragen in meinem Kopf, auf die ich keinerlei Antwort hatte. Es schien, als würden alle daran glauben, dass sie unglücklich gestürzt war oder sich das Leben genommen hatte. Aber Maylin hatte das Leben geliebt. Natürlich war sie nicht immer zufrieden gewesen, aber sie hätte es nie einfach so beendet. Sie hätte gekämpft.

Ein lautes, ungeduldiges Klopfen ließ mich aufschrecken. Ich stieß mit dem Hinterkopf gegen die Tür und fluchte leise.

»Saphina? Bist du da?«, fragte eine drängende Stimme vom Flur aus.

»Einen Moment«, rief ich, während ich mich aufrappelte.

Mein Nacken schmerzte und ich fragte mich, wie ich auf dem kalten Fußboden und in dieser ungesunden Position hatte einschlafen können. Nachdem ich mir das Kleid glatt gestrichen hatte, öffnete ich die Tür.

Tyrs ernster Blick traf mich wie ein Pfeil. Ich trat einen Schritt zur Seite und ließ ihn rein.

»Mit dir hab ich ehrlich gesagt nicht gerechnet.«

Er blieb mitten im Raum stehen, die Hände in den Taschen vergraben, und blickte sich um. »Du hast deine Schwester sehr enttäuscht, Saphina.« Sein dunkelblondes Haar war nach hinten gegelt, sodass er aussah wie ein zwielichtiger Geschäftsmann aus den Fünfzigerjahren.

»Livia kann man nicht enttäuschen.«

Tyr kam auf mich zu und die Art, wie er mich ansah, ließ mich frösteln. »Ich hab mich bisher aus euren kleinen Machtkämpfen rausgehalten, aber dieser Kindergarten hat ab sofort ein Ende. In wenigen Stunden ist Livia Königin und du behandelst sie gefälligst mit dem nötigen Respekt. Hast du das verstanden?«

Sein Tonfall hatte etwas Geschäftsmäßiges, so als würde er einem seiner Mitarbeiter eine gehörige Standpauke verpassen, weil er ihm den falschen Kaffee serviert hatte.

»Tyr«, begann ich und zog seinen Namen etwas in die Länge. Ich ließ mir bewusst Zeit, bevor ich weitersprach. »Bei aller Liebe zu Livia, aber ich verhalte mich so, wie ich es für richtig halte. Misch dich nicht in Dinge ein, die dich nichts angehen.«

Tyrs Kiefermuskeln traten hervor, doch er unterbrach mich nicht.

»Nur weil du hier eingeheiratet hast, heißt das nicht, dass du auch was zu sagen hast. Weißt du, hier läuft das alles ein wenig anders. Die Königin regiert und der König …«, ich musterte ihn demonstrativ von oben bis unten, »… ist nur schmückendes Beiwerk. Also sieh hübsch aus und halt dich bedeckt. Mehr wird von dir hier nicht erwartet. Und jetzt entschuldige mich, ich muss mich noch für die Krönung meiner Schwester umziehen.«

Tyrs Körper bebte, doch er schien ein schier unfassbares Maß an Selbstkontrolle zu besitzen. »Livia hat gedacht, du eröffnest das Essen mit einer kleinen Ansprache, Saphina. Stattdessen warst du nicht einmal unter den Gästen bei Tisch. Ich dachte immer, Maylin wäre die mit dem schlechten Benehmen gewesen. Aber anscheinend habe ich mich da geirrt.« Er zog die Hände aus den Taschen und ging zur Tür. »Wenn ich du wäre«, sagte er, ohne sich noch einmal zu mir umzudrehen, »dann würde ich gar nicht erst zur Krönung kommen.«

Dann schloss er die Tür hinter sich.

Ich schnappte erleichtert nach Luft, als ich endlich wieder allein im Zimmer war. Tyr und ich hatten kaum mehr als drei oder vier Worte gewechselt, seit Livia und er offiziell verlobt waren. Meist saß er schweigend neben ihr, lächelte unwiderstehlich oder unterhielt sich mit irgendwelchen Leuten über Aktienkurse. Dieser plötzliche Beschützerinstinkt passte gar nicht zu ihm. Liebte er Livia vielleicht wirklich? Und wieso fiel es mir so schwer zu glauben, dass es so sein könnte?

Ich schlüpfte aus dem Kleid und lief zum Schrank. Es war erst kurz vor sieben. Es blieb also noch genug Zeit, sich Gedanken zu machen, ob ich zur Krönung gehen sollte oder nicht. Einerseits war ich neugierig auf das, was Dante mir im Anschluss über den Tag erzählen würde. Andererseits wollte ich mich nicht den herablassenden Blicken von Livia und Mutter aussetzen.

»Sollten Sie nicht bei den Feierlichkeiten sein?«

Erschrocken drehte ich mich um und blickte in das überraschte Gesicht von Elouise. Sie hielt einen frischen Bettbezug in der Hand, während sie krampfhaft versuchte, nicht auf meine Unterwäsche zu starren.

»Solltest du nicht vorher klopfen, bevor du mein Zimmer betrittst?«

Sie senkte ertappt den Kopf und sofort fühlte ich mich schlecht. Ich hatte sie auf gar keinen Fall beschämen wollen.

»Tut mir leid, Prinzessin. Ich komme einfach später wieder.«

Sie wollte sich gerade abwenden, als ich sie zurückrief. »Elouise, warte bitte!«

Sie legte das Bettzeug zur Seite und kam näher. »Ist alles in Ordnung?«, fragte sie vorsichtig.

»Ich glaub, ich hab einen Fehler gemacht.« Meine Stimme war kaum mehr als ein Flüstern.

Elouise strich mir sanft über die Schulter. »Auch Prinzessinnen der Bell-Dynastie dürfen etwas falsch machen, selbst wenn Ihre Mutter das vielleicht anders sieht.« Sie lächelte mir aufmunternd zu und ich konnte gar nicht anders, als das Lächeln zu erwidern. »Brauchen Sie hierbei Hilfe?«, fragte sie und deutete auf die unzähligen Kleider.

Ich nickte kurz und Elouise verschwand in dem begehbaren Kleiderschrank.

»Als ich klein war, hat mir meine Mutter immer erzählt, dass das perfekte Kleid einer Prinzessin golden sein muss.«

»Wieso?«, fragte ich.

»Weil der Mond in ihren Augen aussah wie aus Gold. Und meine Mutter liebte den Mond.« Elouise lugte kurz um die Ecke, ehe sie weiter den Schrank durchsuchte. »Aber«, fuhr sie fort, »ich fand immer, dass die Sterne viel aufregender sind als der Mond.«

Sie stolperte etwas unbeholfen aus dem Schrank. In der Hand hielt sie ein Kleid, das heller funkelte als jeder Stern am Firmament.

»Wieso?«, fragte ich erneut.

»Weil sie silbern leuchten und die Schönheit desjenigen reflektieren, der sie ansieht.«

Behutsam reichte sie mir das glitzernde Kleid. Der fließende Stoff war hauchdünn und die vielen kleinen Strasssteinchen brachen das Licht. Erst jetzt wurde mir klar, dass das Kleid zwar eigentlich silbern war, jedoch je nach Lichteinfall seine Farbe änderte. Es reflektierte das Licht wie ein Regenbogen. Es war wunderschön.

»Ich habe absolut keine Ahnung, woher dieses Kleid stammt, aber es ist perfekt.«

Elouise lächelte stolz. Sie griff nach dem Bettzeug und verschwand durch den kleinen Durchgang, der das Schlafzimmer mit dem riesigen Ankleidebereich verband.

Gedankenverloren schlüpfte ich in das Kleid. Diese Krönung würde alles verändern. Wieso war mir das vorher nie so bewusst gewesen? Vielleicht, weil meine Welt dank Maylin einfach nichts hatte erschüttern können. Doch jetzt war ich völlig allein. Livia und Tyr besaßen schon bald die Macht über St. Lucien und Mutter würde ihnen den Rücken stärken.

»Soll ich den Reißverschluss schließen?«

Ich zuckte zusammen, als ich im Spiegel Elouise hinter mir stehen sah. »Ja, bitte«, antwortete ich abwesend.

Als ich mich so betrachtete, wurde mir bewusst, dass ich nicht länger die kleine unsichtbare Prinzessin war.

Elouise musterte mich mit einem besorgten Blick.

»Dieser Tag geht schneller vorbei, als Sie glauben mögen,

Prinzessin. Und wenn er vorbei ist, können Sie endlich in Ruhe trauern.«

Ich nickte ihr kurz zu, ehe ich mich vom Spiegel abwandte. In wenigen Stunden würde ich die einzige Prinzessin von St Lucien sein, denn dann wäre Livia unumstößlich die neue Königin. Und ich ganz allein in diesem riesigen Schloss.

KAPITEL 9

Nervös schritt ich die lange Treppe zum höchsten Turm des Schlosses hinauf. Er erinnerte mich irgendwie immer ein bisschen an den Astronomie-Turm aus Harry Potter. Das Schloss besaß insgesamt drei Türme, aber dieser ragte höher empor als die anderen beiden. Seine Fassade glänzte wie poliertes Silber und sein gewölbtes Dach war gläsern und reflektierte tagsüber die Sonnenstrahlen. Doch die Sonne war bereits untergegangen und die vielen Stufen bis ins Turmzimmer wurden von weißen Kerzen beleuchtet.

Unsere Familie unterschied sich von allen anderen Königshäusern. Das klang einerseits arrogant, andererseits war es einfach eine Tatsache. Andere Staaten berichteten live von Ereignissen wie königlichen Hochzeiten und Krönungen, damit sich alle Welt fühlte, als wäre man hautnah dabei. Doch wir Bells waren anders. Wir schotteten uns ab. Einzig unser Volk durfte in gewisser Weise an diesen besonderen Tagen teilhaben, und auch das nur aus der Ferne. Hochzeits- und Krönungstage waren auch immer große Feiertage auf der Insel, sodass die Festivitäten sich bis in die Dörfer und Städte erstreckten. Besonders in Navastra, der Hauptstadt der Insel, würden die Menschen sich versammeln, um dem

Brauch gemäß Gaben für das Königspaar vor der Kathedrale abzulegen. Auch vor den Toren des Schlosses waren sicherlich schon einige dieser Geschenke deponiert worden, die der Königin und ihrem Gemahl Glück bringen sollten.

Als ich völlig außer Atem am Ende der Stufen ankam, erwartete mich Dante bereits am Treppenabsatz. Er hatte sich umgezogen. Statt eines Smokings oder Anzugs trug er etwas, das aussah wie eine Art Uniform. Die schwarze Jacke duftete dezent nach Leder und er trug schwere Stiefel. Das Haar fiel ihm in lockeren Strähnen ins Gesicht und sein Blick fuhr langsam über meinen Körper. Er schien jeden einzelnen Strassstein abzuscannen, ehe er mir tief in die Augen blickte und lächelte.

»Du bleibst also deiner Linie treu, der Königin heute die Show zu stehlen«, begrüßte er mich. Von seiner nachdenklichen Seite, die er mir am Nachmittag im Garten offenbart hatte, war nichts mehr übrig. Er war wieder genau der Dante, den ich kannte. Charmant und immer darauf bedacht, dass letzte Wort zu haben.

»Ich hab einen Ruf zu verlieren«, konterte ich.

Er reichte mir seinen Arm und ich hakte mich ein. Doch statt mich ins Turmzimmer zu führen, zog er mich abrupt an sich. Überrascht schnappte ich nach Luft und unterdrückte ein leises Seufzen. Dantes gleichmäßiger Atem kitzelte sanft über meine Haut.

»Ich wünschte so sehr, es wäre anders gekommen. Was immer gleich passiert, du sollst wissen, dass ich es dir erspart hätte. Aber es liegt nicht in meiner Macht. Du bist stark, Saphina. Stärker, als du vielleicht denkst.«

Ich zuckte zusammen. Seine rauen Worte waren ein kalter Kontrast zu seinem angenehm warmen Atem auf meiner Haut.

Ehe ich reagieren konnte, brachte Dante wieder genug Abstand zwischen uns.

»Was …?«, wollte ich gerade ansetzen, als einer der königlichen Berater meiner Mutter zu uns trat. Er musterte uns argwöhnisch, ehe er die Hände in Richtung Saal ausstreckte und uns damit aufforderte einzutreten.

Dante räusperte sich kurz und zog mich langsam hinter sich her.

»Was sollte das?«, zischte ich ihm leise zu.

Doch er verstärkte lediglich den Griff und führte mich ins Turmzimmer. Seit unzähligen Generationen fanden die Krönungen in diesem Ort statt. Laut Überlieferung hatte Aramea Bell sich einst unter den gleißend hellen Sternen St. Luciens selbst zur Königin ernannt. Als sie damals am Strand stand, empfand sie die Sterne jedoch als viel zu weit entfernt, weshalb sie diesen Turm erbauen ließ. Die nachfolgenden Königinnen sollten dem Firmament näher sein, die Gestirne während dieser Zeremonie strahlend über sich wissen und sich von ihnen leiten lassen.

So zumindest stand es in einem der Bücher, die wir als Kind hatten lesen müssen, angeblich um unsere Herkunft zu verstehen. Doch ich hatte diesen Turm bisher noch nie betreten. Nicht einmal Mitgliedern der Königsfamilie war es gestattet, ihn aufzusuchen, außer zu einer Krönung. Allerdings fragte ich mich, wer dieses Zimmer nun so aufwendig dekoriert hatte, wenn es doch niemand vor der Zeremonie betreten durfte. Die Wände waren aus dunklem Stein und in den Nischen leuchteten gewaltige Kerzenständer. Die Flammen zuckten und warfen unheimliche Schatten an die alten Steinflächen.

Der Boden unter unseren Füßen war mit einem nachtblauen Teppich ausgelegt. Er dämpfte unsere Schritte, als wir mitten durch das Zimmer gingen. Nur ausgewählte Gäste durften dieser Zeremonie beiwohnen, weshalb es nur wenige Sitzplätze gab. Laut lucienischem Gesetz war die Beiwohnung zur Krönung nur dem höchsten Adel und der Königsfamilie gestattet. Wir ließen uns in der ersten Reihe nieder. Dante atmete hörbar aus und ich wurde das Gefühl nicht los, dass er nervöser war als ich.

»Wieso bist du eigentlich so angespannt? Und was hast du da überhaupt an?«

Auf Dantes Stirn bildeten sich Falten, während er über seine dunkle Uniformjacke aus schwarzem Wildleder strich. Auf ihr befanden sich eigenartige Ornamente, die ich nicht einordnen konnte. Keine unserer Garden besaß solche Zeichen und es schien beinahe so, als wäre es eine fremde Sprache.

»Ich bin nicht angespannt«, flüsterte er mir zu.

Suchend blickte ich mich um und entdeckte zwei Reihen hinter uns meine Tante Thalea, die sich mit einer älteren Dame unterhielt. Als sie meinen Blick bemerkte, weiteten sich ihre Augen und sie wandte sich von der Frau ab. Anmutig schritt sie die wenigen Meter auf mich zu.

»Liebes, mein herzliches Beileid.«

Ich wusste nicht, was ich sagen sollte, also schwieg ich.

Sie strich mir tröstend über die Schultern. »Du musst jetzt stark sein. Es hängt eine Menge davon ab.«

Dann nickte sie Dante kurz zu, ehe sie zu ihrem Platz zurückging. Ich hatte gar nicht gewusst, dass die beiden sich kannten.

Mein Blick fiel auf das Podest vor uns, auf dem sich die Krone der Königin befand. Ob man sie Mutters Haupt wohl gewaltsam hatte entreißen müssen? Sie liebte diese Krone mehr als alles andere, auch wenn sie das niemals zugegeben hätte.

»Wann geht dieser Albtraum denn endlich los?«

Ich knibbelte ungeduldig an den Steinchen auf dem Saum meines Kleides herum. Diese Warterei war schlimmer als alles andere. Ich beobachtete, wie die wenigen Stühle nach und nach besetzt wurden, und stellte fest, dass ich bis auf Dante und meine Tante so gut wie keinen der Gäste näher kannte. Aber da ich mir bei gesellschaftlichen Anlässen nie die Mühe gemacht hatte, all diese Adeligen kennenzulernen, verwunderte es mich auch nicht weiter. Anders als Livia und Maylin war ich bisher nur bei einer Handvoll dieser Feierlichkeiten anwesend gewesen.

Tyr saß auf der anderen Seite des Raums und starrte stur geradeaus, offenbar peinlich darauf bedacht, mir bloß keine Aufmerksamkeit zu schenken. Er sah in seiner samtenen dunkelroten Anzugjacke absolut lächerlich aus und erinnerte mich irgendwie an einen Zirkusdirektor.

Das ungute Gefühl in meinem Inneren wurde stärker, als Mutter endlich den Raum betrat. Sie trug ein schlichtes weißes Kleid, das beinahe wie ein Nachthemd wirkte. Ungläubig starrte ich in ihre Richtung.

»Sag mal, ist sie betrunken?«, nuschelte ich Dante leise zu. So schlicht und einfach hatte ich sie schon seit Jahren nicht mehr gesehen. Sie war kaum zurechtgemacht und wirkte darüber hinaus ziemlich gerädert.

Er schüttelte kurz den Kopf. »Nein, das ist sie sicherlich nicht. Aber wenn die alte Königin die neue Königin ernennt, dann darf sie ihr nicht den Glanz rauben.«

Meine Mutter stellte sich direkt neben das Podest mit der Krone. Kurze Zeit später schritt Livia, gehüllt in goldenen Stoff, der die Lichter der Kerzen reflektierte, über den Teppich nach vorn. Das leise Gemurmel im Raum erstarb und die Stille, die sich über uns alle legte, war drückend und schwer.

Livia stellte sich auf die andere Seite, sodass sich das Podest mit der Krone zwischen ihr und Mutter befand.

»Heute endet etwas, damit etwas Neues entstehen kann«, begann die amtierende Königin zu sprechen. Ihre Stimme klang ruhig und aufrichtig. »Wir haben uns heute eingefunden, um Livia Magnolia Bell, Tochter von Rowina Dorothea Bell, zur rechtmäßigen Königin von St. Lucien zu ernennen.«

Livia lächelte angespannt, während meine Mutter kurz nach oben blickte, so als erwarte sie die Zustimmung einer unsichtbaren Kraft. Erst jetzt fiel mir wieder ein, dass das Dach über uns völlig aus Glas war. Doch als ich unauffällig den Kopf hob, entdeckte ich nur eine graue Abdeckung, die die Sicht auf den Nachthimmel verbarg.

»Schwörst du, dass du das Wohl dieser Insel und ihrer Bewohner stets über dein eigenes stellen wirst?«

»Ich schwöre es.«

»Schwörst du, die Geheimnisse der Bells zu wahren und sie niemals zu verraten, egal was kommen mag?«

»Ich schwöre es.«

Livias Worte klangen hart und eintönig, während meine Mutter ihr die drei königlichen Schwüre abnahm.

»Und schwörst du, niemals Hand an deine Familie zu legen?«

Livia stockte. »Ich schwöre es.«

Dann hob sie kurz die Hand und einer der Palastdiener zog die Abdeckung über unseren Köpfen zur Seite. Ein lilafarbenes Funkeln tauchte den Raum in magisches Licht und vereinzelte »Oh« und »Ah« waren zu hören.

Neugierig sah ich nach oben. Durch das gewölbte Glasdach konnte man die strahlenden Sterne am Himmel erkennen, doch auf dem Glas war ein Muster zu erkennen, das aussah wie ein riesiges Sternbild. Die feinen Linien, die sich über das Dach zogen, leuchteten an verschiedenen Punkten, während sie an anderen Stellen blass wirkten.

»Was ist das dort oben?«, fragte ich Dante, der den Anblick anscheinend nicht halb so aufregend fand wie ich.

»Angeblich standen die Sterne bei Arameas Krönung in genau dieser Konstellation am Himmel. Sie ließ sie extra auf diesem Kuppeldach verewigen.«

Ich faltete meine Hände auf dem Schoß und bemerkte erst jetzt, dass sich das lilafarbene Licht in den Strasssteinchen auf meinem Kleid brach. Vermutlich leuchtete ich gerade wie eine Discokugel.

Neben uns erhoben sich die Anwesenden und wir taten es ihnen gleich. Mutter trat näher an das Podest heran und nahm die Krone in beide Hände. Sie verharrte, als würde sie auf einen ganz bestimmten Augenblick warten. Mein Blick richtete sich wieder auf das Sternbild in der Kuppel, und tatsächlich – weitere Linien und Punkte auf dem Glas erhellten sich. Es schien beinahe so, als würden die Sterne auf ihren richtigen Platz wandern. Selbst der Mond war auf dieser Zeichnung verewigt worden. Er leuchtete hell und golden, während die Sterne um ihn herum silbern funkelten. Ob Elouise' Mutter ihr von diesem Augenblick berichtet hatte? Vielleicht war sie damals bei der Krönung meiner Mutter gewesen und dieser Anblick hatte sich fest in ihre Erinnerungen eingebrannt?

Doch ehe ich länger darüber nachdenken konnte, sprach meine Mutter weiter. Noch immer hielt sie die Krone in ihren Händen.

»Heute, am einhundertsechsundsechzigsten Tag dieses Jahres, wird die erste Prinzessin aufsteigen, um zu regieren. Sie wird ihren Vorfahrinnen die Treue schwören und weise herrschen.«

Mutter holte tief Luft, während sie die Krone erhob und sie über Livias Haupt schweben ließ.

»Livia Magnolia Bell, hiermit kröne ich dich zur neuen Königin von St. Lucien. Mögest du besonnen regieren.«

Langsam ließ sie die Krone auf Livias Kopf sinken. Livia schwankte kurz unter dem plötzlichen Gewicht, doch ihre Körperhaltung blieb majestätisch.

Wenige Sekunden später war die gesamte Decke erleuchtet. Ich konnte nicht recht glauben, dass es einzig und allein einer bestimmten Sternenkonstellation geschuldet war, dass dieses mysteriöse Licht nun auf uns herabschien. Es hatte zweifelsohne etwas Magisches an sich.

»Verbeugt euch vor eurer neuen Königin!«

Die Gäste verneigten sich vor Livia, während sie anmutig wie eh und je durch den Raum schritt und man ihr gratulierte, als hätte sie den ersten Platz bei einem Vorlesewettbewerb gewonnen. Für meinen Geschmack war eine Krönung nichts, wozu man beglückwünscht werden sollte. Schließlich lief sie zu Tyr, der sie in die Arme schloss. Dann lösten sie sich voneinander und sie setzte sich auf den freien Platz neben ihn.

Überrascht bemerkte ich Thalea, die nun nach vorn lief und sich neben meine Mutter stellte. Die beiden sprachen leise miteinander und blickten immer wieder ernst in meine Richtung.

»Ich glaub, sie reden über mich«, flüsterte ich Dante zu.

Seine Miene war völlig steif und er fühlte sich sichtlich unwohl in seiner Haut. »Ich weiß.«

Ich erwartete, dass er noch etwas sagte, doch er starrte weiter nach vorn. Ich wurde einfach nicht schlau aus diesem Mann. Mal war er eiskalt und dann wieder verständnisvoll.

Thalea löste sich von meiner Mutter. Zeitgleich trug einer der

Palastdiener eine große schwarze Truhe nach vorn und stellte sie vor ihren Füßen ab. Sie war mit silbernen Beschlägen versehen und sah aus, als wäre sie viele Jahrzehnte alt.

»Auch ich wünsche meiner Nichte eine friedliche und glückliche Regentschaft über unsere wundervolle Insel«, begann Thalea.

Meine Mutter hielt sich im Hintergrund, die Hände vor dem Körper verschränkt, und lauschte den Worten ihrer jüngeren Schwester. Wie jedes Mal, wenn wir zusammenkamen, wurde mir bewusst, wie unterschiedlich die beiden waren. Meine Mutter mit ihrem dunklen, leicht lockigen Haar, das sie immer hochgesteckt trug. Ihre ernsten, verbissenen Gesichtszüge, die nur noch einen Schatten ihres einstigen Ichs erahnen ließen. Thalea wirkte dagegen viel glücklicher als meine Mutter, jünger, obwohl sie nicht einmal zwei Jahre voneinander trennten. Ihr blondes Haar trug sie kurz und sie machte sich nicht viel aus Accessoires und Make-up.

Thalea lebte nicht mit uns im Palast, sondern in einem der Herrenhäuser nahe dem Dschungel. Meine Mutter hatte uns immer erzählt, Thalea sei sehr naturverbunden und ziehe es deshalb vor, weiter außerhalb zu leben. Aber irgendwie war ich nie das Gefühl losgeworden, dass die beiden sich nicht gut leiden konnten. Sie waren nicht durch ein so enges Band verbunden, wie Maylin und ich es gehabt hatten.

Ein schmerzliches Ziehen in meinem Herzen erinnerte mich daran, dass all dies der Vergangenheit angehörte. In meinem Kopf war Maylin noch immer da und ein Teil von mir konnte sie spüren, als säße sie direkt hinter meinem Rücken.

Thalea blickte die Gäste aufmerksam an und ich wusste nicht zu sagen, ob sich in ihren bernsteinfarbenen Augen Sorge oder Aufregung spiegelte.

»Aber wie ihr wisst, ist unsere Insel etwas Besonderes und das Erbe der Bell-Frauen ein schweres. Jedes Mal, wenn wir die älteste Prinzessin zur Königin krönen, bedeutet das auch, dass die zweitälteste Prinzessin ihre unumstößliche Bestimmung erfüllen muss: uns davor zu bewahren, dass unsere schöne Insel dem Untergang geweiht wird.«

Ein leises Raunen ging durch die Stuhlreihen. Nervös rieb ich mir die feuchten Hände am Saum meines Kleides. Ich hatte nicht den leisten Schimmer, wovon Thalea da sprach. Aber was auch immer es war, ihre Worte waren einzig und allein an mich gerichtet. Ein ungutes Gefühl breitete sich in mir aus.

»Seit unsere erste Königin diese Regel ins Leben rief, hatte sie Bestand. Doch leider liegt es heute an mir, den Lauf der Dinge zu verändern, indem ich etwas ausspreche, das jeder der hier Anwesenden weiß: Maylin Rebecca Bell, die zweitgeborene Tochter meiner Schwester, ist tot. Gestorben durch einen tragischen Unfall. Es gibt keine Worte, um auszudrücken, wie schrecklich und grausam dieser Verlust ist. Aber es bedeutet auch, dass wir zum allerersten Mal die Drittgeborene krönen müssen, damit sie die Bestimmung erfüllt.«

Plötzlich spürte ich Dutzende Augenpaare auf mir, neugierige, stechende Blicke, die unangenehm auf meiner Haut brannten. Ich sank auf meinem Stuhl zusammen, bis ich mir einbildete, dass mich keiner von ihnen sehen konnte, auch wenn ich wusste, dass dem nicht so war.

»Saphina, würdest du bitte nach vorn kommen?«

Ich war wie versteinert, absolut unfähig, mich zu bewegen. Dante berührte mich am Arm, als wollte er mich daran erinnern, dass ich Saphina war.

Vorsichtig erhob ich mich und hatte das Gefühl, dass sich alles um mich herum drehte wie in einem Karussell. Thalea schenkte mir ein warmes Lächeln. Ich blieb vor ihr stehen, sah jedoch ins Gesicht meiner Mutter. Es wirkte wie versteinert und ihre kühlen Augen schienen geradewegs durch mich hindurchzublicken.

»Es war keine leichte Entscheidung, aber letztlich die einzig richtige«, fuhr Thalea mit ihrer Ansprache fort. »Seit jeher erzählt man den Kindern auf St. Lucien Geschichten über den Vulkan, das Herz unserer Insel. Was die wenigsten Menschen auf St. Lucien wissen: Es gibt eine Version dieser Geschichte, die keinesfalls nur eine Gruselgeschichte ist. Sie ist wahr.«

Ich konnte mich dunkel an diese Geschichten erinnern, die uns unser früheres Kindermädchen Alice aus einem alten Buch vorgelesen hatte, in dem allerlei Sagen und Mythen der Insel gesammelt waren.

Thalea hielt einen Moment inne, doch nach einigen Sekunden der Stille sprach sie weiter. Ich stand nun direkt unter einem der Sternenornamente der Decke. Das lilafarbene Licht funkelte in der Dämmerung.

»Einst, als Aramea Bell mit ihrem Schiff und ihrer Crew hier ankerte, sah sie sich nicht nur einer völlig anderen Kultur gegenüber, sondern auch etwas, das sie lange Zeit nicht in Worte fassen konnte.«

Thalea stockte, so als müsse sie nachdenken, wie die Geschichte denn nun weiterging. Sie räusperte sich leise, ehe sie fortfuhr.

»Aramea schrieb in ihr Tagebuch, sie habe das Gefühl, als kratze etwas über ihre Knochen. Sie fühlte sich verfolgt, und zwar von einer Art Präsenz. Als alle anderen schon glaubten, sie verliere den Verstand, offenbarte sich diese Macht. Ein niederträchtiges Wesen mit durch und durch bösartigen Absichten, das nichts Menschliches an sich hatte. Seitdem nennen wir diese dämonische Präsenz den Knochenkönig. Er lebt im Leib des Vulkans, in einer Welt voller dunkler Wesen, und ist gefährlich genug, um die gesamte Insel ins Verderben zu stürzen. Die Einheimischen brachten ihm Opfer aus ihrer Mitte dar, um ihn zu besänftigen, doch als Aramea schließlich die Macht über die Insel ergriff, verbot sie jegliche Menschenopfer.«

Völlig fassungslos starrte ich in Dantes Gesicht. Ich suchte darin nach etwas, woran ich mich festklammern konnte. Nach einem Ausweg, um mich zu retten, auch wenn ich nicht genau wusste wovor. Doch es gab keinen. Dantes Blick war unnachgiebig, genau wie der meiner Mutter. Sie ließen mich im Stich.

»Der Knochenkönig war erzürnt darüber, dass man ihm nicht mehr opferte, und so spie der Vulkan Lava und vernichtete viele Dörfer und tötete Tausende Unschuldige. Aramea wandte sich daraufhin an eine einheimische Quøra-Priesterin und gemeinsam mit ihr erschuf sie in einem magischen Ritual eine mächtige Krone.«

Thaleas Blick wanderte zu der Truhe zu ihren Füßen.

»Aramea vertraute ihrer Erstgeborenen die Herrschaft über die Menschen an. Doch ihrer Zweitgeborenen vertraute sie das hier an.«

Thalea kniete sich neben die Kiste und öffnete sie mit einem Schlüssel, den sie, verborgen unter ihrem Kleid, um den Hals trug. Dann hob sie etwas aus der Truhe hervor, das gleichzeitig schön und schrecklich aussah: eine schwarze Krone, wie aus dunklen Dornenranken geformt. Spitz und scharf wanden sich die Ranken, in die blutrote Steine eingelassen waren. In der Mitte der Krone befand sich ein wunderschöner schwarzer und funkelnder Edelstein. Doch vereinzelte Fassungen waren leer, so als wären die Steine herausgefallen.

»Die Obsidiankrone ist das wertvollste Artefakt der ganzen Insel. Sie ist nicht nur eine mächtige Waffe, sondern sowohl Schlüssel als auch Schloss zur Vulkanwelt. Nur die Zweitgeborene ist in der Lage, diese Bürde zu tragen. Sie ist die Behüterin des Vulkans.«

Thaleas hoffnungsvoller Blick wanderte zu mir. Anders als meine Mutter gab sie mir mit der Art, wie sie mich ansah, nicht das Gefühl, völlig fehl am Platz zu sein.

»Aber Saphina als letzte verbliebene Prinzessin von St. Lucien wird ihren Ahnen alle Ehre machen, auch wenn sie die Drittgeborene ist. Sie wird diese Bürde auf sich nehmen, um ihr Volk und die Menschen, die sie liebt, vor dieser dunklen Bedrohung zu schützen.«

Plötzlich spürte ich, wie sich mein Magen zusammenkrampfte. Ich verstand überhaupt nicht, was hier passierte. Wovon sprach Thalea? Ihre Worte ergaben keinen Sinn. Ich konnte niemanden beschützen, erst recht nicht vor irgendwelchen Lava spuckenden Dämonen.

»Was hat das alles zu bedeuten?«, flüsterte ich verwirrt. Meine Stimme war so leise, dass ich sie selbst kaum wahrnahm.

Doch Thaleas Blick wurde weicher. Sie hob ihren Arm und strich mir sanft übers Haar. »Du wirst Großes vollbringen müssen, jetzt, wo deine Schwester Maylin es nicht mehr kann. Aber du wirst es schaffen. Du bist nicht allein und wir werden dir helfen. Hab Vertrauen in dich und deine Fähigkeiten.«

Sie wandte sich an die Anwesenden, die noch immer gebannt zu uns starrten, so als würde ich mich jeden Moment in einen Feuer speienden Drachen verwandeln und über ihre Köpfe hinweg davonfliegen.

»Saphina Myrina Bell, vom heutigen Tage an hast du einen

Monat Zeit, um dich auf deine neue Aufgabe vorzubereiten. So steht es in den Inselstatuten geschrieben. Wir werden dir den besten Lehrer zur Seite stellen, den wir haben. Mir ist bewusst, dass es unmöglich ist, all das innerhalb weniger Tage zu lernen, wofür deine ältere Schwester ihr ganzes Leben lang Zeit hatte. Aber uns bleibt leider keine andere Wahl, als es trotzdem zu versuchen. In dreißig Tagen sehen wir uns wieder, um dich zur Herrscherin über den Vulkan zu ernennen. Bis dahin ist es dir nicht länger gestattet, im Schloss zu leben. Du wirst dein neues Zuhause außerhalb des Palastes noch heute Nacht beziehen.«

Ungläubig wandte ich mich zu meiner Mutter um. Sie stand noch immer hinter uns. Sie wirkte nicht halb so geschockt wie ich und mit einem Mal verstand ich, wovon sie unter dem Pavillon im Garten wirklich gesprochen hatte. Sie hatte all das gewusst und mich ins offene Messer rennen lassen.

Genauso wie Dante.

Sie hatten mich beide verraten.

KAPITEL 10

»Steig ins Auto, Saphina.«

Ich verschränkte die Arme vor der Brust. »Das kannst du knicken. Ich bewege mich nicht einen Zentimeter von hier weg!«, giftete ich Dante an.

»Das werden wir ja noch sehen«, konterte er, hielt mir die Autotür des schwarzen Coupés auf und tippte genervt mit den Fingern auf den glänzenden Lack.

»Ich verlass mein Zuhause nicht. Meine ganzen Sachen sind hier. Und meine Familie. Das könnt ihr mir nicht antun.«

Ich stampfte mit dem Fuß auf und bemerkte, dass ich noch immer die viel zu hohen Schuhe von Maylin trug. Ich verlor kurz das Gleichgewicht und stolperte etwas zurück, ehe ich mich wieder fangen konnte.

»Stimmt, ein paar Turnschuhe solltest du auf jeden Fall mitnehmen«, pflichtete mir Dante in sarkastischem Tonfall bei.

»Du bist ein elendiger Lügner!«

Er ließ die Autotür los und kam die wenigen Schritte, die uns voneinander trennten, auf mich zu. »Ich hab nie behauptet, dein Freund zu sein, Saphina. Trotzdem wollte ich dich warnen, aber Madame musste mich ja versetzen. Und dann hat deine werte

Mutter Wind von der Sache bekommen und mir einen Maulkorb verpasst. Wenn du also auf jemanden sauer sein willst, dann schau in den Spiegel oder in das faltige Gesicht deiner kontrollsüchtigen Mutter.«

Dante sah mich wütend an, während er darauf wartete, dass ich antwortete. Doch was sollte ich noch sagen? Diese ganze Situation war so absurd, dass ich keinen klaren Gedanken fassen konnte. Ich wollte nicht in dieses Auto steigen, noch dazu mit Dante, den ich gar nicht wirklich zu kennen schien. Ich wollte einfach nur noch ins Bett und schlafen, immerhin war es ein langer Tag gewesen. Und das Letzte, was ich wollte, war ein nächtlicher Umzug ins Nirgendwo.

»Willst du jetzt allen Ernstes behaupten, ich sei selbst schuld an meiner Situation?«

»Nein, du kannst nichts für dein Schickal. Aber du bist schuld daran, dass du hier so eine Szene veranstaltest. Also steig endlich in das gottverdammte Auto.«

Dante umrundete den Wagen und stieg ein. Ich drehte mich um und sah Mutter und Livia am Treppenabsatz stehen. Sie unterhielten sich mit Thalea. Es schien sie nicht im Geringsten zu interessieren, dass meine Tante quasi im Alleingang entschieden hatte, dass ich mein Zuhause verlassen musste. So selbstsicher wie möglich ging ich die Treppen zum Eingang hinauf.

»Das könnt ihr mir nicht antun. Wollt ihr mich einfach aus meinem Zuhause schmeißen? Das ist nicht fair!«

Alle drei hörten sofort auf zu reden und blickten mich fragend an.

»Saphina, es ist nur zu deinem Besten«, begann Thalea. Ihre Stimme klang weich und ruhig, doch von mir aus konnte sie sich ihre Worte sparen.

»Das ist mir egal. Ich verlass mein Zuhause nicht. Weder heute noch irgendwann.«

Ich wollte an ihnen vorbei ins Schloss marschieren, als mich jemand am Arm packte. Überrascht hielt ich inne und blickte in das Gesicht meiner Mutter.

»Du wirst dich nicht gegen das Gesetz deiner Vorfahren stellen.«

Livias Augen weiteten sich, doch sie schwieg. Es schien, als hätte meine Mutter noch nicht ganz verinnerlicht, dass derlei Forderungen nun Livia vorbehalten waren. Immerhin war sie jetzt die Königin.

Ich entriss ihr meinen Arm und richtete das Wort an meine Schwester. »Siehst du das genauso?«

Livia blickte zuerst zu meiner Mutter, dann zu mir. »Ich habe dem nichts hinzuzufügen. Deine Sachen werden wir dir in den kommenden Tagen gern nachschicken. Aber pack dir doch zumindest ein paar Klamotten ein, damit du nicht in diesem schrecklichen Fummel herumlaufen musst.«

Sie musterte mich abschätzig. Ich wandte mich von ihr ab und lief ins Schloss. Wie konnte alles von einem Moment zum anderen in so verrückten Bahnen laufen? Es war mir schleierhaft, was es mit Thalea und diesem … Vulkangott … König … was auch immer, auf sich haben sollte. Jedem hier musste doch bewusst sein, dass ich nicht halb so schlau, sportlich und redegewandt war wie Maylin. Sie war all das gewesen, was Livia und ich nicht waren. Egal, was sie sich von mir erhofften, ich würde sie alle bitterlich enttäuschen.

Als ich eine halbe Stunde später mit einer riesigen Reisetasche und in meinen schwarzen Chucks die Treppe hinunterschritt, stand der Wagen noch immer auf dem Kies. Aus reinem Trotz und purer Bequemlichkeit hatte ich mir nicht die Mühe gemacht, mich umzuziehen, sondern lediglich die Schuhe gewechselt, weil meine Füße von den hohen Absätzen so wehgetan hatten.

Ich riss den Kofferraum auf, schmiss die Tasche hinein und ließ mich auf den Beifahrersitz fallen.

»Du sitzt hinten«, begrüßte mich Dante tonlos.

»Ich sitz entweder hier oder ich steig wieder aus. Such's dir aus.«

Dante murrte etwas Unverständliches, startete jedoch den Motor und fuhr los. Wir ließen den Kiesplatz vor dem Haupteingang des Schlosses hinter uns und fuhren die lange Allee entlang, bis wir zu dem großen schmiedeeisernen Tor gelangten, das die reale Welt dort draußen und die irrationale Palastwelt hier drinnen voneinander trennte.

Dante nickte dem Wächter kurz zu, dieser öffnete das Tor und Dante beschleunigte mit einem ordentlichen Druck aufs Gaspedal. Der Motor brummte bedrohlich und mein Bauch kribbelte, während ich in den Sitz gepresst wurde. Im Seitenspiegel beobachtete ich, wie der Palast immer kleiner und kleiner wurde.

»Muss ich mir eigentlich Gedanken machen, dass uns keinerlei Security folgt? Bin ich jetzt etwa nicht mehr wichtig genug, dass man mich beschützt?« Ich schielte zu Dante, der jedoch stur auf die Fahrbahn blickte.

»Du bist in Sicherheit und brauchst keine weiteren Aufpasser.«

»Ach, weil du der große Retter bist und mich vor allem Unheil beschützt?«

Plötzlich trat er so hart auf die Bremse, dass der Gurt in meine Haut drückte. Ich schnappte erschrocken nach Luft. Dante drehte sich zur Seite. Sein Gesicht war bleich und der ernste, beinahe wütende Ausdruck darin machte mir ein wenig Angst.

»Jetzt reicht's langsam! Ich hab mir das hier auch nicht ausgesucht. Ich hab gefühlt mein ganzes Leben lang nichts anderes getan, als deine Schwester auf diese Aufgabe vorzubereiten. Und jetzt ist sie tot. Und ich darf dasselbe bei dir tun, obwohl jeder weiß, dass es völlig aussichtslos ist, weil du nicht innerhalb von dreißig lächerlichen Tagen das lernen kannst, worauf Maylin seit ihrer Geburt vorbereitet worden ist. Also sei einfach still und hör auf zu nörgeln. Du bist hier nicht die Einzige, die diese Situation ätzend findet.«

Er gab wieder Gas, während ich, erschlagen von seinen Worten, schweigend aus dem Fenster blickte, um die Tränen zu verbergen, die mir ungehindert über die Wangen liefen. Diese vielen Informationen, die er mir lieblos an den Kopf geknallt hatte, verursachten in mir eine Welle der Übelkeit. Dante war Maylins Lehrer gewesen? Die beiden waren doch gefühlt gleich alt, und überhaupt, was hatte er meiner Schwester denn beigebracht?

Irgendwie wurde ich das Gefühl nicht los, dass alle mehr wussten als ich. Es schien, als hätte ich die letzten siebzehn Jahre unter einer luftdichten Kuppel verbracht, die mich perfekt von dieser kuriosen Welt abgeschirmt hatte. Jetzt prasselten die Details ungehindert auf mich ein wie ein kalter Regenschauer.

Die Lichter der Häuser zogen an uns vorbei, während wir uns weiter und weiter vom Palast entfernten. Das Schloss lag umringt von einigen kleineren Dörfern relativ abseits, die nächstgrößere Stadt war etwa eine Stunde Fahrt entfernt. St. Lucien war nicht besonders groß, aber ich hatte nie sonderlich viel Zeit außerhalb der hohen Mauern des Schlosses verbracht. Maylin hatte es immer in die Welt hinausgezogen, aber ich war eigentlich ganz zufrieden gewesen in unserem goldenen Käfig.

»Wir sind gleich da«, murmelte Dante leise.

»Wo ist denn da?« Ich gab mir Mühe, dass man mir nicht anhörte, dass ich geweint hatte, aber der seltsame nasale Unterton in meiner Stimme verriet mich bestimmt.

»Whitehill Manor.«

»Ist das nicht eins der Herrenhäuser, die deinem Vater gehören?«

Dante nickte kaum merklich, ehe er die Geschwindigkeit verringerte und in einen kleinen unbefestigten Weg einbog. »Es war ein Geschenk der ersten Königin der Insel an meinen Urururgroßvater.«

»Urururgroßvater? Bist du sicher, dass das zeitlich passt? Ich glaub, da fehlen noch ein paar Urs.«

Dante runzelte die Stirn, antwortete jedoch nichts. Langsam steuerte er den Wagen die holprige Straße entlang und ich stellte erstaunt fest, dass wir mitten in den Dschungel hineinfuhren.

»Lebt Tarzan zufällig auch auf Whitehill Manor?«

Dantes Mundwinkel zuckten kurz, doch ein erkennbares Lachen konnte mein Kommentar ihm nicht entlocken. Irgendwie fühlte ich mich, als hätte man mich verbannt und ins Exil geschickt, wenn auch mit dem kleinen Unterschied, dass ich nur etwa eine halbe Stunde vom Palast enfernt war. Als sich der dichte Bewuchs lichtete und wir den Vorplatz des Anwesens erreichten, war ich für einen Moment sprachlos.

Das Gebäude wirkte alt und verlassen, strahlte aber dennoch eine Schönheit und Imposanz aus, die mit unserem Schloss problemlos mithalten konnte. Die riesigen Fenster waren allesamt finster und die dunkle Fassade war vom wechselhaften Wetter der Insel stark in Mitleidenschaft gezogen worden.

»Sieht nett aus.«

Dante parkte den Wagen direkt vor dem Haus und stieg ohne ein weiteres Wort aus.

Ich wollte ihm schnell hinterherlaufen, bemerkte dann aber, dass mein Gepäck noch im Kofferraum lag. Mühsam fischte ich die viel zu große Tasche heraus und beeilte mich, um den Anschluss nicht zu verlieren. Die Treppenstufen waren im Dunkeln kaum zu erkennen und bis auf den Mond und die Sterne gab es keinerlei Lichtquelle.

Mit einem quietschenden Geräusch öffnete Dante die alte Holztür und trat ein. Ich folgte ihm. Im Inneren des Gebäudes roch es nach Holz und Leder. Irgendwie hatte ich eher damit gerechnet, dass es nach Tod und nassem Hund riechen würde. Dante knipste den Lichtschalter an, woraufhin ein riesiger kristallener Deckenleuchter grell auf uns hinabstrahlte.

»Die Bediensteten schlafen sicherlich schon alle. Ich zeige dir morgen früh alles in Ruhe und deine Tante wird ebenfalls herkommen, um mit dir zu sprechen. Ich bring dich jetzt erst mal auf dein Zimmer. Es war ein harter Tag … für uns alle.«

Dante stieg bereits die Treppe hinauf, doch mein Blick blieb an einem riesigen Bild hängen, das im Foyer über einer steinalten Kommode hing. Es war ein Porträt eines jungen Mädchens. Sie wirkte mutig, schön und irgendwie auch frech. Erst nach wenigen Sekunden wurde mir klar, um wen es sich handelte. »Das ist … meine Mutter.«

Ihre Augen strahlten eine Wildheit aus, die ich selbst noch nie in ihnen gesehen hatte.

Dante hielt inne und sah zu mir. »Ja, das ist sie. Als sie ungefähr in deinem Alter war.«

»Wie kann sich ein Mensch nur so verändern?«, sprach ich mehr zu mir als zu ihm.

»Du hast nur zwei Möglichkeiten, Saphina: Entweder du fügst dich in dein Schicksal und versuchst die Rolle, die du tragen musst, auszufüllen oder du rebellierst wie ein stures kleines Kind. Es liegt ganz bei dir.«

»Ich hab doch gar keine andere Wahl, als mich dem Willen meiner Familie zu beugen«, entgegnete ich trotzig.

»Wieso glauben eigentlich immer alle, sie hätten keinen freien Willen? Niemand kann dich zwingen, diese Insel zu retten. Nicht einmal deine überaus arrogante und selbstgefällige Mutter.«

Überrascht starrte ich Dante an.

»Sie ist nicht länger Königin. Jetzt darf ich so über sie reden.« Er hob abwehrend die Hände und ein leichtes Lächeln huschte über sein Gesicht. »Komm, ich bring dich auf dein Zimmer. Wir reden morgen über den ganzen Irrsinn.«

Er stiefelte vor mir die geschwungene alte Treppe hinauf, die unter unserem Gewicht seltsam knarzte. Als wir im oberen Stockwerk angelangt waren, lief Dante den schmalen Gang nach rechts und blieb vor der ersten Tür auf der linken Seite stehen.

»So, das hier ist dein Reich. Es ist nicht so groß wie dein altes Zimmer, aber wenn du dich entscheidest, deiner Bestimmung zu folgen, dann wirst du hier drin sowieso nur schlafen. Ich wünsch dir eine gute Nacht. Bis morgen.«

Dante reichte mir einen bronzefarbenen Schlüssel, der überraschend schwer in meiner Hand wog, und verschwand den Flur hinunter. Anscheinend war sein Zimmer ganz in der Nähe. Vorsichtig steckte ich den Schlüssel ins Schloss und drehte ihn um.

Als die dunkle Tür aufschwang und ich mein Reich betrat, tanzten viele kleine Staubpartikel vor meiner Nase herum. Die Vorhänge vor dem riesigen Doppelfenster waren nicht komplett zugezogen und der Mond warf einen breiten Streifen Licht auf den Dielenboden. Ich knipste die Deckenlampe an und ließ meine Tasche auf den Boden fallen. Von all den vielen Dingen, die ich bis vor ein paar Stunden mein Eigen genannt hatte, war nur dieses bisschen übrig geblieben. Ich zog den Vorhang noch ein Stück zur Seite, löschte das grelle Licht und kroch in meinem Abendkleid unter die Decke. Vom Bett aus konnte ich einen kleinen Streifen des ansonsten dunklen Himmels erkennen. Ein Teil von mir wollte einschlafen und aus Angst vor dem nächsten Morgen einfach nie wieder aufwachen. Der andere Teil von mir wollte rebellieren und sich nicht kampflos seinem Schicksal ergeben. Fragte sich nur, welcher am Ende die Oberhand gewinnen würde …

KAPITEL 11

Am nächsten Morgen wurde ich von einem stechenden Schmerz in meinem Nacken geweckt. Unruhig drehte ich mich auf die andere Seite, bearbeitete das Kissen und versuchte eine bequemere Position zu finden. Doch das Ziehen im Nacken blieb. Ich hasste fremde Betten. Egal, wie bequem die Matratze auch wirkte und wie angenehm weich sich das Kopfkissen anfühlte, man schlief grundsätzlich immer beschissen.

Genervt strampelte ich die Bettdecke zur Seite und bemerkte, dass ich noch immer das blöde Abendkleid trug. Ich zog es aus, schlurfte zu meiner Reisetasche und schlüpfte in Maylins Cambridge-Hoodie und meine Lieblingsjeans. Dann zog ich die fliederfarbenen Vorhänge komplett zur Seite und begutachtete das Zimmer genauer.

Das Himmelbett sah zwar wirklich märchenhaft aus, aber der Schein trog, wie ich letzte Nacht am eigenen Leib erfahren hatte. Wenn ich hier nur schlafen sollte, dann sollte es doch zumindest bequem sein. Da lag ja jeder Tote in einem Sarg komfortabler. Die Wände des Zimmers zierte eine dunkle lilafarbene Tapete mit einem aufwendigen Ornamentmuster. Wenn man die Wirbel zu lange betrachtete, wurde einem garantiert übel. Ich wandte den Blick schnell ab und schritt zu der kleinen Schminkkommode. Der Spiegel war alt, aber zumindest schien es, als hätte ihn jemand vor Kurzem geputzt, denn es war kein Staubschleier auf ihm zu erkennen. Die einzelnen Schubladen waren alle leer, genauso wie die Bügel in dem Ungetüm von Kleiderschrank, der direkt gegenüber dem Bett stand. Ich überlegte, meine Sachen einzusortieren. Doch damit würde ich nur zeigen, dass ich mich dem Willen meiner Schwester beugte, und das wollte ich unter keinen Umständen. Dieser Ort hier würde niemals mein neues Zuhause werden.

Vorsichtig öffnete ich die Tür, die leise quietschte. Ich steckte den Kopf durch den schmalen Spalt und lugte hinaus auf den Flur. Alles war ruhig. Leise lief ich die Stufen hinunter in den großen Eingangsbereich, von dem aus mehrere Türen in die übrigen Bereiche des Hauses führten. Auch hier unten fielen die ersten Lichtstrahlen des Tages durch die bodentiefen Fenster hinein und tauchten alles in ein seltsam friedliches Licht. Dieses Herrenhaus schien zwar schon eine Zeit lang nicht mehr bewohnt gewesen zu sein, doch Dantes Vater hatte es mit sehr viel Liebe zum Detail einrichten lassen. Die Mischung aus alten und neueren Möbeln verlieh diesem Haus einen besonderen Charme.

»Guten Morgen, Hoheit.«

Ich zuckte zusammen und drehte mich schlagartig um. In einer der Türen stand eine junge Frau mit sonnengebräunter Haut und lächelte mich freundlich an. Ihre dunklen Augen wirkten treu und ihre Wangen waren leicht gerötet. Das braune Haar trug sie zu einem dicken Zopf geflochten, der ihr locker über die Schulter fiel.

»Guten Morgen«, antwortete ich zögerlich. Ob sie mich dabei beobachtet hatte, wie ich das Haus in Augenschein nahm?

»Sie sind sicherlich hungrig. Kommen Sie mit, ich habe bereits Frühstück gemacht. Sir Dante schläft anscheinend noch.« Hatte sie gerade allen Ernstes Sir Dante gesagt?

Sie hob leicht die Hand und wies in Richtung der Tür, aus der sie offensichtlich gerade gekommen war. Zögerlich folgte ich ihr.

Die Küche des Hauses war riesig. Ein Kachelofen stand in der hinteren Ecke, während sich in der Mitte des Raumes eine gewaltige Kochinsel befand, die das Herz jeder Köchin höherschlagen ließ. Der gesamte Raum war in Bronze und Anthrazit gehalten. Auf der Fensterbank türmten sich die Kräutertöpfchen und es roch nach Pfefferminz.

»Wow, das ist wirklich eine schöne Küche.«

»Ja, die de Laceys lieben dieses Haus und der Baron hat die Küche damals für seine Frau herrichten lassen. Nicht dass sie je selbst gekocht hätte …«

»Wie ist dein Name?«

Sie war gerade dabei, den kleinen, aber massiven Holztisch zu decken, als sie innehielt.

»Oh, entschuldigen Sie diese Unhöflichkeit. Mein Name ist Giselle. Aber Sie können mich Elle rufen. Sir Dante macht es genauso.«

Sir Dante? Dann hatte ich mich also nicht verhört.

Ich schmunzelte kurz bei dem Gedanken, dass Dante von seinem Personal als Sir angesprochen wurde. Als Sohn eines Barons war er streng genommen entweder Dante von de Lacey oder ebenfalls *Baron*, aber ganz sicher kein Sir.

»Das ist ein schöner Name. Ich heiße Saphina.«

Elle kicherte kurz. »Aber Prinzessin, das weiß ich doch. Jeder im Land weiß, wer Sie sind.«

Sie stellte mir eine dampfende Tasse auf den Tisch und zog den

Stuhl zurück. Ich setzte mich und lauschte dem leisen Geklapper, während Elle am Herd stand.

»Vielen Dank.«

Der Geruch von starkem Kaffee kroch mir in die Nase und ich nahm einen kleinen Schluck. Er war heiß, stark und schmeckte vorzüglich.

»Das muss alles ziemlich verwirrend für Sie gewesen sein, Hoheit.«

Elle hatte mir den Rücken zugewandt und ich konnte nicht sehen, was sie tat.

»Ich habe keine Ahnung, was ich hier soll und wie es weitergeht. Man hat mich aus meinem Zuhause geschmissen mit nichts als einer halb gepackten Reisetasche. Also ja, die Situation ist ziemlich verwirrend.«

Elle drehte sich mit einer Pfanne in der Hand um, ihr Gesicht voller Mitgefühl. »Es tut mir leid, ich wollte Sie nicht verletzen.« Sie kam auf mich zu und lud etwas auf meinen Teller, das köstlich duftete. »Guten Appetit.«

Sie brachte die Pfanne zurück auf den Herd und stellte sich wie eine Soldatin in die Ecke.

»Setz dich doch zu mir, Elle«, bat ich sie.

Elle zögerte.

»Komm, ich esse lieber in Gesellschaft.«

Sie näherte sich, zog den Stuhl am anderen Ende des Tisches zur Seite und setzte sich.

Obwohl ich keinen Appetit hatte, nahm ich einen Bissen von dem Pfannkuchen. Elle hatte sich so viel Mühe gegeben und sie schien ein wirklich liebes Mädchen zu sein. Überrascht stieß ich ein leises Stöhnen aus.

»Mmh, das schmeckt köstlich«, nuschelte ich mit vollem Mund.

Elle lachte, vermutlich weil sie noch nie eine Prinzessin mit vollem Mund hatte reden hören. »Das freut mich, Hoheit.«

Als ich den Bissen heruntergeschluckt hatte, sah ich sie ernst an. »Bitte lass doch die Titel weg. Ich bin keine Majestät, keine Hoheit und keine Prinzessin. Einfach nur Saphina. Okay?«

Elle runzelte die Stirn. »Ich weiß nicht, ob Sir Dante das so passend fände.«

»Ach, Sir Dante hat da nicht viel zu melden«, sagte ich leichthin. »Immerhin stehe ich auf der Adelsskala eindeutig über ihm. Die Tochter der Königin schlägt den Sohn eines Barons um Längen.«

»Ist das so?«, erklang eine tiefe Stimme hinter mir.

Als ich mich umdrehte, entdeckte ich Dante. Er stand im Türrahmen und kam dann langsam auf uns zu. Schweigend ließ er sich auf dem Platz mir gegenüber nieder und beobachtete mich dabei, wie ich mich wieder meinem Pfannkuchen zuwandte.

Elle war bei seinem ersten Wort wie von der Tarantel gestochen aufgesprungen und begann in der Küche zu werkeln. Nach ein paar betont langsamen Bissen warf ich ihm einen strengen Blick zu.

»Dir ebenfalls einen wunderschönen guten Morgen.«

Er zwinkerte mir kurz zu, ehe Elle auch ihm einen dampfenden Becher Kaffee servierte.

»Danke, Elle, du kannst jetzt gehen.«

Sie nickte ihm ergeben zu und verschwand ohne ein weiteres Wort aus dem Raum.

»Wow, da genießt aber jemand seine Rolle als Herr des Hauses.«

Dante nahm einen Schluck aus dem Becher und ignorierte meine spitze Bemerkung. »Statt dich mit dem Personal anzufreunden, solltest du dir lieber Gedanken machen, ob du deiner Bestimmung folgen oder weiter Pfannkuchen in dich reinstopfen willst.« Er warf einen kurzen Blick auf meinen Teller, auf dem sich nur noch ein kläglicher Rest des leckeren Teigteils befand.

»Ich hab nicht mal die leiseste Ahnung, was du mit Bestimmung überhaupt meinst. Falls es dir entgangen sein sollte: Man hat mich gestern quasi als Nichtschwimmerin in den kalten Ozean geworfen und du verlangst von mir, ans Ufer zu schwimmen, und zwar blind, ohne meine Arme zu benutzen.«

Dante hob den Kopf und sah mich an. Es war nur ein flüchtiger Blick, doch irgendetwas in seinen Augen ließ mich meine aufschäumende Wut für einen Moment vergessen.

»Dann sollten wir dir zumindest die Augenbinde abnehmen, oder?«

Er schob seinen Stuhl nach hinten und bedeutete mir, ihm zu folgen.

Dante führte mich durch das Erdgeschoss und ich war überrascht, wie riesig dieses Haus war. Als wir gestern angekommen waren, hatte ich es nur schemenhaft erkennen können. Doch jetzt bei Tageslicht glich es wirklich einem stattlichen Landsitz. Dante bemerkte meine neugierigen Blicke, als ich die hohen Decken und die alten Gemälde an den Wänden musterte.

»Wie bei dir im Schloss, nur dass die Rahmen hier aus Messing sind und nicht aus Gold«, scherzte er.

Wir durchquerten einen Raum, der wie ein kleiner Salon wirkte.

»Das Anwesen wurde ungefähr zur selben Zeit errichtet wie das Schloss. Deshalb ist der Baustil ähnlich. Selbstverständlich durften aber nicht dieselben Materialen verbaut werden, die für den Astørica-Palast der Königin verwendet wurden.«

Es schien, als hätte Dante das Benutzerhandbuch von Whitehill Manor auswendig gelernt. Er klang wie ein Fremdenführer. Dante hielt vor einer gemaserten dunklen Flügeltür aus Holz, deren Griffe abgenutzt aussahen.

»Willkommen im Herzen von Whitehill.«

Als Dante die Flügeltüren aufstieß und wir den Raum betraten, war ich für einen Augenblick sprachlos. Wir kamen in eine riesige Bibliothek mit Regalen, die bis unter die Decke reichten, und Leitern, mit denen man auch die höher gelegenen Bücher erreichen konnte, sofern man schwindelfrei war.

»Dein Vater liest wohl gern.«

Dante lachte kurz auf. »Nein, mein Vater sammelt nur gern. Ich würde mein Auto darauf verwetten, dass er keins dieser Bücher je gelesen hat.«

Seine Miene wurde sofort ernster, als es um seinen Vater ging. Das Thema schien ihm unangenehm zu sein.

Ich trat an eines der einschüchternden Regale. Langsam fuhr ich mit dem Finger über die Buchrücken. Dort, wo ich die Bücher berührte, wischte ich eine feine Staubschicht zur Seite. Anscheinend hatte diesen Raum schon länger niemand mehr betreten.

»So viele Abenteuer, die nur darauf warten, erlebt zu werden.«

Dante blieb stehen und drehte sich zu mir um. »Genau dasselbe hat deine Schwester damals auch gesagt, als sie das erste Mal hier war.«

Ein kalter Schauer überlief meinen Körper. »Maylin … war schon mal hier?«, fragte ich ungläubig.

Dante nickte und ging zu einem Buch, das auf einer großen Holzstütze auf einem alten Seinsockel lag. Er blätterte darin herum, so als suchte er eine ganz bestimmte Seite.

»Es ist schon einige Zeit her. Aber sie bekam ihr Wissen aus eben diesen Büchern, aus denen ich auch dich unterrichten werde … sofern du das möchtest.«

Er beugte sich über das Buch und blätterte langsam hindurch. Dann strich er mit der Hand über eine der Seiten. Langsam trat ich näher. Dantes Finger lag auf einer filigranen Zeichnung, deren Farben schon reichlich verblasst waren. Ich erkannte den Vulkan von St. Lucien und den dichten Dschungel im Inselinneren. Eine dichte Rauchwolke schwebte drohend über der Szenerie und der Vulkan spuckte Lava wie ein Springbrunnen Wasser.

»Das Schicksal der Insel liegt in den Händen der Königin«, las ich leise die Worte unter dem Bild. Fragend blickte ich zu Dante.

»Lies weiter«, raunte er mir zu.

»Der unsichtbaren Königin. Der Königin, die im Schatten ihrer Schwester steht und die den Schlüssel zum Dämonenreich in ihrem Herzen trägt.«

Die im Schatten ihrer Schwester steht.

Ich schluckte.

Dante durchbrach die kurze Stille. »Die zweite Prinzessin wird seit Urzeiten die Königin des Vulkans. Sie trägt keinen richtigen Titel, weil nur eine Handvoll Leute überhaupt von ihrer Existenz wissen. Doch dieses Buch ist eines der wenigen, die von diesem Geheimnis sprechen. Eine Priesterin schrieb die Worte der ersten Vulkankönigin auf und hielt sie viele Jahre lang im Verborgenen. Aber ich will dich nicht zu sehr mit alten Legenden und Mythen aufhalten. Immerhin müssen wir die Geschichtsstunden drastisch kürzen. Allzu viel Zeit hast du ja leider nicht, um dich auf alles vorzubereiten.«

Dante klappte das Buch geräuschvoll zu und eine dicke Staubwolke schwebte durchs Zimmer. Ich hustete.

»Wie kommt es, dass ausgerechnet du mir alles beibringen sollst? Du bist doch nicht viel älter als Maylin. Und was ist überhaupt alles?«

Dante durchquerte die Bibliothek und öffnete eine weitere Flügeltür. Dahinter lag ein Gang mit riesigen bodentiefen Fenstern, die den Blick in den Garten offenbarten. Dante lief den Flur entlang und führte mich schließlich durch eine Tür nach draußen.

Zwitschernde Vögel begrüßten uns und ich genoss die warmen Sonnenstrahlen auf der Haut. Es war zwar noch recht früh am Morgen, aber wenn man sich auf St. Lucien einer Sache sicher sein konnte, dann der, dass die Sonne so gut wie immer schien. Außer es fegte gerade ein tropischer Sturm über die Insel hinweg, aber das passierte zum Glück eher selten.

»Was wollen wir hier draußen?«

Dante lief bereits die Treppenstufen hinunter, drehte sich aber zu mir herum. Sein ernster Gesichtsausdruck hatte etwas Animalisches und irgendwie erinnerte er mich an die Statuen, die im Palastgarten standen. Lauter mutige und muskulöse Männer aus mythischen Erzählungen, die zum Teil nicht mehr am Körper trugen als Schild und Schwert. Sie erzählten von Kriegen und großen Schlachten, hatten grobe und kantig geschnittene Gesichter, so wie das von Dante. Nur dass Dante selbst mit Klamotten anziehend wirkte. Und irgendwie gefährlich.

»Das wirst du gleich sehen. Los, komm mit!«

Er war bereits am Ende der Treppe angelangt, als ich mich in

Bewegung setzte. Leicht außer Atem hetzte ich hinter ihm her. Der Garten des Anwesens wirkte ebenfalls so, als wäre schon einige Wochen niemand mehr hier gewesen. Die Hecke war nicht geschnitten und in den Beeten machte sich jede Menge Unkraut breit. Wir liefen durch das hohe Gras, bis Dante schließlich unvermittelt anhielt.

»Da wären wir«, rief er ehrfürchtig.

Verwirrt blickte ich mich um. Hier gab es nichts außer meterhohem Gras, einigen großen Bäumen und zwitschernden Vögeln.

»Ähm, schön hier.«

Dante sah mich an, als hätte ich den Verstand verloren. Er seufzte, ehe er einen Schritt zur Seite trat und den Blick auf eine verwitterte alte Bank freigab.

»Setz dich, Saphina.«

Fragend blickte ich ihn an, tat aber, was er verlangte, und ließ mich auf der morschen Holzbank nieder. Einen kurzen Moment lang ächzte das Holz unter meinem Gewicht, aber ich landete zumindest nicht im Dreck. Dante setzte sich neben mich. Er musterte den Garten, der eher einem kleinen Dschungel glich, als würde er etwas sehen, was ich niemals würde erblicken können. Sein Blick war voller Schmerz und seine Kiefermuskeln spannten sich an, ehe er sich zurücklehnte und einen tiefen Atemzug nahm. Die Vögel um uns herum verstummten mit einem Mal und auch der Wind stand vollkommen still. Als würde alles um uns herum nur darauf warten, dass Dante zu sprechen begann.

»Mein Ururgroßvater gab deiner Ururgroßmutter ein Versprechen, nachdem sie die halbe Welt umrundet hatten und auf dieser Insel angelangt waren«, begann er.

Seine Stimme klang rau. Dante saß direkt neben mir und unsere Beine berührten sich leicht. Ein feiner Geruch nach Leder und Erde drang mir in die Nase.

»Aber anders, als sich viele erzählen, gab sich Aramea nicht mit einem simplen Versprechen zufrieden. Sie war eine mutige Frau, daran besteht kein Zweifel. Aber sie war auch misstrauisch und unglaublich stur.«

Dante warf mir einen Blick von der Seite zu. Es schien, als würde er abwägen, wie viel Sturheit meiner Vorfahrin letztlich auch in mir steckte.

»Deshalb ließ sie Baron de Lacey einen Bluteid schwören. Sie trafen sich nachts im Taryøu, einem Ort tief im Dschungel, bei einer Priesterin der Quøra und opferten einem Røaŕ, einem mächtigen, uralten und göttergleichen Wesen. Sein Name war Marasha.

Mein Ururgroßvater schwor Aramea in dieser Nacht ewige Treue. Ein ewiger Schwur, der an all seine Nachkommen weitergegeben werden sollte. Das Blut besiegelte den Eid. Seitdem sind unsere Familien untrennbar miteinander verbunden.«

Dante senkte den Blick. Ein plötzlicher Windstoß wiegte das Gras hin und her. Das raschelnde Geräusch hatte etwas Beruhigendes an sich.

»Und was passiert, wenn der Eid gebrochen wird?«

Dante hielt kurz inne, als müsste er überlegen, doch ich war mir sicher, dass er ganz genau Bescheid wusste. Er schien sich dagegen zu sträuben, gleichzeitig war ich mir aber auch sicher, dass er mit genau dieser Frage gerechnet hatte.

»Marasha verkörpert im Glauben der Quøra ein kindliches Zwillingspaar. Laut Überlieferung rächt es sich für gebrochene Versprechen.«

»Also sind es streng genommen zwei Røaŕ?«, hakte ich nach.

Dante kniff die Augen leicht zusammen, ehe er fortfuhr. »Spielt es eine Rolle, wie viele Røaŕ die Schuld eintreiben? Ich will nicht derjenige sein, der diesen alten Eid bricht. Es steht mir nicht zu, genauso wenig wie dir.«

Dante wirkte angespannt und sein Körper bebte.

»Das heißt, du glaubst an diese Røaŕ? An die alten Gottheiten der Quøra?« Ich kannte die Erzählungen. Die Quøra lebten tief im lucienischen Dschungel und vollführten angeblich magische Rituale, in denen sie zu Göttern und Dämonen Kontakt aufnahmen.

»An irgendetwas müssen wir schließlich glauben, oder? Ich verstehe, dass das für dich gerade schwer nachzuvollziehen ist, aber ich lebe einzig und allein, um der zweiten Prinzessin zu dienen. Mein Leben, alles, was ich bin, verdanke ich diesem alten Versprechen. Aramea hat unsere Familie gerettet, und alles, was sie im Gegenzug verlangt hat, war ein einziges Versprechen. Ich denke, das ist ein fairer Preis. Alle, bis hin zu meinem Vater, haben ihre Schuld beglichen, und nun bin ich an der Reihe. Die Quøra sind Teil unseres Volkes und ich respektiere ihren Glauben und ihre Bräuche.«

Wir saßen einige Zeit schweigend nebeneinander, ohne dass ich wusste, was ich sagen sollte. Ich wollte nicht, dass jemand in meiner Schuld stand, nur weil durch meine Adern dasselbe Blut floss wie durch die von Aramea Bell. Ihr Name, ihr Andenken, ihre ganze Existenz war so präsent, dabei war sie schon so viele Jahre tot und begraben. Aber diese Geschichten über Dämonen und Røaŕ, Versprechen und dunkle Schatten waren immer noch so abstrus, dass ich keinen klaren Gedanken fassen konnte. Wie konnte Dante so selbstverständlich an all das glauben?

»Und was passiert, wenn ich dich von deinem Eid entbinde?

Kannst du dann ein normales Leben führen, ohne diesen ganzen Firlefanz?«

Meine Worte waren mir kaum über die Lippen gekommen, da griff er mich an der Schulter und ich zuckte erschrocken zusammen. Er drehte mich grob zur Seite, seine Hände lagen schwer auf meinem Körper.

»Du kannst diesen Eid nicht lösen. Niemand kann das. Und das ist auch gut so.« Seine raue Stimme klang bedrohlich.

»Und wenn ich die Frist verstreichen lasse und nicht an der Krönung teilnehme?«, flüsterte ich beinahe.

Dantes Hände lagen noch immer auf meinen Schultern. Er zog mich näher an sich heran, bis sein Gesicht nur noch wenige Zentimeter von meinem entfernt war. Sein rauchiger Geruch nach Leder drang mir in die Nase und ich spürte, wie mein Puls sich beschleunigte.

»Dann stürzt du uns alle ins Verderben und wirst auf ewig mit den Konsequenzen leben müssen. Dadurch würdest du das Erbe deiner Vorfahren beschmutzen und alles, wofür Aramea stand, mit Füßen treten. Sie hat sich ein Leben lang aufgeopfert, um ihr Volk zu beschützen.«

Er ließ meine Schultern abrupt los und stand von der Bank auf. Ohne ein weiteres Wort verschwand er zwischen dem hohen Gras und ließ mich allein zurück.

Völlig bewegungsunfähig saß ich da, starrte auf die fremde Umgebung und versuchte krampfhaft, meine Gedanken zu ordnen. Trotz oder gerade wegen seiner Wildheit gefiel mir dieser Garten. Alle Pflanzen wuchsen kreuz und quer, aber die verschiedenen Grüntöne und das natürliche Zusammenspiel der Natur beruhigten mich. Als ich die Augen schloss, sah ich Maylin. Der Wind spielte mit ihrem Haar und auf ihren Lippen tanzte ein

Lächeln. Sie wirkte so lebendig, so echt. Ihr Anblick schmerzte in meiner Brust und ich unterdrückte die Tränen, die sich an die Oberfläche zu kämpfen versuchten. Noch immer hatte ich keine Ahnung, wie sie gestorben war, und der Gedanke an ihren Tod war wie ein ätzender Ausschlag, den man einfach nicht loswurde. Überall an meinem Körper juckte es, und je mehr ich kratzte, desto wahnsinniger wurde ich. Ich sah sie nicht zum ersten Mal vor mir. Seit ihrem Tod erschien sie, sobald ich die Augen schloss. Doch Maylin war fort. Der einzige Mensch, der mehr in mir gesehen hatte. Der einzige Mensch, der mich überhaupt wahrgenommen hatte.

Ein stechender Schmerz fuhr durch meinen Körper. Nach Luft schnappend fiel ich auf die Knie. Ich spürte die kalte Erde, wie sie sich durch den Jeansstoff fraß wie ein Parasit. Egal, wie sehr ich mich bemühen würde, egal wie sehr ich versuchen würde, all den Anforderungen gerecht zu werden, die man an mich stellte, ich könnte niemals die Leere ausfüllen, die meine große Schwester hinterlassen hatte.

Dante hatte keine Ahnung, was er von mir verlangte. Aber was auch immer dieser Blutschwur für ihn bedeutete, er würde seinen Eid nicht brechen müssen, wenn ich diejenige war, die bei diesem Spiel erst gar nicht mitmachte.

Langsam erhob ich mich und schlenderte zurück zum Haus. Ich war vielleicht nicht die rechtmäßige Königin von St. Lucien, aber eines stand fest: Ich würde keine Sekunde länger in diesem merkwürdigen Herrenhaus herumsitzen. Statt Dante dabei zuzuhören, wie er mir Schauergeschichten über Quøra-Priesterinnen und alte Schwüre auftischte, würde ich in den Palast zurückkehren. Jetzt, da Livias Krönung endlich vorbei war, würde man sich endlich um das kümmern, was wirklich zählte: Maylins

Beerdigung. Die Tatsache, dass ich nicht dort war, zeriss mich förmlich.

Als ich die gläserne Terrassentür öffnete, reckte ich das Kinn herausfordernd in die Höhe, bereit, meinen Standpunkt vor jedem zu verteidigen, der mir über den Weg lief. Niemand würde mich gegen meinen Willen in diesem Anwesen festhalten. Doch dann fiel mein Blick auf Dante und Thalea. Es überraschte mich, meine Tante so früh hier anzutreffen. Die beiden redeten leise miteinander, doch die Ernsthaftigkeit ihrer Worte konnte ich dennoch spüren. Dante hob kurz den Kopf, ehe sein gesamter Körper sich anspannte. Dann fiel auch Thaleas Blick auf mich. Ihre Gesichtzüge wurden weicher und die Falten auf ihrer Stirn verschwanden.

»Saphina, schön, dich zu sehen«, begrüßte sie mich.

Ihre klare, helle Stimme erinnerte mich an früher. Damals hatte sie uns immer Limonade im Schloss vorbeigebracht und ihre wehenden zitrusfarbenen Kleider hatten mich an einen Schmetterling erinnert.

Langsam ging ich auf die beiden zu. Der Geruch von Zitronen stieg mir in die Nase und ich wusste nicht, ob es Einbildung war oder Realität. Genauso fühlte sich mein Leben an. Ich wusste nicht mehr, was der Wirklichkeit und was einem Albtraum entsprang.

»Hallo, Tante Thalea«, erwiderte ich mit brüchiger Stimme.

»Hast du gut geschlafen, mein Kind?« Thalea musterte mich nicht, wie meine Mutter es immer tat. Sie blickte nicht missbilligend auf die abgetragene, dreckige Jeans und den verwaschenen Pullover mit College-Aufdruck. Meine Tante sah in mich hinein.

»Ich habe dir deine Sachen mitgebracht.«

Sie zog mich sanft, aber bestimmt hinter sich her. Dante blickte mich fragend an, doch er hielt mich nicht auf.

Thalea führte mich durch das riesige Anwesen, als wäre es ihr eigenes.

»Bleibst du hier?«

»Nein, das werde ich nicht. Aber glaub mir, es wird dir gefallen. Du musst alldem nur eine Chance geben.«

Wir durchquerten einen riesigen Raum, dessen Wände aussahen wie ein gigantischer Dschungel. Die Tapete war dunkel und alt, doch das Blättermuster hatte etwas seltsam Beruhigendes an sich. Schließlich erreichten wir die Eingangshalle, in der sich einige Taschen stapelten.

»Ich wusste nicht, was du brauchen würdest, aber deine Zofe war so nett, mir beim Packen zu helfen.«

Elouise. Ich würde sie vermutlich so bald nicht wiedersehen. Hoffentlich würde man sie in meiner Abwesenheit gut behandeln.

Mein Blick huschte über die Koffer und Reisetaschen, doch mir war egal, was darin war.

»Wann ist Maylins Beerdigung?«

Thalea seufzte leise. Dann ließ sie sich auf einer der Treppenstufen nieder. Ihr hellblaues Kleid breitete sich über die Stufen aus wie eine warme Decke.

»Morgen.«

Ungeduldig wartete ich, dass sie mehr darüber verriet, doch sie schwieg.

»Egal, was du sagst, du wirst mich nicht davon abhalten, zu dieser Beerdigung zu gehen.«

Mein energischer Tonfall überraschte mich. Aber ich würde diesen Tag um nichts auf der Welt verpassen. Ich schuldete es Maylin.

»Ich weiß, Kleines.« Thalea klang plötzlich müde und ausgelaugt. »Für dich ist der Tod deiner Schwester vermutlich das Schrecklichste, Schmerzvollste und Schwierigste, was du bisher in deinem jungen Leben erdulden musstest. Ich leide mit dir. Aber versteh bitte endlich, dass das alles kein Spiel ist. Du hast nur noch neunundzwanzig Tage. Das Schicksal dieser Insel liegt in deinen Händen. Wir haben keine Zeit für die Toten.«

»Wir haben keine Zeit für die Toten? Was weißt du schon vom Tod? Wo warst du denn, als Vater von uns ging? Nicht mal zu seiner Beerdigung bist du gekommen. Stattdessen musstest du unbedingt zu irgendeinem Empfang in Wo-auch-immer und hast wahrscheinlich genüsslich Margaritas geschlürft! Du warst schon immer eine Einzelgängerin und eine Egoistin. Damit hatte Mutter vollkommen recht. Und das hat sie wirklich nicht oft.«

Ich sah, wie die Worte, die ich ausgesprochen hatte, sie verletzten. Als hätte ich ihr dreimal, ohne auch nur zu zögern, in die Brust geschossen. *Töte, was dich tötet. Verletze, was dich verletzt.* Eines der wenigen Dinge, die meine Mutter mich gelehrt hatte. Thalea blickte mir traurig entgegen.

»Ist es das, was sie euch erzählt hat?«

Ich nickte stumm. Ich erinnerte mich noch gut an ihre Worte und wie sie mich damals angekeift hatte, als ich gefragt hatte, wieso Tante Thalea nicht bei Vaters Beerdigung gewesen sei.

Meine Mutter hatte jedoch verschwiegen, dass man, wenn man austeilte, immer auch einstecken musste.

»Saphina, all das ist kompliziert. Und es dir zu erklären, würde nichts ändern, nichts wiedergutmachen. Es tut mir leid, dass du das Gefühl hast, allein zu sein, aber das bist du nicht. Dante und ich, wir sind bei dir und wir werden dich nicht im Stich lassen.«

»Ich werde zu der Beerdigung gehen. Und keiner von euch wird mich aufhalten. Oder?«

»Natürlich nicht. Aber du wirst leiden, Saphina. Und weder deine Mutter noch deine Schwester werden dir den Trost spenden können, den du brauchst. Sei dir darüber im Klaren.«

Die Sonne fiel durch die bunten Fenster der Eingangshalle und tauchte das Foyer in ein mystisches blaues Licht. Ich hatte immer noch keine Ahnung, was ich an diesem Ort sollte.

»Was hat es mit alldem auf sich? Wieso steht davon nichts in den Geschichtsbüchern? Wieso hat Mutter mir nie davon erzählt? Oder Maylin? Ich muss es wissen. Ich muss alles wissen.«

Thalea richtete sich auf und reichte mir ihre Hand. Ihre Augen reflektierten das Sonnenlicht wie poliertes Silber.

»Das wirst du, Saphina. Du hast mein Wort.«

KAPITEL 12

Thalea hielt ihr Wort. Zumindest bemühte sie sich darum. Gemeinsam mit Dante saßen wir wenig später an einem riesigen alten Holztisch, der mich irgendwie an die Tafelrunde erinnerte, und tranken Tee. Unsere englischen Wurzeln zwangen uns förmlich dazu, Probleme und Sorgen in Earl Grey zu ertränken. Nur leider tauchten sie immer wieder auf, egal wie viele Tassen wir tranken. Thalea hatte versprochen, mir jede meiner Fragen zu beantworten, und offenbar hatte sie sich Dante als Verstärkung geholt. Nachdem ich gerade angefangen hatte meine Taschen auszupacken, hatte Dante an meine Tür geklopft, um mich nach unten zu begleiten. Der Raum, in dem wir nun saßen, wurde sicherlich für offizielle Einladungen genutzt, ein riesiger Tisch dominierte ihn. Der dunkle Holzboden bot einen angenehmen Kontrast zum warmen Terrakotta-Ton der Wände.

»Warum bleibst du nicht einfach weiterhin Königin?«

Thalea nippte an ihrer Tasse Tee, die Elle ihr gerade gebracht hatte. Dante stand am Fenster und blickte hinaus in den Garten. Offensichtlich hatte er eine Firma beauftragt, denn dort draußen war eine ganze Armee an Gärtnern damit beschäftigt, den Rasen zu stutzen.

»Als Livia gekrönt wurde, endete nicht nur die Regentschaft deiner Mutter, sondern es sind auch die letzten dreißig Tage meiner Regentschaft angebrochen. So ist der Lauf der Dinge.«

Ich wippte mit dem Fuß auf und ab und dachte über ihre Worte nach.

Thalea musterte mich aufmerksam, während sie betont entspannt ihren Tee trank.

»Mal angenommen, ich mach diesen Königinnen-Ausbildungskram hier mit«, sagte ich. »Wie würde das Ganze denn ablaufen? Bekomm ich einen Stundenplan? Und Fleißstempel, wenn ich meine Hausaufgaben pünktlich abliefere?«

Thalea zog die linke Augenbraue in die Höhe, ehe sie die Tasse auf dem Tisch absetzte. »Deine Schwester hat ihre Unsicherheit auch immer mit unangebrachten Kommentaren zu überspielen versucht. Ihr zwei seid euch ähnlicher, als du ahnst.«

»Sie ist Maylin überhaupt nicht ähnlich«, mischte sich Dante plötzlich ein. Er stand mit dem Rücken zum Fenster und sah zwischen Thalea und mir hin und her. »Maylin hat den Ernst der Lage nie verkannt und sie wusste, was auf dem Spiel steht.« Die ablehnenden Blicke, die er mir entgegenbrachte, waren kaum zu ertragen. »Saphina denkt immer noch, wir befinden uns auf einem Ausflug ins Disneyland. Sie wird es niemals schaffen, ihrer Schwester gerecht zu werden. Je eher wir das realisieren, desto schneller können wir uns überlegen, welche anderen Möglichkeiten wir haben. Die Zeit ist knapp, Thalea. Und wenn wir sie weiterhin dumme Fragen stellen lassen, verschwendet sie auch noch die restlichen neunundzwanzig Tage.«

Ich hörte, wie Thalea laut einatmete, ehe sie sich von ihrem Stuhl erhob. Plötzlich war sie nicht länger die leicht schrullige Tante, die ich seit Ewigkeiten nicht mehr gesehen hatte. Sie strahlte etwas aus, das ich bisher nur bei meiner Mutter gesehen hatte: Macht.

»Dante, du magst der Sohn deines Vaters sein, aber das gibt dir nicht das Recht, so zu reden. Vergiss den Eid deiner Familie nicht und vor allem vergiss nicht, wer vor dir steht. Noch bin ich die herrschende Königin und ich dulde solche respektlosen Worte nicht! Saphina hat viel durchgemacht und es ist nicht verkehrt, Fragen zu stellen. Allerdings sollten es schon ernst gemeinte Fragen sein.« Sie warf mir einen mahnenden Blick zu. »Jedoch gebe ich dir in einer Sache vollkommen recht: Wir haben keine Zeit zu verlieren.«

Sie umrundete den Stuhl und blieb direkt vor mir stehen. »Saphina, willst du Königin werden oder nicht? Es gibt keinen Mittelweg und kein Vielleicht. Horch in dich hinein.«

Ihre Worte klangen ruhig und weise. Gleichzeitig machten sie mir aber auch bewusst, dass ich mich nicht länger verstecken konnte. Dantes überraschender Gefühlsausbruch und die Wut, die er in sich trug, zeigten deutlich, dass ich den Ernst der Lage vielleicht tatsächlich verkannt hatte. Sie hingegen nicht. Ein Teil meiner Familie hatte mich fallen gelassen, mich weggeschickt, ohne auch nur zu zögern. Doch Dante und Thalea, sie schienen sich nicht nur um die Menschen zu sorgen, sondern gewissermaßen auch um mich.

»In Ordnung«, antwortete ich zögerlich. Es klang nicht überzeugend, erst recht nicht mutig oder entschlossen.

Aber anscheinend reichte ihr das. »Ich weiß, du und Dante, ihr kennt euch kaum, aber ich möchte, dass du ihm vertraust. Er ist ein treuer Diener unserer Familie und er wird dir alles zeigen, was du wissen musst.«

Sie warf ihm einen warnenden Blick zu und Dante schien sich zwar auf die Zunge zu beißen, blieb aber tatsächlich stumm.

»Und wenn du magst, dann erstellt er dir gern einen Stundenplan.« Thalea lachte kurz, doch Dante fand das wohl alles andere als witzig. Wenn Blicke töten könnten, dann wäre auf einen Schlag wohl die Hälfte der Bell-Familie auf der Insel tot gewesen. Aber Dante besaß offenbar keine Superkräfte. Immerhin ein schwacher Trost.

»Ihr zwei bekommt das sicher auch ohne meine Hilfe hin, oder? Ich würde gern bei den Vorbereitungen zur Beerdigung dabei sein, und auch wenn ich dir ansehe, dass du jetzt gerade gern widersprechen würdest, Saphina: Bleib hier und hör auf Dante.«

Thalea machte ein paar Schritte zu Dante hinüber und flüsterte ihm etwas zu. Ich konnte nichts verstehen, aber er nickte und kurz darauf verschwand sie aus dem Raum.

Eine eigenartige Stille machte sich zwischen uns breit und ich konnte Dante ansehen, dass er genauso wenig Lust darauf hatte, seine Zeit mit mir zu verbringen, wie ich mit ihm. Vorhin im Garten hatte er so verständnisvoll gewirkt. Aber ich konnte Dante einfach nicht wirklich einschätzen.

»Hat deine Tante dir zufällig auch Sportsachen mitgebracht?«

Ich zuckte mit den Schultern. »Keine Ahnung, ich hatte noch keine Zeit nachzusehen.«

Dante rieb sich die Schläfe, ehe er sich mit der rechten Hand durchs Haar fuhr. »Dann sieh nach, und wenn du Sportsachen findest, zieh sie an. Wir treffen uns in einer Stunde im Garten. Bis dahin sollten die Herren da draußen es zumindest geschafft haben, den Rasen zu mähen.«

»Was machen wir denn drau–?«

Aber Dante war schon längst nicht mehr um Raum, sodass ich mitten im Satz abbrach. Was war nur sein Problem?

Als ich das letzte Kleidungsstück in den Schrank hängte, stellte ich überrascht fest, dass Thalea bis auf drei Kleider ausschließlich legere Kleidung mitgebracht hatte. Sie hatte eindeutig Hilfe von meiner Zofe gehabt, denn all diese Klamotten hatten sich ganz weit hinten im Schrank befunden, sodass sie für Mutter und Livia nicht sichtbar waren. Allem Anschein nach würde ich also ausladene Ballkleider und teuren Schmuck in diesem neuen Leben eher weniger brauchen. Ich seufzte leise, ehe ich mich aufs Bett fallen ließ. Direkt neben mir lagen eine schwarze Leggings und ein enges dunkelgrünes Trägertop. Eigentlich hatte ich nicht die geringste Lust, mit Dante im Garten Fangen zu spielen. Andererseits konnte ich ihn so vielleicht etwas besser kennenlernen.

Bereits unten in der Bibliothek war mir ein Gedanke gekommen. Noch immer hatte ich keinen blassen Schimmer, was zwischen Dante und meiner Schwester in der Nacht ihres Todes wirklich geschehen war. Die Distanziertheit der beiden war bereits vorher auffällig gewesen und auch Maylins Reaktion in Bezug auf ihn hatte mich misstrauisch gemacht. Immerhin konnte es doch kein Zufall sein, dass beide bei dem Bankett gefehlt hatten, oder? Es schien niemanden zu interessieren, dass sie offensichtlich im Streit auseinandergegangen waren. Maylin hätte sich nie aus Eifersucht das Leben genommen. Erst recht wäre sie niemals eifersüchtig auf mich gewesen. Schon gar nicht wegen Dante.

Als ich Schritte auf dem Flur hörte, schreckte ich hoch.

»Saphina, wie sieht's aus?«, schallte Dantes Stimme gedämpft durch die Tür.

»Ich komm gleich«, rief ich zurück und sprang auf.

Hastig schlüpfte ich erst in die Leggings und anschließend in das Top. Draußen stand die karibische Sonne bereits hoch am Himmel und schien erbarmungslos herab. Kein Mensch mit Verstand hätte bei diesem Wetter draußen Sport gemacht. Außer Dante …

Als ich das Haus verließ und den Garten betrat, staunte ich nicht schlecht. Die Arbeiter waren wirklich schnell vorangekommen, denn der wilde Unkrautwald hatte sich schon merklich gelichtet. Das hohe Gras, das mich vorhin noch an den Knien gekitzelt hatte, war verschwunden. Ich betrachtete ein paar Männer, die die verwelkten Blumen aus den Beeten rupften, da entdeckte ich Dante.

Auch er hatte sich umgezogen. In dunkelblauen Shorts und seinem schwarzen T-Shirt wirkte er bei Weitem nicht mehr so unnahbar wie zuvor. Auf dem Kopf trug er eine Cap, sodass ihm sein Haar nicht länger ins Gesicht fiel. Von Weitem sah er aus wie ein Sportstudent. Dante lehnte mit dem Rücken lässig an dem riesigen alten Baum und wartete offensichtlich darauf, dass ich näher kam. Nur widerwillig lief ich auf ihn zu, aber je eher wir das hier hinter uns brachten, desto schneller hatte ich wieder meine Ruhe.

»Ist es nicht ein wenig zu warm für Sport?«, fragte ich zögerlich.

Dante verschränkte die Arme vor der Brust. »Du darfst deine Stärken oder Schwächen nie von äußeren Einflüssen abhängig machen. Egal, ob vierzig Grad herrschen oder es sintflutartig regnet: Deine Aufgabe musst du immer erfüllen.«

Seinen tadelnden Blick ignorierte ich. Als er sich vom Stamm abstieß, griff er hinter sich und zückte etwas, das aussah wie ein Besenstiel. Ehe ich wusste, was geschah, warf er das Ding auf mich zu und ich sprang zur Seite.

»Nicht ganz das, was ich damit bezwecken wollte, aber immerhin hast du dich nicht erschlagen lassen.«

Wütend starrte ich Dante an. »Was soll das denn werden, wenn's fertig ist?«

Dante zückte einen weiteren dieser Stöcke und deutete auf den Boden, wo der andere im Gras lag. Ich hob ihn auf und beäugte das Stück Holz genauer. Es glich wirklich einem Besenstiel, nur dass es viel schwerer in der Hand lag und das Holz weniger rau war.

»Willst du mich jetzt Jackie-Chan-mäßig verhauen?«

Dante zog seine rechte Augenbraue nach oben und presste die Lippen aufeinander. »Jackie Chan kommt aus Hongkong. Die Waffe, die du da mehr schlecht als recht in der Hand hältst, ist aber ein Hanbō.«

Fragend blickte ich Dante an.

»Der Hanbō ist eine japanische Waffe«, fuhr er mit seiner Belehrung fort.

»Okay, schön für dich. Und was fangen wir mit diesen überdimensionalen Zahnstochern an?«

Dante schwang den Stock elegant hin und her. »Wir werden heute versuchen, deine Körpermitte zu finden. Auch wenn ich mir nicht sicher bin, dass du überhaupt eine besitzt. Du stehst da wie ein nasser Sack. Stell dich gerade hin, die Beine schulterbreit, leicht angewinkelt, und streck die Hände samt Hanbō nach vorn.«

Ich atmete hörbar aus, ehe ich Dantes Anweisungen widerwillig folgte. Als ich den Stock waagerecht vor mir hielt, spürte ich ein stechendes Ziehen in den Armen. Doch ich dachte gar nicht daran, Dante meine Schwäche zu offenbaren. Also lächelte ich, obwohl meine Muskeln bereits nach wenigen Sekunden brannten wie Feuer. Dante beäugte mich, während meine Haltung immer mehr in sich zusammenfiel und meine Arme schließlich nachgaben. Vor etwa einem Jahr hatte ich bereits ein Kampftraining absolviert, das hauptsächlich aus Selbstverteidigungstechniken bestanden hatte. Damals hatte ich mich einfach in die Übungsstunden von Maylin geschlichen, ganz zum Leidwesen unserer Mutter, der das ganz und gar nicht gepasst hatte. Kurz nachdem wir mit dem Fechtkampf begonnen hatten, verbot sie mir weiterzutrainieren. Aber ein paar Basics waren noch immer irgendwo in meinem Kopf. Die Frage war nur, wo.

»Du musst unbedingt an deiner Ausdauer arbeiten, sonst hast du im Kampf gegen einen Dämon nicht die geringste Chance.«

»Im Kampf gegen einen Dämon?«

»Was denkst du denn, wofür dieses Training sonst gut sein soll?«

Ich legte den Kopf schräg, während ich zusah, wie Dante den Stock mit nur einer Hand umherwirbelte, ehe er ihn nach unten auf den Boden stellte.

»Aber mit einem kleinen Stöckchen wird man wohl auch kaum einen Dämon besiegen, oder?«

Dante kniff die Augen ein wenig zusammen, ehe er plötzlich auf mich zukam. Er blieb nur wenige Zentimeter vor mir stehen und beugte sich zu mir herab.

»Wir können auch runter in den Keller gehen und mit den richtigen Waffen spielen, wenn du drauf stehst, gleich in der ersten Trainingsstunde eine Hand zu verlieren. Es liegt ganz bei dir, Prinzessin.«

Das letzte Wort raunte er mir so bedrohlich zu, dass sich trotz der Hitze hier draußen eine Gänsehaut auf meinem Körper bildete.

»Was ist eigentlich dein Problem, Sir Dante?«

Stolpernd brachte ich ein wenig Abstand zwischen uns, während ich den Stock anhob und auf ihn richtete. Dantes Shirt klebte an seiner Brust, die sich in ruhigem Rhythmus hob und senkte.

»Ich hab kein Problem, Saphina.« Er griff nach dem Stock und zog mich näher an sich. »Und du solltest auch keins mit mir haben. Ich bin nicht dein Feind. Wann begreifst du das endlich?«

Seine Stimme bebte, während er mich mit seinen stechenden Augen musterte. Er wirkte beinahe verletzt. Als er den Griff um das Holzstück endlich lockerte, pochte mein Herz noch immer ganz wild in meiner Brust.

»Ich geh kurz rein und besorg uns was zu trinken. In der Zwischenzeit mach dich etwas vertraut mit dem Hanbō. Aber bitte verletz dich nicht. Auch wenn es für dich nur aussieht wie ein Stück Holz, es ist eine nicht zu unterschätzende Waffe.«

Dante stellte seinen Hanbō zur Seite und verschwand in Richtung Haus. Kurz überlegte ich, mich einfach ins Gras zu setzen, doch komischerweise wollte ein kleiner Teil in mir nicht, dass Dante enttäuscht von mir war. Also streckte ich die Arme samt Hanbō vor mir aus und begann den Stock durch die Luft kreisen zu lassen. Ein sausendes Geräusch entstand, das je nach Geschwindigkeit lauter oder leiser wurde. Ich wirbelte den Stock herum und versuchte die Klänge zu variieren. Völlig versunken in meine Entdeckung, bemerkte ich erst nach einer Weile, dass

Dante schon wieder zurückgekommen war und mich neugierig musterte.

»Sieh mal einer an, du hast doch tatsächlich auf mich gehört«, begrüßte er mich.

In der Hand hielt er zwei Wasserflaschen, von denen er mir eine zuwarf. Ich ließ den Stock gerade noch rechtzeitig sinken, um die Flasche mit der rechten Hand zu fangen.

»Die erste Lektion ist immer die härteste. Man weiß nichts über seinen Schützling, kennt seine Stärken und Schwächen nicht, und auch die Flamme, die er in sich trägt, liegt noch tief in seinem Innersten verborgen.«

Ich schraubte die Flasche auf und nahm einen ordentlichen Schluck. »Was für eine Flamme meinst du?«

Dante kniete sich vor mich ins Gras. »Na, das, was einen jeden Menschen antreibt. Sein Feuer, sein Temperament. Bei vielen ist es kaum mehr als ein kleiner Funke, den man mühsam aufziehen muss, und bei vielen entsteht niemals ein richtiges Lodern. Manchmal ist dort aber auch schon ein Feuer, es brennt stetig und zuverlässig und man muss nur hin und wieder etwas Holz nachwerfen. Und dann gibt es da noch etwas anderes.«

»Etwas anderes?«

Dante stellte die Flasche neben sich ins Gras und blickte mir tief in die Augen. Er hatte die Cap abgesetzt und sein Haar klebte ihm an der Stirn.

»Feuerstürme, die niemand jemals richtig kontrollieren kann. Maylin war so ein Sturm. Ich hab jahrelang gedacht, dass sie auf mich hören würde, doch sie war ein Tornado, eine Urgewalt. Sie war unbeherrschbar und ich will nicht, dass es dir genauso ergeht.«

Er erhob sich, griff seine Waffe und bedeutete mir, ebenfalls aufzustehen. Anscheinend wollte er mir noch nicht verraten, zu welcher seiner drei Kategorien ich gehörte. Aber wenn ich ehrlich zu mir selbst war, wusste ich es auch ohne seine Antwort. Ich war ein kleiner, unscheinbarer Funke. Wenn überhaupt.

»Ich will, dass du mich angreifst und versuchst, mich meiner Waffe zu entledigen.«

Ich schnappte mir mein Hanbō und stellte mich in die Ausgangspostion. »Egal, wie?«

Dantes schelmisches Lächeln brachte mich für einen Moment aus dem Konzept. »Egal, wie. Wir müssen nicht fair kämpfen, denn Dämonen tun das ganz sicher auch nicht. Alles ist erlaubt.«

Ich stieß einen zustimmenden Laut aus, ehe ich überlegte, wie ich ihm beweisen konnte, dass ich mehr war als nur die kleine, unscheinbare Schwester eines gewaltigen Feuersturms.

Dante hielt seinen Hanbō so selbstverständlich in den Händen, als hätte er nie etwas anderes getan. Ich würde ihn ihm kaum aus der Hand schlagen können. Dazu fehlte mir nicht nur die Kraft, sondern auch die Technik.

»Ich warte«, forderte er mich heraus.

Doch ich wollte nicht unüberlegt handeln.

Dante kam näher. Meine schwitzigen Hände hielten den Stock fest umklammert. Für jeden Schritt, den Dante auf mich zu machte, trat ich zwei zurück. Doch der Garten war nicht unendlich und früher oder später würde ich angreifen müssen.

Mein Blick fiel auf seine Beine, die völlig ungeschützt waren. Bei seinem nächsten Schritt holte ich mit meinem Stock aus und senkte ihn dabei, um Dante von den Füßen zu reißen. Doch er reagierte schnell. Er drehte sich zur Seite weg, gleichzeitig schwang er seine Waffe, und die beiden Stöcke knallten mit einem dumpfen Geräusch aufeinander. Ich stolperte durch den

Aufprall zurück, während Dante noch immer fest auf dem Boden stand.

»Gar keine schlechte Idee.«

Er brachte seine Waffe wieder in die Waagerechte und drängte mich erneut zurück.

»Du hast schnell begriffen, dass man offensichtlich überlegene Gegner nicht frontal angreifen sollte, wenn es sich irgendwie vermeiden lässt.«

Langsam, aber sicher spürte ich die Verärgerung, die seine Worte in mir hervorriefen. Er spielte sich auf, versuchte mich ganz offensichtlich vorzuführen. Wir beide wussten nur zu gut, dass ich ihn nicht entwaffnen konnte.

Meine Hände krallten sich noch immer um die Waffe und ich spürte den Schmerz in meinen Knöcheln. Wütend holte ich aus, um Dante an der Seite zu treffen, doch er blockte auch diesen Schlag ab. Wieder und wieder versuchte ich einen Körpertreffer zu landen und ihm so sein Grinsen aus dem Gesicht zu wischen. Doch Dante trieb mich immer weiter in die Enge, bis ich nur noch wenige Meter von der Mauer entfernt war, die das Grundstück umschloss.

»Hast du mich nicht genug gequält?«, keuchte ich erschöpft und wich noch weiter zurück, um etwas mehr Abstand zwischen uns zu bringen.

Dante wischte sich lässig den Schweiß von der Stirn, ließ mich aber keinen Augenblick aus den Augen.

»Also, wenn das alles sein so–«, doch weiter kam er nicht.

Ich stürmte auf ihn zu, während ich den Stock hob und ihn wie eine Art Lanze hielt. Dann schlug ich mit der letzten Kraft, die ich aufbringen konnte, gegen seine Waffe. Dantes Hanbō flog ihm aus der Hand, doch ich konnte nicht rechtzeitig abbremsen und rannte mitten in ihn hinein. Ich knallte mit dem Kopf gegen meine eigene Waffe und landete unsanft … mitten auf Dante, der ebenfalls zu Boden ging.

✣

»Saphina? Hey, wach auf!«

Langsam öffnete ich die Augen und blickte in Dantes besorgtes Gesicht.

»Ouh, mein Kopf fühlt sich an wie eine Abrissbirne«, mumelte ich.

Dante hielt mir seine Hand hin, die ich zögerlich ergriff. Schwungvoll hievte er mich auf die Beine und sofort begann sich in meinem Kopf alles zu drehen.

»Das gibt wohl ein böses Veilchen, Prinzessin.«

Ohne mich noch einmal umzudrehen, lief ich schwankend ins Haus. Innerlich summte ich I came in like a wrecking ball, während ich förmlich spürte, wie mein Auge immer dicker wurde. Ich lauschte, ob hinter mir Schritte zu hören waren, doch offensichtlich war Dante mir nicht gefolgt. Glück für ihn. Zielstrebig durchquerte ich den großen Salon, um in die obere Etage zu gelangen. Ich brauchte dringend eine kalte Dusche. Doch ich kam nicht weit.

»Prinzessin, was ist passiert?«

Elle tauchte mit einem Geschirrtuch in der Hand in der Tür zur Küche auf. Ihr Blick wirkte besorgt.

»Der überaus wohlerzogene Sir Dante hat mich im Garten verprügelt. Das ist passiert.«

Ich schob mich an Elle vorbei in die Küche und suchte nach etwas, das aussah wie eine Tiefkühltruhe. Elle war für einen kurzen Moment wie versteinert, doch dann kam sie auf mich zu, schob mich behutsam zur Seite und öffnete einige Schränke.

»Setzen Sie sich, Prinzessin, das haben wir gleich.«

Geräuschvoll zog ich einen Stuhl zur Seite und ließ mich daraufplumpsen. Mein Kopf dröhnte fürchterlich und ich bildete mir ein, weniger sehen zu können als vorher.

Elle reichte mir ein Kühlpad, das sie in ein Trockentuch gewickelt hatte.

Missmutig hielt ich mir das Pad ans Auge und spürte die wohltuende Kälte.

»Auf einer Skala von eins bis zehn: Wie übel zugerichtet seh ich aus?«

Elle blickte mich fragend an. »Entschuldigung? Ich verstehe nicht recht«, stotterte sie.

»Mein Veilchen.« Ich fuchtelte mit dem Kühlpad herum.

»Aber Prinzessin, Sie sehen doch nicht –«

»Sei ehrlich, Elle!«, warnte ich sie.

Ich wusste nur zu gut, dass Angestellte oftmals ihre Meinung zurückhielten, aus Angst, sie könnten ihren Job verlieren. Adlige konnten schrecklich sein. Wenn das jemand wusste, dann ich.

Elle war die Situation sichtlich unangenehm. Sie wippte nervös hin und her, während sie versuchte, das Geschirrtuch zusammenzufalten, das sie noch immer in den Händen hielt.

»Sie sehen aus, als …«

»Ja?«

»Na ja, als wären Sie in eine Abrissbirne gelaufen.«

Für einen kurzen Moment war es in der Küche absolut still. Doch dann lachte ich laut los. Elle musterte mich irritiert, ehe auch sie zögerlich zu lachen begann.

»Aber die Schwellung geht sicherlich sofort zurück. Kühlen ist das beste Mittel.«

»Ich glaub, kein Kühlpad der Welt kann mich vor diesen Kopfschmerzen bewahren. Aber trotzdem danke, Elle.«

Bedächtig stand ich von dem Stuhl auf und zwinkerte ihr noch einmal kurz zu, ehe ich mich die Treppen hinaufschleppte.

Als ich die Tür zu meinem Zimmer hinter mir schloss, wollte ich nur eines: schlafen. Ich ließ mich aufs Bett fallen und schob das Kühlpad unter meinen Kopf. Dann schloss ich die Augen.

Ein lautes Hämmern an der Tür ließ mich aufschrecken. Mein Blick fiel kurz auf das Fenster, durch das noch immer helle Sonnenstrahlen fielen. Allzu lange hatte ich wohl nicht geschlafen.

»Saphina? Los, mach die Tür auf!«

Dante.

Genervt schloss ich die Augen. Das Hämmern an der Tür wurde jedoch immer drängender.

»Wenn du die Tür nicht freiwillig aufmachst, dann brech ich sie auf!«

Er schien auf meine Erlaubnis zu warten, doch ich blieb stumm.

»Ich zähl bis drei!«

Mühsam hievte ich mich aus dem Bett. So gern ich auch gesehen hätte, wie Dante die Tür eintrat, so wollte ich meinen letzten Rest Privatsphäre wenn möglich doch behalten.

»Eins!«

»Ja, ja, ich komm ja schon. Entspann dich, Rambo.«

Als ich den Schlüssel im Schloss herumdrehte, sprang mir sofort die Tür entgegen. Dante stürmte ins Zimmer und sah sich um. Als sein Blick auf meinen traf, weiteten sich seine Pupillen.

»Geht's dir gut?«

Fragend starrte ich ihn an. Er klang ungewöhnlich besorgt.

»Wie soll's mir schon gehen?«

Er kam einen Schritt näher auf mich zu.

»Das sieht ziemlich übel aus.«

Er hob seine Hand und strich mir überraschend sanft über die Wange. Reflexartig zuckte ich zurück.

Ich betastete selbst die empfindliche Stelle und verzog schmerzerfüllt das Gesicht. Ein Teil von mir wollte nicht in den Spiegel über der Kommode gucken, doch der andere Teil war so was von stärker. Als ich mein Spiegelbild sah, schreckte ich kurz zurück. Ein Veilchen wie aus dem Bilderbuch.

»Das hast du ja toll hinbekommen.« Mit verschränkten Armen trat ich vor Dante.

»Hey, das war keine Absicht.« Abwehrend hob er die Hände, während er mich immer noch mitleidig ansah. »Elle meinte, du hast es sofort gekühlt. Eigentlich hätte das helfen müssen.«

»Unterstellst du mir gerade etwa, ich sei sogar zu dämlich, um eine Verletzung mit einem Kühlpad zu versorgen?«

Dante blickte in Richtung Bett, wo meine zerwühlten Laken lagen. »Kann es sein, dass du eingeschlafen bist?«, fragte er mit diesem leicht besserwisserischen Unterton, den ich jetzt schon an ihm hasste.

»Und wenn es so wäre?«

»Dann erklärt das eindeutig, wieso du aussiehst, als hättest du einen Boxkampf hinter dir.«

Ich straffte die Schultern und baute mich vor ihm auf, was in Anbetracht der Tatsache, dass er mindestens zehn Zentimeter größer war als ich, eher lächerlich als bedrohlich wirken musste.

»Das ist deine Schuld. Diese dämlichen Hanbōs sind gefährlich, und du wusstest das.«

Ich spürte, wie sich die Anspannung in mir lösen wollte. Der Schmerz, den ich fühlte, war nicht nur körperlicher Natur und er versuchte mit aller Macht auszubrechen. Doch ich wollte vor Dante keine Schwäche zeigen, nicht jetzt und auch nicht später. Also biss ich mir auf die Lippen.

»Deine Augen sind ganz rot.«

»Immerhin hast du sie mir nicht ausgestochen mit deinem Zahnstocher.«

Dante lachte kurz, während er auf mich herunterblickte. »Das wird schon wieder. In ein paar Tagen sieht es nicht mehr so wild aus.«

»Wenn du das sagst«, entgegnete ich.

»Ich muss jetzt kurz was erledigen, aber ich bin in ein paar Stunden wieder da. Bitte mach in der Zwischenzeit keinen Unsinn und lass das Haus stehen, wenn möglich. Sollte was sein, kannst du dich bei Elle melden, in Ordnung?«

»Ja, in Ordnung. Ich bin kein kleines Kind und werd einen Nachmittag ohne deine Gesellschaft sicherlich überleben.«

»Da bin ich ja beruhigt.«

Dante warf mir einen letzten Blick zu, den ich nicht so recht deuten konnte, ehe er die Tür leise hinter sich schloss und mich allein im Zimmer zurückließ.

Generyt rollte ich mit den Augen. Ich brauchte jetzt endlich eine Dusche. Eine kalte Dusche.

Nachdem Elle mir das Badezimmer gezeigt hatte, verschwand ich für über eine halbe Stunde unter der Dusche. Das kühle Wasser tat unglaublich gut und ich bildete mir ein, dass es auch gegen mein blaues Auge half.

Ich schlüpfte in eines der luftigen Sommerkleider, die ich überraschenderweise in meiner Tasche gefunden hatte. Es war ein Mitbringsel von Maylin gewesen. Sie hatte es auf Ibiza gekauft und bei dem bunten Blumenmuster sofort an mich denken müssen, wie sie mir damals verraten hatte.

Mit noch nassem Haar lief ich den Flur entlang und schielte über die Balustrade hinunter in den Eingangsbereich. Von hier oben wirkte das Foyer wirklich beeindruckend. Mein Blick fiel auf eine Kommode, die direkt neben der Tür stand. In einer der silbernen Schalen lag Dantes Autoschlüssel. Wohin auch immer er also verschwunden war, er war jedenfalls nicht hingefahren. Nachdem ich mir meine Chucks angezogen hatte, ging ich in die Küche zu Elle, die gerade dabei war, Essen zu kochen. Sie beäugte mein Veilchen, verkniff sich aber einen Kommentar.

»Haben Sie Hunger?«

Ich hätte sie am liebsten erneut daran erinnert, dass sie mich duzen sollte, doch vermutlich war hier ohnehin Hopfen und Malz verloren. Also nickte ich nur und versuchte sie freundlich anzulächeln.

Während sie mit den Töpfen klapperte und sich schon bald ein angenehmer Duft in der Küche ausbreitete, starrte ich durchs Fenster hinaus ins Grüne. Irgendwann riss mich Elle aus den Gedanken, als sie mir einen dampfenden Teller vor die Nase stellte. Das Essen roch köstlich, auch wenn ich keine Ahnung hatte, was sie überhaupt gekocht hatte.

»Was ist das?«, fragte ich.

»Mein hausgemachtes Jambalaya«, erwiderte sie stolz.

Ich probierte einen Löffel und war sofort im siebten kulinarischen Himmel. Als ich mir gerade den zweiten Löffel in den Mund schieben wollte, hörte ich, wie die Eingangstür mit einem lauten Knall zugeschlagen wurde. Fragend blickte ich in Elles Richtung, die jedoch nur mit den Schultern zuckte.

Ich erhob mich von meinem Platz, um zu schauen, was da im Foyer vor sich ging. Doch genau in dem Moment, als ich durch die Tür schritt, rauschte jemand in mich hinein. Ich stolperte und fiel schließlich zu Boden.

Als ich den Kopf hob, erkannte ich Dante. Er sah aus wie ein Bodyguard, erst recht mit der lächerlichen schwarz getönten Sonnenbrille.

»Kannst du nicht aufpassen, wo du hinläufst?«, blaffte er mich an.

Ich rappelte mich auf und verschränkte die Arme vor der Brust. »Wer von uns beiden trägt denn hier im Haus eine gottverdammte Sonnenbrille und macht einen auf Men in Black?«

Dantes Kiefer spannte sich an, doch er nahm die Brille nicht ab.

»Elle, was gibt's denn zu essen?«, rief er in den Raum hinein.

»Jambalaya. Wie Sie es sich gewünscht hatten, Sir Dante.«

Er ignorierte mich und betrat die Küche. Völlig perplex starrte ich ihm hinterher. Was dachte dieser aufgeblasene Typ eigentlich, wer er war?

Ich lief in Richtung Foyer, um in mein Zimmer zu verschwinden. Das Letzte, was ich wollte, war, mir weiter Dantes Launen anzugucken. Erneut streifte mein Blick die Schlüssel auf der Kommode. Ich trat näher heran und schnappte sie mir. Leise öffnete ich die Eingangstür und zog sie genauso geräuschlos wieder zu. Mir ging dieser Ort hier gewaltig auf die Nerven.

Dantes schwarzer Sportwagen stand noch immer direkt vor

dem Anwesen und mit einem kurzen Knopfdrück öffneten sich die Türen.

Die Ledersitze klebten an meinen nackten Beinen, als ich einstieg. Der Motor startete mit einem angenehmen Brummen und ich schaltete den Hebel in der Mittelkonsole auf »D« für Drive. Leise Musik ertönte und ich drehte den Regler hoch, während ich den Wagen die holprige Auffahrt entlangrollen ließ. Immer wieder blickte ich in den Rückspiegel, in dem ich die Eingangtür sehen konnte. Als der Weg einen Bogen machte, verschwand die Tür aus meinem Blickfeld und ich atmete erleichtert auf.

Ich hatte es wirklich versucht. Ich hatte es Tante Thalea wirklich recht machen wollen, aber Dante de Lacey war der mieseste und verlogenste Lehrer auf der Welt und ich würde es keinen weiteren Tag hier aushalten. Ich gehörte in den Palast. Zu meiner Mutter und Livia. Die beiden fehlten mir trotz allem sehr, auch wenn ich es nur ungern zugab.

Als der Schotterweg endlich ein Ende fand und ich auf eine richtige Straße abbog, gab ich ordentlich Gas. Das Motorgeräusch erinnerte mich an einen grimmigen Bären. Ich zappte durch die Radiosender, bis ich einen Song hörte, den ich kannte. The Weekend – Blinding Lights.

Das Grün der Insel zog an mir vorbei und ich fühlte mich das erste Mal seit langer Zeit wieder frei. Ich vergaß alles um mich herum und gab weiter Gas. Dieser Wagen flog förmlich über die Straße und das Gefühl, das sich in meiner Magengegend breitmachte, gefiel mir. Doch als ich irgendwann in den Rückspiegel blickte, bremste etwas diese plötzliche Euphorie ganz gehörig.

Blaulicht.

Und es kam näher und näher. Großartig. Dante hatte mir also die Polizei auf den Hals gehetzt.

KAPITEL 13

»Ich frage Sie nur noch ein einziges Mal: Können Sie sich ausweisen?«

Ungläubig starrte ich in das Gesicht des Polizisten. »Ich bin Mitglied der königlichen Familie. Ich bin Saphina Bell, die jüngste Prinzessin der Insel«, wiederholte ich zum gefühlt hundertsten Mal.

»Steigen Sie bitte aus dem Wagen aus.«

»Officer, ist das Ihr Ernst? Wenn meine Mutter davon erfährt, wird sie –«

»Steigen Sie aus dem Wagen aus. SOFORT!«

Ich nahm die Hände vom Lenkrad und öffnete langsam die Autotür. Der junge Polizist hielt seine rechte Hand demonstrativ am Waffenholster.

»Dieses M850i xDrive Coupé wurde als gestohlen gemeldet. Wenn Sie nicht die Halterin dieses Fahrzeugs sind – und darauf deutet alles hin –, dann sind Sie dringend tatverdächtig, es widerrechtlich entwendet zu haben.«

Erschrocken schnappte ich nach Luft. Ich hatte den Wagen doch nicht gestohlen.

»Das ist ein riesengroßes Missverständ–«, versuchte ich mich zu erklären.

Doch der Polizist unterbrach mich. »Sie müssen sich nicht zu den Anschuldigungen äußern, Miss …?«

»… Bell. Mein Name ist Saphina Bell«, beendete ich seinen Satz energisch. Hörte dieser Typ mir denn überhaupt nicht zu?

Der Polizist musterte mich, als sei ich auf einem schlechten Trip. Zugegeben, ohne die ganze Schminke, die glamourösen Kleider und mit dem fiesen Veilchen im Gesicht wirkte ich auf die zwei Officer sicherlich wie eine entflohene Irre.

»Wie dem auch sei«, fuhr er fort, »Sie werden uns zur Polizeistation begleiten, da Sie sich nicht ausweisen können. Von dort können Sie eine Person kontaktieren, die Ihnen Ihren Ausweis bringen kann. Oder irgendwelche anderweitigen Dokumente zur Feststellung Ihrer Identität.«

»Und was passiert jetzt mit dem Auto?«

Ein weiterer Kollege stieg aus dem Streifenwagen und lächelte freudig. »Der Wagen wird ebenfalls zur Wache gebracht und anschließend seinem rechtmäßigen Eigentümer übergeben. Bitte steigen Sie in den Streifenwagen, Miss Bell.«

Eine Stunde später saß ich auf dem Polizeirevier von Navastra, der Hauptstadt von St. Lucien. Zu meinem Glück erkannte mich die Dame am Empfang, der das Unwissen ihrer Kollegen sichtlich unangenehm war.

Zwar hielt das die Polizisten nicht davon ab, mich weiter eines Autodiebstahls zu verdächtigten, aber immerhin steckte man mich nicht zu den anderen Verbrechern in eine der Zellen. Das Revier durfte ich dennoch nicht verlassen.

»Äh, Miss Bell«, rief mich ein blonder Polizist zu sich. Er war sichtlich nervös, denn sein Gesicht war voller roter Stressflecken.

»Ja, Officer? Darf ich endlich von hier verschwinden?«, fragte ich hoffnungsvoll.

»Nein, aber Sie können jetzt Ihren Anruf tätigen, wenn sie wollen.«

Einen Anruf tätigen. Das lief ja genauso ab wie im Film. Der junge Polizist führte mich zu einem Münzfernsprecher.

»Ist der eine Leihgabe von Corstria and Lambert?«, spielte ich auf den berühmten Antiquitätenladen der Stadt an.

Der Polizist schmunzelte kurz, ehe er eine betont seriöse Miene aufsetzte. Er reichte mir eine silberne Münze und wies auf den Hörer. »Ein Anruf, Miss, maximal zehn Minuten.«

Er ließ mich allein und ich starrte auf die kleine Münze in meiner Hand. Das alles konnte doch nur ein schlechter Scherz sein, oder? Als ich die viereckigen nummerierten Tasten begutachtete, wurde mir schlagartig klar, dass ich nur eine einzige Telefonnummer auswendig kannte. Unsicher hob ich den Hörer ab, zögerte aber. Es war ohnehin nicht so, als könnte man einfach im Palast der Königsfamilie anrufen. Aber selbst wenn dem so gewesen wäre, was hätte ich Livia oder meiner Mutter schon sagen sollen? Sie hatten mich einfach meinem Schicksal überlassen. Wie das endete, sah ich jetzt: Ich war allein, sah aus wie eine Amateurboxerin und wurde obendrein noch beschuldigt, einen Luxussportwagen geklaut zu haben. Wollte ich mir vor ihnen wirklich diese Blöße geben?

Die Telefonnummer, die in meinem Kopf herumgeisterte, würde mir ganz sicher nicht hier hinaushelfen. Dennoch tippte ich sie ein und wartete, bis es tutete. Doch stattdessen sprang die Mailbox an.

»Dies ist die Mailbox von Maaaaayliiin-the-one-and-only-Bell. Was immer ihr wollt, offensichtlich will ich es gerade nicht wissen. Aber ich hör's mir später an, versprochen!« Piep. Dann herrschte Stille.

Ich schluckte und versuchte, nicht sofort in Tränen auszubrechen. Es war so bizarr, Maylins vertraute Stimme zu hören, denn ich würde nie mehr von ihr hören können als diese bekloppte Mailbox-Ansage. Gleichzeitig war es irgendwie tröstlich. Sie hätte mich sofort hier herausgeholt und mich für diese Aktion sicherlich laut schallend ausgelacht. Ich atmete tief ein und wieder aus, ehe ich zu sprechen begann.

»Hey, May, mir ist was echt Dummes passiert und ich könnte gerade wirklich deine Hilfe gebrauchen. Bitte hol mich hier raus. Ich … ich brauch dich doch.«

Ich schloss kurz meine Augen, die fürchterlich brannten, ehe ich den Hörer auflegte. Keine Ahnung, wie ich aus dieser Misere herausfinden sollte, aber eins stand fest: Sollte ich Dante de Lacey jemals wieder begegnen, dann würde ich ihm mit seinem komischen Hanbō die verdammte Nase brechen! Er saß vermutlich gerade mit einer kalten Limonade auf seiner Terrasse und grinste fröhlich vor sich hin.

Als ich zurück zu der Bank trottete, auf der ich bis auf Weiteres Platz nehmen sollte, bemerkte ich erst, wie unruhig die ganze Wache war. Die Leute tuschelten, zückten ihre Handys und es war vermutlich nur noch eine Frage der Zeit, bis das erste Kamerateam vor der Tür stand.

Mit Bodyguards wäre das alles nicht passiert, ging es mir bissig durch den Kopf.

»Kann ich Ihnen etwas zu trinken bringen, königliche Hoheit?«

Die ältere Dame vom Empfang stand plötzlich vor mir und machte einen so tiefen Knicks, dass es mir fast peinlich war.

»Oh, vielen Dank. Aber im Moment nicht.«

Die Frau versuchte sich an einem Lächeln, das ihr aber nicht so recht gelingen wollte. »Ich möchte Ihnen mein Beileid aussprechen. Und ich bin mir sicher, dieses Missverständnis wird sich bald aufklären, und dann wird hier der ein oder andere Kopf rollen.« Sie zwinkerte mir verschwörerisch zu, ehe sie zurück zum Empfang schritt.

Die nächsten zwei Stunden saß ich mir auf dieser Bank beinahe den Hintern wund. Es schien, als wüsste hier niemand so recht, was er eigentlich tun sollte in Bezug auf den königlichen Besuch. Draußen dämmerte es bereits und das Revier leerte sich zusehends.

Ich lehnte mich an die Wand hinter mir und schloss die Augen. Mein Kopf dröhnte noch immer und ich wollte gar nicht wissen, wie mein Veilchen sich mittlerweile entwickelt hatte.

Als ich die Augen irgendwann wieder öffnete, stellte ich erschrocken fest, dass ich eingenickt war. Hässlich grelles Neonröhrenlicht strahlte von den Lampen an der Decke und verlieh meiner Haut eine kränkliche Farbe. Meine Gelenke knackten, als ich die Arme ausstreckte.

Suchend blickte ich mich um, stellte jedoch enttäuscht fest, dass der Vorraum des Reviers so gut wie leer war. Es war gespenstisch still, als ich aufstand und in Richtung Empfang schlenderte. Die nette Dame war leider nicht mehr da, stattdessen saß dort nun ein älterer Mann mit strähnigem grauem Haar und einer gigantischen Hornbrille. Er blickte mich verwundert an, als ich näher trat.

»Kann ich Ihnen helfen, junge Lady?«, krächzte er.

»Ich sitze nun schon eine ganze Weile hier herum und frage mich, wann ich endlich wieder gehen kann. Ist Officer Johnson noch da? Ich würde gern noch mal mit ihm reden.«

Der ältere Mann schob sich die Hornbrille von der Nase und trat näher. »Der ist gerade nicht zu sprechen.«

Nervös tippte ich mit den Fingern auf den Empfangstresen. »Und wann wird sich das voraussichtlich ändern?«, hakte ich nach.

»Das kann ich Ihnen auch nicht sagen. Baron de Lacey und Officer Johnson kennen sich schon länger, das kann noch etwas dauern.«

Baron de Lacey.

Ohne eine Antwort wandte ich mich ab. Doch der Mann erhob sich blitzschnell von seinem Platz und trat einen Schritt auf mich zu. »Setzen Sie sich bitte wieder hin«, befahl er mir in strengem Ton.

»Hinsetzen? Ich habe den ganzen Tag nichts anderes gemacht. Lassen sie mich durch, und zwar sofort! Sie wollen ja sicher nicht, dass die Königin von diesem Vorfall erfährt, oder?« Ich stemmte die Hände in die Hüften und sah den älteren Mann böse an. Es missfiel mir, ihm mit meiner Mutter zu drohen, aber auf die Schnelle fiel mir einfach nichts Besseres ein. Er zögerte einen Moment, machte mir dann aber Platz.

Ohne ein weiteres Wort lief ich durch die Wache, vorbei an gläsernen Türen, auf denen in großen schwarzen Lettern die Namen der jeweiligen Polizisten standen. Als ich vor Officer Johnsons Büro stehen blieb, konnte ich von drinnen gedämpfte Stimmen hören.

»Sie haben da nichts zu suchen!«, rief mir der ältere Mann

nun doch wieder hinterher, doch ich ignorierte ihn und stieß die Tür auf.

Ich blickte in die Gesichter von Officer Johnson und – Dante. Für einen Moment herrschte Schweigen im Raum, ehe ich spürte, wie meine Wangen rot wurden. Nicht vor Scham, nein, vor Wut.

»Was ist hier los?«

Die beiden sahen einander fragend an, ehe Dante sich erhob und auf mich zukam.

»Saphina, hast du eigentlich eine Ahnung, was du da heute getan hast?«

Ich verschränkte die Arme vor der Brust und fixierte die beiden Männer abwechselnd mit meinen Blicken.

»Ich hab dein beschissenes Auto nicht geklaut! Das weißt du ganz genau«, zischte ich aufgebracht.

Officer Johnson sagte nichts.

»Du bist einfach abgehauen. Ohne auch nur ein Wort zu sagen. Dir hätte sonst was passieren können. Die einzige Person, die dich derzeit beschützen kann, bin ich. Ob es dir passt oder nicht. Und wenn du glaubst, du könntest machen, was du willst, dann irrst du dich.«

»Das ist doch lächerlich.«

Der Officer reichte Dante ein Stück Papier und einen Stift.

»Eure Hoheit, Miss Bell, Sie haben Glück, dass der Baron seine Anzeige zurückziehen möchte. Wenn er dieses Schriftstück nämlich nicht unterschreibt, dann sehe ich mich gezwungen, Sie über Nacht doch in eine der Zellen zu stecken«, mischte der Polizist sich ein.

Dante nahm den Stift entgegen und beugte sich über den Zettel auf dem Tisch vor ihm. Doch kurz bevor er den Stift ansetzte, hielt er inne.

»Also, Saphina, soll ich unterschreiben und wir fahren gemeinsam zurück nach Whitehill Manor und vergessen diesen Vorfall? Oder möchtest du weiter mit deinem absolut zwecklosen Kleinkrieg fortfahren?«

Plötzlich fühlte ich mich so machtlos wie noch nie zuvor. Ständig entschieden andere über mich und ich hatte es allmählich satt, diejenige zu sein, die schweigend alles geschehen ließ. Wer auch immer behauptete, dass der Klügere nachgibt, hatte nicht den Hauch einer Ahnung, wie demütigend es war, immer der Unterlegene zu sein.

Ich reckte das Kinn in die Höhe und lächelte. »Wo ist die Zelle, Officer?«

Immerhin war Dante ein Mann, der zu seinem Wort stand, das konnte ich an diesem Abend am eigenen Leib feststellen.

Ich saß stocksteif auf einer harten, schmalen Pritsche und starrte auf eine graue Wand. Mein Kopf schmerzte genauso wie mein Rücken und ich wollte einfach nur hier raus. Vom goldenen Palast direkt in die Gefängniszelle in nicht einmal vierundzwanzig Stunden. Das war sicherlich absoluter Versagerrekord.

Aber ich wollte nicht von Dante gerettet werden. Denn er war schuld an dieser Situation. Resigniert legte ich mich hin und drehte mich nervös von einer Seite auf die andere. So ging es bis zum nächsten Morgen.

Ein metallisches Klappern ließ mich aufhorchen. Sofort sprang ich auf und warf einen Blick in Richtung der Zellentür. Dort erblickte ich einen älteren Polizisten mit ungepflegtem Bart. Neben ihm stand Thalea. Im ersten Augenblick spürte ich Erleichterung. Doch als unsere Blicke sich trafen, konnte ich ihre Enttäuschung beinahe auf der Zunge schmecken. Bitter und klebrig.

»Thalea, ich bin so froh, dass du hier bist!«, rief ich.

Der Polizist musterte uns beide kurz, ehe er die Tür öffnete und uns allein ließ.

»Da lasse ich dich einmal kurz aus den Augen und du stellst gleich alles auf den Kopf. Was hast du dir nur dabei gedacht, einfach mit Dantes Wagen abzuhauen? Ist dir denn gar nicht klar, wie gefährlich und verantwortungslos dein Handeln war?«

Missmutig starrte ich zu Boden. Thalea blieb an der Zellentür stehen, so als würde eine unsichtbare Barriere sie zurückhalten.

»Jetzt komm raus aus der Zelle. Dieser Anblick ist ja kaum zu ertragen. Wir müssen uns beeilen, wenn wir noch rechtzeitig zur Beerdigung kommen wollen. Und was ist überhaupt mit deinem Gesicht passiert?«

Dante de Lacey ist passiert, antwortete ich ihr in Gedanken.

»Nichts.«

Als ich aus der Zelle trat, hob sie die Hand und fuhr mit dem Zeigefinger über die geschwollene Haut. Ich zuckte erschrocken zusammen, weil ihre Finger so kalt waren.

»Entschuldige, ich wollte dir nicht wehtun.«

»Schon gut.«

Sie bedeutete mir mit einer kurzen Handbewegung, ihr zu folgen. Meine Tante schritt selbstsicher durch die gefliesten Gänge und ich wurde irgendwie das Gefühl nicht los, dass sie nicht das erste Mal hier war. Ziemlich schnell erreichten wir den Vorraum der Wache.

»Und wir können jetzt einfach so hier rausmarschieren?«, fragte ich ungläubig.

Thalea lachte. »Wir gehören zur Königsfamilie. Wer sollte uns daran hindern?«

Vor der Wache wartete bereits ein schwarzer Wagen, in den wir einstiegen.

»Wir fahren nach Whitehill Manor, aber schnell!«

Thaleas Anweisung an den Fahrer klang eher wie eine Drohung. Sofort trat er ordentlich aufs Gas.

»Ich habe mir die Freiheit genommen, dir Klamotten herauszusuchen, da du ja gestern Abend anderweitig beschäftigt warst. Und es wird sich jemand um dein Gesicht kümmern, wir wollen ja nicht, dass die Öffentlichkeit denkt, du seist in Handgreiflichkeiten verwickelt gewesen, oder?«

Ich biss mir auf die Zunge, auch wenn ich sogar irgendwie verstand, dass meine Tante von mir enttäuscht war.

Innerhalb kürzester Zeit wichen die Häuser links und rechts von uns wieder dem wilden grünen Dschungel und ich ließ mich erschöpft in die bequemen Sitze sinken. Die letzte Nacht war der reinste Albtraum gewesen und ich hatte kaum geschlafen.

»Willst du dich denn gar nicht äußern, Saphina?«, fragte meine Tante wenig später.

Ich drehte mich nach rechts, um ihr ins Gesicht zu blicken, und schüttelte den Kopf. »Ist doch eh egal, was ich zu sagen hab.«

»Wieso denkst du das?«

»Weil's so ist. Als ob du nicht wüsstest, dass es Dante war, dem ich dieses hübsche Accessoire zu verdanken hab.« Ich zeigte kurz auf mein geschwollenes Auge. »Und er war auf der Wache und hat mich einfach dort zurückgelassen.«

»Ich weiß, aber du hast auch einfach sein Auto gestohlen und bist davongerast. Er hat sich große Sorgen um dich gemacht, immerhin war er ganz allein mit deiner Sicherheit betraut.«

Ich seufzte. »Also denkst du, das war meine gerechte Strafe?«

»Das habe ich nicht gesagt.« Thalea rutschte näher an mich heran und hob den Arm. Behutsam schlang sie ihn um meine Schultern und drückte mich sanft an sich. »Du musst dich bei ihm entschuldigen.«

Ich wollte ihr widersprechen, doch ich behielt meine Worte für mich. Diese Umarmung war so tröstlich, dass ich sie nicht mit weiteren Diskussionen über Dante beenden wollte. Also schloss ich die Augen, lehnte mich an ihre Schulter und genoss die Wärme. Wir hatten uns vielleicht nie besonders nahegestanden, aber sie war die einzige Verwandte, die sich derzeit für mich zu interessieren schien, und das war alles, was für mich zählte.

✣

Nachdem wir beim Herrenhaus angekommen waren, ging plötzlich alles ganz schnell. Thalea zeigte mir das Kleid und die Schuhe, die sie für die Beerdigung ausgesucht hatte, und während mir Elle beim Ankleiden half, rief Thalea nach einer weiteren Bediensteten, die sich daranmachte, mir die Haare zu frisieren und mich zu schminken. Innerhalb kürzester Zeit erinnerte nichts mehr an das schmerzhafte Veilchen in meinem Gesicht.

Wenig später wartete ich in meinem schlichten bodenlangen Kleid im Foyer. Der matte schwarze Stoff lag eng an der Taille an, während der Rock fließend hinabfiel. Es besaß keinen tiefen Ausschnitt und die langen Ärmel waren mit kleinen Spitzenstickereien versehen. Meine Haare hatte man mir stilvoll hochgesteckt, sodass ich ein wenig aussah wie eine Lady aus den Sechzigerjahren, aber all das konnte nicht über den traurigen Anlass hinwegtäuschen, zu dem ich dieses Kleid trug.

Meine Tante warf einen Blick auf die große Wanduhr. »Wo bleibt denn Dante schon wieder?«

Thalea strich mir gerade eine lose Haarsträhne aus dem Gesicht, die sich irgendwie aus der Hochsteckfrisur gelöst hatte, als ich den Kopf zur Seite drehte. »Dante begleitet uns zur Beerdigung?«, fragte ich entsetzt.

Sie schenkte mir einen dieser Blicke, die ich nicht so recht deuten konnte. Irgendwie erinnerte sie mich an eine meiner Hauslehrerinnen, die früher immer so übertrieben mit den Augen gerollt hatte, wenn ich ihr im Erdkundeunterricht hatte weismachen wollen, dass es das Schlaraffenland tatsächlich gab.

»Ich habe weder Zeit noch Lust, mit dir jetzt darüber zu diskutieren. Und denk an meine Worte. Du schuldest ihm eine Erklärung für dein kindisches Benehmen. Der Tod deiner Schwester, so tragisch er auch sein mag, ist kein Freifahrtschein für derlei Fehltritte.«

Thalea verließ das Foyer und wenig später ertönte ihre aufgebrachte Stimme aus dem Nebenraum. Es schien, als würde sie mit jemandem telefonieren.

Zehn Minuten später saß ich erneut im Auto. Aufgrund des erhöhten Sicherheitsstandards, den eine königliche Bestattung zwangsweise mit sich brachte, brauchten wir einen Wagen mit schusssicherem Glas, und der hatte sich wohl verspätet, sodass

Dante ihn höchstpersönlich abgeholt hatte. Meine Tante war sichtlich erleichtert gewesen, als sie Dante erblickt hatte. Nun reichte sie ihm eine Anzugjacke nach vorn. Trotz der heißen Temperaturen wahrte man bei Beerdigungen natürlich den Anstand, und das bedeutete gerade für die Männer eines: schwitzen.

Dante nahm vorn neben dem Fahrer Platz, während Thalea neben mir auf der Rückbank saß. Die ganze Fahrt über schwiegen wir. Ich dachte gar nicht daran, mich vor meiner Tante bei Dante zu entschuldigen. Ihr konnte Dante vielleicht vorspielen, dass er sich um mich und mein Wohlergehen sorgte, aber mir war klar, dass das für ihn nur ein Job war, nicht mehr und nicht weniger.

Eine Stunde später kamen wir auf dem Gelände des Palasts an. Die vielen Menschen, die vor den Toren ausharrten, verursachten in mir ein Gefühl der Beklemmung. Das imposante Gebäude, die goldverzierten Säulen und die weißen Stufen, die hinauf zum Eingang führten – alles war mir bekannt, aber es fühlte sich nicht so an, als würde ich nach Hause kommen.

Als die Tür des Wagens geöffnet wurde und man uns hinaushalf, blickte ich mich suchend nach meiner Familie um. Aber Mutter und Livia befanden sich natürlich nicht hier draußen. Wir schritten den mit Teppich ausgelegten Weg entlang, bis wir die Stufen erreichten. Plötzlich berührte mich jemand sanft am Rücken.

»Darf ich Ihnen behilflich sein, Eure Hoheit?«

Fragend blickte ich Dante ins Gesicht, der mich ernst musterte. Er hielt mir seinen Arm hin, um mich die Treppen hinaufzubegleiten, was in Anbetracht meines Schuhwerks gar keine schlechte Idee war. Doch ich ließ ihn einfach stehen. Vermutlich meinte er es nur gut, aber ich konnte mich gerade einfach nicht auf sein Friedensangebot einlassen. Dazu war ich mit den Gedanken zu weit weg.

Zielsicher und so anmutig wie möglich schritt ich die Stufen allein empor.

Oben angelangt, begrüßte mich einer der Palastdiener und reichte mir ein rotes Blatt Papier mit aufwendiger goldener Verzierung am Rand. Das große B unseres Familienwappens prangte auf dem Papier und versetzte mir einen kleinen Stich. Ich überflog den Zettel.

Beisetzung um 12:30 Uhr im königlichen Friedhofspark.

Ich durchquerte die große Halle des Palasts, durch die man über einen kleinen gläsernen Tunnel hinaus in den Garten gelangte. Überall hatten sich Champagner schlürfende Grüppchen gebildet und mein Übelkeitsgefühl verstärkte sich noch mehr. Sie schienen alle etwas zu feiern, während ich mich heute von Maylin verabschieden würde.

Endgültig.

Für immer.

Draußen im Garten waren helle Sonnensegel aufgespannt, die den adligen Gästen Schatten spenden sollten.

Auch hier hatte man über die Kieswege einen dunkelroten Teppich gelegt, damit die weiblichen Gäste sich nicht ihre schönen schlanken Hälse brachen. Ich schritt durch den Garten, bis ich wenig später an der Parkanlage angelangt war, an die sich der Friedhof anschloss. Für viele war es sicherlich bizarr, dass wir unsere Familienmitglieder quasi im Garten begruben, aber für Aramea Bell war es ein Zeichen des Respekts gewesen, sie auch nach dem Tod so nah wie möglich an ihrem Zuhause zur letzten Ruhe zu betten.

Vereinzelt hatten sich schon einige Leute eingefunden und ich senkte den Blick, als ich das ausgehobene Grab entdeckte. Es war tief und dunkel und der Anblick schnürte mir regelrecht die Kehle zu. Vor dem Loch hatte man in einem kleinen Halbkreis einige Stühle aufgestellt, die jedoch längst nicht für alle Trauergäste ausreichen würden. Die erste Reihe war für die Familie reserviert – für den kläglichen Rest, der von ihr übrig war.

Nach und nach trudelten auch die anderen Trauergäste ein und ich setzte mich auf einen der Stühle in der ersten Reihe. Wenige Minuten später entdeckte ich Mutter und Livia, wie sie mit ihrem Tross durch den Garten schritten. Die beiden nickten mir kurz zu, ehe auch sie Platz nahmen. Eine familiäre Begrüßung sah entschieden anders aus.

»Alles in Ordnung?« Rechts neben mir ließen sich Thalea und Dante nieder. Meine Tante griff nach meiner Hand und hielt sie fest.

»Es geht schon irgendwie«, flüsterte ich ihr zu.

Der Platz zwischen Livia und mir blieb leer. Einmal mehr fühlte ich den Graben zwischen uns, der sich seit jenem Abend vor ihrer Hochzeit aufgetan hatte. Mit jedem Tag, der verstrich, wurde er größer.

Kurz bevor die Ansprache des Paters begann, brachten vier groß gewachsene Männer in schwarzen Anzügen und mit unlesbaren Mienen den Sarg heraus und stellten ihn neben das ausgehobene Grab. Einer von ihnen klappte ihn vorsichtig auf und zum Vorschein kam Maylin. Sie lag in dem hellen, fast weißen Sarg wie in einem Bett. Man hatte sie geschminkt und in ein dunkelblaues Kleid gesteckt. Maylin wirkte wie eine Schaufensterpuppe.

Die gesamte Beerdigung lang starrte ich auf den offenen Sarg. Hin und wieder schnappte ich Worte auf wie Verlust, Trauer, Liebe. Doch alles andere klang lediglich wie ein ohrenbetäubendes Rauschen.

»Möchte sonst noch jemand etwas sagen?«

Ein sanfter Druck in meiner Hand ließ mich aus meiner Trance aufschrecken. »Saphina? Möchtest du vielleicht?«, flüsterte mir Thalea ins Ohr.

Doch ich schüttelte den Kopf und schwieg, genau wie alle übrigen Gäste. Der Priester nickte den vier Männern kurz zu. Sie erhoben sich und einer von ihnen schloss den Sarg. Dann ließen sie ihn langsam in das ausgehobene Loch hinunter. Im Hintergrund spielte eine Violine und vereinzelt hörte ich es hinter mir schluchzen. Überrascht stellte ich jedoch fest, dass meine Augen trocken blieben. Obwohl mich das Gefühl der Leere innerlich tausendfach zerriss, war ich nicht fähig, auch nur eine Träne zu vergießen. Als hätte ich all meine Tränen schon längst verbraucht.

Als der Sarg komplett in dem dunklen Loch verschwunden war, trat meine Mutter als Erste nach vorn, nahm eine der bereitgelegten weißen Rosen in die Hand und ließ sie hineinfallen. Der gigantische Hut auf ihrem Kopf schirmte ihr Gesicht ab. Dann trat Livia nach vorn und tat es ihr gleich. Nach und nach erhoben sich die Leute. Ich blieb regungslos auf meinem Platz sitzen. Ich konnte mich einfach nicht aufraffen, mich von Maylin zu verabschieden. Als nur noch Thalea, Dante und ich auf den Stühlen saßen, stand meine Tante auf.

»Ich warte im Wagen auf dich. Nimm dir so viel Zeit, wie du brauchst, in Ordnung?«

Sie schritt kurz zum Sarg und dann davon, doch aus dem Augenwinkel konnte ich erkennen, dass Dante noch immer auf seinem Stuhl saß. Einige Zeit schwieg er, während ich wie gebannt auf das Loch starrte, in dem meine Schwester nun langsam verrotten würde.

»Du kannst alles sein und noch so viel mehr, Saphina. Lass nicht zu, dass dich dieser Verlust bricht. Das hätte Maylin nicht gewollt.« Dann erhob auch er sich, ging zum Grab und verließ anschließend langsam den Friedhof.

Irgendwann stand ich auf und griff nach einer der letzten Blumen. Ihre Blätter hingen schlaff herab und auch die Blüte war durch die Hitze der Sonne bereits verwelkt. Als ich sie auf den Sargdeckel fallen ließ, rollte mir eine einzelne Träne übers Gesicht, bis sie schließlich zu Boden tropfte und auf dem Sarg landete.

»Ich werd dich nicht enttäuschen, Maylin. Das versprech ich dir.«

KAPITEL 14

An die Rückfahrt nach Whitehill Manor konnte ich mich kaum erinnern. Es fühlte sich an, als hätte ich die letzten Stunden als bloßer Besucher in meinem eigenen Körper verbracht. Alles war irgendwie gedämpft, wie unter Wasser. Doch ein Gedanke hatte sich fest in meinen Kopf gebrannt:

Ich durfte Vater und Maylin nicht enttäuschen!

Was Livia und Mutter anging, nun, sie hatten sich nicht einmal von mir verabschiedet. Aber im Grunde war es mir auch egal. Sollten sie ihr geregeltes Leben im Palast doch unbeirrt weiterleben. Meins verlief nun in eine andere Richtung, weg von ihnen.

Erschöpft ließ ich mich auf mein Bett in meinem Zimmer fallen und starrte aus dem Fenster. Und noch etwas wurde mir mit einem Schlag klar: Ich wollte etwas tun, das in dieser Welt von Gewicht war. Meine Heimat schien eine dunkle Macht zum Feind zu haben, und wenn das bedeutete, dass ich mit Dante trainieren musste, um St. Lucien zu beschützen, dann würde ich es irgendwie aushalten. Ich schuldete es meiner Schwester und vermutlich auch mir selbst. Auch wenn ich keine Ahnung hatte, was am Tag der Krönung passieren würde: Ich war bereit, es herauszufinden!

Bereits am nächsten Morgen war mein Enthusiasmus verschwunden, denn Dante hämmerte um kurz vor sechs wie ein Geisteskranker gegen meine Zimmertür.

»Aufstehen, Prinzesschen! Frühstück ist fertig. Wir haben heute eine Menge vor.«

Zwanzig Minuten später saß ich am Küchentisch und löffelte mir Vollkornmüsli mit Banane in den Mund.

»Da du hier sitzt, nehme ich an, wir fahren mit unserem Trainingsplan fort?«

Ich nickte, während ich noch etwas Milch in die Schüssel goss.

»Sehr schön. Da wir schon einiges an Zeit verschwendet haben, müssen wir uns ranhalten, wenn wir dich fit bekommen wollen. Deshalb werden wir jetzt jeden Morgen von sieben bis acht eine ausgiebige Joggingtour unternehmen.«

Vor Schreck ließ ich glatt den Löffel fallen, der mit einem lauten Klirren die Porzellanschüssel umwarf. Milch und Müsli verteilten sich auf dem Tisch, während ich Dante völlig entgeistert anstarrte.

»Jeden Morgen? Willst du mich umbringen?«

Auf Dantes Gesicht breitete sich ein sadistisches Lächeln aus.

»Die Strecke ist etwa sechs Kilometer lang und führt weitestgehend durch den Dschungel. Es kommt also weniger darauf an, wie schnell du bist, als vielmehr darauf, dass du dich an die Umgebung gewöhnst, auf den Boden und die Wurzeln achtest und gleichmäßig atmest. Ich werde hinter dir laufen, damit du das Tempo selbst bestimmen kannst. Iss auf, damit wir loskönnen. Joggen ist nicht der einzige Punkt auf unserer heutigen Liste.«

Elle warf uns einen neugierigen Blick zu, ehe sie mit einem Lappen meine Sauerei wegwischte.

Das Lauftraining glich vielmehr einer Folter als einer morgendlichen Sporteinheit. Zwar war die Strecke überwiegend schattig, aber die Feuchtigkeit unter dem dichten Blätterdach machte es mir so gut wie unmöglich, vernüftig zu atmen. Ich keuchte und verschluckte mich beinahe an meiner eigenen Spucke. Irgendwann wollten meine Füße einfach keinen weiteren Schritt mehr laufen, sodass ich mich an einen der gigantischen Bäume lehnte und laut nach Luft schnappte. Dante beugte sich zu mir herüber und klopfte mir auf den Rücken. Er war nicht einmal ins Schwitzen gekommen. Dieser Angeber!

»Du musst gleichmäßig atmen, Saphina. Einatmen und ausatmen. Einat–«

»Ja, ja, das ist leichter gesagt als getan«, unterbrach ich ihn keuchend. Meine Lungen brannten wie Feuer und ich spürte, wie mir der Schweiß den Rücken hinunterlief.

»Du hast dich gar nicht so schlecht angestellt, fürs erste Mal.«

Überrascht drehte ich mich zu Dante. Lag da tatsächlich etwas wie Anerkennung in seiner Stimme? Ich musste mich verhört haben. Er reichte mir eine kleine Wasserflasche, die er offensichtlich in weiser Voraussicht mitgenommen hatte, und ich trank gierig. Die restliche Strecke liefen wir langsam, doch mein Puls wollte sich einfach nicht beruhigen.

»Es dauert, bis man sich an die Luftfeuchtigkeit und die Hitze gewöhnt hat. Aber das wird schon, du wirst sehen.«

Er sagte das so, als wäre ich eine Touristin, die zu Besuch auf dieser Insel war. Dabei war ich hier geboren und aufgewachsen. Ich kannte die feuchte Luft, das salzige Meer und die fruchtbare Erde unter unseren Füßen. Missmutig starrte ich ihn an, verkniff mir jedoch einen bissigen Kommentar.

Nachdem wir zurück im Herrenhaus waren, gönnte ich mir eine kalte Dusche. Ich war bereits jetzt völlig am Ende, und dabei hatte ich noch sechsundzwanzig Tage voller Qualen vor mir. Jeder einzelne Muskel in meinem Körper schmerzte.

Als ich aus der Dusche stieg und in Jeans und T-Shirt über den Flur zu meinem Zimmer lief, bemerkte ich den Zettel, den Dante an meine Zimmertür geklebt hatte.

Wir treffen uns um 9:30 Uhr in der Bibliothek. Sei pünktlich. – D.

Kurze Zeit später betrat ich die beeindruckende Bibliothek des Hauses. Dann entdeckte ich Dante und musste mir im ersten Augenblick ein Lachen verkneifen. Er hatte Tische und Stühle verrückt, um einen Projektor aufzubauen, der vermutlich aus demselben Jahr stammte, in dem Aramea Bell die Insel erobert hatte.

»Bist du sicher, dass das Teil funktioniert?«, fragte ich.

Dante griff nach einem langen Zeigestock und klopfte damit gegen die Leinwand. »Setzen Sie sich, Miss Bell, der Unterricht beginnt in wenigen Minuten.«

Ich hob entschuldigend die Hände, während ich mich auf einem der Stühle niederließ.

Dante lief zu den Vorhängen und zog sie nach und nach zu. Die Sonnenstrahlen wurden ausgesperrt und die Bibliothek in Dunkelheit getaucht. Einzig das flackernde Licht des Projektors erhellte die Finsternis. Ein Knacken ertönte, als Dante das erste Dia einlegte.

»Beginnen wir mit der ersten kleinen Geschichtsstunde«, sagte er mit einem Lächeln.

Mir fiel auf, dass er heute irgendwie lockerer wirkte, weniger angespannt und abweisend als die Tage zuvor. Vielleicht hatten wir uns beide erst an diese seltsame Situation gewöhnen müssen? Immerhin war all das auch für ihn eine große Umstellung.

Anders als Thalea hatte er von mir keine weitere Entschuldigung für meine Auto-Aktion verlangt. Zumindest bis jetzt nicht.

Dante wanderte langsam durch den Raum. Er hob den Stock und klopfte kurz damit auf die Leinwand. Sie zeigte eine alte Schwarz-Weiß-Aufnahme eines Vulkans, den eine gigantische Aschewolke umhüllte.

»Ausbruch des Ranjani im Jahre 1824. Zwei Jahre nach der Ankunft von Aramea Bell und ihrer Gefolgschaft.«

Er legte ein neues Dia ein. Auf der Leinwand erschien ein Bild von Aramea Bell. Sie posierte gemeinsam mit einigen Einheimischen, die riesige Strohhüte trugen und von Kopf bis Fuß mit filigranen, verschnörkelten Zeichen bemalt waren.

»Hier sieht man Aramea Bell mit einigen mächtigen Quøra-Priestern der Insel. Sie erkannte schnell, dass sie mit ihrem rationalen Denken, wie sie es aus ihrer Heimat kannte, nicht weiterkam. Sie ließ sich auf den neuen Ort und die unbekannten Menschen ein, versuchte St. Lucien besser kennenzulernen.«

»Wie meinst du das?«

Dante ließ den Zeigestock sinken und trat näher. »Ich habe

dir ja bereits erzählt, dass Aramea die de Laceys einen Bluteid schwören ließ, um ihre Familie zu beschützen. Aber ich habe dir noch nicht erzählt, warum. Nachdem Aramea diese Insel erobert hatte, plagten sie unglaubliche Albträume. Zuerst dachten ihre Ärzte, sie sei krank, hätte sich mit einem Inselfieber angesteckt und fantasiere deshalb. Doch ihr Zustand verschlimmerte sich, und als nichts mehr half, suchte sie Kontakt zum Volk der Quøra, die eine ihrer Priesterinnen entsandten. Diese machte Aramea mit der Geschichte dieser Insel vertraut und fand letztlich die Quelle ihrer Leiden. Ein dunkler Dämon suchte sie heim. Aber die Wahrheit war für sie schwer zu ertragen. Immerhin war sie aus England gekommen, um Großes zu vollbringen. Stattdessen hatte sie sich auf einer Insel niedergelassen, die seit Urzeiten von einem Dämon regiert wurde. Für eine rational denkende Frau war das alles andere als einfach. Sie glaubte an die Wissenschaft, nicht an Geister und Dämonen. Aber sie lag falsch.«

Dante drückte erneut den Knopf. Zuerst konnte ich gar nichts auf dem Foto erkennen, doch je länger ich es betrachtete, desto klarer wurden die Konturen. Es waren Augen. Augen, die einen aus Vulkangestein heraus anstierten. Ein kalter Schauer lief mir über den Rücken.

»Sein Name lautete Zandor. Er beherrschte die Vulkane der Insel und sein Reich befand sich tief im Herzen des größten von ihnen, des Ranjani. Zandor konnte nicht nur verheerende Erdbeben verursachen, er war auch in der Lage, den Boden zu vergiften. Er konnte Tod und Verwüstung über die Insel bringen. Außer man opferte ihm. Als er die Neuankömmlinge auf der Insel bemerkte, sah er allerdings eine Chance, seine Macht zu vergrößern. Er wollte Arameas Einfluss für seine eigenen Zwecke missbrauchen, um die Oberhand über die Insel zu gewinnen. Die Einheimischen fürchteten und verehrten den Dämon gleichermaßen. Doch Aramea wollte sich niemandes Willen beugen. Deshalb quälte er sie mit schrecklichen Träumen und schlich sich in ihre Gedanken wie ein ungebetener Gast. Sie ignorierte seine Rufe, und so griff Zandor an. In dieser Zeit brachen die Vulkane unzählige Male aus und töteten Tausende Menschen. Die Quøra-Priester beteten unentwegt zu ihren Gottheiten, doch auch die konnten Zandor nicht beruhigen. Dann fällte Aramea eine Entscheidung, die nicht nur die Bewohner der Insel retten, sondern auch Zandor ein für alle Mal in die Schranken weisen sollte.«

Dante sah mir tief in die Augen, den Zeigestock noch immer fest umklammert.

»Was für eine Entscheidung?«, flüsterte ich beinahe.

Dantes Worte hatten mich gefangen genommen. Das alles klang wie eine spannende Geschichte aus einem Abenteuerroman, nur dass es die Geschichte meiner Familie war.

»Aramea beschwor mithilfe einer angesehenen Priesterin namens Marie Lafayette einen der ältesten Røaŕ der Insel. Doch sie zahlte einen hohen Preis. Normalerweise mischen sich diese Geschöpfe nicht in die Belange von Menschen ein, erst recht nicht, wenn es dabei um einen so mächtigen Dämon wie Zandor geht. Aber Yomadø ließ sich auf einen Handel ein. Er verbannte Zandor in die Vulkanwelt und bündelte dessen Kraft in einem dunklen Obsidiankristall. Diesen ließ Aramea in eine Krone einfassen. Im Gegenzug legte Yomadø jedoch fest, dass Arameas Blutlinie nie wieder einen männlichen Nachkommen zeugen würde. Es sollten nur noch Frauen aus der Bell-Dynastie hervorgehen und die Zweitgeborenen dieser Blutlinie sollten auf ewig dazu verdammt sein, Zandor zu bewachen, damit er nie wieder aus seinem Vulkangefängnis ausbrechen würde. Denn Yomadø wollte seine Zeit nicht damit verschwenden, einen Dämon zu bewachen. Aramea willigte ein. Und noch am selben Abend band sie die de Laceys auf ewig an die Zweitgeborenen der Bells, um diese zu schützen. Sie besiegelte also gleichermaßen dein Schicksal wie auch meines. Ihre Albträume hörten schlagartig auf und sie war wieder Herrin über ihre Gedanken, denn Zandor konnte nicht länger in ihren Geist eindringen. Dafür hatte Yomadø gesorgt.«

Gebannt starrte ich noch immer auf das Bild und die gruseligen Augen, die mich beinahe mit ihrem stechenden Blick durchbohrten. Plötzlich verschwand das Bild und die Bibliothek lag in völliger Dunkelheit. Ich spürte einen kalten Luftzug und vor Schreck entfuhr mir ein spitzer Schrei. Einen Moment später zog Dante nach und nach die schwarzen Vorhänge zur Seite und rettende Sonnenstrahlen durchfluteten die Bibliothek.

»Entschuldige, ich hätte dich vorwarnen sollen. Du siehst aus, als hättest du einen Geist gesehen.« Dante schritt auf mich zu und kniete sich vor mir hin.

»Das klingt alles total verrückt«, stotterte ich.

»Ich weiß, aber je eher du es verstehst, desto schneller wird dir hoffentlich klar, dass das nicht nur eine gruselige Geschichte ist. Es ist bitterer Ernst. Ohne die Hilfe von Marie Lafayette würde es diese Insel nicht länger geben.«

Ich sah ihm direkt in seine dunklen braunen Augen, die in dieser Umgebung beinahe schwarz wirkten. Minutenlang sagte keiner von uns auch nur ein Wort. Es schien, als wäre die Zeit plötzlich stehen geblieben und alles, was bisher zwischen uns geschehen war, hätte keinerlei Bedeutung mehr.

»Ich glaube dir«, flüsterte ich. Meine Stimme klang irgendwie andersartig. So viele Gedanken geisterten durch meinen Kopf und meine gesamte Welt drehte sich plötzlich verkehrt herum.

»Du brauchst keine Angst zu haben. Zandor wird niemals zurückkehren. Wir beide werden dafür sorgen, dass die Insel sicher bleibt.«

Er griff nach meiner Hand und ich ließ es geschehen. Vielleicht sollte ich mir endlich eingestehen, dass Dante nicht der Feind war? Vielleicht war es an der Zeit, ihm zu vertrauen? Ich spürte, wie seine raue Hand meine umschloss. Seine Haut war warm und diese kleine Geste sorgte dafür, dass ich mir weniger verloren vorkam. Dante gab mir Halt, obwohl die Gedanken in meinem Kopf Achterbahn fuhren. St. Lucien war keine gewöhnliche Insel und ich war keine gewöhnliche Prinzessin. Ich war plötzlich alles, was die Menschen dieser Insel vor dem Tod bewahrte.

Schwarze Punkte flimmerten vor meinem Gesicht und mein Körper begann unangenehm zu kribbeln. Dann wurde es dunkel.

✣

»Was hast du dir nur dabei gedacht?«

»Was ich mir dabei gedacht habe? Vielleicht, dass sie ein Recht hat, die Wahrheit zu erfahren, die ihr all die Jahre verschwiegen wurde, weil sie die unwichtige Prinzessin war.«

Langsam öffnete ich die Augen. Verschwommene bunte Punkte tanzten vor meinem Blickfeld. Ich kniff die Augen zusammen, doch die Bilder wollten sich einfach nicht scharf stellen.

»Dante, so geht das aber nicht! Du überforderst sie mit deinen Guerilla-Methoden.«

Mit Mühe konnte ich eine dunkel gekleidete Person ausmachen, die auf und ab lief. Anscheinend lag ich in meinem Bett, während Dante und Thalea stritten. Damit hatte ich nun wirklich nicht gerechnet. Langsam sah ich meine Umgebung klarer.

»Sie wacht auf!«, rief Thalea erleichtert. Sofort stürmte sie auf mich zu und bückte sich zu mir herunter. »Alles in Ordnung?«

Beim Versuch, mich aufzusetzen, tanzten sofort wieder Punkte vor meinen Augen, also ließ ich mich zurück ins Kissen sinken.

»Anscheinend hat's mich ziemlich ausgeknockt, was?«

Dantes Lachen erstarb, als Tante Thalea ihm einen wütenden Blick zuwarf.

»Das ist nicht witzig, junger Mann.« Thalea griff nach einem Lappen, tunkte ihn in eine Wasserschale auf meinem Nachtschrank und tupfte mir sanft über die Stirn. »Erst das Veilchen und jetzt dieser Schwächeanfall. Dein Vater hätte mir den Hals umgedreht. Ich bin eine miserable Tante.«

»Das bist du nicht, außerdem war das Veilchen allein Dantes Schuld.« Langsam drehte ich den Kopf in seine Richtung und beobachtete, wie er mir ein leises Lächeln schenkte.

»Selbstverständlich war es meine Schuld«, pflichtete er mir bei. Doch ich erkannte seinen herausfordernden Blick. Da war das letzte Wort wohl noch nicht gefallen.

»Wir werden dich jetzt ein wenig schlafen lassen. Elle schaut später noch einmal nach dir.«

Ich nickte den beiden kurz zu, ehe sie das Zimmer verließen. Wenige Sekunden später schlief ich ein.

Gegen Abend klopfte es leise an der Tür. Dante steckte seinen Kopf hindurch, in den Händen hielt er ein Tablett mit einem dampfenden Teller Suppe und Brot.

»Hast du vielleicht Hunger?«

Mir war nicht mehr schwindlig und die flirrenden Punkte vor meinem Blickfeld waren verschwunden. Ich setzte mich im Bett auf und nahm das Tablett entgegen.

»Das riecht ja köstlich.«

»Elle hat sich besonders viel Mühe gegeben. Du sollst ja schnell wieder auf die Beine kommen.« Dante zwinkerte mir zu und setzte sich ans Fenster. »Na, dann lass es dir mal schmecken.«

Während ich schweigend die Suppe aß, beobachtete mich Dante vom Fenstersims aus. Ein Teil von mir wollte, dass er es nur gut meinte. Doch ich konnte mich einfach nicht gegen die kleine zweifelnde Stimme wehren, die sich immer wieder meldete, wenn ich in sein Gesicht sah. Irgendetwas verheimlichte er mir. Dennoch atmete ich tief ein, legte den Löffel zur Seite und fing zu reden an.

»Es tut mir leid, dass ich einfach abgehauen bin. Das hätte ich nicht tun sollen.«

Dante stieß sich vom Sims ab und kam näher. »Danke, aber du musst dich nicht entschuldigen. Ich hätte dich nicht auf der Wache zurücklassen sollen. Das war genauso kindisch von mir. Ich schätze, wir sind quitt, oder?« Ein verschwörerisches Lächeln breitete sich auf seinen Lippen aus.

Ich lächelte ebenfalls und nickte. »Ich denke auch.«

Er strich mit seiner Hand die Bettdecke glatt, ehe er den Raum durchquerte und vor der Tür stehen blieb. »Ruh dich aus, Saphina. Ich brauch dich mit all deinen Kräften, wenn wir das hier heil überstehen wollen. Gute Nacht.«

Dann verließ er das Zimmer und ich erwischte mich dabei, wie ich mir insgeheim wünschte, er wäre noch ein klein bisschen länger bei mir geblieben.

KAPITEL 15

Die folgenden Tage legte Dante den »Schongang« ein. Er trieb mich nicht länger wie ein Geisteskranker durch den schwülen Dschungel, stattdessen machten wir morgens einen Spaziergang, bei dem er mir mehr über den tropischen Wald und seine Bewohner erzählte. Nicht dass es mich groß interessierte, wie viele verschiedene Papageienarten auf St. Lucien umherflogen, aber alles war besser als das anstrengende Lauftraining. Dante schien sich sichtlich zusammenreißen zu müssen, immerhin rannte ihm die Zeit davon, um aus mir eine würdige Hüterin des Vulkans zu schmieden. Doch Thalea hatte ihm wohl mehr als deutlich gemacht, dass er es nicht übertreiben sollte, und verblüffenderweise hörte er auf sie.

Wir verbrachten viel Zeit in der gigantischen Bibliothek, die still und heimlich zu meinem absoluten Lieblingsort innerhalb von Whitehill Manor wurde. Der Geruch von altem Leder und porösem Papier hatte etwas Beruhigendes an sich. Dante kannte die Bücher anscheinend in- und auswendig, denn er marschierte zielsicher von Regalbrett zu Regalbrett und zog bei jedem Besuch neue verstaubte Bücher für mich heraus. Beinahe jede freie Minute verbrachte ich damit, die alten Schinken zu lesen. Eine

Frage ließ mich allerdings auch nach dem Lesen nicht mehr los.

»Du, sag mal«, setzte ich zögerlich an, während Dante sich an der Müslischachtel bediente, die Elle auf den Frühstückstisch in der Küche gestellt hatte.

Dante starrte mich fragend an, während er nach dem Löffel griff und begann, das Müsli in seinen Mund zu schaufeln.

»Was wurde eigentlich aus dieser Marie Lafayette? Sie war doch diejenige, die diesen Yomadø beschworen hat, richtig?«

Dante hielt in der Bewegung inne und starrte mich an. »Was aus Marie Lafayette wurde?«, wiederholte er.

Ich hob fragend eine meiner Augenbrauen in die Höhe, während mein Blick auf Elle fiel, die mir jedoch auswich. In einem der alten Bücher wurde immer wieder diese Frau erwähnt. Eine hochrangige Quøra-Priesterin, die Geister und Røaŕ beschwören konnte, eine der Mächtigsten ihrer Zeit. Doch nirgends fanden sich Informationen über ihr weiteres Leben und Wirken. Es war immer nur von ihren Beschwörungen die Rede und dass sie St. Lucien vor der dunkelsten Bedrohung seit Menschengedenken beschützt hatte. Allerdings war ich doch noch skeptisch, was diese ganzen Rituale und das Magiezeugs anging. Auch wenn Dante mir in der Bibliothek von einer Welt jenseits meiner Vorstellungskraft erzählt hatte, konnte ich mir nach wie vor nicht so einfach vorstellen, dass es solche übernatürlichen Wesen tatsächlich gab.

»Also? Bekomm ich auch eine Antwort auf meine Frage oder schweigen wir uns jetzt alle an? Ich kann's auch einfach googeln, aber ich dachte, ich frag lieber dich. Du bist doch hier der Experte für Übernatürliches.«

Dante ließ den Löffel sinken und lehnte sich in seinem Stuhl zurück. »Du willst wissen, was aus der Priesterin wurde, mit der Aramea ihren dämonischen Pakt besiegelte? Ich werde das Gefühl nicht los, dass du immer noch nicht an Dämonen, Røaŕ und Magie glauben willst. Eigentlich wollte ich damit noch etwas warten, in der Hoffnung, dass es auch ohne Beweis ginge. Aber wenn du schon selbst nach der Lafayette-Familie fragst, scheint die Zeit ja reif zu sein, sie dir einmal persönlich vorzustellen.«

»Die Zeit reif? Wovon zum Teufel sprichst du da?«

Dante erhob sich von seinem Stuhl und schob ihn geräuschvoll zur Seite. »Wir fahren ins Taryøu. Heute noch.« Dann verließ er ohne ein weiteres Wort die Küche.

»Isst du das Müsli noch?«, rief ich ihm hinterher, erntete jedoch nur Schweigen.

✣

Eine Müslischale später standen wir auf dem Vorhof des Anwesens und stritten uns. Mal wieder.

»Wieso lässt du mich denn nicht? Ich fahr dein Auto schon nicht zu Schrott! Du hast doch gesehen, dass ich fahren kann«, protestierte ich.

Dante schob die dunkle Sonnenbrille ein Stück nach unten und blickte mich wie versteinert an. »Ach, du meinst, als du meinen Wagen geklaut hast und damit vor der Polizei geflohen bist? Ja, daran kann ich mich noch dunkel erinnern.«

»Ich hab dein Auto nicht geklaut, ich hab's mir lediglich ausgeliehen. Und ich bin garantiert nicht vor der Polizei geflohen. Du übertreibst maßlos.«

Dante ignorierte meine Erwiderung, verstaute zwei Taschen

im Kofferraum und stieg ohne ein weiteres Wort auf der Fahrerseite seines Sportwagens ein. Ich stöhnte laut auf, ehe ich mich meinem Schicksal ergab und auf der Beifahrerseite einstieg.

»Also, du hast gesagt, wir fahren ins Taryøu?«

»Exakt, so ist es. Unser erster gemeinsamer Ausflug.«

Dante startete geräuschvoll den Motor und wir rollten vom Vorplatz.

»Und wo soll dieser Ort bitte sein? Was gibt es dort Spannendes zu sehen?«

Dante drehte seinen Kopf zu mir herum und ein breites Grinsen umspielte seine Lippen. »Du willst unbedingt fahren, weißt aber nicht mal, wo das Taryøu ist? Saphina Eleonora Bell, du offenbarst mal wieder eine gnadenlose Unwissenheit!«

Seine Stimme klang nicht ganz so anklagend wie die meiner Mutter, wenn sie mich mal wieder für einen völlig unwichtigen Fehler maßregelte. Dass er auch noch meinen verhassten zweiten Vornamen benutzte, nahm ich ihm übel.

»Wenn Sie es sagen, Baron de Lacey. Ich werde wohl mein Bestes geben müssen, um mir Ihre Gunst zurückzuverdienen.«

Der Wagen verließ die holprige Nebenstraße und bog auf die befestigte Hauptstraße ab, die ich noch vor wenigen Tagen im festen Willen entlanggefahren war, nie wieder auch nur einen Fuß zurück in dieses Anwesen zu setzen. Verrückt, wie schnell sich manche Dinge ändern konnten. Ich öffnete das Seitenfenster einen Spaltbreit und genoss den Wind, der mit meinem Haar spielte. Dante fuhr in Richtung Süden, doch auf keinem der Schilder stand etwas von einem Ort oder einer Stadt namens Taryøu. Auch wenn ich mich in Geografie nicht sonderlich gut auskannte, war ich mir ziemlich sicher, dass unsere Insel keinen Ort besaß, der diesen Namen trug.

»Verrätst du mir endlich mal, wohin wir eigentlich fahren? Und Taryøu lass ich als Antwort nicht gelten.«

Wir fuhren nun schon über eine Stunde und Dante machte keinerlei Anstalten anzuhalten. Wir hatten die Hauptstraße schon vor einiger Zeit verlassen und tuckerten mehr oder weniger im Schritttempo einen Weg entlang, den vermutlich seit siebzig Jahren kein motorisiertes Gefährt mehr passiert hatte. Gigantische Bäume wuchsen links und rechts des Weges und es bestand kein Zweifel, dass wir uns tief im Dschungel befanden.

»Wir sind ja gleich da. Geduld ist wohl keine Tugend, die in eurer Familie sonderlich verbreitet ist.«

Den letzten Satz nuschelte Dante eher, als dass er ihn sprach. Ich rammte ihm meinen spitzen Ellbogen in die Seite.

»Das hab ich gehört!«

Ein riesiges Schlagloch schüttelte uns gehörig durch. Ein eigenartiger Geruch stieg mir in die Nase und ich schloss das Seitenfenster. Dieser kleine Schleichweg war wirklich nicht für den Wagen ausgelegt und es grauste mir bei dem Gedanken an den Rückweg. Dante lenkte das Auto an den äußeren Rand des Pfades und das monotone Brummen des Motors erstarb.

»Wir sind da. Willkommen im Taryøu.«

Er stieg aus dem Wagen und wartete darauf, dass ich ihm folgte. Doch irgendetwas hielt mich zurück. Es waren nicht die tropische Hitze und die vielen Moskitos, die uns den Nachmittag vermiesen würden. Es war vielmehr ein Gefühl, dass dort im Dschungel etwas lauerte. Eine Vorahnung, ein Instinkt, der mich davon abhielt, diese Autotür zu öffnen und Dante ins Taryøu zu begleiten.

Ich holte einmal tief Luft, ehe ich doch ausstieg. Egal was meine Gefühle mir rieten, ein Teil von mir wollte endlich erfahren, was es mit Marie Lafayette und all den Dämonengeschichten auf sich hatte. Vielleicht gab es hier die Antworten, die ich so dringend suchte.

»Ich hoffe, du hast deine besten Laufschuhe an, wir sind nämlich noch lange nicht an unserem Ziel angekommen.« Dante öffnete den Kofferraum, schnappte sich einen Rucksack und reichte mir eine Umhängetasche.

»Was ist da drin?«

»Verpflegung und Verbandszeug. Hier draußen weiß man nie, wem oder was man begegnet. Achte auf den Boden, damit du nicht aus Versehen auf eine Natter trittst. Wir wollen ja nicht auch noch einen Schlangenbiss auf deiner Unfallliste ergänzen.«

Mit einem leichten Augenrollen schulterte ich die Tasche. Doch aus dem Augenwinkel konnte ich erkennen, wie Dante noch etwas anderes einsteckte: einen Dolch. Es war nur ein kurzes Aufblitzen der glänzenden Klinge, doch es reichte.

Dante schloss den Kofferraum und zog einen Kompass aus der Seitentasche seines Rucksacks. In seinem dunkelgrünen Shirt, das seinen trainierten Oberkörper betonte, wirkte er ein wenig wie die sexy Version eines Indiana Jones. Sofort verscheuchte ich diesen Gedanken.

»Dann wollen wir mal aufbrechen!«

»Wenn wir noch einen Schritt weitergehen, dann erleide ich auf der Stelle einen Herzinfarkt!«

Dante drehte sich zu mir herum. Seine Stirn war endlich auch schweißnass und das ohnehin eng anliegende T-Shirt klebte ihm nun förmlich am Körper. Auch ihm machte die Hitze zu schaffen. Nur dass er selbst jetzt noch gut aussah, während ich vermutlich mit knallroten Wangen so wirkte, als würde ich jeden Augenblick kollabieren.

»Es ist nicht mehr weit, Saphina. Nur noch um die nächste Ecke, dann –«

»Ist mir egal! Ich brauch 'ne kurze Pause.«

Ich ließ mich auf den erstbesten Baumstumpf fallen, den ich sah, und atmete tief durch. Mein Zeitgefühl war mir komplett abhandengekommen. Es schien, als wären wir bereits Stunden durch den Dschungel gewandert, doch die Sonne stand immer noch hoch über unseren Köpfen, sodass nicht allzu viel Zeit vergangen sein konnte. Hier in diesem Gewirr aus knorrigen Bäumen, meterhohem Farn und herabbaumelnden Lianen sah einfach alles gleich aus. Um uns herum schrien immer wieder fremdartige Tiere, während viele verschiedene Tropenvögel ihre wunderschönen Lieder sangen. Dieser Dschungel war atemberaubend und wir befanden uns inmitten seines schlagenden Herzens. Irgendwie kam ich mir dumm vor, dass ich diese Schönheit noch nie in ihrer Gänze wahrgenommen hatte, obwohl sie mich tagtäglich umgab. Doch die dicken Mauern des Astørica-Palastes hatten mich seit meiner Kindheit von der Außenwelt abgeschirmt.

Ich kramte ungeduldig in der Umhängetasche, auf der Suche nach der Wasserflasche, als ich erschrocken zusammenzuckte. Etwas berührte mich an meinem Bein, und als ich nach unten schielte, blickte ich auf den Körper einer schwarz glänzenden Schlange, die sich langsam meinen Knöchel hinaufschlängelte.

»Bleib gaaanz ruhig, Saphina! Keine hektischen Bewegungen.«

Langsam ließ ich mich zurück auf den Baumstumpf gleiten.

Panisch blickte ich in Dantes Gesicht, der betont ruhig auf mich zuschritt.

»W…was ist das für ein Vieh?«, stotterte ich leise. Ich spürte, wie der Schlangenkörper über meine Haut glitt, und hörte das furchterregende Zischen, das die Schlange von sich gab, als würde sie mich verhöhnen.

Dante beugte sich leicht nach vorn und betrachtete das Tier. »Sieht aus wie eine Lanzenschlange«, antwortete er unsicher.

»Und das bedeutet was?«

Dante griff in seinen Rucksack und zog seinen Dolch heraus. »Dass ein einziger Biss für dich tödlich endet, wenn dieses Exemplar beschließt, dass du eine Bedrohung darstellst.«

Ich schluckte. »Und was mach ich jetzt?«

Dante kniete sich auf den Boden und betrachtete die Schlange. Das rötliche Muster auf ihrem Bauch glich dem eines Schachbretts und ich erinnerte mich dunkel an die Worte von einem meiner nervigen Privatlehrer: *Je ausgefallener die Farben und Muster der Tiere, desto tödlicher ihr Gift.*

Ich hatte damals gelacht, weil ich der Meinung war, dass man tödlich doch nicht steigern konnte. Entweder etwas war tödlich oder eben nicht. Aber jetzt lachte ich definitiv nicht mehr.

»Erst einmal ruhig weiteratmen und keine Panik bekommen. Sie denkt bestimmt, du seist ein sehr hübscher, anmutiger Ast, den sie liebend gern entlangschlängeln möchte.«

Ich krallte meine Fingernägel in den Baumstumpf, schloss kurz die Augen und unterdrückte den Drang zu schreien.

»Ich spüre, wie sich ihr Körper im Takt meines Herzschlags um mein Bein wickelt, Dante. Dieses Vieh weiß genau, dass ich ihr verdammtes Mittagessen werde und sicher kein sexy Baumstumpf bin.«

Dante kroch näher heran, sodass er nur wenige Zentimeter von der Schlange entfernt auf dem Boden hockte. Er begann mit dem Dolch über den Boden zu kratzen. Trotz der zwitschernden Vögel und des Windes, der in den Blättern raschelte, war das Einzige, was ich in diesem Moment wirklich wahrnahm, mein eigener panischer Herzschlag.

Bumm-bumm.

Bumm-bumm.

Bumm-bumm.

Dante blickte mir fragend in die Augen, ehe er langsam den Dolch anhob. »Vertraust du mir?«

»Du wirst mir ja wohl kaum den Fuß abhacken, oder?«

»Das war keine Antwort auf seine Frage.«

Eine junge Frau tauchte zwischen den Bäumen auf. Ihre Haut war dunkel und mit bunten fremdartigen Symbolen verziert. Sie trug lange geflochtene Zöpfe und an ihren schmalen Armgelenken klimperten goldene Armreifen.

»Nyla! Ich war selten so froh, dich zu sehen.« Dante wandte den Kopf betont langsam in ihre Richtung, verharrte aber in seiner unbequemen Position.

»Wie ich sehe, hast du eine neue Freundin gefunden. Keine hektischen Bewegungen, und Dante – pack gefälligst das Messer weg und geh mal zur Seite.«

Nylas Stimme klang beherrscht, und auch wenn Dante kurz zögerte, ließ er doch den Dolch sinken und machte der Fremden Platz.

Nyla kam auf mich zu. Sie spitzte ihre Lippen und der Laut, der ihren Mund verließ, jagte mir einen kalten Schauer über die verschwitzte Haut. Es schien so, als würde sie der Schlange tatsächlich befehlen, von meinem Bein zu verschwinden, was irrsinnig war, denn Schlangen besaßen nicht einmal Ohren. Das Zischen wurde lauter und ich schloss die Augen, weil ich den Anblick der zuckenden Zunge nicht ertrug. Doch als ich die Augen wieder öffnete, war die Schlange von meinem Körper verschwunden. Stattdessen schlängelte sie über den Waldboden und verschwand im Dickicht. Nyla wirkte völlig entspannt. Ich konnte sie nur ungläubig anstarren, immerhin hatte sie gerade ohne Einsatz ihrer Hände diese Schlange in die Flucht geschlagen.

»Ich nehm an, unsere Begegnung ist kein bloßer Zufall, oder?«

Sie drehte sich zu Dante und verschränkte ihre schlanken, aber muskulösen Arme vor der Brust. Die junge Frau wirkte wie eine erfahrene Kriegerin.

»Da liegst du goldrichtig.« Dante rückte seinen Rucksack zurecht und bedeutete mir aufzustehen.

»Na, dann folgt mir mal, bevor ich euch vor dem nächsten Tierangriff retten muss.« Nyla verschwand zwischen zwei tief hängenden Ästen.

»Wer ist sie?«, zischte ich Dante zu.

Er schob mich behutsam vor sich her, während ich versuchte, die Fremde nicht aus den Augen zu verlieren. »Das ist Nyla Lafayette, die Ururururenkelin von Marie Lafayette. Nyla bewahrt das Vermächtnis für den Stamm.«

Schweigend folgte ich der jungen Frau durch den Urwald. Ihre Herkunft erklärte womöglich, wieso sie Schlangen wie von Geisterhand befehlen konnte, das Weite zu suchen.

Der eng bewachsene Dschungel lichtete sich zusehends und bereits kurze Zeit später betraten wir einen kleinen, aber deutlich erkennbaren Trampelpfad. Nylas leichte Sandalen machten kaum ein Geräusch auf dem feuchten Erdboden, während Dantes Stiefel ein unangenehmes Schmatzen von sich gaben. Vermutlich hatte man uns schon von Weitem gehört, wie eine Horde wilder Elefanten.

»Wir sind gleich da, es ist nicht mehr weit«, rief sie uns zu.

Ich blickte kurz nach hinten, wo Dantes Blick direkt auf meinen traf. Ein leichtes Lächeln huschte über sein Antlitz und trotz des verschwitzten Gesichts und seiner zerstrubbelten Haare wirkte er immer noch unnahbar. Er hob die rechte Hand und berührte mich sanft, aber mit Nachdruck an der Schulter. Ich drehte mich wieder um und folgte Nyla zwischen zwei eng nebeneinanderstehenden Baumstämmen hindurch. Dann blieb ich schlagartig stehen. Dante, der nicht schnell genug reagieren konnte, lief ungebremst in mich hinein, sodass ich das Gleichgewicht verlor und unsanft auf die Knie fiel. Er fing sich gerade noch und stolperte an mir vorbei. Der Waldboden dämpfte meinen Fall zwar ab, dennoch schoss mir ein stechender Schmerz in die Glieder.

»Wieso bleibst du denn einfach so stehen? Geht's dir gut? Hast du dich verletzt?«

Dantes anfänglich ärgerlich klingender Tonfall hatte sich von Wort zu Wort zu einer besorgten Frage abgeschwächt, während er mir seine Hand hinhielt, um mir hochzuhelfen. Ich versuchte mir den Matsch von den nackten Beinen zu reiben, gab aber schließlich auf. Mein Blick wanderte wieder zu dem, was sich direkt vor unseren Augen befand: ein kleines verstecktes Dorf mitten im lucienischen Dschungel. Zwischen den knorrigen Baumstämmen hingen Lianen und die vom Moos bedeckten Hütten wirkten, als wären sie seit Jahrzehnten verlassen. Die Sonne fiel sanft durch das dichte Blätterdach und tauchte das Dorf in ein mystisches Licht. Es wirkte wie aus einer komplett anderen Welt. Und gewissermaßen war es das auch.

»Wir sind da«, meldete sich Nyla zu Wort. Sie hatte unseren

kleinen Unfall schmunzelnd beobachtet, sich aber jeglichen Kommentar verkniffen. »Dante, wie heißt deine nette Begleitung eigentlich?«

Dantes Blick huschte von Nyla zu mir, während er sichtlich ein Lachen unterdrückte. »Du warst schon lange nicht mehr draußen, oder?«

Nyla verschränkte die Arme vor der Brust. »Was willst du mir damit sagen?«

»Das ist Saphina Bell, zweite Prinzessin dieser wunderschönen Insel.«

Nylas Augen weiteten sich für einen kurzen Moment, doch sie ließ sich ihre Überraschung nicht groß anmerken. »Na, dann wollen wir mal deine Schürfwunden behandeln, Prinzessin Saphina.« Sie wandte sich um und führte uns über den Trampelpfad ins Dorf.

Wütend blickte ich in Dantes Richtung, ehe ich Nyla folgte. Wieso musste er ihr unbedingt auf die Nase binden, wer ich war? Außerdem, immer wenn Dante das Wort Prinzessin sagte, klang es eher wie eine Beleidung als nach einem Titel, den ich mir – nebenbei bemerkt – nicht selbst ausgesucht hatte.

Wir liefen über einen kleinen Steg. Überrascht stellte ich fest, dass die Häuser auf niedrigen Stelzen gebaut waren, während sich ringsherum überall Wasser befand.

»Wo kommt denn das ganze Wasser plötzlich her?«, fragte ich.

»Ganz in der Nähe befindet sich ein Fluss«, antwortete Nyla.

Unsere dumpfen Schritte vermischten sich mit dem Knarzen des Holzes. Nach und nach tauchten immer mehr Häuser auf und Menschen, die uns neugierig musterten. Auch sie trugen Zeichnungen auf der Haut, die wie Tattoos wirkten.

Nyla steuerte auf eine der größeren Hütten zu und öffnete die

Tür. Sofort strömte mir ein angenehmer Duft in die Nase. Dante schloss vorsichtig die Tür hinter mir, ehe mir Nyla mit einer kurzen Handbewegung andeutete, mich auf einen der Stühle zu setzen. Das Innere der Hütte erinnerte mich an einen Kräuterladen. Überall hingen getrocknete Pflanzen von der Decke und verströmten ihren jeweils ganz eigenen Geruch. In der hinteren Ecke brannte ein Feuer im Kamin. Alles wirkte alt und irgendwie geheimnisvoll.

Nyla verschwand in einem Teil der Hütte, der nicht gut einsehbar war. »Wir haben hier nicht mehr allzu oft Besuch von Fremden. Weder von Bürgerlichen noch von Adligen, und erst recht nicht aus dem Königshaus.« Die Geräusche, die zu uns herüberdrangen, ließen darauf schließen, dass sie in Schubladen herumkramte.

»Na, dann wurde es doch mal Zeit, das zu ändern«, rief ihr Dante zu.

Nyla kam zurück, in der einen Hand hielt sie einen dunkelblauen Lappen und in der anderen einen Eimer. Sie begann mit flinken Fingern den Schmutz von meinen Knien zu reiben und ich spürte ein fieses Brennen. Dann ging sie zu einem der dunklen Holzschränke und kam mit einem Tiegel zurück. Als sie den Verschluss öffnete, drang ein beißender Geruch nach wilden Kräutern aus dem kleinen Behältnis.

»Das wird die Wundheilung beschleunigen und Entzündungen vorbeugen. Man kann nie wissen. Was zuerst aussah wie ein simpler Kratzer, hat schon den einen oder anderen das Leben gekostet.« Sie verteilte die Salbe großzügig auf der aufgeschürften Haut, ehe sie den Tiegel wieder zurückstellte. »Du scheinst ja das Pech magisch anzuziehen«, sagte Nyla und klang fast belustigt, während sie auf mein Auge zeigte. Die Schwellung war zum Glück schon deutlich zurückgegangen, aber der bläuliche Schimmer der Haut war noch zu sehen, hatte ich am Morgen festgestellt.

»Ja, das höre ich in letzter Zeit öfter.«

Nyla mochte nicht viel älter sein als ich, strahlte aber eine Erhabenheit aus, die mich zutiefst beeindruckte. Ihr dunkles Haar hatte sie vom Haaransatz an in kleinen Zöpfen geflochten, die mit bunten Bändern verziert waren. Neben den einfachen Sandalen trug sie ein Wickelkleid aus dunkelgrünem Stoff, das um ihren schlanken Körper geschlungen war und knapp über ihren Knien endete.

Nylas Tonfall änderte sich beinahe schlagartig. Ihre dunklen runden Augen hatten etwas von Glasmurmeln und sie musterte Dante ruhelos. Plötzlich schien sie nicht mehr erfreut über unser Auftauchen zu sein.

»Dante, wieso führst du eine Prinzessin an einen so gefährlichen Ort? Du warst doch vor ein paar Jahren bereits mit der Zweitgeborenen hier, um ihr ihre Pflicht näherzubringen. Was ist denn passiert, dass das Königshaus seine Prinzipien plötzlich über Bord wirft?«

»Maylin … Maylin ist kürzlich verstorben«, stieß er gepresst hervor. »Saphina wird den Platz der zweiten Prinzessin einnehmen. Ich brauch deine Hilfe, um ihr die Tragweite dieser Aufgabe vor Augen zu führen. Sie kennt weder die Macht der Røaŕ noch die des Blutschwurs ihrer Vorfahrin. Sie muss endlich begreifen, dass derlei Kräfte wirklich existieren.«

Nyla musterte Dante und mich abwechselnd. »Ich soll ihr einen Dämon zeigen?«

Dante nickte.

»Du weißt, dass jeder Ruf eines Dämons seinen Preis hat?«

Er nickte erneut.

»Aber ist das Mädchen sich dessen ebenfalls bewusst?«

Fragend blickte ich in ihre Gesichter. Ich hatte immer noch keinen blassen Schimmer, was ich hier überhaupt suchte und wieso Dante mich so überstürzt hierhergebracht hatte. Anscheinend war diese Nyla eine Art Quøra-Beschwörerin. Diese Kultur war auf St. Lucien weitaus verbreiteter als das Christentum, das die Engländer mitgebracht hatten. Anders als andere Eroberer hatte Aramea nie verlangt, dass die Einheimischen ihre Religion und Kultur verleugneten. Aber mich und meine Schwestern hatte man in christlicher Glaubensrichtung erzogen. Das leichte Grummeln in meiner Magengegend zeigte mir deutlich, dass mir diese Situation alles andere als geheuer war.

»Nun gut. So wie du deine Erbschuld begleichen musst, trage ich die eigene auf meinen Schultern. Ich kann mich meiner Pflicht nicht verweigern. Doch bevor ich einen Dämon beschwöre, muss ich sichergehen, dass ihr bereit seid, den Preis zu zahlen.«

Nyla rieb mit den Fingerspitzen über eines ihrer Armbänder. Dunkle Perlen glänzten neben goldenen Symbolen, die ich noch nie zuvor gesehen hatte.

»Dort draußen habt ihr mir eine Sache auf den ersten Blick offenbart: Ihr vertraut einander nicht im Geringsten. Du und die Prinzessin, ihr seid wie Hund und Katze. Der Blutschwur besagt, dass die Hüterin des Vulkans und ihr Beschützer eine unerschütterliche Einheit bilden müssen, um gegen die Dämonen bestehen zu können. Und das ist bei euch offensichtlich nicht der Fall.«

Nyla schritt durch die dunkle Hütte und blieb vor einem verblassten Wandbild stehen. Es zeigte eine Frau mittleren Alters mit einer strahlenden Präsenz, als wäre das Bild ein Spiegel und kein Abbild aus Papier. Sie trug eine Tunika, die Nylas glich, und die ähnlichen Gesichtszüge waren nicht von der Hand zu weisen.

»Du und dieses andere Mädchen«, sagte sie zu Dante, »ihr habt euch damals blind vertraut. Tante Lyrina konnte jeden noch so mächtigen Dämon anrufen, euch hat nichts erschüttert. Ohne dieses starke Band werdet ihr eure Bestimmung nicht erfüllen können.«

»Und wie sollen wir dir beweisen, dass wir uns vertrauen?«

Überrascht stellte ich fest, dass die Frage nicht von Dante kam, sondern von mir. Ein Teil von mir fühlte sich vor den Kopf gestoßen, immerhin war ich mit Dante hierhergekommen, ohne zu wissen, was mich erwarten würde. Hatte das nicht auch etwas mit Vertrauen zu tun? Jemandem zu folgen, ohne überhaupt zu wissen, was einen am Ziel erwartete?

Doch dann kamen mit einem Mal wieder die Zweifel hoch, die mich beinahe auffraßen, wenn ich an Maylins Tod dachte. Noch immer war ich davon überzeugt, dass irgendjemand sie von der Mauer hinuntergestoßen hatte. Und auch Dantes Gesicht tauchte immer wieder auf, wenn ich die Liste der Verdächtigen durchging.

»Ganz einfach, ihr werdet Yukpa einnehmen und euch gemeinsam euren schlimmsten Ängsten stellen. Besteht ihr die Prüfung, dann wird euch diese Erfahrung enger zusammenschweißen, sodass ihr euch hoffentlich eurer wichtigen Aufgabe widmen könnt.«

»Yukpa? Was soll das sein?«

Aus Dantes Gesicht wich jegliche Farbe. Wütend schlug er mit der Faust auf den alten Holztisch. Eines der Gläser fiel klirrend zu Boden und ich schnappte erschrocken nach Luft.

»Das kann unmöglich dein Ernst sein! Saphina ist so schon nicht die Stärkste und nicht wenige verlieren nach dem Konsum für immer ihren Verstand. Das ist viel zu gefährlich. Sie wird das nicht heil überstehen!«

Dantes aufgebrachte Stimme schallte durch die Hütte, doch Nyla verzog keine Miene.

»Das ist meine Bedingung, Dante. Anscheinend verstehen die Prinzessinnen von St. Lucien nicht halb so viel vom Gleichgewicht dieser Insel, wie sie sollten. Wenn sie die Mächte jenseits von Gut und Böse wahrhaftig sehen muss, um es zu glauben, dann ist das der einzige Weg. Keine andere Beschwörerin wird dir diesen Dienst erweisen können. Das weißt du genauso gut wie ich.«

Nyla blickte aus einem der kleinen Fenster hinaus auf den Steg.

»Es ist eure Entscheidung. Ihr findet mich draußen, wenn ihr euch entschieden habt.«

KAPITEL 16

Ich starrte in den Kamin, wo sich die kleinen orangefarbenen Flammen hin und her bewegten, als wollten sie ihrem steinernen Gefängnis entkommen. Dante lief ruhelos über die Holzdielen, den Blick stur nach vorn gerichtet. Sein angespannter Gesichtsausdruck ließ ihn älter wirken. Er sprach kein einziges Wort und ich konnte deutlich sehen, wie er die Zähne aufeinanderbiss, denn seine Kieferknochen traten hervor und seine Züge schienen mir noch markanter.

»Dante?«, fragte ich zögerlich.

Er wirkte wie in Trance und schritt weiter im selben Takt durch die dunkle Hütte. Irgendetwas an ihm machte mir Angst.

»Was ist los? Was ist dieses Yukpa? Rede gefälligst mit mir!«

Ich versuchte meinen Worten so viel Nachdruck wie nur möglich zu verleihen, aber Dante schien das nicht im Entferntesten zu beeindrucken. Letztlich kam er aber auf mich zu, zog einen Stuhl heran und ließ sich nur wenige Zentimeter von mir entfernt darauf nieder.

»Du wirst das Zeug nicht anrühren, Saphina.«

Seine dunklen Augen wirkten wie die stürmische, raue See – unbarmherzig und kalt. In seiner Stimme lag etwas, das ich bisher noch nie an ihm wahrgenommen hatte. Angst, gepaart mit unbändiger Wut. Hatte Dante tatsächlich Angst um mich?

»Aber sind wir nicht genau deshalb hierhergekommen?«, fragte ich.

Sein Blick wurde unsteter, bis er meinem letztlich auswich. »Das ist ein zu hoher Preis. Du weißt ja nicht, worauf du dich da einlässt.«

»Dann erklär's mir doch einfach.«

Dantes Hand wanderte zu seinem Dolch, der an seinem Gürtel steckte. Als suchte er verzweifelt nach Sicherheit. »Yukpa ist eine uralte Mischung von seltenen Kräutern und Giften, die bei Menschen dazu führt, dass sie in einen ruhelosen Schlaf fallen, eine Art Dämmerzustand. Darin betreten sie eine Welt, in der sie ihren schlimmsten Ängsten gegenüberstehen.«

»Also ist es wie eine Art Albtraum?«, hakte ich nach.

Dante nickte zögerlich. »Aber es gibt einen großen Unterschied«, fuhr er fort.

»Und der wäre?«

Dantes Hand krallte sich um den Dolch. »Du kannst in dieser Albtraumwelt sterben. Und genau aus dem Grund werde ich nicht zulassen, dass du auch nur einen Löffel von dem Zeug herunterschluckst!«

»Vielleicht ist es verrückt und gefährlich. Aber mit einer Sache hat Nyla absolut recht: Wir vertrauen einander nicht im Geringsten! Um das zu bemerken, muss man uns keine drei Minuten kennen. Und überhaupt, wieso gehst du jetzt schon davon aus, dass ich sterben werde? Weder kennst du meine größten Ängste noch ich die deinen.«

Dante wirkte nicht mehr so angespannt wie zuvor, denn er griff unvermittelt nach meiner Hand und drückte sie kurz. »Vertrauen kann man nicht erobern wie eine feindliche Festung. Du müsstest mir dein Leben anvertrauen und ich dir das meine. Ich kenne dich gut genug, um zu wissen, dass du dein Leben nur in die Hand eines bestimmten Menschen gelegt hättest. Und dieser weilt leider nicht mehr unter uns. Komm, wir sollten unser Wasser auffüllen und zusehen, dass wir beim Auto sind, ehe es dunkel wird.«

Dante ließ meine Hand genauso plötzlich wieder los, wie er danach gegriffen hatte, und erhob sich von seinem Platz. Er war schon fast an der Tür angelangt, als ich aufsprang.

»Lass es uns versuchen, Dante!«

Er hielt inne.

»Ich will diese fremde Welt voller Dämonen und unbekannter Wesen verstehen. Und wenn das bedeutet, dass ich mich gemeinsam mit dir meinen schlimmsten Ängsten stellen muss, dann tue ich es. Maylin ist nicht länger da, um mich zu beschützen. Ich muss endlich lernen, selbst auf mich zu achten. Hilf mir dabei, Dante … bitte.«

Langsam kam er auf mich zu und die Sorge in seinem Blick irritierte mich. Was geisterten ihm wohl gerade für Gedanken durch den Kopf? Er schien hin- und hergerissen zwischen dem, was er wollte, und dem, was vermutlich das Richtige war.

»Okay, aber du tust, was ich dir sage, verstanden? Egal wie abstrus, falsch oder gefährlich es dir vorkommen mag, du tust es. Ohne zu diskutieren, ohne zu zögern.«

Ich nickte. »Hast du dieses Zeug schon mal genommen?«

»Mehr als einmal, und es war jedes Mal ein gewaltiger Fehler.«

Er reichte mir erneut die Hand und ich griff danach. Was auch immer mich erwartete, Dante war der einzige Rückhalt, den ich hatte.

Gemeinsam verließen wir die Hütte und machten uns auf die

Suche nach Nyla. Sie saß wenige Meter entfernt auf einer Bank und strickte. Ungläubig starrte ich sie an. Eine mächtige Dämonenbeschwörerin, die seelenruhig strickte. Jetzt hatte ich wohl wirklich alles gesehen.

Als sie den Kopf hob und uns entdeckte, legte sie die Stricksachen zur Seite und setzte sich auf.

»Habt ihr euch entschieden?«, fragte sie an Dante gewandt.

»Wir tun es«, presste er mit rauer Stimme hervor. Man sah ihm deutlich an, wie viel Überwindung ihn diese Worte kosteten.

»Sehr schön. Dann bereite ich mal alles vor.«

Sie erhob sich und schlenderte den langen Steg vorweg. Dante und ich sahen uns fragend an und folgten Nyla. Sie führte uns durch das Dorf zu einem kleinen Platz, der von einem grauen Sonnensegel beschattet wurde. Darunter befand sich ein Lagerfeuer, über dem ein alter rostiger Topf hing. Überall lagen knorrige Baumstümpfe, auf denen die Bewohner des Dorfes saßen und uns anstarrten. Einige junge Männer am äußeren Rand des Platzes waren dabei, mit kleinen Messern Holz zu bearbeiten, während eine Gruppe älterer Frauen Körbe flocht. Anscheinend war dieser Ort hier das Zentrum des Dorfes, wo die Menschen sich trafen und Zeit miteinander verbrachten. Nyla lief zu einer älteren Frau mit grauem Haar. Sie sprachen in einer anderen Sprache miteinander und die Alte nickte ein paarmal, ehe sie verschwand.

»Wir werden das Yukpa anrühren und euch dann Bescheid geben. Setzt euch so lange zu den anderen. Es gibt leckeren Fischeintopf, bedient euch!«

Dann folgte sie der Alten und ließ uns auf dem Platz zurück. Mein leerer Magen knurrte und ich blickte entschuldigend in Dantes Richtung.

»Wenn wir schon mal hier sind«, meinte ich achselzuckend und lief zum Lagerfeuer.

Schmatzend tunkte ich ein Stück Brot in die Schüssel. Auch wenn »Fischeintopf« irgendwie alles andere als appetitlich klang, schmeckte er doch vorzüglich. Dante stand etwas abseits und bereute vermutlich schon jetzt seine Entscheidung. Doch ich würde einen Rückzieher nicht dulden.

Allmählich leerte sich der Platz und ich stellte erschrocken fest, dass die Sonne bereits hinter den hohen Bäumen verschwand. Da tauchte Nyla wieder auf. Unter ihren Arm hatte sie zwei Grasmatten geklemmt. Sie breitete sie unter dem Sonnensegel aus und kam anschließend zu uns.

»Können wir beginnen?«

Ohne eine Antwort schritt Dante zu den Matten und ließ sich daraufsinken. Nyla wollte ihm schon folgen, als ich sie am Arm packte und festhielt.

»Wieso ist er so angespannt? Was verschweigt er mir?«

»Yukpa öffnet die Türen zu deinen tiefsten Ängsten. Ein normaler Mensch hat viele Ängste, manche sind nur temporär, andere sind tief in seinem Bewusstsein verankert. Dante hat sich ihnen schon mehr als einmal ausgesetzt, aber vielleicht ist eine neue hinzugekommen. Eine, der er sich nur ungern stellen möchte.«

Ich warf ihm einen kurzen Blick zu.

»Wie dem auch sei, du solltest dich auch hinlegen, damit wir beginnen können.«

Ich lockerte meinen Griff um ihren Arm und folgte ihr. Langsam ließ ich mich auf der Matte nieder und legte mich auf den Rücken.

»Dante, du kennst das Prozedere«, begann Nyla.

Ich drehte mich zur Seite, damit ich Nyla ansehen konnte. Sie hielt zwei kleine gläserne Ampullen in der Hand, in denen sich eine dunkelgrüne Flüssigkeit befand.

»Ihr werdet gleich das Yukpa einnehmen und euch wieder hinlegen. Versucht ruhig und gleichmäßig zu atmen, schließt die Augen und entspannt euch.«

Dante stieß einen missbilligenden Laut aus, doch Nyla ignorierte ihn und fuhr fort.

»Schon bald wird euch ein Gefühl der Trägheit überkommen. Kämpft nicht dagegen an. Es wird sich anfühlen, als wärt ihr in einem Traum. Aber der Ort, den ihr betretet, ist durchaus real, genauso wie das, was ihr dort erleben werdet. Es ist kein Spiel, und verletzt ihr euch innerhalb dieser Sphäre, dann verletzt dies auch eure körperliche Hülle. Achtet also gut aufeinander und versucht diesen Ort zusammen zu bezwingen. Nur wenn ihr gemeinsam einen Weg hindurch findet und eure Ängste dem anderen offenlegt, könnt ihr diese Aufgabe bestehen.«

Plötzlich geisterten mir Dantes Worte aus der Hütte durch den Kopf. *Du kannst in dieser Albtraumwelt sterben. Und genau das ist der Grund, wieso ich nicht zulassen werde, dass du auch nur einen Löffel von dem Zeug herunterschluckst!*

Vielleicht hatte Dante aber auch übertrieben, um mich zu schützen? Nyla kam auf mich zu und reichte mir eine der beiden Ampullen. Dann wandte sie sich an Dante.

»Ihr müsst alles austrinken. Ich werde hier auf euch warten. Ihr schafft das schon!«

Sie schenkte mir ein zuversichtliches Lächeln, ehe ihr Blick zu Dante wanderte. Als auch er seine Ampulle in der Hand hielt, ging sie ein paar Schritte zur Seite. Ein unangenehmes Schweigen legte sich über uns.

»Bist du dir wirklich sicher, Saphina?«

In seiner Stimme schwang das letzte bisschen Hoffnung, dass ich meine Meinung vielleicht doch noch ändern würde. Aber ich wollte endlich verstehen, in was für einer verrückten, mir bis vor Kurzem noch völlig unbekannten Welt ich eigentlich lebte und wie ich in dieser meinen Platz finden sollte.

»Ich bin mir sicher. Wir schaffen das schon!«

Dann öffnete ich die Ampulle und ein beißender Geruch stieg mir in die Nase. Ohne weiter nachzudenken, kippte ich mir den Inhalt in den Mund und schluckte die grünliche Flüssigkeit herunter. Sofort setzte ein leichtes Brennen in meinem Hals ein und ich musste husten. Dann legte ich mich auf den Rücken und schloss die Augen. Ein unangenehmes, kribbeliges Gefühl breitete sich in meinem Körper aus und kurzzeitig befürchtete ich, mich übergeben zu müssen.

Doch dann ertönte eine ruhige Melodie in meinem Kopf und ich ließ mich einfach fallen, wie Nyla gesagt hatte. Solange ich mich daran erinnern konnte, dass all das nicht wirklich passierte, war ich auf der sicheren Seite. Ich widerstand dem Drang, mich aufzusetzen, und wurde wie auf einer Wolke davongetragen …

Als ich die Augen irgendwann öffnete, war es bereits Nacht und die Luft um mich herum war deutlich kühler. Ich richtete mich auf und stellte überrascht fest, dass ich ein ausladenes Ballkleid trug, dessen Tüll bei jeder noch so kleinen Bewegung leise raschelte. Suchend blickte ich nach rechts und links. Alles hier kam mir unglaublich vertraut vor, bis ich mich umdrehte und das große Gebäude hinter mir erkannte. Der Astørica-Palast. Mein Zuhause. Ich schlenderte durch die gepflegte Gartenanlage des Schlosses, doch die Blumen waren seltsam verzerrt, beinahe verschwommen, und farblos. Es wirkte, als würde ich alles nur durch einen milchig weißen Schleier sehen. Weil das hier nicht wirklich passiert, oder doch?

Moment mal – wo war eigentlich Dante? Erst jetzt wurde mir klar, dass ich nicht allein hier gelandet sein konnte. Meine Schritte beschleunigten sich. Ich wollte ihn rufen, doch irgendetwas hielt mich davon ab. Dieser Ort, den ich doch eigentlich kannte, kam mir jetzt fremdartig und dunkel vor. Und solange ich nicht wusste, wer noch alles hier lebte, wollte ich keine Aufmerksamkeit auf mich ziehen. Ich umrundete einen der großen Springbrunnen und hielt plötzlich inne. Ein seltsam klirrendes Geräusch drang an mein Ohr.

Wie von selbst trugen mich meine Füße zu der hohen Mauer, die den Palast im Osten umgab. Während ich immer noch nach Dante Ausschau hielt, konnte ich nur an eine einzige Frage denken. Wovor fürchte ich mich am meisten?

Nyla hatte gesagt, ich würde hier meiner größten Angst begegnen und ich müsste dieser ins Auge blicken – gemeinsam mit Dante. Galt das auch für ihn?

Als ich hektisch die Treppenstufen erklomm, die auf den schmalen Mauerweg führten, wischte ich mir meine schwitzigen Hände am Kleid ab. Hektisch blickte ich an mir hinunter und erschrak. In der ganzen Aufregung hatte ich nicht einmal bemerkt, was für ein Kleid ich da trug. Es war jenes, das Maylin in der Nacht ihres Todes getragen hatte. Mein Herzschlag beschleunigte sich und ich lief den schmalen Weg entlang und horchte nach dem eigenartigen Geräusch, das mich hierhergelockt hatte. Ein Teil von mir rechnete fest damit, in eine Falle zu laufen. Niemand befand sich auf der Mauer. Kein einziger Wachposten war besetzt. Allein die Fackeln flackerten im aufbrausenden Wind, der mich frösteln ließ.

»Maylin, da bist du ja!«

Erschrocken wandte ich mich um. In der Dunkelheit konnte ich nicht erkennen, wer da gerade gesprochen hatte. Doch ich sah, dass jemand im Laufschritt auf mich zugeeilt kam.

»Wieso bist du denn einfach weggelaufen?«

Meine Augen weiteten sich, als ich mit einem Mal in Dantes braune Augen starrte. »Ich weiß nicht, was du meinst«, stotterte ich und erschrak. Das war nicht meine Stimme. Das war Maylins! Wie konnte das sein?

Irgendetwas an Dantes Körperhaltung wirkte bedrohlich. »Ist es wegen dem Tanz vorhin?« Seine Stimme klang ungewohnt distanziert und kalt.

Betreten blickte ich zu Boden.

»Maylin, wir haben doch darüber gesprochen. Das zwischen uns ist aus und vorbei. Wir haben uns viel zu lange dem Willen unserer Eltern gebeugt. Du weißt genauso gut wie ich, dass wir nie richtige Gefühle füreinander hatten. Mach also bitte kein Drama daraus.«

Fassungslos blickte ich in sein Gesicht. Etwas in seinem Blick jagte mir einen eiskalten Schauer über den Rücken. Hatte sich dieses Gespräch zwischen den beiden tasächlich so abgespielt oder entsprang all das nur meiner Fantasie und dieser eigenartigen Traumdroge?

»Ich weiß nicht, was ich noch glauben soll.«

Ich trat einen Schritt zurück und dann noch einen, bis ich an meiner Ferse die Kante der Mauer spürte. Genau hier hatte meine Schwester gestanden, kurz bevor sie in den Tod gestürzt war.

Heiße Tränen rannen meine Wangen hinunter. Ich hatte zu verdrängen versucht, was meine größte Angst war. Doch jetzt, in diesem Moment, stand sie direkt vor mir und blickte mir mit kalten Augen entgegen. Dante. Ich hatte Angst, dass Dante der Mörder meiner Schwester war.

»Du benimmst dich absolut lächerlich, Maylin. Ich habe das vorhin getan, um euch zu helfen, und das ist jetzt der Dank dafür?«

Nie zuvor hatte ich Dante so wütend erlebt. Er schmetterte mir – oder vielmehr Maylin – die Worte wie Waffen entgegen. Jedes Wort war nur dazu da, sie zu verletzen. Meine Brust zog sich schmerzlich zusammen. Nur kurz schloss ich die Augen, sperrte Dantes wütendes Gesicht aus und versuchte mir klarzumachen, was hier gerade geschah.

Das ist nur ein Traum. Es ist nicht real. Nur eine deiner Ängste …

Doch mit einem Mal spürte ich einen festen Griff um meinen Hals. Ich riss die Augen auf, versuchte mich panisch zu befreien und schlug mit den Armen um mich. Doch ich konnte Dante nicht entkommen. Ein diabolisches Lächeln huschte über seine Lippen, ehe er mich über den Rand der Mauer stieß. Das Letzte, was ich sah, waren sein wutverzerrtes Gesicht und eine schemenhafte Gestalt, die direkt hinter ihm stand und einen tiefen Schrei ausstieß. War das …? Nein, das war doch unmöglich, oder?

Nach Luft schnappend öffnete ich die Augen und sah mich um. Die Erinnerung an den Fall steckte mir so tief in den Knochen, dass ich hektisch meinen Körper abtastete. Erleichtert stellte ich fest, dass ich tatsächlich noch in einem Stück war. Jedoch lag ich nicht auf der Grasmatte am Lagerfeuer, sondern auf einem alten, staubigen Dielenboden. Ich trug nicht länger das Ballkleid meiner Schwester, sondern meine Lieblingsjeans und ein verwaschenes T-Shirt.

Leichter Schwindel überkam mich, als ich mich erhob und mich umsah. Auch hier war alles mit diesem seltsamen grauen Schleier überzogen, der mich daran erinnerte, dass alles, was ich hier sah und hörte, nur ein verzerrter Albtraum war. Auch dieser Ort kam mir bekannt vor. Ein Raum voller Bücher, mit dunklen Vorhängen und dem angenehmen Geruch von Leder.

War das hier nicht die Bibliothek von Whitehill Manor?

Leise durchquerte ich das Zimmer und öffnete die Flügeltür. Als ich den Flur betrat, hatte ich Gewissheit – ich befand mich tatsächlich im Herrenhaus der de Laceys.

Während ich durch das Anwesen lief, hörte ich gedämpfte Stimmen, die aus einem der vielen mir unbekannten Zimmer drangen. Ich hielt kurz inne und näherte mich dann dem Raum, aus dem die Stimmen zu kommen schienen. Die Tür war lediglich angelehnt und ich vergrößerte den Spalt noch ein wenig, ehe ich mich dicht an die Wand drückte, damit mich niemand sehen konnte.

»Du bist einfach nur eine riesige Enttäuschung! Eine Schande für die gesamte Familie!«

Ich zuckte zusammen, als ich die tiefe, wütende Stimme eines älteren Mannes wahrnahm.

»Ist dir klar, was das bedeutet? Was du deinem Land damit angetan hast? Du hattest diese eine Aufgabe und hast elendig versagt!«

Wer auch immer sich diese Anschuldigungen anhören musste, er schwieg, doch die Stille hielt nicht lange an. Ein klatschendes Geräusch ertönte und ich zuckte erneut zusammen.

»Für deine Dummheit müsste man dir den Kopf abschlagen.«

Plötzlich berührte mich etwas an der Schulter und ich stieß einen spitzen Schrei aus. Sofort presste mir jemand eine Hand auf den Mund und zog mich hektisch zur Seite. Als ich mich umdrehte, blickte ich in Dantes Gesicht. Schnell öffnete er die Tür zum Nebenzimmer und zog mich hinein.

»Was sollte das denn? Du hast mich fast zu Tode erschreckt!«

Durch die Tür waren Schritte zu hören und Dante hielt einen Finger an die Lippen. Kurze Zeit später entfernten sich die Schritte und ich atmete erleichtert aus.

»Wer waren die beiden da drin? Das klang ja ziemlich grausam.«

Dante ließ sich auf einen alten Sessel fallen und blickte aus dem Fenster. Ein Teil von mir ahnte die Antwort bereits, doch ich hoffte, mich zu irren.

»Das war mein Vater«, stieß er kaum hörbar hervor. Etwas an seinem Tonfall hatte sich verändert. Er klang kalt und gefühllos, so als würde er von seinem ärgsten Feind sprechen.

»Oh«, war zunächst das Einzige, was ich herausbrachte. »Wir befinden uns in deiner Angstlandschaft, oder?«, ergänzte ich dann.

Dante presste die Kiefer zusammen und es schien, als würde er sich auf die Zunge beißen, um ja nichts sagen zu müssen. »Angstlandschaft? Das Wort passt erschreckend gut«, gab er schließlich von sich.

Unruhig blickte ich zur Tür. »Wovor fürchtest du dich, Dante? Was passiert hier?«

Er richtete sich auf und die Leere in seinen Augen ängstigte mich.

»Manchmal verlieren wir uns in dem Hoffen, dass wir zu mehr bestimmt seien, als wir tatsächlich sind. Und manchmal tut es weh zu begreifen, dass wir daran rein gar nichts ändern können. Erkenntnis und Wissen töten unsere Hoffnungen, Saphina. Jedes Mal. Du willst wissen, wovor ich am meisten Angst habe? Ich habe Angst davor, zu versagen und meine Aufgabe nicht zu erfüllen. Angst davor, meinen Vater noch mehr zu enttäuschen. Ich habe Angst, mich zu verlieren, denn auch wenn ich es noch nie zugegeben habe: Der Blutschwur ist das Einzige, was meinem Leben überhaupt einen Sinn gibt. Und ich hasse es.«

Er erhob sich von seinem Sessel und wandte mir den Rücken zu. Die Anspannung in seinem Körper war nicht zu übersehen. Sein durchgestreckter Rücken, die gerade Haltung, die geballten Fäuste. Dante schien sich für einen Kampf zu rüsten.

Langsam ging ich auf ihn zu und blieb wenige Schritte von ihm entfernt stehen. Mich überkam der Drang, ihn zu berühren, ihm zu zeigen, dass er nicht allein hier festsaß. Vorsichtig hob ich den Arm und berührte ihn sanft an der Schulter. Dante zuckte nicht zurück, sondern ließ die Berührung zu. Ich trat näher an ihn heran und spürte die Wärme seines Körpers durch das schwarze Shirt.

»Du bist nicht allein, Dante. Und du bist nicht wertlos, ganz und gar nicht, im Gegenteil. Wenn dein Vater wirklich glaubt, du wärst nur dazu gut, diesen dämlichen Schwur zu erfüllen, dann ist er ein Idiot.«

Unvermittelt griff Dante nach meinem Arm und drehte sich zu mir herum. »Ich war da«, raunte er leise.

Verwirrt starrte ich ihn an.

»Ich habe gesehen, wovor du Angst hast.«

Vergeblich versuchte ich mich aus seinem Griff zu lösen.

»Wie kannst du so etwas zu mir sagen, wenn ich derjenige bin, vor dem du dich am meisten fürchtest!«

Ich wusste nicht, was mich in diesem Moment mehr traf: die Erkenntnis, dass dieser verschwommene Schemen auf der Mauer der echte Dante gewesen war, oder der Umstand, dass er jetzt meine größte Angst kannte. Es war vollkommen verrückt, dass es an diesem Ort gleich zwei von seiner Sorte gab, immerhin war ich schon mit einem Dante völlig überfordert.

»Das ist nicht fair von dir! Ich wusste selbst nicht einmal, dass das meine größte Angst ist«, stotterte ich.

»Bullshit! Wie kann man seine eigenen Ängste denn nicht kennen?«

Dante riss an meinem Arm, zog mich näher an sich heran, bis ich seinen aufgeregten Atem auf meiner Haut spüren konnte.

»Fürchtest du dich jetzt gerade auch vor mir? Dass ich dich genauso töte wie deine Schwester?

In seinen dunklen Augen suchte ich nach einem Funken Mitgefühl, doch was ich sah, war etwas anderes. Als Dante meinen Arm losließ, konnte ich sehen, wie etwas in ihm brach. Sein Vertrauen in mich. Das, was wir hier gemeinsam hatten finden sollen. Es zerbrach und ich konnte das Klirren in meinen Ohren hören.

»So ist es nicht! Ich weiß doch auch nicht, was ich glauben soll. Du bist so schwer zu durchschauen. Auf dem Ball hast du mir geholfen, dann verrätst du mich, indem du dich auf die Seite meiner Mutter stellst. Du lässt mich über Nacht im Gefängnis hocken, nur um mir dann bei der Beerdigung von Maylin beizustehen. Wie soll ich dir vertrauen können, Dante? Nenn mir einen Grund, nur einen.«

Er blickte auf mich herab und ich sah, wie sich seine Brust heftig hob und senkte. Egal wie stur er mich auch musterte, er konnte nicht verbergen, dass ihm das genauso naheging wie mir.

»Du willst also einen Beweis? Ist es das?«

Ertappt blickte ich zu Boden, doch seine Hand griff unter mein Kinn. Behutsam zwang er mich, ihm ins Gesicht zu gucken. »Ja«, flüsterte ich.

»Dann behalt diesen Augenblick gut in Erinnerung. Und vergiss nicht, dass du es so wolltest.«

Er ließ die Hand sinken, machte aber keine Anstalten, sich zu bewegen. Es schien, als würde ihn etwas zurückhalten, eine unsichtbare Kraft, die uns entzweite, aber gleichzeitig aneinanderkettete.

»Komm, ich zeig dir deinen Beweis.«

Er löste sich von mir und schritt zur Tür. Schweigend folgte ich ihm. Es war komisch, durch dieses Anwesen zu laufen. Ich kannte die meisten Flure zwar, aber es schien kein getreues Abbild von Whitehill Manor zu sein. Dante hingegen schien trotzdem jeden noch so kleinen Zentimeter dieses Hauses zu kennen. Er durchquerte die Flure und unsere Schritte hallten von den hohen Wänden wider. Schließlich hielt er vor einer steilen alten Kellertreppe an.

»Ich habe diesen Albtraum schon gefühlt hundert Mal durchlebt. Ich kenne jeden Zentimeter von ihm, aber bisher hatte ich nie Besuch.«

Er wies mich mit einer kurzen Handbewegung an vorauszugehen. Ich wusste nicht, was er damit bezweckte, aber ich rief mir ins Gedächtnis, dass wir hier nur verschwinden konnten, wenn wir uns gemeinsam unseren Ängsten stellten. Wenn das bedeutete, dass ich eine dunkle Kellertreppe hinuntersteigen musste, dann würde ich das tun. Mir war nur allzu bewusst, dass dort unten etwas lauern würde, das mich verstören würde.

Schritt für Schritt tastete ich mich die schmalen Stufen hinunter. Meine Augen gewöhnten sich allmählich an das spärliche Licht, als plötzlich ein lautes Knacken ertönte. Kurz darauf wurde die Dunkelheit durch einige flackernde Glühlampen durchbrochen. Unsicher ging ich voran. Es war so still, dass mir mein Atem unglaublich laut vorkam. Die feuchten Stufen waren glitschig, sodass ich angestrengt auf den Boden starrte, um nicht auszurutschen. Unten angekommen, stieg mir ein unangenehmer modriger Geruch in die Nase. Vor uns gabelte sich der Weg und ich blickte fragend nach hinten. Dante stand direkt hinter mir und deutete auf den linken Flur. Das Flackern der Lichter machte mich schrecklich nervös. Wieso ging er nicht vor? Er ließ mich vorauslaufen wie in einem billigen Horrorfilm. Der schmale Flur mit der niedrigen Decke schien mich förmlich zu erdrücken und es schien endlos so weiterzugehen, bis wir schließlich an eine morsche Holztür gelangten. Vorsichtig drückte ich die Tür auf, die mit einem gruseligen schiefen Knarzen aufschwang. Der Raum hinter der Tür war riesig und auch die Decke war viel höher als die im Flur. Als wären wir durch einen unterirdischen Gang in ein völlig anderes Gebäude gestiefelt.

»Was ist das hier?«, flüsterte ich Dante zu.

Die Wände waren mit eigenartigen Ornamenten bedeckt, die dicht an dicht ein schier unendliches Muster bildeten. In den Ecken befanden sich metallene Kerzenständer, deren Lichter unstet hin und her flackerten. Weiter hinten war eine Art Steinaltar aufgebaut, der mich wie magisch anzog. Doch als ich mich ihm vorsichtig genähert hatte, hielt ich erschrocken inne. Auf der kargen Steinplatte lagen zwei leblose Körper. Hilfe suchend wandte ich mich zu Dante, der mir zwar gefolgt war, jedoch völlig reglos dastand.

Ich fühlte mich wie in Trance. Ein Schauer lief mir über den Rücken, und obwohl mir plötzlich kalt geworden war, spürte ich den feinen Schweißfilm auf meiner Stirn. Dort, nur wenige Schritte entfernt, lagen Maylin und ich. Oder zumindest sahen die beiden Körper genauso aus wie sie und ich. Während Maylin ein dunkelblaues Kleid trug, dessen wuchtiger Unterrock bis zu den Steinstufen reichte, war mein Leib in rosafarbene Seide gehüllt. Sie und ich wirkten, als würden wir schlafen, doch unsere blasse Hautfarbe verriet uns.

Panisch drehte ich mich zu Dante herum, griff nach seinem linken Arm und zerrte ihn näher.

»Das ...« Ich holte tief Luft. »Das ist doch wohl ein schlechter Scherz, oder?«

Dantes Augen hefteten sich auf meinen leblosen Körper, dann wanderten sie zurück zu meinem lebenden Ich. »Sieht das für dich aus wie ein Scherz?« Er presste die Lippen zu einer schmalen Linie zusammen und wirkte beinahe beleidigt.

»Ich bin ... tot. Und Maylin auch. Wieso? Warum liegen wir hier unten?«

Dante ging einen weiteren Schritt auf den Altar zu und strich mit der Hand über Maylins dunkles Haar. Dieser Anblick hatte etwas Tröstliches, gleichzeitig verstörte er mich aber auch. Maylin war zwar wirklich gestorben, aber das da war nicht ihr Leichnam.

»Das ist meine größte Angst, Saphina. Und leider ist sie mir zumindest zum Teil in die Realität gefolgt.«

Für einen winzigen Moment sagte keiner von uns ein Wort.

Dann hörte ich weiter entfernt Schritte. Dante zog die Hand zurück, als hätte er sich an Maylin verbrannt.

»Deine größte Angst ist der Tod von Maylin und mir? Aber das ergibt doch keinen Sinn.«

»Warum? Weil ich in deiner Gleichung der eiskalte, gewissenslose Mörder deiner Schwester bin? Meine größte Angst ist es, meiner Aufgabe nicht gerecht zu werden. Meine größte Angst ist, dass ihr sterbt, weil ich euch nicht beschützen konnte. Ist das so schwer zu verstehen? Denkst du wirklich, ich sei so ein Monster?«

Dantes Stimme wurde immer lauter. Jedes Echo ließ seine Worte noch gnadenloser klingen. Der verzweifelte, verletzte Tonfall in seiner Stimme war mir nicht entgangen und ich fühlte mich wie eine Verräterin. Er war da gewesen, hatte gesehen, wie ich ihn in meiner Angstvision zum Mörder meiner Schwester gemacht hatte. Dabei teilten wir eine unserer Ängste sogar. Mein Blick huschte über sein Gesicht, das von Wut und Schmerz verzerrt war.

Ich ging einen Schritt auf ihn zu, doch er wich zurück. Erneut blickte ich auf die zwei leblosen Körper. Als ich meine Hand hob und mein totes Ich berührte, fing die unterirdische Kammer an sich zu drehen. Verschwommen konnte ich zwei Gestalten erkennen, die wohl ebenfalls gerade die Treppe heruntergestiegen waren. Die eine sah aus wie Dante, die andere wie ein älterer Mann.

Ich streckte die Hand aus, wollte mich festhalten, doch es schien, als würden die Wände sich verflüssigen und meine Beine nicht auf festen Steinplatten, sondern auf weichem Bienenwachs stehen. Mein Sichtfeld schrumpfte, und ehe die Übelkeit mich überraschen konnte, schloss ich die Augen und sperrte dieses grausame Bild aus meinem Sichtfeld aus. Doch wie fest ich die Augen auch zusammenpresste, und wie dunkel das Schwarz um mich herum auch war, ich bekam das Bild von mir und Maylin nicht aus dem Kopf …

KAPITEL 17

Als ich die Augen aufriss, starrte ich in vollkommene Dunkelheit. Ich schlug wild mit dem Armen um mich. Mein Körper wollte mir einfach nicht gehorchen und ich schrie, weil ich mir nicht anders zu helfen wusste. Meine Haut brannte lichterloh und diese Dunkelheit raubte mir jeglichen klaren Gedanken.

»Holt Wasser!«, drang eine fremde Stimme zu mir herüber.

Kurz darauf wurde etwas Eiskaltes über mich geschüttet. Instinktiv schloss ich die Augen, und als ich sie wieder öffnete, konnte ich endlich etwas erkennen.

»Gib mir die Decke. Schnell!«

Jemand reichte mir die Hand und ich setzte mich auf. Die Kälte breitete sich aus, und ob ich vor Kälte oder wegen der Angst in meinen Knochen zitterte, konnte ich nicht mehr sagen. Meine Zähne schlugen aufeinander, während ich mir mit den Armen über meinen nassen Körper rieb. Wo war ich hier? Und was zur Hölle war geschehen? Fragend blickte ich umher, als das erste mir bekannte Gesicht vor meinem Sichtfeld erschien.

»Nyla, was … ist passiert?«, stotterte ich.

Sie hielt eine Decke in den Händen, die sie mir über die Schultern legte. »Ihr wart für Stunden weggetreten.«

Sie runzelte besorgt die Stirn, während sie die Decke fester um meinen Körper zog. Um uns herum war es dunkel, lediglich die vielen Fackeln, die entzündet worden waren, spendeten ein wenig Licht. Nyla half mir beim Aufstehen. Ich fühlte mich wie ein frisch geborenes Fohlen, das auf wackligen Beinen durch das Gras wankt.

»Wo ist er?«

Nyla hielt für einen Augenblick inne, dann schlang sie mir einen Arm um die Taille und stützte mich beim Gehen. Vorsichtig führte sie mich durch das Dorf zu einem Lagerfeuer.

»Wieso leuchten die Flammen denn grün?« Ich war wie magisch davon angezogen.

»Das da ist ein Leuchtfeuer für niedere Røaŕ. Das Vøcra wirst jedoch *du* zeichnen müssen. Aber das hat noch Zeit. Wärm dich erst einmal auf, iss etwas Suppe und ordne deine Gedanken. Was auch immer du in deiner Albtraumwelt gesehen hast, es zehrt sehr an deinen Kräften. Ich spüre, wie durcheinander dein Geist ist.«

Am Feuer saßen einige Dorfbewohner, die uns ehrfürchtig anblickten, als wir näher herankamen. Nyla brachte mich zu einem Baumstumpf und ich setzte mich. Ich sah in die grünlichen Flammen, die hoch in die Lüfte tänzelten, als würden sie versuchen, einen der Sterne am Himmel zu fangen. Die Wärme des Feuers vertrieb die Kälte in meinem Körper. Ich war mir sicher, dass es eigentlich gar nicht kühl sein konnte. Immerhin fielen die Temperaturen auf St. Lucien selbst nachts nur selten unter zwanzig Grad. Aber ich spürte, dass da noch immer etwas Dunkles in mir war, das mich zittern ließ.

Mein Blick fiel auf eine dunkel gekleidete Gestalt, die ich durch die züngelnden Flammen nur schemenhaft erkennen konnte. Sie saß zusammengekauert vor dem Feuer und verlor sich genauso darin wie ich. Als sie den Kopf hob und zu mir sah, durchzuckte mich ein Stechen. Dante. Ich suchte nach Anzeichen von Überraschung oder Erleichterung darüber, mich zu sehen, doch ich konnte nichts ausmachen. Er rührte sich nicht vom Fleck, starrte mich nur aus leeren Augen an. Es zeriss mir beinahe das Herz. Mit einem Mal waren all die Eindrücke aus der Albtraumwelt zurück. Meine Ängste, die er hatte mit ansehen müssen. Seine Ängste, die mich beinahe noch mehr beunruhigten als meine eigenen. Unsere Ängste verbanden uns, aber sie sorgten auch für einen tiefen Abgrund zwischen uns. Ich wollte gerade aufstehen und zu Dante hinübergehen, doch jemand berührte meine Hand. Überrascht blickte ich zur Seite – direkt in Nylas Gesicht.

»Lass ihn lieber in Ruhe. Er ist noch nicht bereit.«

»Woher willst du das wissen?«

Nylas Armreifen funkelten im Licht der grünen Flammen, als sie ihre Hand von meiner nahm. »Ihr habt in die Abgründe des jeweils anderen geblickt. Auch wenn es dir so vorkommt, als hättet ihr euch voneinander entfernt, ihr seid euch dadurch vertrauter geworden. Ihr zwei habt euren Teil der Abmachung gehalten. Und wenn du noch immer einen Beweis für die Existenz dunkler Mächte brauchst, dann werde auch ich meinen Teil der Abmachung einhalten.«

Nyla erhob sich und warf etwas ins Feuer, das nach Baumrinde aussah. Die Flammen schienen lebendig zu werden, gierten nach dem neuen Futter. Sie schlängelten sich wild um die Rinde und ich bildete mir sogar ein, sie danach rufen zu hören.

»Wir opfern bestimmten Göttern, damit sie uns Wünsche erfüllen. Dasselbe Prinzip funktioniert auch bei Dämonen. Sie bekommen etwas von uns, im Gegenzug geben sie uns etwas. Am heutigen Abend beschwören wir Tacra, den Røaŕ der Wälder. Durch das grünliche Feuer bereiten wir ihm seinen Weg. Doch wir müssen ihn mit seinem Vøcra rufen.«

»Mit seinem Vøcra?«, hakte ich nach.

»Jeder Røaŕ hat ein eigenes Symbol, ein Vøcra, das wir benutzen, um mit ihm in Kontakt zu treten. Du zeichnest es in die Erde, ritzt es in einen Stein, malst es mit einem Kreidestift. Das Medium ist egal, Hauptsache, du malst das Symbol exakt auf.«

Nyla griff in ihre Tasche und gab mir ein vergilbtes Stück Papier. Darauf war ein komplexes Symbol mit jeder Menge Kreise und Schnörkel.

»Das sieht ganz schön kompliziert aus. Und das zeichnest du gleich auf den Boden?«

Über Nylas Gesicht huschte ein Lächeln. Dann bückte sie sich und griff nach einem Ast. »Nein, du wirst es zeichnen.« Sie reichte mir den Stock und wies mit der Hand auf die staubige Erde vor dem Feuer.

»Aber … was ist, wenn ich etwas falsch mache?«

»Wenn du dich konzentrierst, wird Tacra deinen Ruf erhören und deine Hand führen. Die Røaŕ sind immer bei uns, sie sehen jeden Schritt und hören jedes Wort, das wir sprechen. Du musst nur deinen Geist für sie öffnen.«

Zögerlich ging ich näher an das Feuer heran. Vereinzelt hörte ich Flüstern, als ich mich auf die Knie fallen ließ und das Pergamentstück vor mir ausbreitete. Ich machte mich daran, mit dem Holz die filigranen Linien des Vøcra abzuzeichnen. Zuerst stockte ich ein paarmal, korrigierte einzelne Striche, doch irgendwann bewegte sich meine zitternde Hand sicherer und das Symbol zeichnete sich förmlich von selbst. Ich spürte die neugierigen Blicke der anderen, doch das war mir egal. Ich hatte mich nicht umsonst meinen Ängsten gestellt. Diese andersartige Welt war nun Teil meines andersartigen Lebens und ich wollte sie verstehen. Ich wollte sie mit anderen Augen sehen.

Die anderen begannen eine Melodie zu summen und ich hörte, wie der Wind durch die hohen Bäume strich. Es schien beinahe so, als würde der Dschungel leben und mir bei der Zeremonie über die Schulter blicken. Nyla hockte sich neben mich, während ich die letzten Feinheiten des Vøcra in den Staub malte. Sie begutachtete mein Werk und nickte kurz. Dann begann sie etwas in einer anderen Sprache zu rufen. Es klang wie eine Art Lied und die Dorfbewohner stimmten ein. Die Flammen des Lagerfeuers schlugen nun höher und immer höher, sodass ich ein paar Schritte zurückstolperte. Die grünlichen Funken tanzten durch die Nacht und plötzlich erstarben die Gesänge. Das Feuer stob auseinander, ehe es erlosch.

Alles lag in vollkommener Dunkelheit, als eine grünlich glimmende Gestalt genau dort erschien, wo zuvor noch das Feuer gebrannt hatte. Gebannt starrte ich sie an.

»Tacra, es ist unserem Volk eine große Ehre, dass du unserem Ruf gefolgt und erschienen bist«, sprach Nyla zu ihm.

Sie trat einen Schritt nach vorn und verbeugte sich leicht. Was auch immer dieser Røaŕ war, ob Gott oder Dämon, Tacras Anblick verschlug mir die Sprache. Mein ganzes Leben, alles, woran ich bisher geglaubt, worauf ich bisher vertraut hatte, brach bei diesem Anblick entzwei. Tacra sah aus wie ein Mensch, gleichzeitig hatte er etwas an sich, das unmenschlicher nicht hätte sein können. Er strahlte etwas aus, das ich nicht erklären konnte, und die Art, wie er mich ansah, jagte mir einen eisigen Schauer über den Rücken.

»Ich nehme euer Opfer an.«

Seine Stimme klang fremdartig. Alles an ihm wirkte wie aus einer anderen Welt.

»Vielen Dank, Røaŕ Tacra. Wir haben dir heute geopfert, um dich anzurufen, unseren Urwald zu beschützen.«

Tacra reckte den Kopf in die Höhe, dann nahm er einen tiefen Atemzug. Der Wind frischte auf, und als Tacra ausatmete, bogen sich die Baumkronen gefährlich.

»Du spürst die Gefahr und willst sie abwenden?«

Nyla nickte. Hatte sie nicht gesagt, sie wolle mir die Existenz von Dämonen beweisen? Irgendwie hatte ich das Gefühl, dass das nicht alles war und diese Zeremonie nicht zufällig stattfand, sondern von langer Hand geplant war. Mit einem mulmigen Gefühl im Bauch beobachtete ich, wie Nyla näher an den Røaŕ herantrat. Er umfasste ihr schmales Gesicht mit beiden Händen, ehe er sie zu sich heranzog und sie küsste. Alle Anwesenden schienen die Luft anzuhalten, während Tacra die Priesterin eng an sich drückte.

Suchend sah ich mich nach Dante um, der etwas abseits vom Geschehen stand. Er beobachtete mich mit steinerner Miene und geballten Fäusten. Ich wollte zu ihm hinübergehen und ihn fragen, was zur Hölle wir hier eigentlich taten, doch etwas hielt mich zurück. Als ich meinen Blick zu Tacra und Nyla wandte, zuckte ich zusammen, denn die beiden hatten sich mittlerweile voneinander gelöst und starrten mich an.

»Du bist es«, sprach der Røaŕ mit seiner seltsam verzerrten Stimme. Er kam auf mich zu und das Glimmen, das seinen Körper umgab, begann zu pulsieren.

Nervös tippelte ich von einem Bein aufs andere. Was sagte man zu so einer Art Wesen? Schön, dich kennenzulernen? Herzlich willkommen in der Welt der Sterblichen?

Ein Lächeln umspielte die Lippen des Røaŕ. »Du hast Humor, kleine Prinzessin. Wie deine Vorgängerin auch.«

Erschrocken riss ich die Augen auf. Konnte der Røaŕ tatsächlich meine Gedanken hören? Und woher kannte er Maylin?

»Ich selbst habe sie nie kennengelernt, aber wir Røaŕ reden miteinander. Du nimmst ihren Platz ein, nehme ich an?«

Ich nickte langsam, unfähig, auch nur ein Wort zu sagen.

»Ich beschütze diesen Wald, er ist ein Teil von mir. Jeder Atemzug, den diese Bäume nehmen, wandert auch durch meine Lungen. Ihr habt für den Moment nichts zu befürchten. Weder von Zandor noch von einem anderen Dämon. Euer Opfer wurde erbracht.«

Nyla verbeugte sich vor ihm, ehe sie einige Schritte zurücktrat. Das grüne Glimmen wurde stärker, bis ein gleißend helles Licht erschien. Dann wurde aus der unmenschlich-menschlichen Gestalt wieder ein prasselndes Feuer. Eine heftige Bö fegte über den Ritualplatz, ein paar Sekunden später war alles wieder ruhig.

Ich atmete tief durch und ließ mich auf einen der Baumstümpfe fallen. Diese Erscheinung, die enorme Kraft, die in diesem Geistwesen, oder was auch immer Tacra nun war, pulsiert hatte, all das hatte mich vollkommen erschöpft.

»Du hast uns an der Nase herumgeführt, oder?«

Nyla schnaubte.

»Dieses Ritual war doch längst geplant, oder? Du hast es so aussehen lassen, als würdest du uns einen Gefallen tun, aber du wusstest, dass wir kommen. Du wusstest alles. Von Anfang an.«

Nylas Blick ruhte einige quälend lange Sekunden auf mir, ehe sie nickte. »Schlaues Mädchen. Vielleicht ist die Insel ja doch nicht dem Untergang geweiht.«

»Was soll das bedeuten?«, fuhr ich sie an.

»Zandor wird aufsteigen. Schon sehr bald. Und wenn das passiert, dann ist zumindest mein Volk vor ihm sicher. Tacra ist unser Schutzgeist und er wird uns vor dem Zorn des Knochenkönigs beschützen.«

»Aber ich dachte, du wolltest einen Dämon herbeirufen?«

»Bei euch Christen gibt es immer nur dunkel oder hell. Gut oder böse. Alles, was nicht göttlichen Ursprungs ist, ist für euch automatisch dämonisch. Aber unser Glaube funktioniert anders. Für uns sind die Røaŕ gutmütige Gottheiten, bis auf wenige Ausnahmen. Du würdest Tacra einen Dämon nennen, für mich hingegen ist er ein Wesen, das mich und mein Volk beschützen wird, wenn du bei deiner Aufgabe versagen solltest. Du hast gesehen, dass es übernatürliche Mächte gibt. Das war es doch, weshalb ihr hierherkamt, oder etwa nicht?«

Fassungslos starrte ich sie an. »Du hast uns benutzt!«

Nyla kam einen Schritt auf mich zu, doch ich blieb unbeeindruckt sitzen. »Ich bin eine Nachfahrin der Lafayette-Familie. Meine Aufgabe ist es, den Kontakt zur Geisterwelt aufrechtzuerhalten, und die Geister reden seit dem Tod deiner Schwester über nichts anderes als über dich und deine unlösbare Aufgabe. Ich habe anfangs gezweifelt, deshalb wollte ich, dass du und Dante das Opfer für Tacra erbringt. Aber ihr habt mich überzeugt und Tacra hat euer Opfer entgegengenommen.«

»Unser Opfer?«, echote ich skeptisch.

»Du und Dante, ihr habt Tacra eure Ängste geopfert. Nur das ist es, was für mich zählt.« Nyla verwischte mit ihren Füßen das Vøcra am Boden und starrte ins Feuer, das nun wieder in Rot- und Orangetönen brannte. »In dieser Welt zahlt jeder einen Preis, Prinzessin. Manchmal ist er fair, aber die meisten Handel sind es nicht. Ich hätte euch viel mehr abverlangen können.«

Wütend sprang ich von meinem Platz auf und stellte mich vor sie. »Du hättest mir mehr abverlangen können? Du hast uns verarscht! Aber eins versprech ich dir: Solltet du und dein wilder Haufen hier jemals Hilfe von mir brauchen, dann wirst du einen viel höheren Preis bezahlen.«

Ich drehte mich um und verließ den Platz. Das Gefühl, für etwas benutzt worden zu sein, war einfach grauenhaft. Wie dumm ich doch gewesen war zu glauben, jemand wollte mich bei meiner absurden Aufgabe ernsthaft unterstützen. Dante hatte von Anfang an recht gehabt. Es gab mehr als nur die eine Realität, die ich mein ganzes Leben lang kannte. Sofort blitzten die dunklen, starren Augen des Vulkans wieder auf, die ich auf dem alten Dia gesehen hatte. Wieso hatte ich Dante nicht einfach geglaubt? Wäre ich nicht so stur gewesen, wäre uns all das hier erspart geblieben. Stattdessen hatte ich Dante in die Albtraumwelt gezwungen und ihn damit völlig umsonst gequält. Traurig lehnte ich mich an einen der alten knorrigen Bäume am Rande des Dorfes. Ich fühlte mich schwach und einfältig.

»Alles in Ordnung?«

Auch ohne mich umzudrehen, wusste ich, wer direkt hinter mir stand. »War ja klar, dass ausgerechnet du jetzt einen auf verständnisvoll machst«, blaffte ich Dante an. Ich schloss die Augen, atmete einmal tief ein und wieder aus, ehe ich mich zu ihm umdrehte. »Wir sollten nach Hause fahren.«

»Das sollten wir wohl.«

Er reichte mir die Hand, doch ich lief an ihm vorbei in Richtung Steg. Ich konnte seine Nähe irgendwie nicht ertragen. Natürlich wusste ich, dass wir über das Geschehene reden mussten, aber so, wie er vorhin Abstand gebraucht hatte, brauchte ich ihn jetzt. Die Insel und die hier lebenden Menschen befanden sich wirklich an einem Abgrund und ich hatte es nicht wahrhaben wollen. Dämonen, Geister und Götter – sie lebten alle auf dieser Insel und das Schicksal meiner Familie war untrennbar mit diesen Wesen verbunden. Ob ich wollte oder nicht, ich musste mich meiner Bestimmung beugen.

KAPITEL 18

Seit unserem Ausflug ins Taryøu waren vierzehn Tage vergangen. Doch trotz der Ängste, die wir uns gegenseitig offenbart hatten, war die Kluft zwischen mir und Dante noch immer nicht verschwunden. Wir waren schweigend durch den Urwald gestapft, bis wir den Wagen erreicht hatten, und hatten dann weitergeschwiegen. Seit dem Vorfall in der Angstwelt sah Dante mich immer wieder mit diesem eigenartigen Blick an, den ich nicht deuten konnte. Doch wir rissen uns zusammen. Dante hatte das Training vorbildlich durchgeführt, mich weiter im Nahkampf unterrichtet und mir mehr über die Geschichte der Insel erzählt.

Als er mich an diesem Morgen hinaus in den Garten zitierte, ging ich fest davon aus, dass wir erneut eine Übung mit den Kampfstöcken absolvieren würden. Doch Dante lehnte lässig an einem der alten Bäume.

»Guten Morgen, Saphina«, begrüßte er mich. Der herausfordernde Unterton in seiner Stimme war seit den Vorfällen im Taryøu wie weggewischt. Stattdessen lag etwas Monotones, beinahe Gleichgültiges darin, an das ich mich einfach nicht gewöhnen konnte.

Ich nickte ihm kurz zu und suchte nach den Hanbōs. »Was steht heute auf dem Plan?«

Dante stieß sich vom Baum ab und verschränkte die Arme vor der Brust. »Langsam wird es ernst, Saphina. Streng genommen war es das natürlich von Anfang an. Aber mehr als die Hälfte unseres Trainings ist bereits vorbei und es wird Zeit für den nächsten Schritt.« Er machte eine kleine Pause, in der er sich nachdenklich durch sein dunkles Haar fuhr, das in den letzten zwei Wochen gewachsen war und ihm mittlerweile bei jeder noch so kleinen Bewegung ins Gesicht fiel.

»Wovon redest du? Ich versteh mal wieder kein Wort.«

»Heute wählst du deine Waffe, Saphina.«

Kurz herrschte Stille zwischen uns, ehe ich begriff, was er gerade gesagt hatte.

»Schade, ich hatte den kleinen Zahnstocher eigentlich schon lieb gewonnen.«

Dante schüttelte leicht den Kopf. »Los, komm, wir gehen in die Waffenkammer. Mal schauen, ob wir dort unten etwas Passendes für dich finden.«

Gemeinsam gingen wir zurück ins Haus. Ich folgte Dante, bis wir vor einer bekannten hölzernen Tür hielten.

»Ist das etwa …?«, stotterte ich überrascht.

»Ja, aber keine Angst. Dort unten lagern lediglich Artefakte, mit denen man Dämonen töten kann. Keine Lei…« Er stockte. »Du weißt schon, was ich meine«, fügte er hinzu.

Dante war diese Situation wohl genauso unangenehm wie mir. Er begann am Kragen seines dunklen Shirts herumzuzupfen. Kurz darauf holte er ein feines Lederband hervor, an dem ein silberner Schlüssel baumelte, löste die Kette um seinen Hals und schloss die Tür auf.

Ein ungutes Gefühl übermannte mich. Alles in mir sträubte sich dagegen, die Treppenstufen hinunterzugehen, und ich trat einige Schritte zurück. Die Tür schwang quietschend auf und Dantes Blick ließ mich frösteln.

»Es war nur ein Traum, Saphina.«

»Aber er hat sich so verdammt real angefühlt.«

Dante steckte den Schlüssel in seine Jeans und kam auf mich zu. Er streckte seine Hand aus und zum ersten Mal seit Wochen schenkte er mir ein Lächeln. Es war kein herausforderndes, schelmisches Lächeln, sondern ein warmes, gütiges. Eines, das meine Starre langsam löste. Vorsichtig griff ich nach seiner Hand.

»Dort unten ist nichts, wovor du dich fürchten müsstest, außer …«

Ich blieb stehen und versuchte meine Hand aus seiner zu befreien. Doch er hielt sie fest und grinste.

»Außer was?«, hakte ich nach.

»Außer du fürchtest dich vor Ratten.«

»Ah, ist der Witzbold also endlich wieder zurück?«

Er zwinkerte mir verschwörerisch zu. Dann stiegen wir gemeinsam die Treppenstufen hinunter. Alles sah genauso aus wie in dem Albtraum. Die Treppe war schmal und rutschig, das Licht gedämpft.

Als wir den großen Kellerraum betraten, atmete ich erleichtert auf. Dante hatte recht behalten: Hier unten erinnerte nichts an das gruselige Totenbett, das mich noch immer in meinen Träumen verfolgte. Stattdessen waren die Wände bis unter die Decke mit hohen Regalen vollgestellt. In der Mitte des Raumes befand sich eine Tischgruppe. Dante ließ meine Hand plötzlich los. Ein kleiner Stich durchfuhr meinen Körper, als die Wärme und das Gefühl von Sicherheit verschwanden.

»Da wären wir also.« Dante blieb vor einem massiven Schrank stehen und fuhr mit der Hand über das dunkle Holz. Durch das leicht verstaubte Glas in der Mitte konnte man die Waffen im Inneren gut erkennen.

»Van Helsing wäre bestimmt neidisch.«

»Van Helsing jagt Vampire, keine Dämonen.«

Ich lachte. »Als ob das noch groß einen Unterschied machen würde.«

Langsam schlenderte ich durch den Raum. In den Regalen zu meiner Linken stapelten sich neben Pfeilen und Bolzen auch jede Menge angestaubte Fläschchen mit trübem Inhalt. Selbst an den hohen Wänden hingen alte Schwerter und Schilde, die aber vermutlich eher als Dekoration dienten. In den Schränken befand sich ein schier endloses Arsenal an Mordinstrumenten. Alte Schießeisen, Messer und Säbel genauso wie ein Morgenstern oder eine Armbrust. Wie sollte jemand wie ich denn bitte wissen, welche Waffe am besten zu ihm passte? Immerhin befanden wir uns hier nicht bei einem Ankreuztest, der mir am Ende ganz genau anzeigen würde, dass ich »Typ C – die schneidige Messermaid« war.

Dante musste meine Verwirrung bemerkt haben, denn er kam langsam auf mich zu und zeigte mit dem Finger auf eine Vitrine im hinteren Teil des Raumes.

»Hier befinden sich die Waffen deiner Vorgängerinnen.«

Er schob das verstaubte Glas der Vitrine vorsichtig zur Seite. Darin befanden sich zum Teil elegant geschwungene, zum Teil mit Edelsteinen verzierte Messer, Dolche und Kurzschwerter. Ganz am Rand konnte ich sogar eine kleine Armbrust entdecken.

»Na, die Präferenz scheint wohl eindeutig bei Messern zu liegen.«

Mein Blick verweilte bei jeder einzelnen Waffe. Schließlich

blieb er an einer ganz bestimmten hängen, einem Kurzschwert mit polierter silberner Klinge und einem schwarzen, filigran gearbeiteten Griff mit kleinen verschnörkelten Ornamenten.

Dante räusperte sich. »Das da?«, fragte er, während er mit dem Finger auf das Schwert zeigte.

Ich nickte.

»Warum überrascht mich das jetzt nicht?«

Fragend sah ich ihn an, doch er war bereits dabei, das Schwert aus der Vitrine zu holen.

»Das gehörte Aramea Bell. Es war ein Geschenk eines einflussreichen Lords und angeblich birgt der kleine Edelstein im Griff magische Kräfte. Aber Wissenschaftler haben bestätigt, dass es sich dabei um einen stinknormalen Blutstein handelt.«

Er reichte mir die Waffe. Der Griff fühlte sich glatt an, gleichzeitig lag das Schwert unglaublich gut in der Hand. Obwohl die Klinge doch recht lang war, spürte man ihr Gewicht so gut wie gar nicht. Langsam drehte ich das Schwert, um nach dem Stein im Griff zu sehen. An der Vorderseite war tatsächlich eine kleine Einkerbung, in der sich ein grauer Stein mit blutroten Sprenkeln befand.

»Was ist ein Blutstein?«

»Ein häufig vorkommendes Mineral. Aber man sagt diesem Stein heilende Kräfte nach und er soll pures Glück in sich bergen. In erster Linie sieht er in dem schwarzen Schwertgriff einfach nur sehr schick aus.«

»Da hast du wohl recht.«

Ich schwang die Klinge ein paarmal durch die Luft und spürte förmlich die Kraft, die von ihr ausging. Mit dem Griff voran reichte ich sie Dante, doch der dachte nicht einmal daran, sie zurück in die Vitrine zu legen.

»Willst du sie nicht zurücklegen?«, fragte ich verwirrt.

»Ich dachte, du hättest deine Wahl getroffen?«

»Aber ich kann doch nicht einfach Arameas Kurzschwert nehmen.«

Dante verschloss die Vitrine, ehe er sich wieder zu mir umdrehte. »Jede dieser Waffen wurde einzig und allein geschmiedet, um Dämonen und andere böse Kreaturen zu töten. Glaub mir, Aramea Bell wäre stolz, dass ihr Schwert noch einmal diesem Zweck dienen darf. Es zeugt von Stärke und Mut, dass du dich für diese Waffe entschieden hast.«

Er ging zu einer Kommode, öffnete die oberste Schublade und reichte mir etwas, das aussah wie ein Ledergürtel. Doch dann begriff ich, dass das sicherlich eine Art Halterung für das Schwert war. Ich versuchte mir den Gurt umzuschlingen, doch er war viel zu groß und schlackerte um meine Taille.

»Oh, du scheinst um einiges schmaler zu sein als deine Vorfahrin.«

Dante fuhr sich erneut mit der Hand durchs Haar und ich fühlte mich ein klein wenig beleidigt durch seinen Kommentar. Nachdem er weitere Schubladen geöffnet hatte, hielt er mir einen anderen Gürtel hin. Ich war bereits dabei zu schauen, wie ich diesen an meiner Hose befestigen konnte, als Dante auf mich zutrat.

»Das ist für deinen Rücken. Du schlüpfst einfach hier durch und dann ziehst du es vorn an der Brust fest.«

Er half mir, den Gurt anzulegen, und wirkte sichtlich zufrieden mit dem Ergebnis.

»Am Anfang wird es sicher etwas schwierig, das Schwert über die Schulter nach hinten zu ziehen und in die Scheide zu stecken, aber mit etwas Übung geht das bald wie von selbst.«

Wenig später verließen wir gemeinsam die unterirdische Waffenkammer und ich war erleichtert, als wir wieder im Garten angelangt waren. Überrascht stellte ich fest, dass in der Zwischenzeit einige seltsam aussehende, gesichtslose Übungspuppen aufgestellt worden waren. Und weiter hinten konnte ich sogar eine runde Zielscheibe entdecken.

»Ehrlich gesagt habe ich dich ja eher für den Pfeil-und-Bogen-Typ gehalten, aber da ich selbst auch den Nahkampf bevorzuge, kommt mir deine Wahl sehr gelegen.«

Ein junger Mann kam auf uns zu und reichte Dante wortlos einen Waffengurt, in dem ebenfalls ein Schwert steckte.

»Für den Anfang werden wir an den Trainingspuppen üben. Vor allem die Beinarbeit ist dabei ausschlaggebend«, verfiel Dante wieder in seinen nervigen Lehrermodus.

Ich griff mit der linken Hand nach hinten und suchte den Griff des Schwerts. Dante beobachtete mich dabei.

»Ist irgendwas?«, fragte ich leicht schnippisch. Irgendwie bekam ich den Schwertknauf partout nicht zu packen.

»Mir fällt jetzt erst auf, dass du Linkshänderin bist. Das macht das Ganze ein bisschen komplizierter.«

»Ich bin mir sicher, dass ich trotzdem klarkomme. Immerhin ist es ja nicht das erste Mal, dass ich eine Waffe in der Hand halte.«

Wir trainierten jetzt schon seit über drei Stunden in der prallen Sonne, aber mehr als die richtige Fußstellung hatte Dante mir noch nicht zeigen wollen. Immer wieder wies er mich an, die Beine weiter auseinanderzustellen und leicht in die Knie zu gehen.

»Wie lange willst du mich diese nervigen Trockenübungen

denn noch machen lassen? Ich fühle mich wie bei Harry Potter – wutscheln und wedeln, wutscheln und wedeln. Wann fangen wir endlich an zu kämpfen?«

Das Kurzschwert steckte in der Halterung auf meinem Rücken, während ich ein imaginäres Schwert hin- und herschwang, peinlich darauf bedacht, locker in den Knien zu bleiben.

»Erst einmal musst du die Basics lernen, bevor wir den nächsten Schritt wagen.«

Glaubte Dante vielleicht, ich würde mich mit dem Kurzschwert selbst aufspießen? Zugegeben, mein Fechtunterricht lag schon einige Zeit zurück und Säbel waren keine Schwerter, aber ganz so unbedarft, wie er mich hinstellte, war ich nun auch wieder nicht.

»Ich verlang doch gar nicht viel. Lass uns endlich mit dem richtigen Training beginnen. Oder hast du etwa Angst, ich könnte dich gleich beim ersten Mal besiegen? Mein Fechtlehrer hatte einige coole Kniffe drauf.«

Herausfordernd blickte ich ihm entgegen und griff erneut nach meinem Schwert. Endlich gelang es mir, es aus der Rückenhalterung zu ziehen. Die Klinge glänzte gefährlich in der Sonne. Es bestand kein Zweifel, diese Waffe war scharf und tödlich.

Dantes Blick fiel auf sein Schwert, das er am Anfang des Trainings demonstrativ in den Rasen gespießt hatte. Er zögerte, griff aber schließlich nach dem Schwert und zog es aus dem Boden.

»Also gut, versuchen wir es.«

Er ging in Position und ich spürte ein nervöses Kribbeln in meinem Körper. Dante fuhr sich mit der freien Hand durch die Haare, ehe er das Schwert auf Brusthöhe anhob und einen Schritt auf mich zu machte.

»Denk an die Beinarbeit.«

Ich passte meine Schritte an seine an und ging immer dann einen Schritt zurück, wenn er einen auf mich zukam. Mit dem Schwert in der linken Hand fixierte ich ihn.

»Ich werde dich gleich angreifen. Alles, was du tun sollst, ist, den Angriff abzuwehren. Keine Sorge, es wird nur ein leichter Schlag. Halte das Schwert einfach längs vor deinen Körper, um ihn abzufangen. In Ordnung?«

Ich nickte.

Dann machte er einen schnellen Schritt nach vorn. Gleichzeitig schlug er mit seiner Waffe in meine Richtung. Ich hielt den Griff fest umklammert und federte den Schlag mit meinem Schwert ab.

»Sehr gut! Genau so.«

Zufrieden grinste ich. »Ich hab doch gesagt, dass ich das kann.«

Dante ging wieder in die Ausgangsposition. »Und gleich noch mal!«

Er kam erneut auf mich zu und griff mich an. Auch diesen Schlag wehrte ich ab. So ging es einige Zeit. Ich spürte, wie mir der Schweiß den Rücken hinunterlief, doch ich wollte unbedingt durchhalten, um Dante zu beweisen, dass er mich unterschätzt hatte.

»Jetzt bin aber ich mal dran mit dem Angreifen«, rief ich ihm lächelnd zu.

Er machte eine winkende Bewegung und ich hob die Waffe, stürmte auf ihn zu und holte zum Schlag aus. Ich legte all meine Kraft in den Hieb und die Klingen schlugen klirrend aufeinander, doch ich spürte sofort, dass etwas nicht stimmte. Das Schwert rutschte mir aus der Hand, ich verlor das Gleichgewicht und stürzte zu Boden. Ich sah, wie Dante panisch die Augen aufriss. Alles ging so unglaublich schnell, dass ich es kaum realisierte.

Suchend sah ich mich nach meinem Schwert um. Doch als mein Blick an meinem linken Arm hängen blieb, entfuhr mir ein erstickter Schrei.

»Saphina, alles in Ordnung?« Dante kniete bereits neben mir am Boden. »Ich wusste gleich, dass das ein Fehler war. Du bist noch nicht so weit. Das hätte mächtig ins Auge gehen können.«

Er begutachtete den Schnitt an meinem Unterarm. Offenbar hatte sein Schwert mich gestreift, als ich gestürzt war. Erst jetzt realisierte ich das pochende Gefühl und sah das Blut, das ins Gras tropfte.

»Ist doch nur ein Kratzer«, versuchte ich Dante zu beruhigen.

Aber er hatte bereits sein T-Shirt ausgezogen und wickelte es provisorisch um meinen Arm, um die Blutung zu stoppen. Dante knotete den Stoff fest und strich mir anschließend vorsichtig mit der Hand über die Schulter. Ich ertappte mich dabei, wie ich seinen trainierten Oberkörper musterte. Eine feine Narbe zog sich über seinen rechten Rippenbogen und ich fragte mich unweigerlich, wie er sich diese Verletzung wohl zugezogen hatte. Dante bemerkte meinen neugierigen Blick. Er reichte mir die Hand und half mir hoch.

»Komm mit, das muss bestimmt genäht werden.«

Nur widerwillig folgte ich ihm zurück ins Haus. Er führte mich ins Badezimmer im Erdgeschoss, wo er den Knoten löste und das T-Shirt zur Seite legte, ehe ich meinen Arm unter den Wasserhahn hielt und das Blut abwusch. Dante verschwand und kam wenig später mit einem Verbandskasten samt Elle im Schlepptau wieder zurück.

»Was ist denn passiert?«, rief sie erschrocken aus, als sie mich sah, und riss Dante das Verbandszeug aus der Hand.

Nachdem sie die Wunde desinfiziert hatte und ich mit schmerzverzerrtem Gesicht beobachtete, wie unangenehm Dante diese Situation zu sein schien, legte sie mir einen festen Verband an.

»Ich nehm mal an, für heute sind wir mit dem Training durch, oder?«, witzelte ich.

Dante verdrehte nur genervt die Augen.

»Wenn das so weitergeht, schlitzt du dir bis zur Ernennung noch eigenhändig die Kehle auf.«

In seiner Stimme lag etwas, tief hinter der Wut verborgen, das mir ein wohlig warmes Gefühl im Bauch verursachte – Sorge. Dante schien sich wirklich um mich zu sorgen. Egal was uns in unserer Angstwelt entzweit hatte, die Taryøu-Priesterin hatte anscheinend doch recht: Es schweißte uns auf eine seltsame Art und Weise auch näher zusammen. Ich schenkte Dante ein aufmunterndes Lächeln.

»Ruh dich aus, Prinzessin. Ich werde mich jetzt deiner Tante stellen und beten, dass sie nicht mir die Kehle aufschlitzt, weil ich schon wieder nicht richtig auf dich aufgepasst habe.«

Er blieb nur einen winzigen Moment im Türrahmen stehen, ehe er das Zimmer verließ.

KAPITEL 19

Ich saß mit Dante und Elle am Küchentisch. Während ich gedankenverloren auf meinem Teller herumstocherte, betrat meine Tante die Küche und setzte sich auf den freien Platz direkt mir gegenüber.

»Guten Morgen«, flötete sie mit ihrer einnehmenden Stimme.

Ich hob kurz den Kopf und nickte, ehe ich weiter Kreise mit meinem Löffel durch die Milch zog.

»Bist du langsam aufgeregt?« Thalea beugte sich leicht über den Holztisch.

»Ach, kaum. Mein Leben wird sich nur morgen noch mehr verändern und ich habe immer noch nicht die leiseste Ahnung, was mich erwartet. Aber hey, ich bin die Ruhe in Person.«

Ich bemerkte, wie Dante die Stirn runzelte, während Thalea weitersprach.

»Wir haben versucht, dich so gut es geht auf die Zeremonie vorzubereiten, aber wir alle wissen, dass du eigentlich noch viel mehr Zeit zum Trainieren gebraucht hättest. Aber du wirst deine Aufgabe meistern, daran habe ich keine Zweifel.«

Ich schob mir demonstrativ ein Stück Rührei in den Mund, um ihr nicht direkt antworten zu müssen. Dabei blickte ich erneut in

Dantes Richtung, der mir ein kaum merkliches Lächeln zuwarf. Seit dem Trainingsunfall mit den Schwertern vor einigen Tagen ging er bedeutend vorsichtiger mit mir um. Auch wenn er mich immer noch regelmäßig auf die Palme brachte, war seine Anwesenheit tröstlich. Die Tatsache, dass er hier mit mir am Tisch saß, gab mir Sicherheit.

»Ich möchte, dass du heute gemeinsam mit Dante noch einmal ins Schloss fährst. Vielleicht kannst du ja mit deiner Familie über die letzten Wochen und euren Verlust sprechen. Es würde dir vielleicht helfen, wenn du wüsstest, dass sie hinter dir stehen. Darüber hinaus möchte ich, dass du dir aus deinem Schrank etwas Passendes für die Zeremonie aussuchst. Es sollte elegant aussehen, einer Königin würdig. Ich bin mir sicher, du wirst etwas Passendes finden.«

Mit einem klirrenden Geräusch ließ ich die Gabel auf den Teller plumpsen und starrte Thalea fassungslos an. »Nach beinahe einem Monat, in dem sich meine Familie nicht ein Mal erkundigt hat, wie es mir geht, soll ich wie ein räudiger, geprügelter Hund dort auftauchen und was? Sie um ihren Segen bitten, damit ich ihnen ihren vornehmen Hintern retten darf, wenn dieser Vulkandämon sich dazu entschließt, die ganze Insel ins Verderben zu stürzen? Nein danke, ich verzichte. Ein Kleid bekomme ich auch woandersher.«

Thalea seufzte hörbar. »Ich kann dich verstehen, aber glaube mir, es wird dir besser gehen, wenn du dich mit deiner Mutter und deiner Schwester an einen Tisch setzt. Ich bin mir sicher, es war auch für sie eine schwierige Zeit.«

Bilder von den quälenden Joggingeinheiten, dem Kampftraining und der Albtraumwelt schossen mir durch den Kopf. Ich bezweifelte, dass meine Familie in den letzten Wochen annähernd so gelitten hatte wie ich. Ob Thalea wusste, dass ich mit Dante einen Ausflug ins Taryøu unternommen hatte?

»Wenn's denn unbedingt sein muss«, gab ich schließlich nach. Immerhin musste ich den letzten Tag vor dieser ominösen Krönung dann nicht mit Lauftraining verbringen.

»Dante wird dich hinfahren. Versuche den heutigen Tag als Chance zu sehen. Ich meine es doch nur gut mit dir.«

Thalea klopfte Dante beim Aufstehen kurz auf die Schulter, ehe sie die Küche verließ. Schweigend saßen wir beide am Tisch, während Elle mit dem Geschirr herumklapperte.

»Auch wenn ich eigentlich oft Thaleas Meinung teile, wir können auch einfach in die Stadt fahren, dir ein Kleid kaufen und nur so tun, als wären wir im Schloss gewesen.«

Ich stand von meinem Stuhl auf und schob ihn an den Tisch. Erwartungsvoll blickte ich Dante an. Dass er mir diese Farce ersparen wollte, rechnete ich ihm hoch an. Allerdings gierte ein kleiner Teil von mir sogar nach einer direkten Konfrontation mit Mutter und Livia. Ich würde ihnen zeigen, dass ich mich zusammengerissen hatte und bereit war, St. Lucien zu beschützen. Und vor allem wollte ich, dass sie sahen, dass ich sie nicht länger brauchte.

»Schon gut. Ich geh kurz rauf und zieh mich um. Dann können wir los.«

✣

Etwa eine halbe Stunde später saßen wir bereits im Auto auf dem Weg zum Palast. Dante sah mit der dunklen Sonnenbrille und dem schwarzen Poloshirt aus wie mein Bodyguard. Diesmal hatte es keine Diskussion gegeben, wer fuhr, denn ich war einfach auf der Beifahrerseite eingestiegen. Der dezente Duft nach Limette drang mir in die Nase, als ich mich leicht hinüberlehnte, um das Radio anzustellen.

»Wenn du willst, begleite ich dich hinein.«

»Danke, aber ich glaube, ich muss mich den beiden allein stellen. Ich weiß es zu schätzen, aber du hast mir in den letzten Tagen gezeigt, dass ich alles schaffen kann, wenn ich nur hart genug an mir arbeite und an mich glaube.«

Dante drehte den Kopf kurz in meine Richtung, und auch wenn ich wegen der Sonnenbrille nicht wirklich eine Regung in seinem Gesicht erkennen konnte, spürte ich ein angenehmes Kribbeln im Bauch.

»Schön, dass du das endlich erkennst. Dann waren die letzten Wochen ja doch nicht völlig verschwendet«, neckte er mich.

Ich stieß ihm mit dem Ellenbogen gegen die Schulter, doch seine Muskeln waren so fest, dass er den spaßigen Stoß womöglich nicht einmal bemerkte.

Die restliche Fahrt lauschten wir den Songs im Radio. Als Shape of You von Ed Sheeran aus den Lautsprechern ertönte, konnte ich mir ein breites Grinsen nicht verkneifen.

»Dieser Song verfolgt mich wohl bis ans Lebensende«, stieß Dante lachend hervor.

Als wir wenig später den geschotterten Palastweg entlangfuhren, war von der gelösten Stimmung allerdings nichts mehr übrig. Ich bemerkte, wie fest Dante das Lenkrad umfasste, und versuchte mir meine Nervösität nicht anmerken zu lassen. Doch wie auch schon zur Beerdigung kam kein Gefühl des Heimkehrens in mir auf. Die riesigen Mauern des Palasts wirkten beklemmend. Als Dante den Wagen anhielt, überkam mich das dringende Bedürfnis, mich einfach im Kofferraum zu verkriechen.

»Bist du dir wirklich sicher, dass ich nicht mitkommen soll?« Dante nahm die Sonnenbrille ab und blickte mich besorgt an. »Du bist kreidebleich und deine Hände zittern. Ich fühle mich nicht gut bei dem Gedanken, dich allein dort reingehen zu lassen.«

Er legte seine Hand auf mein Bein und sofort durchfuhr eine angenehme Wärme meinen Körper.

»Ich schaffe das.« Ich versuchte überzeugend zu klingen, aber Dante machte keine Anstalten, seine Hand von meinem Schoß zu nehmen.

»Wenn du in einer Stunde nicht wieder hier bist, dann komme ich rein.«

»Ich hoffe ja nicht, dass es so lange dauern wird.«

Als ich den Sicherheitsgurt löste, zog Dante seine Hand zurück. Ich schenkte ihm ein betont positives Lächeln zum Abschied, ehe ich die Autotür öffnete und ausstieg.

Der Treppenaufstieg kam mir schier endlos vor, und als ich endlich oben vor der Eingangstür angelangt war, wollte ich am liebsten sofort wieder umdrehen.

»Oh, Prinzessin Saphina, was für eine schöne Überraschung! Wir hatten nicht mit Ihrem Besuch gerechnet«, rief einer der Palastdiener, der mir sofort die Tür aufhielt und einen kleinen Knicks vollführte.

Ich betrat das Schloss und stellte erleichtert fest, dass die große Eingangshalle völlig verwaist war. Keine Menschenseele war zu sehen. Ich wollte so schnell wie möglich zu meinem Zimmer, ein Kleid aus dem Schrank holen und dann das Gespräch mit Livia und Mutter suchen. Je nachdem, wie es lief, könnte ich dann vielleicht sofort wieder verschwinden, ohne mich noch einmal umdrehen zu müssen.

Zielsicher steuerte ich auf die Treppe zu und lief in Richtung meines Zimmers. Vielleicht hatten sie den Raum ja auch schon längst ausgeräumt und zur Abstellkammer umfunktioniert? Livia hatte mir bei unserem Abschied deutlich zu verstehen gegeben, dass ich im Palast nicht länger erwünscht war. Doch als ich vor meiner Tür anhielt und sie vorsichtig öffnete, war alles noch genau so, wie ich es verlassen hatte.

Sofort lief ich zu meinem Bett und ließ mich in die flauschigen Kissen fallen. Alles roch so vertraut und ein unangenehmes Ziehen machte sich in mir breit, als ich mir selbst eingestehen musste, dass ich es anscheinend mehr vermisst hatte, als ich zugeben wollte. Andächtig ging ich durch den Raum und blieb vor dem riesigen Kleiderschrank stehen. Diese funkelnden Kleider mit den teuren Stoffen spiegelten ein Leben wider, das mir innerhalb weniger Wochen fremd geworden war. Als ich mich im Spiegel betrachtete, sah ich eine stärkere, mutigere und entschlossenere Version meiner selbst. Ich trug ein luftiges, schlichtes Kleid, das mir bis übers Knie reichte. Ohne Strasssteine oder aufwendig gestickte Nähte. Ohne den Prunk fühlte ich mich freier, und mein Leben drehte sich nun um andere Dinge als Kleider, Schmuck und teure Feste.

Im Grunde war es mir egal, was für ein Kleid ich bei dieser Krönung trug. Aber Thalea bedeutete es offenbar etwas, und da mir meine Tante in den letzten Wochen irgendwie ans Herz gewachsen war, wollte ich sie nicht enttäuschen. Deshalb durchforstete ich den riesigen Kleiderschrank, bis mein Blick an einem ganz bestimmten haften blieb. Ich hatte es bisher noch nie getragen, weshalb es noch in einer Hülle steckte. Als ich deren Reißverschluss ein Stück öffnete, lugte der blutrote Stoff des Oberteils hervor. Einzelne Strasssteinchen verzierten den Ausschnitt. Ein sanfter Farbverlauf ließ das Blutrot ins satte Schwarz des tüllbesetzten

Rockes münden, der funkelte und glitzerte wie Wassertropfen auf einer nassen Wiese. Es war perfekt. Einerseits elegant, weil es beinahe bodenlang und nicht zu freizügig geschnitten war. Andererseits wirkte vor allem der dramatische Farbverlauf mutig und entschlossen. Die alte Saphina hätte es niemals getragen. Aber ich war nicht mehr dieselbe, weder innerlich noch äußerlich.

Zumindest diesen Teil hatte ich also hinter mich gebracht. Ich sah mich ein letztes Mal in meinem Zimmer um, ehe ich, das Kleid auf dem Arm, die Tür hinter mir zuzog und tief einatmete.

Kurz huschte mein Blick zur Nachbartür, doch ich widerstand dem Drang, Maylins ehemaligem Zimmer einen Besuch abzustatten. Stattdessen drehte ich mich um und lief den Korridor entlang in Richtung Südflügel. Dort hatte sich meine Schwester gemeinsam mit ihrem Mann niedergelassen, etwas abgeschieden vom restlichen Teil des Palasts. Bereits vor der Hochzeit hatte Livia diesen Teil des Schlosses renovieren lassen, damit alles bezugsfertig war, wenn Tyr entgültig ins Schloss einzog. Zum Glück begegnete ich niemandem, was mich einerseits erleichterte, andererseits aber auch wunderte. Wo waren denn all die Zofen, Diener und Angestellten plötzlich hin, die meistens durch die Korridore eilten?

Als ich die Tür zum Südflügel erreichte, verbeugte sich der Wachmann kurz, ehe er mir die Tür öffnete. Gespenstische Stille schlug mir entgegen. Doch als ich in den Flur abbog, in dem sich der Salon meiner Schwester befand, hörte ich plötzlich aufgeregte Stimmen. Leise lief ich weiter und war heilfroh darum, dass die Kleiderhülle über meinem Arm aus Stoff und nicht aus Plastik war. Je näher ich kam, desto lauter wurden die Stimmen und ich konnte sie nun auch zuordnen. Offensichtlich befanden sich Tyr und Livia mitten in einer Auseinandersetzung.

»Mach dir doch nicht immer so viele Gedanken.«

»Du hast leicht reden!«, rief Livia aufgebracht.

»Für dich steht ja auch nicht so viel auf dem Spiel.«

»Jetzt übertreibst du aber. Niemand schöpft auch nur irgendeinen Verdacht und in ein paar Wochen ist die ganze Sache vom Tisch«, drang Tyrs tiefe Stimme zu mir herüber.

»Wenn jemand herausfindet, dass Maylins Tod kein Unfall war, dann bin ich ruiniert. Dann sind wir ruiniert.«

Für einen Moment herrschte Stille.

»Wie sollte das jemand herausfinden, meine Liebste? Wir herrschen gemeinsam und niemand wird dir deinen Platz streitig machen. Es bleibt unser kleines Geheimnis, mein Schatz.«

Mein Herz pochte aufgeregt in meiner Brust und für einen winzigen Augenblick spürte ich weder meine Arme noch meine Beine. Panik kroch durch meinen Körper und breitete sich in mir aus wie ein tödliches Gift. Sie lähmte mich, gleichzeitig fühlte es sich an, als würde ich innerlich verbrennen. Benommen stolperte ich zurück und versuchte Abstand zwischen mich und die Worte zu bringen, die niemals an mein Ohr hätten dringen sollen.

Meine Schritte wurden schneller, und erst als ich den Südflügel hinter mir gelassen hatte, bekam ich endlich wieder Luft. Meine Hände krallten sich in die Kleiderhülle, während ich versuchte, die Worte meiner Schwester zu verstehen. Die ganze Zeit über war Livia völlig kalt und gefühllos gewesen, wenn es um Maylins Tod ging. Als besäße sie kein Herz. Doch niemals hätte ich es für möglich gehalten, dass sie mehr über die Umstände von Maylins Tod wusste, als sie zugab.

Wenn jemand herausfindet, wie Maylin wirklich gestorben ist …

Wie sie *wirklich* gestorben ist? Mein ganzer Körper schüttelte sich bei diesem Gedanken. Ich musste hier weg. Sofort. Dieser Ort war giftiger als jede Urwaldschlange, und jede Sekunde, die ich weiter zwischen diesen Mauern der Lügen stand, war eine zu viel.

Meine gehetzten Schritte hallten über den Marmorboden, als ich im Laufschritt die Eingangshalle durchquerte. Immerhin war ich meiner Mutter nicht über den Weg gelaufen. Ein kleiner Trost. Als ich die große Tür aufstieß und auf dem Vorplatz Dantes Wagen erblickte, atmete ich erleichtert auf. Ich hechtete die Treppen hinunter und stieg hastig auf der Beifahrerseite ein.

Dante war sichtlich überrascht. »Das ging jetzt aber wirklich schnell.«

Ich griff nach dem Sicherheitsgurt und warf einen besorgten Blick zurück zum Eingang. Irgendwie fühlte ich mich wie auf der Flucht.

»Kannst du bitte losfahren?« Meine Stimme wirkte seltsam leer.

Dante startete sofort den Motor und der Wagen rollte langsam die schier endlose Auffahrt entlang.

»Geht es vielleicht ein bisschen schneller?«, drängelte ich.

Dante sah neugierig zu mir. »Was ist denn da drinnen passiert? Hast du die königliche Schatzkammer geplündert?«

Ich wusste, dass er die angespannte Situation etwas lockern wollte, aber in mir tobte ein Sturm, den ich nur mühsam unter Kontrolle hielt.

»Gib einfach Gas, okay?«

Er schnallte sich an und drückte das Gaspedal durch. Die Reifen drehten auf dem Kies sofort durch, doch als sie endlich wieder Grip bekamen, schoss der Wagen nach vorn und ich wurde in den Sitz gepresst. Mit jedem Meter, den wir uns vom Palast entfernten, löste sich meine Anspannung, und als ich in den Seitenspiegel blickte und nur noch Straßen und grüne Bäume hinter uns lagen, spürte ich, wie der Sturm aus mir herausbrach und mit ihm ein Meer aus Tränen. Krampfhaft blickte ich aus dem Beifahrerfenster, aber natürlich hatte Dante schon längst bemerkt, dass etwas ganz und gar nicht stimmte.

»Saphina, was ist denn los?«, fragte er erneut. Diesmal klang er besorgt.

Doch viel mehr als ein lautes Schluchzen brachte ich nicht zustande. Dann wurde der Wagen plözlich langsamer und Dante lenkte ihn an den Straßenrand, und wir hielten direkt neben einem großen alten Baum. Er drehte sich auf seinem Sitz herum und wartete.

»Bitte rede mit mir. Sag was. Irgendwas.«

Ich schnappte nach Luft und sie brannte in meinen Lungen. Es fühlte sich an, als hätten Livias Worte mich vergiftet.

»I… ich«, begann ich stotternd. Meine Stimme klang wie die eines kleinen Kindes, doch Dantes treuer Blick war irgendwie tröstlich. »Ich glaube, Livia hat Maylin getötet. Ich … ich hab sie belauscht und –«

Ich hatte es tatsächlich laut ausgesprochen. Es war nicht länger nur ein flüchtiger Gedanke oder eine wirre Vermutung. In dem Moment, in dem die Worte meinen Mund verlassen hatten, waren sie unauslöschbar geworden. Zerstörerisch, schmerzhaft – und real.

Dante rückte näher und sein angenehmer Geruch nach Limette stieg mir wieder in die Nase. »Ich weiß nicht, was im Palast vorgefallen ist und wie du zu dieser Annahme kommst, aber erst einmal solltest du tief durchatmen und dich beruhigen, okay?«

Ehe ich es richtig begriff, spürte ich, wie seine Arme sich um meinen Körper schlangen und mich in eine feste Umarmung zogen. Ich schloss die Augen und atmete Dantes Duft ein. Die Wärme seines Körpers hatte etwas Beruhigendes an sich und ich verlor komplett das Gefühl dafür, wie lange wir so dasaßen und niemand von uns auch nur ein Wort sprach.

»Ich weiß, dass Maylin dir alles bedeutet hat«, flüsterte er in mein Ohr. »Ich bin für dich da und hör dir zu, wenn du darüber reden möchtest. Aber fürs Erste sollten wir nach Whitehill Manor zurückfahren. In Ordnung?«

Ich nickte und ein sanftes Kribbeln durchfuhr mich, als ich seinen Atem auf meiner Haut spürte. So nah war er mir in all der Zeit nie gekommen. Doch seltsamerweise fühlte sich diese plötzliche Nähe vertraut an.

Langsam ließ er die Arme sinken, lehnte sich aber nicht wieder zurück auf seinen Sitz. Das einzige Geräusch, das ich hörte, war unser ungleichmäßiger Atem. Für den Moment war mein Kopf so voller Gedanken, dass ich nicht in der Lage war, sie zu ordnen. Für ihn mussten meine Sätze von vorhin völlig unsinnig scheinen, doch die Tatsache, dass er mich zu nichts drängte, gab mir ein kleines Gefühl von Sicherheit in einer Welt voller Unwägbarkeiten.

»Danke«, hauchte ich leise und ließ mich tief in den Autositz sinken.

Eine Weile saßen wir einfach schweigend nebeneinander, während vereinzelt Autos an uns vorbeifuhren. Als Dante irgendwann wieder den Motor startete und die angenehm kühle Luft der Klimaanlage das Wageninnere durchflutete, schloss ich meine Augen und döste ein.

Stunden später wachte ich in meinem Zimmer auf, ohne die leiseste Ahnung, wie ich überhaupt dorthin gekommen war. Ein pochender Schmerz in meinem Nacken ließ mich zusammenzucken. Als ich verschlafen den Raum inspizierte, traute ich zuerst meinen Augen kaum. Leise versuchte ich mich auf die linke Seite zu drehen, doch das alte Bett gab ein knarrendes Geräusch von sich. Sofort drehte sich die Gestalt am Fenster zum Bett herum. Es war Dante.

»Hey, Prinzessin.«

Sein sanfter Tonfall verlieh dem Wort Prinzessin etwas Schmeichelhaftes und ich konnte nicht verhindern, dass sich ein Lächeln über meine Lippen ausbreitete. Der bestenfalls neckende, oft abschätzige Unterton in seiner Stimme war verschwunden, stattdessen war da etwas anderes, etwas Liebevolleres.

»Wie lange habe ich geschlafen?«

»Ein paar Stunden, aber das ist schon in Ordnung. Hauptsache, dir geht es jetzt wieder besser.« Langsam kam er näher, bis er vor meinem Bett stehen blieb. Er ließ sich auf dem Rand der Matraze nieder und ich rutschte ein Stück zur Seite. »Ich weiß, dass es dir sicherlich schwerfällt, darüber zu sprechen, aber mir geht das, was du vorhin im Auto gesagt hast, einfach nicht aus dem Kopf.«

Er strich sich eine verirrte Haarsträhne aus dem Gesicht und ich musterte ihn dabei. Mir war klar, dass er eine Erklärung von mir erwartete, aber ich wusste einfach nicht, was ich sagen sollte.

»Bist du dir sicher, dass du dich nicht verhört hast?«

Ich schluckte und blickte auf die Bettdecke, deren bunte Farbtupfer etwas seltsam Friedliches an sich hatten. »Ja, ich glaube schon.«

»Saphina, es ist wichtig, dass du mir alles erzählst. Jedes noch so kleine Detail kann entscheidend sein.«

Dante beugte sich über mein Bett und für einen winzigen Moment blieb mir das Herz stehen. Doch dann griff er nach der Decke und zog sie ein Stückchen hoch, bis sie meinen Körper bis zur Brust bedeckte. Er setzte sich wieder gerade hin und blickte mich abwartend an.

»Ich wollte mit Livia sprechen und bin zu ihren Gemächern gegangen. Aber dann habe ich ein Gespräch zwischen ihr und Tyr belauscht, bei dem es darum ging, dass sie irgendwie mit Maylins Tod in Verbindung steht.«

Jetzt, wo ich es laut aussprach, klang es völlig verrückt. Aber ich wusste, was ich gehört hatte. Livias selbstgefälliger, hochnäsiger Tonfall und ihre Worte hatten sich auf ewig in mein Gedächtnis gebrannt.

Dante nahm einen tiefen Atemzug, ehe er sich räusperte. »Also vermutest du lediglich, dass sie etwas damit zu tun hat?«, hakte er weiter nach. So mitfühlend er auch im Auto gewirkt hatte, irgendwie fühlte ich mich gerade wie bei einem Polizeiverhör.

»Was sollen die ganzen Fragen?«

»Wenn du unserer amtierenden Königin vorwirfst, eine Mörderin zu sein, dann sind das schwerwiegende Anschuldigungen, die auch für dich Konsequenzen haben könnten. Ich will dich nur vor einem Fehler bewahren.«

Wütend verschränkte ich die Arme vor der Brust. »Willst du damit etwa andeuten, dass ich besser die Klappe halten soll?«

Mein scharfer Tonfall beeindruckte ihn offensichtlich nicht, denn er musterte mich mit demselben besorgten Gesichtsausdruck wie zuvor. »Ich will damit andeuten, dass du ohne stichhaltige Beweise Hochverrat begehst, wenn du deine Schwester beschuldigst.«

Die Luft zwischen uns knisterte, jedoch nicht aufgrund irgendeiner Anziehungskraft. Sie knisterte unheilvoll, weil ich kurz davor war durchzudrehen. Ich konnte doch nicht einfach so weitermachen, als wäre nichts geschehen.

Nach schier endlos wirkenden Sekunden wandte er sich vom Bett ab und wanderte durch das kleine Zimmer.

»Weißt du noch, was Nyla gesagt hat?«

Dante blieb stehen, sagte jedoch nichts.

»Sie meinte, wir würden uns nach dem Betreten unserer Angstwelt näherstehen als jemals zuvor. Ich glaube, sie hat sich geirrt. Seit ich dich das erste Mal gesehen habe, seit ich erfahren habe, wer du wirklich bist, warst du noch nie so weit von mir entfernt wie in diesem Augenblick.«

Dantes Körper spannte sich an und ich bemerkte, dass auch er kurz davor war, die Beherrschung zu verlieren. »Alles, was ich tue, alles, was ich von dir verlange, tue ich nur, um dich zu beschützen!«

Ich sprang aus dem Bett und stapfte auf ihn zu. »Wie überaus selbstlos von dir. Aber im Gegensatz zu dir bin ich kein Feigling. Ich stelle mich meiner Schwester, ganz egal ob sie Königin ist oder nicht. Wenn sie Maylin auf dem Gewissen hat, dann muss sie dafür bezahlen!«

Dante packte mich völlig unvorbereitet am Arm und zog mich näher, bis sein Gesicht nur noch wenige Zentimeter von meinem entfernt war. »Du wirst durch deine Unüberlegtheit noch sterben, wenn du nicht endlich begreifst, dass du vorsichtig sein musst. Ich werde nicht immer da sein, um hinter dir aufzuräumen. Werd endlich erwachsen!«

Er ließ meinen Arm los und ich stolperte erschrocken zurück. Ehe ich mich verteidigen konnte, war er bereits aus dem Zimmer gestürmt.

KAPITEL 20

Am nächsten Tag fühlte ich mich wie gerädert. Ich wusste, dass heute der große Tag war. Der Tag, den alle so erwartungsvoll herbeigesehnt hatten, über dessen genauen Ablauf man mir aber so gut wie gar nichts erzählt hatte. Ich saß auf dem Fensterbrett und starrte hinaus in das üppige Grün, von dem Whitehill Manor umgeben war, als es leise an meiner Zimmertür klopfte.

»Herein«, rief ich.

»Hallo, Liebes, wie geht es dir?« Tante Thalea betrat den Raum und schloss leise die Tür hinter sich.

»So wie es einem geht, wenn man keine Ahnung hat, was das Ende des heutigen Tages für einen bereithält.«

Sie schenkte mir ein mitfühlendes Lächeln, ehe sie auf mich zukam und mir sanft übers Haar streichelte, wie es meine Mutter einst getan hatte, als ich noch jünger war. »Hast du mit deiner Familie gesprochen?«

Mein Herzschlag wurde schneller, als ich an Livias Worte dachte. Ob meine Mutter ebenfalls eingeweiht war?

»Ja, so in etwa«, antwortete ich ausweichend.

»Es wird leichter werden. Iss noch eine Kleinigkeit und dann zieh dich um. Wir haben eine mehrstündige Autofahrt vor uns, bis wir am Ort der heiligen Zeremonie angekommen sind. Auf dem Weg werde ich dir den Ablauf erklären, aber im Grunde musst du nur zwei Dinge tun: zuhören, was die anwesenden Priester und ich dir sagen, und am Ende der Zeremonie die Obsidiankrone auf dein Haupt legen, um so deine rechtmäßige Regentschaft zu beurkunden.«

»Und dann? Was passiert dann?«

Thalea seufzte. »Wenn du Glück hast, gar nichts. Du wirst ein schönes, zurückgezogenes Leben führen, hin und wieder auf königlichen Feierlichkeiten erscheinen und irgendwann vielleicht als schrullige Tante enden, so wie ich.«

»Und wenn ich Pech habe?«

Thalea legte mir die Hand auf die Schulter. »Darüber sollten wir uns Sorgen machen, wenn es so weit ist. Bisher hatten wir allesamt Glück und ich bete jeden Tag dafür, dass es so bleiben wird. Wir treffen uns in einer Stunde unten am Wagen.«

Während der gesamten Fahrt sprach Dante nicht ein einziges Wort mit mir. Er saß am Steuer, den Blick stur nach vorn gerichtet, und jedes Mal, wenn sich unsere Blicke im Rückspiegel trafen, sah er sofort wieder nach vorn. Ich wusste genau, was in seinem Kopf vor sich ging. Er fragte sich, ob ich Thalea von meiner Begegnung mit Livia berichtet hatte.

»Du hast übrigens ein wunderschönes Kleid ausgesucht«, riss Thalea mich aus meinen Gedanken.

Ich lächelte mechanisch und nickte.

»Es freut mich sehr, dass du dich ein wenig aussöhnen konntest. Ich weiß, meine Schwester ist stur und unnachgiebig, aber sie liebt ihre Kinder über alles. Sie will nur, dass du glücklich bist, Saphina.«

Thalea strahlte und wirkte sichtlich erleichtert, dass ihr Plan so gut aufgegangen war. Ich hätte ihr erzählen können, dass weder meine Mutter noch meine Schwester überhaupt mitbekommen hatten, dass ich den Palast betreten hatte, aber stattdessen drehte ich mich zur Seite und starrte hinaus. Ich nahm kaum etwas von der Landschaft wahr und mein Leben fühlte sich an, als hätte es jemand auf Autopilot gestellt. Wann hatte ich die Führung abgegeben und ließ mich auf den Entscheidungen anderer treiben wie ein Schiff auf hoher See?

Als der Wagen irgendwann anhielt, befanden wir uns auf der anderen Seite der Insel. Vor uns ragte der gewaltige Vulkan auf. Der gigantische, grün bewachsene Berg war das wunderschöne Herz unserer Insel. Dichter, geheimnisvoller Nebel umwaberte seinen Krater wie kalter Atem in einer Winternacht. Obwohl ich den Ranjani schon so oft gesehen hatte, war sein Anblick jedes Mal aufs Neue atemberaubend. Ich öffnete die Autotür und stieg aus dem Wagen. Es musste bereits später Nachmittag sein, denn die Sonne näherte sich langsam dem Horizont. Die Vögel zwitscherten und der Geruch von feuchter Erde stieg mir in die Nase.

Vor uns befand sich ein alter Tempel, vor dessen Eingang sich imposante Säulen erhoben. Seine massiven Mauern waren mit einer fremden Inschrift versehen, die man kaum noch entziffern konnte. Alles wirkte verlassen und ich fragte mich, wann hier das letzte Mal Menschen gewesen waren. Die Fassade des Bauwerks war stark verwittert und an einigen Stellen versuchte der Urwald sich seinen Platz zurückzuerobern, indem er die Säulen mit seinen festen Lianen umschlang.

»Wo sind wir hier?«

Mein Blick fiel auf ein weiteres Auto, das im Schatten eines riesigen Baums parkte.

»Das hier ist der Tempel der alten Götter. Aramea weihte ihn Yomadø, dem Røaŕ, der mit ihr den Pakt schloss. Hier findet deine Krönungszeremonie statt.«

Thalea blickte hinüber zu Dante, der gerade dabei war, den Wagen abzuschließen. Ich fühlte mich in meinem edlen Abendkleid völlig fehl am Platz.

»Wer wird noch an der Krönung teilnehmen?«, fragte ich meine Tante und wies auf den verlassenen Wagen.

»Ein Priester, der Schatzwahrer und zwei Beschwörerinnen der Quøra.«

»Das ist ja durchaus überschaubar.«

Sie kam auf mich zu und ihr langes schwarzes Kleid streifte das hohe Gras. »Diese Zeremonie ist nicht mit der Krönung deiner Schwester vergleichbar, Saphina. Dir sollte mittlerweile klar sein, dass es fatal wäre, wenn zu viele Menschen von der Existenz von Dämonen oder den alten Göttern wüssten. Der Kreis dieser Mitwisser wird seit jeher so klein wie möglich gehalten. Dante vertritt das Haus der de Laceys, während ich dir als amtierende Königin feierlich die Krone überreichen werde. Das muss reichen, um die Bestimmung zu erfüllen, die der Røaŕ seit jeher verlangt.«

Sie griff nach meiner Hand. Ihre war eiskalt und ich fragte mich unweigerlich, ob sie genauso nervös war wie ich. Dante folgte uns in einigem Abstand.

Im Inneren des Tempels traten wir in einen schier endlos wirkenden Gang, der von brennenden Fackeln gesäumt war. Unsere Schritte hallten von den steinernen Wänden wider und mit einem

Mal wurde es eiskalt. Wir liefen immer weiter und weiter und ich verlor komplett das Gefühl für Zeit und Raum. Ich konnte nicht sagen, ob wir erst seit zehn Minuten oder drei Stunden durch das Tempelinnere irrten. Die flackernden Schatten schienen uns den ganzen Weg lang zu begleiten, und als ich mich verstohlen umdrehte, sah ich in Dantes versteinertes Gesicht. Er folgte uns ebenfalls wie ein Schatten, stumm und leise.

Irgendwann gelangten wir an einen Treppenabsatz. Alles dahinter lag in tiefem Schwarz. Thalea griff kurzerhand nach einer der Fackeln neben uns und zog sie aus der Verankerung. Dann stiegen wir hinab.

Das Schweigen zwischen uns war unerträglich und beinahe hätte ich es gebrochen, als wir nach unzähligen Treppenstufen einen riesigen Saal erreichten. Die Wände waren mit fremdartigen Zeichen verziert und ein Meer aus Lichtern erstreckte sich durch den gesamten Saal. Hunderte Kerzen waren in den kleinen Nischen drapiert worden und tauchten alles in ein mystisches Licht. In der Mitte befand sich eine kleine Erhöhung. Dort standen vier Personen und blickten stumm in unsere Richtung. Sie trugen schwarze Gewänder und schienen uns bereits zu erwarten.

Thalea ließ meine Hand los und schritt auf die Gruppe zu. Langsam folgte ich ihr, während sie die Fremden einen nach dem anderen begrüßte. Einer von ihnen, ein älterer hagerer Mann mit schütterem grauen Haar und einem wallenden Umhang, schenkte mir ein gütiges Lächeln.

»Saphina. Es ist mir eine große Ehre, dich kennenzulernen.« Er verbeugte sich vor mir und die anderen taten es ihm gleich.

Es war mir furchtbar unangenehm, doch ich nickte ihnen freundlich zu. Im flackernden Kerzenschein bemerkte ich, dass auf der kleinen Erhöhung, die aussah wie eine Art Altar, mein Kurzschwert lag. Fragend blickte ich mich zu Dante um. Doch er presste die Lippen zusammen und blieb stumm.

Thalea strich mir behutsam über die nackte Haut an meinem Rücken.

»Wir haben uns heute an diesem ehrwürdigen Ort versammelt, um eine neue Königin zu krönen«, begann der Priester.

Die beiden Frauen, die ebenfalls in dunkle Gewänder gehüllt waren, stellten sich neben den Priester, sodass sie nun alle Thalea und mir gegenüberstanden. Die Frauen hielten etwas in der Hand, das aussah wie eine Kette.

»Seit Generationen beschützt die Zweitgeborene mit ihrem Opfer nicht nur ihre Familie, sondern das gesamte Volk unserer schönen Insel. Der Pakt, den unsere erste Königin Aramea Bell mit dem großzügigen Yomadø besiegelte, bewahrt uns seit jeher vor dem dunklen Vulkandämon und seiner unheilvollen Gefolgschaft. Mögest auch du genug Kraft besitzen, um dich den dämonischen Mächten entgegenzustellen.«

Die beiden Quøra-Bschwörerinnen begannen zu singen und eine feine Gänsehaut überzog meinen gesamten Körper. Ihre Stimmen waren glockenhell und so zart, dass sie denen von Kindern glichen. Ich verstand die Worte nicht, aber der Gesang hatte etwas Tröstliches an sich. Doch dann schwollen ihre Stimmen an, wurden lauter, temperamentvoller und bedrohlicher. Als sie plötzlich verstummten, spürte ich einen kalten Luftzug auf meiner Haut und zuckte erschrocken zusammen.

Der Priester griff nach meinem Schwert. Er nickte der vierten Person zu, einem jungen Mann, der eine unscheinbare Holzschatulle in den Händen hielt. Beinahe andächtig öffnete er sie und offenbarte ihren wertvollen Inhalt.

»Um die Macht der Obsidiankrone zu beherrschen, muss jede Bell-Nachfahrin ein Blutopfer darbieten«, fuhr der Priester fort.

Neben mir regte sich Thalea und schritt auf den Priester zu. Eine der Frauen reichte ihr einen grünlich schimmernden Dolch. Thalea schnitt sich damit in die linke Handfläche und verzog keine Miene, während die ersten Tropfen Blut auf den Steinboden tropften. Dann schritt sie zu dem Mann mit der Schatulle und hielt ihre blutende Hand darüber, während er sprach: »So wie Aramea ihre Nachkommen opferte, so opfert ihr nun euer königliches Blut. Möge es euch daran erinnern, dass auch ihr sterblich seid, trotz der Macht, die in euch schlummert.«

Der Priester reichte mir mein Schwert. Zögerlich griff ich danach und betrachtete die Klinge.

»Blut für die Krone. Macht für die Königin.«

»Blut für die Krone. Macht für die Königin«, wiederholten die beiden Frauen die Worte des Priesters.

Mit zitternden Händen schnitt ich mir in die rechte Hand und verzog schmerzerfüllt das Gesicht. Der Schnitt war tief und sofort lief das Blut meine Hand entlang, bis es schließlich ebenfalls zu Boden tropfte.

Der Mann mit der Schatulle kam auf mich zu, und als ich die Krone aus der Nähe erblickte, war ich für einen Moment sprachlos. Sie war keinesfalls mit der Krone meiner Schwester vergleichbar. Weder leuchtete sie golden wie die Sonne, noch funkelte sie hell wie die Sterne. Stattdessen war sie dunkel wie die Nacht. Ein großer, schwarz schimmernder Obsidian war filigran in der Mitte der Krone eingefasst und mit anderen, kleineren Edelsteinen durch etwas verbunden, das wie eine Dornenranke wirkte.

Der Mann hielt mir auffordernd die Schatulle unter die Nase. Wie in Trance ließ ich meine Hand über der Krone schweben, bis auch einer meiner Blutstropfen auf dem Schmuckstück landete. Die Stelle, an der ich mich mit dem Schwert geschnitten hatte, brannte und ich versuchte das Pochen in meiner Hand zu ignorieren.

»Mögen die Røaŕ dir und deiner Regentschaft gnädig sein, dich leiten und führen in dunklen Zeiten und dir die Kraft und Weisheit schenken, um dich und dein Volk vor dem Bösen zu beschützen.«

Die Krone wurde Thalea überreicht, die sie umfasste und festhielt wie ein rohes Ei.

Dann bedeutete mir der Priester, dass ich niederknien sollte. Der Stoff meines Kleides berührte den Boden und mir wurde mit einem Mal klar, warum dieses Kleid Thalea so gut gefiel. Es war rot wie das Blut, das wir beide vergossen hatten, und schwarz wie die Krone, die sie mir gleich auf mein Haupt legen würde.

Thalea trat hinter mich und ich konnte ihren warmen Atem auf meinem Rücken spüren. Nervös krallte ich meine Finger um das Schwert, das ich noch immer in der linken Hand hielt. Irgendwie gab mir die Waffe Sicherheit, auch wenn mir bewusst war, wie lächerlich das eigentlich war.

»Saphina Eleonora Bell, hiermit kröne ich dich zur Königin des Vulkans, der Bezwingerin der Dämonen. Mögen die Røaŕ über dich wachen und der Knochenkönig in seinem Gefängnis aus sengenden Flammen und glühender Lava bleiben. Mögest du weise und tapfer regieren und nie gegen deine Überzeugungen handeln. Lang lebe die Königin.«

Ich spürte, wie mir Thalea die Krone aufsetzte. Sie war erstaunlich leicht.

»Lang lebe die Königin«, stimmten die Anwesenden ein.

Als ich mich erhob und ungläubig mit der freien Hand nach

der Krone auf meinem Kopf tastete, fegte plötzlich ein kalter Luftzug durch den unterirdischen Saal. Jegliche Lichtquelle erlosch und sofort kroch mir der Geruch nach Verbranntem in die Nase. Wir standen in vollkommener Dunkelheit. Niemand schien sich zu regen. Meine Finger berührten noch immer die Krone, als ich spürte, wie mir jemand sanft über die nackte Schulter strich.

»Lang lebe die Königin«, flüsterte mir jemand ins Ohr und mir entfuhr ein spitzer Schrei.

Ich stolperte zurück und schnappte nach Luft. Mit einem Mal flammten alle Kerzen wieder auf. Sie flackerten wild umher und warfen lange Schatten an die hohen Wände. Reflexartig hob ich die Waffe an und drehte mich suchend um.

»Was war das?«, flüsterte ich, doch niemand antwortete mir.

Alle standen wie versteinert, und erst in diesem Moment bemerkte ich, wen oder vielmehr was sie so sprachlos anstarrten. Ein junger Mann, dessen Haut mit eigenartigen Zeichen übersät war, stand direkt vor mir. Doch seine Züge hatten wenig Menschliches an sich. Sein breites Lächeln wirkte wie das eines Wahnsinnigen.

»Ich war das«, antwortete der Fremde süffisant und kam noch einen Schritt auf mich zu. Er trug lediglich eine ausgefranste Hose, was mich unweigerlich auf seine entblößte Brust schielen ließ. Die seltsamen Zeichen darauf wirkten wie Buchstaben einer fremden Sprache. Selbst sein Gesicht war davon bedeckt. Ich wollte zurückweichen, doch meine Füße waren wie festgenagelt.

Dante war der Erste, der sich aus seiner Schockstarre löste und an meine Seite eilte. Er zog mich ein Stück zurück, stellte sich schützend vor mich und zückte ebenfalls seine Waffe.

»Wie hast du es geschafft, hier hereinzukommen, Dämon?« Das letzte Wort spuckte Dante geradezu aus. Der Fremde kniff die Augen zusammen und verschränkte die Arme vor der Brust.

»Nicht so feindselig. Ich bin lediglich der Bote und jeder weiß, dass der Bote nichts für die Nachrichten kann, die er überbringen muss. Du kannst mich Avan nennen. Freut mich, Euch kennenzulernen, Königin.« Er machte einen albernen Knicks und lächelte übertrieben in meine Richtung. »Ich soll die besten Wünsche ausrichten. Lang lebe die Königin und das ganze andere Blabla. Aber mein König möchte dir noch ein kleines Geschenk anbieten, quasi zum Amtsantritt. Na, neugierig?«

Avan zwinkerte mir mit dem linken Auge zu, ehe er langsam auf uns zukam. Dante hielt mich weiter hinter sich und ich spürte, wie angespannt er war.

»Die Königin verhandelt ganz sicher nicht mit Dämonen«, mischte sich nun auch Thalea ein. Sie trat vor, den Dolch schützend vor der Brust.

Der Bote musterte sie abschätzig, dann hob er in einer raschen Bewegung den Arm. »Du hast nichts mehr zu melden, also schweig still.«

Thalea sank augenblicklich in sich zusammen und ich starrte fassungslos auf ihren reglosen Körper am Boden.

»Was hast du mit ihr gemacht?«, schrie ich aufgebracht. Ich wollte mich losreißen und zu ihr rennen, doch Dante hielt mich zurück.

»Was ich gemacht habe? Gar nichts. Ich möchte dir doch nur helfen, Saphina«, antwortete der Bote scheinheilig. Er trat näher und erschrocken bemerkte ich das eigenartige Pulsieren in seinen schwarzen Augen.

»Wobei helfen?«

Der Dämonenbote verschränkte die Arme vor der Brust. »Wie gesagt, ich überbringe dir ein Angebot meines Königs.«

Dante gab ein verächtliches Geräusch von sich. »Deines Königs? Wer soll denn bitte dein König sein?«

Die Flammen der Fackeln stoben abermals auseinander und mich durchzuckte es erneut. »Dein Freund ist ganz schön vorlaut. Nun, König Zandor ist zu Ohren gekommen, dass du lediglich die Zweitbesetzung für diesen Job hier bist, weil deine ältere Schwester unter ziemlich mysteriösen Umständen gestorben ist. Mein herzliches Beileid.«

Die Art, wie Avan über den Tod meiner Schwester sprach, brachte mich innerlich zum Kochen. Doch ich versuchte ruhig zu bleiben, immerhin war er ein Dämon und Dantes Erzählungen nach zu urteilen waren diese Wesen zu beinahe allem fähig.

»Was wäre, wenn mein Herrscher dir die Frage beantworten könnte, die dich am meisten quält?«

Ungläubig starrte ich Avan an. Er meinte doch nicht etwa Maylins Tod, oder?

Der Dämon entblößte seine schneeweißen Zähne bei dem Versuch zu lächeln. Er wirkte eher wie ein Raubtier, das sich über die Zähne leckt, kurz bevor es zum Sprung auf seine Beute ansetzt.

»Dann würde mich diese Antwort sicherlich mehr kosten als nur ein paar Diamanten aus der königlichen Schatzkammer, nehme ich an.«

Avan kam näher und ich bildete mir ein, dass die Temperatur in der unterirdischen Kammer mit jedem Schritt stieg, den er auf mich zukam. Es schien, als würden die Flammen der Kerzen sich zu dem Dämon hingezogen fühlen, als würde er das Feuer kontrollieren.

»Da hast du natürlich absolut recht. Wissen ist Macht, und die hat immer ihren Preis. Zandor bietet dir Folgendes an: Er verrät dir die wahren Umstände, unter denen deine Schwester gestorben ist, und im Gegenzug nutzt du die Krone, um ihn aus seinem Vulkangefängnis zu befreien. Klingt doch nur fair, oder?«

Ich spürte das Brennen in meiner Magengegend schon, bevor Avans kleine Ansprache geendet hatte. Alles in mir sträubte sich dagegen, ihm auch nur zuzuhören. Er war ein verlogener Dämon, der alles sagen würde, damit ich auf sein leeres Geschwätz hereinfiel, doch obwohl ich all das wusste, war in meinem Kopf plötzlich nur noch ein einziger Gedanke: Zandor kannte Maylins wahren Todesgrund. Der Dämonenkönig der Vulkanwelt wusste, wie meine Schwester wirklich ums Leben gekommen war. Wie war das möglich? Wie konnte er darüber Bescheid wissen?

»Er würde doch alles behaupten, nur damit ich nach seiner Pfeife tanze.« Wütend reckte ich das Kinn nach vorn und spürte, wie die Krone auf meinem Kopf leicht zur Seite rutschte. Meine Hand krallte sich so fest in den Schwertgriff, dass ich Angst hatte, ich würde es mit bloßen Händen zerquetschen. Doch sosehr ich auch wollte, dass Avan endlich still war, meine Neugierde war einfach zu groß.

»Wir Dämonen sind vieles, aber sicherlich keine Lügner. Es steht dir natürlich frei, das Angebot abzulehnen, wenn du mit der Unwissenheit bis ans Ende deiner Tage leben kannst.«

Avan lief durch den Saal und ließ die Flammen der Kerzen auflodern. Er bewegte seine Finger und das Feuer wuchs oder sank in sich zusammen. Es erinnerte mich irgendwie an ein Klavier, als würde er buchstäblich mit dem Feuer spielen.

»Er manipuliert dich nur, Saphina. Lass dich nicht darauf ein. Maylin ist tot und sie bleibt es auch. Egal wie sie gestorben ist.«

Dante umfasste mein Handgelenk und er zog mich dicht an

seinen Körper. Sein gequälter Blick sprach Bände, gleichzeitig wurde mir erneut bewusst, dass er nicht verstehen konnte, wie sehr ich unter Maylins Tod litt. Nicht nur ihr schuldete ich die Wahrheit, sondern auch mir selbst. Selbst wenn das bedeutete, dass ich mich mit einem Dämon verbünden musste.

»Aber er kann mir die Antworten liefern, die ich so dringend benötige.«

Aus Dantes Augen wich jegliche Güte. Stattdessen konnte ich sehen, wie er seinen Kiefer anspannte. »Du gefährdest die gesamte Insel, wenn du dich darauf einlässt. Kein Mensch ist jemals lebend aus dieser Vulkanwelt zurückgekehrt, mit Ausnahme von Aramea Bell und meinem Ururgroßvater.«

Ich riss mich von ihm los. »Was weißt du denn schon? Dir war Maylin doch vollkommen egal. Was interessiert es dich, ob ich mich auf den Deal einlasse oder nicht? Du hast deinen Teil der Abmachung erfüllt, also lass mich gefälligst in Ruhe.«

Avan hielt seine rechte Hand in eine der brennenden Kerzen, während er beinahe amüsiert unserem Streit zuhörte. Ich ließ Dante stehen und ging auf den Dämon zu. Egal was passieren würde, ich würde schon irgendwie einen Weg finden, die Wahrheit zu erfahren, ohne den Knochenkönig freizulassen.

»Wie finde ich Zandor, wenn ich diese Vulkanwelt betreten habe? Und was muss ich tun, um ihn zu befreien?«

Avan grinste, ehe er unvermittelt in die Hände klatschte. »Das heißt also, du nimmst an?«

Ich nickte. »Kannst du mir versichern, dass ich wohlbehalten zurückkehre und dass es meiner Tante und allen anderen Menschen hier gut gehen wird?«

Avan rollte übertrieben mit den Augen. »Deiner Tante geht es gut, sie macht nur ein kleines Nickerchen. Was die übrigen

Punkte angeht, kann ich leider keine Versprechungen machen. Ich weiß nicht, was mein König noch mit dir vorhat, aber das kannst du ja dann alles selbst mit ihm besprechen. Ich bin nur der Bote, der Überbringer der Nachricht. Nicht mehr, nicht weniger.«

»Saphina, das ist doch völlig verrückt! Siehst du denn nicht, dass das alles eine riesige Falle ist?« Dantes Worte sprühten vor Wut. »Ich habe die letzten Wochen nicht versucht, die Zukunft dieser Insel zu sichern, damit du alles zunichtemachst. Du kannst nicht nur an dich denken.«

Für einen winzigen Augenblick spürte ich so etwas wie ein schlechtes Gewissen. Doch dann wischte ich diesen Gedanken einfach beiseite. Ich schuldete niemandem irgendetwas. Livia war diejenige, die die Insel regierte. Sie sollte sich darum kümmern, dass es den Menschen gut ging. Ich stand nur in ihrem Schatten, musste im Verborgenen bleiben. Mich mit Dämonen herumschlagen. Ich war die Einzige, die sich um die Wahrheit über Maylins Tod scherte.

»Was weißt du denn schon? Du kennst mich doch überhaupt nicht. Kümmere dich um deine eigene Familie. Ach, wie dumm von mir, ich vergaß, dass deine Familie dich genauso überflüssig findet wie meine Familie mich. Schade aber auch.«

Ich kehrte Dante den Rücken zu. Avans Gesichtzüge wirkten hart und bedrohlich. Er musterte mich aufmerksam. Die vielen Zeichen auf seiner Haut schimmerten im Licht des Feuers. Er griff in seine Hosentasche und holte etwas hervor. Doch er hielt seine Hand geschlossen, sodass ich nicht erkennen konnte, was genau es war.

»Um in die Vulkanwelt zu gelangen, brauchst du deine Krone.«

Ich nahm sie vom Kopf und hielt sie in meiner rechten Hand.

Sie war atemberaubend schön, gleichzeitig strahlte sie aber auch etwas Gefährliches aus mit ihren dunklen Ranken, die sich um den schwarzen Obsian schlängelten. Etwas am Blick des Dämons ließ mich frösteln. Es wirkte beinahe, als hätte er Angst vor dem Schmuckstück.

»Siehst du die kleinen Lücken? Die Stellen, in denen kein Edelstein steckt?«

Ich nickte.

»Du brauchst einen der fehlenden Steine, um das Portal in die Vulkanwelt zu aktivieren. Sie sind schwer zu finden, aber glücklicherweise habe ich einen bei mir. Du musst ihn an die richtige Stelle setzen. Sobald du im Vulkan angelangt bist, darfst du die Krone unter keinen Umständen verlieren. Du musst sie permanent bei dir behalten, das ist äußerst wichtig.«

Avan öffnete seine Hand. Ein scharfkantiger, pechschwarzer Stein lag darin. Ich ließ mein Schwert auf den Boden gleiten, um den Stein entgegenzunehmen. Der Dämonenbote legte ihn mir erstaunlich behutsam in die Hand.

»Stimmt es, dass sie die eigentlichen Gefängnisse sind?«

Avans schwarze Augen weiteten sich kurz, ehe sich seine Lippen zu einer schmalen Linie zusammenzogen. »Er wird dir darauf keine Antwort geben. Kein Dämon wird dir verraten, wie du ihn einsperren oder töten kannst, zumindest kein halbwegs schlauer.«

Dante bückte sich nach meinem Kurzschwert. Alles, was ich über diese Welt erfahren hatte, wusste ich von ihm. Ein Teil von mir wusste, dass ich ihm vertrauen sollte, doch dann sah ich wieder vor mir, wie abweisend er Maylin angesehen hatte, und die Bilder aus der Albtraumlandschaft tauchten vor meinem geistigen Auge auf. Wollte er vielleicht nur nicht, dass ich die Wahrheit erfuhr, weil er doch in all das verwickelt war? Spielte er mir doch nur etwas vor?

Entschlossen suchte ich nach der Fassung, in die der Edelstein passte, und als ich sie gefunden hatte, zögerte ich ein letztes Mal. Mein Blick huschte zu Thaleas leblosem Körper und den verängstigten Mambos, die die ganze Zeit in der Ecke des Saals gekauert hatten, ohne auch nur einen Ton von sich zu geben. Ich musste es tun. Es gab keine andere Möglichkeit. Entschlossen steckte ich den Stein in die kleine Lücke der Krone und spürte, wie er sich erwärmte, als er sich mit der Krone verband. Plötzlich wurde alles um mich herum in Dunkelheit getaucht. Die Flammen der Kerzen erloschen, lediglich die Krone in meinen Händen glomm und ich spürte einen seltsamen Druck an der Schulter, als würde sich etwas in sie hineinkrallen.

Ich war wie festgefroren, konnte mich weder umsehen noch bewegen. In der Dunkelheit explodierten nun die verschiedensten Farbtöne. Dunkles Rot, sattes Orange und grelles Gelb vermischten sich und rissen mich in einem wilden Strudel mit sich. Ich wollte die Augen schließen, doch selbst zu dieser winzigen Bewegung war ich nicht länger fähig. Stattdessen hatte ich das Gefühl, mich immer und immer wieder um die eigene Achse zu drehen. Und dann, völlig unvorbereitet, fiel ich.

KAPITEL 21

Ich landete hart auf kaltem Fels. Als ich mich mühsam auf die Beine zog, drang das Geräusch von reißendem Stoff an mein Ohr. Erst da bemerkte ich, dass ich beim Aufstehen mit meinen Schuhen auf dem empfindlichen Tüllrock des Kleides gestanden und beinahe den gesamten unteren Teil des Stoffs eingerissen hatte. Die Krone lag neben mir auf dem Boden und sofort griff ich nach ihr und setzte sie mir wieder auf den Kopf. Ich durfte sie auf gar keinen Fall verlieren. Sie fühlte sich zwar noch immer ungewohnt an, aber irgendwie gehörte sie jetzt zu meinem neuen Ich.

Es war entsetzlich warm und ich strich mir mit der Hand die Haare aus dem Gesicht. Orientierungslos drehte ich mich um die eigene Achse und entdeckte plötzlich – Dante. Er lag zusammengekrümmt neben einem riesigen Felsbrocken.

Wie zur Hölle war er hierhergelangt? Hatte ich deshalb dieses eigenartige Gefühl an meiner Schulter gespürt? Ich kletterte über ein paar kleinere Felsen zu ihm hinüber und kniete mich neben ihn. Ich berührte sanft seine Wange und stellte erleichtert fest, dass seine Haut sich warm und lebendig anfühlte. Dantes Brustkorb hob und senkte sich, wenn auch nur leicht. Doch als ich ihm die zerzausten Haare zur Seite strich, bemerkte ich Blut an meiner Hand. Er hatte die Ankunft an diesem eigenartigen Ort weniger gut überstanden als ich, und sofort raste mein Herz. Irgendwie hatte er es geschafft, mir hierher zu folgen. Großartig.

Sachte rüttelte ich ihn an der Schulter, doch seine Augen blieben geschlossen. Ich wischte das Blut an meinem Kleid ab und blickte mich um. Einige Meter von uns entfernt floss eine zähe orangerote Flüssigkeit an uns vorbei. Sie glühte unheilvoll und tauchte diesen Ort in ein dramatisches Licht. Der Lavafluss schlängelte sich gemächlich an uns vorbei. Das blubbernde Geräusch, das von ihm ausging, hatte ich in meiner Panik bisher noch gar nicht wahrgenommen.

Überall um uns herum waren nur karge dunkle Felsen, die wie gigantische Zähne aus dem Boden ragten. Die riesige Höhle erinnerte mich an den weit aufgerissenen Schlund eines Monsters, das bereit war, uns mit Haut und Haaren zu verschlingen. So sah also die düstere Welt des Knochenkönigs aus.

»Sa-phi-na?«

Sofort wandte ich mich Dante zu und legte ihm die Hand auf die Stirn. Sie glühte förmlich. Dante hatte seine Augen einen winzigen Spalt geöffnet und schaute mir mit glasigem Blick entgegen. All seine Stärke, der Mut und die leichte Überheblichkeit, die sonst darin ruhte, waren wie hinweggewischt. Er wirkte müde, schwach und desorientiert.

»Ich bin da«, flüsterte ich.

Über Dantes Lippen huschte ein leises Lächeln. Ich spürte, wie er meine Hand berührte. Er zog sie nach links und ließ sie dann unvermittelt los. Verwirrt sah ich ihn an.

»Schw…t«, stieß er gequält aus.

Ich beugte mich über ihn und plötzlich verstand ich. Ich schob die Hände unter seinen Rücken und stieß auf etwas Hartes. Vorsichtig versuchte ich seinen Körper ein Stückchen anzuheben, doch Dante stöhnte auf. Als ich den Griff zu fassen bekam, zog ich das Schwert unter seinem Rücken hervor. Anscheinend war er darauf gelandet, doch soweit ich erkennen konnte, hatte es ihn nicht verletzt, denn die Klinge war nicht blutverschmiert.

»Sei … bloß vorsichtig«, krächzte er.

»Wir finden gemeinsam einen Weg. Ich lasse dich sicherlich nicht zurück.«

Dante verzog das Gesicht, entweder aus Schmerz oder aufgrund der dummen Floskel. Doch mein Entschluss stand fest: Ohne ihn würde ich mich nicht einen Schritt von hier wegbewegen. Die Wut darüber, dass er mit hierhergekommen war, war verpufft. Stattdessen fühlte ich etwas anderes, Schmerzhafteres in meiner Brust: Angst. Ich hatte Angst, ihn zu verlieren.

»Na, wen haben wir denn da?«

Erschrocken drehte ich mich um. Trotz der unangenehmen Hitze jagte mir die bedrohlich klingende Stimme eine Gänsehaut über den Rücken. Nur wenige Schritte entfernt stand eine männliche Gestalt.

»Dich hatte ich ja erwartet«, sprach die Person weiter. »Ihn hingegen … nicht«, fügte sie missbilligend hinzu. Der Mann schritt langsam auf uns zu und ich umfasste den Griff des Schwerts fester und richtete mich auf.

Der Fremde trug einen glänzenden schwarzen Anzug, der ihm auf den Leib geschneidert schien. Sein stechend blondes Haar bildete einen krassen Kontrast zu der dunklen Kleidung, genauso wie seine hellblauen Augen. Er wirkte wie ein Laufstegmodel, nur dass wir uns hier nicht auf irgendeiner Fashionshow befanden.

»Saphina Bell, die Dämonenkönigin höchstpersönlich. Du bist so … schmächtig und klein. Irgendwie hatte ich etwas mehr Grazie erwartet.« Er musterte mich von oben bis unten, ließ den Blick übertrieben lange an dem abgerissenen Saum des Kleides hängen und sagte schließlich: »Du trägst nicht allen Ernstes Chucks zu deinem Krönungskleid, oder?«

Ungläubig starrte ich ihn an. Diskutierte dieser Typ gerade im Ernst mit mir darüber, was ich anhatte? »Wer bist du überhaupt und was willst du?« Ich hielt das Schwert noch immer in die Höhe, doch das schien mein Gegenüber wenig zu stören.

»Ich bin Cael, Dämon der Lavahöhlen und dein ganz persönliches Begrüßungskomitee. Leider sind die Margaritas aus, aber so jung, wie du aussiehst, wäre ein Orangensaft wohl ohnehin passender.«

Fragend blickte ich Cael an. Was war er nur für ein Vogel?

»Ich sehe schon, du bist wohl von der langsamen Sorte. Also, Avan hat dich hierhergebracht, richtig?«

Ich nickte.

»Jetzt bist du in den Vulkanlanden, dem Zuhause von so ziemlich jedem Dämon, den deine herzallerliebste Urururoma Aramea hier eingesperrt hat, um ihre schöne Insel von uns frei zu halten. So weit alles klar?«

Langsam ließ ich das Schwert sinken, blickte ihn aber noch immer skeptisch an. Cael war mir zwar alles andere als geheuer, aber wenn er mir oder Dante etwas hätte antun wollen, dann wäre das schon längst geschehen.

Er wischte sich beiläufig mit der Hand über den Anzug und trat näher. Seine Gesichtszüge waren fein und er wirkte nicht viel älter, als ich es war.

»Lass dich von meiner Hülle nicht täuschen, Schätzchen. Ich habe dir einige Jahrhunderte Erfahrung voraus.« Anscheinend war ich nicht besonders gut darin, meine Gefühle zu verbergen, denn Cael schien in meinem Blick lesen zu können wie in einer Tageszeitung. Er stand nun direkt vor mir und musterte mich intensiv. »Dein Freund war nicht eingeladen. Das wird Konsequenzen haben.« Seine Stimme klang plötzlich ernst und ich zuckte unweigerlich zusammen.

»Ich habe ihn nicht gebeten, mich zu begleiten.«

»Ich fürchte, das spielt keine Rolle. Er hat sich anscheinend übel den Kopf angeschlagen. Vielleicht hast du ja Glück und er stirbt, bevor Zandor Wind davon bekommt.«

Ich schnappte nach Luft. »Pass auf, was du sagst, Dämon«, zischte ich wütend.

Doch Cael schien wenig beeindruckt von meiner leeren Drohung. Mit ausdrucksloser Miene bückte er sich, um einen Stein aufzuheben. »Dir scheint ja etwas an dem Jungen zu liegen.«

Mein Herz raste und ich spürte, wie mir ein einzelner Schweißtropfen den Rücken hinunterlief.

»Er wird nicht sterben.« Erstaunt darüber, dass ich die Worte laut ausgesprochen hatte, blickte ich in Caels blaue Augen. Sie leuchteten auffällig, beinahe übermenschlich.

»Er wird sterben, Liebes. Es gibt keinen gefährlicheren Ort für ihn als diesen. Deine Ankunft hier war gewiss, seine hingegen ist ein Ärgernis.«

Er warf den Stein in die Höhe und fing ihn wieder auf. Und plötzlich wurde mir bewusst, was er damit bezweckte: Cael versuchte mich zu verunsichern, weil er etwas von mir wollte. Ich kannte die Art, wie er mich ansah, wie er mit meinen Ängsten spielte. Livia war eine Weltmeisterin darin. Die beiden hätten sich sicherlich blendend verstanden. Ich hatte nur zwei Möglichkeiten: Entweder ich überließ ihm die Oberhand oder ich versuchte sie an mich zu reißen.

»Was verlangst du?«, fragte ich so selbstsicher, wie ich konnte. Es war nur eine Vermutung, aber wenn ich eine Sache in den letzten Wochen gelernt hatte, dann, dass Dämonen es liebten, Spielchen zu spielen.

Caels Hand umschloss den Stein, dann ertönte ein lautes Knacken. Er öffnete die Hand und nur noch Staub rieselte zu Boden. »Nun …« Cael rieb die Hände aneinander, ehe er sie in die Hosentaschen schob. So, wie er dastand, wirkte er wie ein Gentleman aus einem dieser alten Schwarz-Weiß-Filme. Nur dass er kein Gentleman war.

»Ich sitze hier unten schon sehr lange fest. Gemessen an meinem Alter könnte man meinen, es sei nur ein Wimpernschlag, aber ich langweile mich. Und es gibt nichts, was ich mehr hasse als Langeweile.«

»Ich kann dir bei meinem nächsten Besuch ja ein Kartenspiel mitbringen. Was hältst du von UNO?«

Cael schnalzte missbilligend mit der Zunge. »Werd ja nicht frech, Mädchen. Du magst derzeit vielleicht unantastbar sein, aber nicht jeder in dieser Welt nimmt Zandors Gebote so ernst, wie ich es tue. Ich will eine Erinnerung von dir. Deine schönste.«

Mir schnürte sich der Hals zusammen und ich musste husten. Eine Erinnerung? Von all den Dingen, die dieser Dämon hätte fordern können, wählte er ausgerechnet eine Erinnerung?

»Warum?«

»Wie schon gesagt, ich bin schon sehr lange hier unten und meine eigenen Erinnerungen habe ich satt. Ich will etwas Frisches, Neues, und ich bin mir sicher, der Preis ist mehr als fair. Ich rette deinem süßen Freund das Leben und im Gegenzug dafür schenkst du mir deine glücklichste Erinnerung.«

Plötzlich musste ich an Thaleas Worte denken, die sie so selbstsicher zu Avan gesagt hatte.

Die Königin verhandelt ganz sicher nicht mit Dämonen.

Es kam mir noch immer eigenartig vor, so genannt zu werden. Aber ich hatte mich auf diese Herausforderung eingelassen und mir wurde nur zu deutlich bewusst, dass ich all das hier ohne Dante niemals überstehen würde. Ich brauchte ihn an meiner Seite und dieser Dämon war in der Lage, mir zu helfen. Doch bei dem Gedanken an den Preis, den ich dafür zahlen musste, wurde mir mulmig. Meine schönste Erinnerung? Woher sollte ich überhaupt wissen, welche es war? Es gab unzählige Momente, in denen ich glücklich gewesen war. Der Ausflug ans Meer mit Livia, Maylin und unserem Vater, als wir mit dem kleinen Boot eine Rundfahrt gemacht hatten. Oder als Maylin und ich uns gegenseitig beim Backen mit Mehl beworfen hatten, bis wir aussahen wie kleine Gespenster. Doch ich konnte nicht sagen, welche von ihnen meine glücklichste war. Und davon abgesehen hatte ich nicht den leisesten Hauch einer Ahnung, wie ich sie diesem Dämon geben sollte.

»Du rettest ihm das Leben und sorgst hier unten für unsere Sicherheit.«

Cael kniff die Augen leicht zusammen, so als würde er über meine Worte angestrengt nachdenken. »Prinzesschen, ich will dir ja nicht zu nahe treten, aber du bist ganz und gar nicht in der Position, Forderungen zu stellen.«

»Königin«, verbesserte ich ihn bissig.

»Was?«

»Ich bin jetzt Königin, kein Prinzesschen.«

Cael ließ sich davon wenig beeindrucken. Die Hände noch immer in den Hosentaschen vergraben, starrte er mich abwartend an. Doch ich würde nicht klein beigeben.

»Wie soll diese Sicherheit denn aussehen? Soll ich euch Händchen haltend bis zum Knochenthron begleiten oder wie stellst du dir das vor?«

»Dante und ich gehen allein. Aber sollten wir noch einmal in Schwierigkeiten geraten, hilfst du uns. Abgemacht?« Ich streckte ihm meine Rechte entgegen, doch Cael begann zu lachen.

»Wärst du nicht die direkte Nachfahrin von Aramea Bell, könnte man dich beinahe mögen.«

Verwirrt ließ ich den Arm sinken.

»Dämonen besiegeln ihre Pakte anders.«

Ich hatte das Kurzschwert schon gezückt, um mir damit in die Haut zu schneiden, als Cael mich stoppte.

»Wie barbarisch! So ein Dämon bin ich auch wieder nicht. Ich akzeptiere deinen Vorschlag. Aber besiegeln werden wir unseren Pakt mit einem Kuss.«

Vor Schock ließ ich das Schwert fallen und es landete mit einem Klirren auf dem Felsboden.

»Du willst, dass wir uns küssen?«

Cael kam auf mich zu und schürzte übertrieben die Lippen. »Muss auch nicht mit Zunge sein«, entgegnete er grinsend.

»Du bist wohl völlig übergeschnappt!!«

»Wenn du so lange an ein und demselben Ort gefangen wärst wie ich, dann wäre dir Abwechslung genauso willkommen. Vielleicht sollte ich verlangen, dass ich euch tatsächlich begleite, das könnte noch viel amüsanter werden.«

Ich atmete tief ein und wieder aus, um nicht völlig die Beherrschung zu verlieren. Als Dante erneut ein gequältes Stöhnen von sich gab, ging ich auf Cael zu und drückte ihm ohne Vorwarnung die Lippen auf den Mund. Ich schloss die Augen und spürte seine Lippen heiß auf meinen. Ein unangenehmes Brennen breitete sich in meinem Körper aus. Der Kuss dauerte nur wenige Sekunden, und als wir uns voneinander lösten, war ich erleichtert.

»Da konnte es jemand wohl kaum erwarten«, stichelte Cael weiter.

Ich war mir sicher, dass meine Wangen vor Scham glühen mussten. »Hast du jetzt, was du wolltest?«

»Jep, ein wunderschöner Moment, den du mir da überlassen hast.«

Angestrengt horchte ich in mich hinein, in der Hoffnung auf einen Hinweis darauf, welches Stück Vergangenheit er mir geraubt hatte. Aber wie sollte ich das herausfinden, wenn ich mich nicht daran erinnern konnte.

»Jetzt bist du dran«, forderte ich ihn auf, doch Cael grinste nur und deutete mit einem Kopfnicken an mir vorbei.

Als ich mich bückte, um das Schwert wieder aufzuheben, stellte ich erleichtert fest, dass Dante aufgewacht war. Er blickte sich orientierungslos um. Sofort lief ich zu ihm. Es schien ihm besser zu gehen, doch seine Miene verfinsterte sich.

»Du hast nicht ernsthaft wieder einen Pakt geschlossen, oder?« Sein eisiger Tonfall stand in hartem Kontrast zu der Hitze, die uns umgab.

Ich verschränkte die Hände vor der Brust und sah ihn grimmig an. »Danke Saphina, dass du mir das Leben gerettet hast«, blaffte ich ihn an.

Dante wirkte noch immer etwas blass um die Nase, doch er rappelte sich hoch. »Was hast du von ihr verlangt?«, rief er Cael wütend zu.

Als der ihm nicht antwortete, schob er mich unsanft zur Seite und marschierte geradewegs auf den Dämon zu. »Ich habe dich was gefragt!«

»Und ich habe dir nicht geantwortet.« Caels Lächeln wirkte wie eine Kriegserklärung und ich befürchtete schon, dass Dante ihm ins Gesicht schlagen würde.

»Der Pakt geht nur uns zwei Hübsche etwas an, oder?« Cael zwinkerte mir verschwörerisch zu und ich unterdrückte ein Würgegeräusch. »Wie dem auch sei, ich habe tatsächlich noch etwas zu erledigen. Aber bevor ich verschwinde, habe ich noch etwas für die frischgebackene Königin.« Seine Worte klangen alles andere als respektvoll, doch ich beschwerte mich nicht. Alles war besser als Prinzesschen.

Cael bückte sich, schnappte sich erneut einen Stein und ich wollte schon genervt mit den Augen rollen, als ich sah, was er damit anstellte. Er formte das dunkle Felsstück mit seinen bloßen Händen, als wäre es Ton. Als er fertig war, hielt er mir eine schwarze, unscheinbare Flöte hin. Ich nahm sie entgegen und stellte erstaunt fest, dass sie sich angenehm warm anfühlte.

»Ich stehe zu meinem Wort. Ein einziges Mal werde ich dir helfen, wenn du in Schwierigkeiten bist. Ruf mich nur, wenn es wirklich nötig ist, und behalte diese Abmachung für dich. Erwähne sie niemand anderem gegenüber, das könnte sonst für uns beide hässlich enden. Ich werde mich nun auf den Weg machen.«

»Warte! Eine Sache will ich noch von dir wissen.«

Caels Augen wurden schmaler, doch er verharrte abwartend in seiner Position. Unsicher trat ich einen Schritt auf ihn zu, was Dante mit einem missbilligenden Knurren kommentierte.

»Welche Erinnerung hast du mir genommen? Ich will nur wissen, welche es war, verstehst du? Du kannst sie behalten, immerhin war das der Deal, aber …« Ich stockte kurz.

»Aber sie war ein Teil von mir und nun ist sie weg. Ich möchte wenigstens wissen, was ich verloren habe.«

Cael kam langsam näher und hob die Hand. Ich zuckte leicht zusammen, doch ich widerstand dem Drang, ihm meine Hand zu entziehen, als er danach griff.

»Saphina, du bist wirklich zuckersüß, weißt du das?«

Der Dämon lächelte mich spitzbübisch an und sofort überkam mich ein ungutes Gefühl.

»Was hätte dieser Deal bitte für einen Sinn, wenn ich dir verraten würde, was ich dir genommen habe? Du wolltest das völlig wertlose Leben dieses Idioten retten und du hast es mit deiner Erinnerung bezahlt.«

Ich umfasste den Griff meines Schwertes fester, während ich versuchte, meine Gefühle vor ihm zu verbergen.

»Sieh es positiv, Prinzesschen, du kannst dir doch einfach eine neue schönste Erinnerung schaffen. Vielleicht hilft dir dein neuer Freund ja dabei? Und wenn nicht, dann würde ich mich natürlich auch noch anbieten. Macht's gut, ihr zwei Hübschen!«

Er warf Dante einen letzten herausfordernden Blick zu, ehe er sich umdrehte und auf den glühenden Lavastrom zulief. Dann verschwand er einfach darin und ich bildete mir tatsächlich ein, den Geruch von verbranntem Fleisch zu riechen.

KAPITEL 22

»Was hast du dir nur dabei gedacht?«

Dante fuchtelte wild mit den Händen herum und lief aufgeregt auf und ab. Er war immer noch reichlich blass um die Nase, aber seine Kopfwunde war auf wundersame Weise verschwunden.

»Ich wollte dir das Leben retten. Entschuldige, nächstes Mal lasse ich dich einfach sterben.«

Dante hielt inne. »Wir wären überhaupt nicht an diesem Ort, wenn du auf mich gehört hättest. Aber nein, stattdessen handelst du bei der nächstbesten Gelegenheit wieder mit so einem schmierigen Dämon einen Pakt aus. Und was soll das überhaupt mit dieser komischen Flöte?«

»Es hat dich niemand gezwungen, dich an mich dranzuhängen wie ein lästiger Klammeraffe.«

Ein lautes Knacken unterbrach unseren Streit. Dante zog sofort sein Schwert und drehte sich herum, doch es hatte sich lediglich ein Felsbrocken aus der Höhlenwand gelöst und war krachend zu Boden gefallen.

»Und was machen wir jetzt?«, fragte ich ungeduldig.

»Das fragst du ausgerechnet mich? Ich habe nicht den Hauch einer Ahnung, wo wir uns überhaupt befinden. Dieser Ort hier ist

Stoff aus einer Gruselgeschichte. Woher soll ich wissen, wie wir hier wieder rauskommen?«

Dante schob das Schwert zurück in die Halterung. Auf seiner Stirn glänzte Schweiß und er wirkte ausgelaugt. Die Hitze hier unten war unerträglich. Umständlich begann ich mein Kleid zu kürzen. Ich brauchte Bewegungsfreiheit.

»Warte, ich helfe dir.«

Dante kam auf mich zu und straffte den Stoff, damit ich ihn leichter durchtrennen konnte.

»Du hattest Chucks zu deiner Krönung an?« Dante runzelte die Stirn. Der Stoff fiel zu Boden und sofort fühlte ich mich leichter. Ich reichte Dante das Schwert, da ich selbst keine Möglichkeit hatte, es wegzustecken. Er nahm es entgegen und steckte es wortlos an seinen Gürtel.

»Wieso reitet ihr eigentlich alle auf meinen Schuhen herum?« Wütend stemmte ich die Hände in die Hüften.

Er starrte mich fragend an, entgegnete jedoch nichts, sondern wandte sich zu dem zähflüssigen Lavastrom, der wenige Meter vor uns entlangfloss.

»Wir sollten diesem Fluss folgen. Vielleicht haben wir Glück und finden so einen Weg hinaus.«

»Aber ich will gar nicht hinaus. Ich will wissen, wer Maylin getötet hat.«

Dante ignorierte mich und stiefelte einfach los. Ich wollte nicht nachgeben, aber allein hier zu bleiben war auch keine Option. Also folgte ich ihm in einigem Abstand. Der Boden unter unseren Füßen war übersät mit Geröll und schwarz schimmernden Steinen. Rechts neben uns schlängelte sich der Lavafluss und die pulsierende Hitze war deutlich spürbar. Dante blickte sich verstohlen zu mir um und blieb kurz stehen.

Ich schloss zu ihm auf und wir liefen nebeneinander weiter.

Unter unseren Schuhen knirschte es. Ich erwartete, dass er mich anschrie und mich fragte, was bloß in mich gefahren sei, doch er schwieg.

Die Decke über unseren Köpfen wurde höher und bald schon konnte man sie gar nicht mehr erkennen. Ein einziges dunkles, verhängnisvolles Schwarz prangte über unseren Häuptern, bereit, uns bei lebendigem Leibe zu verschlingen.

»Vermisst du sie?«, fragte Dante irgendwann.

Verwirrt starrte ich ihn an, bis ich begriff, dass er von meiner schönsten Erinnerung sprach. »Ich weiß nicht«, gab ich ehrlich zu. »Ich glaube nicht. Ich wusste sowieso nicht, welche meine glücklichste Erinnerung war.«

Vor uns in einiger Entfernung leuchtete etwas. Als wir näher kamen, entdeckte ich erstaunt, dass zwischen den kargen Steinen tatsächlich Blumen wuchsen. Sie sahen aus, als wären sie von einer dicken Staubschicht überzogen, doch ihre Blüten glimmten durch den Dreck hindurch. Mich überkam der unbändige Drang, eine von ihnen zu pflücken, doch Dante packte meinen Arm und zog mich ruckartig zurück.

»Fass die auf gar keinen Fall an!« Sein herrischer Tonfall ließ mich zusammenzucken. Der Wunsch, die Pflanze zu berühren, war mit einem Mal verschwunden. Fragend blickte ich ihn an.

»Ich bin mir nicht sicher, aber ich glaube, das sind Glutrosen.«

»Glutrosen? Was soll das denn bitte sein?«

Er schob mich einige Schritte zurück. »Es gibt Geschichten über diese Blume. Ich dachte bisher eigentlich immer, das sei bloßer Unsinn, aber damals hätte ich mir ja auch nicht träumen lassen, mal in der Vulkanwelt zu landen.«

Sein vertrauter Gesichtsausdruck und die Spur von Sorge, die sich in seinen Augen spiegelte, als er sich erneut mit den Fingern durchs Haar fuhr, verursachten ein angenehmes Kribbeln in meinem Bauch.

»Angeblich wachsen diese Blumen einzig und allein durch menschliches Blut. Dadurch beginnen sie zu glühen und üben eine unerklärliche Anziehungskraft auf Menschen aus. Sie sind giftig und Dämonen können aus ihnen Kraft schöpfen. Aber ich weiß nicht, was von alldem tatsächlich stimmt. Jedenfalls sollten wir nichts riskieren, wenn wir hier lebendig wieder rauskommen wollen.«

Ich nickte stumm und riss meinen Blick von dieser faszinierenden Blume los.

Gemeinsam folgten wir dem Strom der Lava. Je weiter wir liefen, desto heißer wurde es. Irgendwann ertönte ein melodisches, tiefes Summen, das mich irgendwie beruhigte. Der Fluss machte eine Biegung nach rechts um einen hohen Felsvorsprung und mündete schließlich in ein gigantisches Becken, das aussah wie ein lodernder See aus Flammen. Vorsichtig näherten wir uns dem Ufer. In der Ferne konnte ich erkennen, dass sich der Weg weiter hinten in drei Richtungen gabelte.

»Ist das –?«

Ich kam nicht dazu, den Satz zu beenden. Direkt vor uns tauchte eine Gestalt aus der Lava empor und starrte uns geradewegs an. Völlig überrumpelt griff ich nach Dantes Hand. Er zog sie nicht weg und ich war ihm unglaublich dankbar dafür. Noch ehe ich ein zweites Mal hinsehen konnte, war die Gestalt verschwunden.

»Das ist der Magmasee«, raunte mir Dante zu. Ich war erstaunt, wie viel er über diesen Ort hier wusste. Aber so ernst, wie er den Blutschwur seiner Familie nahm, wunderte es mich nicht, dass er so viel über diese Vulkanwelt wusste. Vermutlich hatte er viel von Thalea und seinem Vater darüber erfahren.

»Ist das da drinnen etwa noch ein Dämon?«, flüsterte ich beinahe.

Dante schüttelte den Kopf. »Ich glaube nicht. Aber was auch immer es ist, ein Mensch ist es schon mal nicht.«

Meine Finger krampften sich um Dantes Hand, doch er zog mich an seine Seite und blickte mir tief in die Augen. »Keine Angst, dir passiert nichts. Ich werde nicht zulassen, dass dir eines dieser Wesen zu nahe kommt, hörst du?«

Ich nickte stumm, doch als ich erneut zum Lavasee blickte, stockte mir der Atem. In der glühend heißen Masse tummelten sich unzählige dieser Kreaturen. Sie sahen aus wie Menschen, nur mit dem kleinen Unterschied, dass Menschen bei der kleinsten Berührung mit der zähflüssigen Lava schwerste Verbrennungen davongetragen hätten. Darin zu baden wäre Selbstmord gewesen.

»Seid doch nicht so schüchtern«, rief uns eine von ihnen zu.

Dante und ich starrten uns fragend an.

»Ich beiße schon nicht, versprochen.«

Dante drückte meine Hand und wir gingen ein paar Schritte bis zum Rand des Lavabeckens. Vielleicht konnte mir das Wesen bei meiner Suche nach dem Knochenkönig helfen.

»Wir bekommen hier unten nicht oft Besuch«, flötete es. Das Wesen sah aus wie ein junger Mann, doch seine Haut schimmerte unnatürlich und seine Augen stachen in einem unglaublich intensiven Goldton hervor. Es schien im Magmasee zu schwimmen wie ein Mensch im Wasser.

»Was seid ihr für Geschöpfe?«, fragte Dante. Er hatte seine rechte Hand auf den Griff meiner Klinge gelegt.

»Was wir für Geschöpfe sind?«

Der Mann schnalzte kurz mit der Zunge, dann tauchte er ab. Ein gigantischer Fischschwanz mit orange schimmernden Schuppen kam zum Vorschein und ich schnappte erschrocken nach Luft, als das unbekannte Wesen ihn mit einem gewaltigen Schlag auf die Magma-Oberfläche hinuntersausen ließ. Lava spritzte empor und ich zuckte zusammen.

Dante und ich warfen uns einen fragenden Blick zu. Plötzlich erschien der Mann direkt vor uns und ließ sich an der Oberfläche treiben.

»Wir sind Pyromäen«, antwortete er und klimperte übertrieben mit den Wimpern.

»Und ihr lebt in diesem Lavabecken?«

Der Pyromäe fixierte mich mit seinen goldglänzenden Augen und ich fühlte mich plötzlich nackt unter seinem durchdringenden Blick.

»Korrekt. Aber mich interessiert viel mehr, was ihr hier unten so treibt. Das ist ja ein eher untypischer Ort für einen romantischen Pärchenspaziergang.«

Ich spürte, wie mir die Röte ins Gesicht stieg, und begann wild mit den Händen herumzufuchteln. »Wir ... also ... ich meine, er und ich«, ich deutete auf Dante, »wir sind kein Pärchen«, stotterte ich.

Der seltsame Typ grinste breit über beide Ohren. »So, so. Gut, dass du das klargestellt hast.« Er zwinkerte Dante zu, dessen Hand noch immer auf der Waffe ruhte.

»Was heißt das, ihr seid Pyromäen? Gehört ihr zu den Dämonen oder kocht ihr euer eigenes Süppchen?«, fragte Dante, ohne auch nur eine Miene zu verziehen.

»Wir leben seit Jahrhunderten in diesem Magmasee und sind ganz sicher nicht dämonischen Ursprungs. Die Dämonen kamen erst viel später an diesen Ort und mit ihrem König haben wir nicht viel am Hut. Wir sind für ihn keine Gefahr, weil wir unser Becken nicht verlassen können.«

Dantes Stirn lag in Falten und man sah ihm mehr als deutlich an, dass er sich nicht ganz wohl in dieser Situation fühlte.

»Weißt du, wie wir zum Knochenkönig gelangen können? Dort hinten sind drei Abzweigungen, aber wir wissen nicht, welche von ihnen uns an unser Ziel bringt. Könnt ihr uns den richtigen Weg zeigen?«, fragte ich.

Der Pyromäe reckte das Kinn, holte Luft und tauchte erneut unter.

»Der will uns doch verarschen«, schimpfte Dante und trat gegen einen kleinen Stein, der in hohem Bogen in Richtung Lavabecken flog und darin verschwand.

»Wir schaffen es auch ohne Hilfe. Komm, wir setzen uns erst mal einen Moment und ruhen uns aus. Diese Hitze hier ist ja widerlich«, versuchte ich ihn zu beruhigen.

Dante nuschelte etwas Unverständliches, ging jedoch einige Schritte mit mir zurück und ließ sich schließlich auf einem der Felsen nieder.

»Wir könnten die Flöte benutzen und Cael rufen.« Es war das Erstbeste, was mir in den Sinn kam. Ich berührte die Flöte, die ich notgedrungen im Ausschnitt meines Kleides verstaut hatte. Ob Cael uns überhaupt helfen würde? Immerhin diente er ja dem Knochenkönig. Doch ich bereute den Vorschlag sofort, als ich Dantes Gesichtsausdruck bemerkte.

»Nur über meine Leiche. Wir vertrauen unser Leben nicht einem dieser verdammten Dämonen an. Erst recht nicht diesem arroganten Spinner. Der Typ hat allen Ernstes einen Anzug getragen, hier unten, bei gefühlt fünfzig Grad.«

Ich wollte gerade erwidern, dass Dante nur wegen dieses verdammten Dämons überhaupt noch am Leben war, entschied mich aber dagegen. »Wie du meinst. Aber was sollen wir dann machen? Keiner von uns kennt den Weg zu Zandor.«

Dante schwieg.

»Hey, ihr zwei, kommt mal rüber!«

Wir drehten uns herum und erkannten den Pyromäen, diesmal jedoch in Gesellschaft zweier weiterer Männer und einer Frau.

»Na, der hat ja Nerven«, murrte Dante, doch da sprang ich bereits auf und lief zu den seltsamen Feuernixen am Ufer.

»Das ist Myrell. Sie ist unsere Anführerin.«

Die wunderschöne Frau hatte feuerrotes Haar, das ihr zierliches Gesicht perfekt umrahmte. Auch sie besaß diese wunderschönen goldenen Augen, in denen man sich verlieren konnte.

»Meine Männer haben mir berichtet, dass ihr einen Weg zum Knochenkönig sucht. Was wollt ihr von ihm?«, fragte Myrell.

Dante trat hinter mich und legte mir behutsam die Hand auf den Rücken. »Das geht dich nichts an, Nixe«, antwortete er barsch.

Myrell verzog das Gesicht, als hätte sie auf eine Zitrone gebissen. »Wir sind keine Nixen«, zischte sie. Ihr Schwanz, der im Gegensatz zu dem der anderen Pyromäen in einem hellen Goldton schimmerte, peitschte aus dem Wasser und wir konnten im letzten Moment noch zur Seite springen, ehe uns ein dicker Lavaklumpen erwischte. Anscheinend war das die Art, wie diese Wesen ihren Unmut äußerten.

»Überlass das Reden vielleicht besser mir«, flüsterte ich Dante zu. Laut sagte ich: »Entschuldige, Myrell, er hat es nicht so gemeint. Ich bin die Dämonenkönigin und Zandor hat etwas, das ich unbedingt brauche. Er schuldet mir eine Antwort.«

Es war komisch, mich selbst so zu betiteln, aber wenn es half, mir vor den Pyromäen Gehör zu verschaffen, war es einen Versuch wert.

Myrells helle Augen weiteten sich, ehe sie den Kopf leicht neigte. Es sah beinahe aus wie eine Verbeugung.

»Welch eine Ehre. Seit Aramea hat sich keine der Königinnen mehr hierher verirrt. Du siehst ihr sogar ein klein wenig ähnlich, wenn ich es mir so recht überlege.«

»Du kanntest Aramea Bell?«, fragte ich überrascht.

Myrell lächelte und entblößte spitze Zähne, die mich an ein Raubtier erinnerten. »Sie war eine bemerkenswerte Frau. Zu schade, dass die Zeit von euch Menschen auf dieser Welt so begrenzt ist.«

Myrell fixierte Dante, der sichtlich bemüht war, nicht die Geduld zu verlieren. »Ihr sucht also den Weg zum Knochenkönig«, wiederholte sie meine Worte. Es schien, als würde sie mit sich selbst sprechen.

»So ist es. Kannst du uns sagen, wie wir zu ihm gelangen? Es ist wirklich wichtig.«

»Warum? Was hat er denn, was du so dringend willst?«

Dante schob sich an mir vorbei, doch ich hob die Hand und hielt ihn zurück. »Er kennt den Mörder meiner Schwester.«

Myrell senkte den Kopf und die übrigen Pyromäen, die sich neben ihr in der Lava befanden, taten es ihr gleich. »Oh, das tut mir aufrichtig leid. Zandor ist durch und durch grausam. Er hat den Vulkan gezwungenermaßen zu seinem Zuhause gemacht und diese Welt ist voll von Gefahren, Illusionen – und seinen Dämonen, dessen solltet ihr euch bewusst sein. Wir leben gemeinsam hier, aber ursprünglich war es unser Reich, bevor er verbannt wurde und sich als Herrscher aufspielte. Dieser Ort ist nicht für Menschen gemacht, zumindest nicht für diejenigen, die noch leben. Ihr müsst einen Tribut zahlen, um weiter ins Innere vordringen zu können.«

»Erzähl uns doch etwas, das wir nicht schon längst wissen«, schimpfte Dante. So gereizt kannte ich ihn gar nicht. Es schien, als würde dieser Ort seine schlimmsten Seiten zum Vorschein bringen.

Doch Myrell schien sich zum Glück nicht von ihm provozieren zu lassen. »Niemand, der diesen Ort lebendig betritt, weiß, worauf er sich einlässt. Vergiss das nicht, du vorlauter Mensch.« Ihre Stimme klang bedrohlich. »Jeder der drei Wege führt zum Herzen des Vulkans«, sprach sie weiter.

Mein Blick huschte erneut zu den drei Tunneln, die hinter dem Magmasee zu erkennen waren. Sie wirkten wie drei weit aufgesperrter Münder, die nur darauf warteten, uns mit Haut und Haar zu verschlingen.

»Aber jeder von ihnen hat seinen Preis.«

»Und zwar?«, fragte ich.

Myrell warf ihren Männern einen komischen Blick zu. Einer nach dem anderen tauchten die drei Pyromäen wieder ab, bis wir nur noch zu dritt waren.

»Vor vielen Jahren kam Aramea hierher. Sie stand beinahe an derselben Stelle wie du jetzt und bat mich und mein Volk um Hilfe, um ebenfalls den richtigen Weg zu finden. Sie sah nicht ganz so mitgenommen aus wie ihr zwei, aber auch ihr sah man die Furcht vor dem Unbekannten an. Und sie trug die Krone, die nun dein Haupt ziert.«

Ich berührte mit der Hand kurz das kalte Metall, dessen Gewicht ich schon gar nicht mehr spürte, als sei es ein Teil meines Körpers geworden.

»Aramea hatte vier Gefährten an ihrer Seite. Starke, mutige Männer, einige impulsiver, andere schweigsam. Doch nur einer kehrte an ihrer Seite wieder zurück in die Menschenwelt.«

Ich hörte Dante nach Luft schnappen und auch ich verstand, von wem Myrell da sprach. Dantes und meine Vorfahren verband ein festes, unaufknüpfbares Band. War es also gewissermaßen Schicksal gewesen, dass er mir hierher gefolgt war?

Myrell musterte Dante und ein wissendes Lächeln breitete sich auf ihrem wunderschönen Gesicht aus. »Ihr fragt mich, welchen Weg ihr nehmen sollt? Im Grunde ist es egal. Jeder birgt Gefahren, Herausforderungen. Aber ich rate euch dennoch: Wählt mit Bedacht. Ich kann euch nur einmal helfen, danach seid ihr auf euch allein gestellt.«

»Irgendwie kommt mir dieser Satz bekannt vor«, murmelte ich.

»Der linke Eingang führt euch auf dunkle Wege abseits des Lavastroms. Dort gibt es gefährliche Illusionen, die eure Sinne vernebeln und euren Verstand täuschen. Ihr müsstet nicht nur der Dunkelheit trotzen, sondern euch auch aufeinander verlassen. Blindes Vertrauen ist unabdingbar, wenn ihr überleben wollt.«

Myrell machte eine bedeutungsvolle Pause, ehe sie weitersprach.

»Der Weg in der Mitte führt geradewegs zu den gefangenen Seelen, die sich in diesem Vulkan befinden. Ihr wisst sicherlich, dass dieser Ort als Gefängnis gedacht war. Wenn ihr diesem Pfad folgt, werdet ihr all den dunklen Seelen begegnen, die seit Arameas Zeiten an diesem Ort festsitzen. Und sollten sie euch bemerken, dann könnt ihr nur entkommen, indem ihr euch den Weg freikämpft. Aber seid euch bewusst, wie viele dämonische Existenzen hier unten ihr Dasein fristen. Manche Kämpfe kann man nicht gewinnen.«

Dante räusperte sich ungeduldig. »Und der dritte?«, fragte er.

»Der rechte Weg führt durch den Wald der Verzweiflung.«

»Wald der Verzweiflung? Aber hier unten wachsen doch gar keine Bäume?« Ich fühlte mich vorlaut, weil ich ihr ins Wort fiel, aber wie sollte denn so ein Wald inmitten eines Vulkans aussehen?

»Kein Wald, wie ihr ihn kennt. Die Höhlendecke dort ist hoch und es ragen Hunderte spitze Felsen in die Höhe. Wie Bäume in einem dichten Wald.«

»Klingt doch so weit nach der besten Option.« Dante verschränkte die Arme vor der Brust. Anscheinend hatte er seine Wahl bereits getroffen. Doch irgendetwas sagte mir, dass das nur die halbe Wahrheit war.

»Nicht so voreilig, ich war noch nicht fertig. Der Wald der Verzweiflung ist gewissermaßen lebendig. Die spitzen Felsen schießen aus dem Boden empor und reißen dich in Stücke, wenn sie dich erwischen. Oder es tun sich gewaltige Krater auf, die dich verschlucken. Um dort zu bestehen, müsst ihr übernatürlich schnell und wendig sein, geradezu geisterhaft. Da ich Zandor und sein dämonisches Gefolge hasse, werde ich euch, egal für welchen Pfad ihr euch letztlich entscheidet, etwas mitgeben, das euch bei eurer weiteren Reise hilft. Aber ich kann nicht garantieren, dass ihr dadurch euer Ziel erreicht.«

Myrell strich sich eine ihrer feuerroten Strähnen aus dem Gesicht. Dabei blickte sie abwartend von Dante zu mir.

»Also, im Grunde ist jeder Weg für sich genommen absolut tödlich«, sinnierte ich.

»Das Dämonengefängnis schließe ich trotzdem kategorisch aus«, mischte sich Dante ein.

Ich nickte. Wir hatten nur eine Waffe hier unten und das Letzte, was ich wollte, war, gegen Hunderte wütende Dämonen zu kämpfen.

»Dann bleiben nur noch der linke und der rechte Weg übrig.«

Ich wusste, dass Dante mir zuliebe den rechten Weg wählen würde. Er wusste, dass ich mich vor der Dunkelheit fürchtete. Aber von einem lebendigen Felsenmeer aufgespießt oder verschluckt zu werden klang eigentlich viel gefährlicher.

»Ich bin für rechts«, sagte Dante erwartungsgemäß.

Myrell verzog keine Miene, sondern lauschte unserer Diskussion wie ein Schiedsrichter.

»Ich nicht«, gab ich tonlos zurück.

Dantes Augen weiteten sich überrascht. »Aber du hast doch Ang-«

Ich unterbrach ihn, bevor er weitersprechen konnte. »Ja, aber wir müssen strategisch denken. Du hast keine Angst im Dunkeln und nach unserer Erfahrung mit dem Yukpa kann uns doch kein Albtraum dieser Welt noch etwas anhaben. Außerdem glaube ich, dass dies auch der Weg ist, den Aramea damals genommen hat. Nenn es Intuition, aber ich bin mir sicher, sie wäre niemals das Risiko eingegangen, aufgespießt zu werden oder gegen derartig viele Dämonen zu kämpfen.«

Ich wartete darauf, dass Dante widersprach, doch er schwieg.

»Und sie hat es überlebt. Gemeinsam mit Baron de Lacey«, schob ich wenig später nach.

»Bist du dir sicher? Ich werde alles in meiner Macht Stehende tun, um dich zu beschützen. Egal für welchen Weg du dich entscheidest. Aber du hast gehört, was sie gesagt hat – blindes Vertrauen ist unabdingbar, um zu überleben.«

»Wir sollten gemeinsam entscheiden, Dante. Ich will und werde nicht über unser beider Schicksal entscheiden. Entweder wir treffen diese Wahl einstimmig oder gar nicht.«

Dante griff nach meinem Arm und zog mich ein wenig zur Seite. »Ich weiß, dass du dir deine Schwächen ungern eingestehst. Das tut niemand von uns gern. Ist das für uns beide wirklich der einfachste Weg? Du vertraust mir nicht vollends und ich mache mir ehrlich gesagt mehr Gedanken über diese Täuschungen, von denen sie gesprochen hat, als über die Dunkelheit. Wir müssen uns völlig aufeinander verlassen. Meinst du, dass du dazu in der Lage bist?«

Wir kannten beide die Wahrheit. Ich schluckte und versuchte den Strudel in meinen Gedanken irgendwie zu umgehen, doch er riss mich mit. Dante hatte sein Leben für mich riskiert. Ohne auch nur eine Sekunde nachzudenken, war er mir hierher gefolgt und bei dem Sturz in diesen Vulkan beinahe gestorben. Es wurde endlich Zeit, all die Zweifel und die Angst abzuschütteln und das zu sein, was man von mir erwartete: eine Anführerin. Eine Kämpferin. Eine Königin.

»Ich vertraue dir.«

Wir beide wussten, dass diese drei Worte aus meinem Mund viel mehr Bedeutung hatten als alles andere.

KAPITEL 23

»Ihr habt euch entschieden?«

Myrells Oberkörper ragte aus dem Lavasee und entblößte ihre golden schimmernde Haut. Sie spielte mit ihren langen rötlichen Strähnen und wirkte dabei unheimlich jung. Doch der Schein trog, denn sie und die anderen Pyromäen mussten Jahrhunderte alt sein.

»Ja«, antwortete ich mit fester Stimme. »Wir wählen den linken Pfad.«

Myrell nickte bedächtig. Fast zeitgleich tauchte einer ihrer Männer auf. In seinen Händen hielt er eine glühende, pulsierende Kugel.

»Meine Macht ist beschränkt, und auch wenn ich euch zwei irgendwie mag, so kann ich doch nur einem von euch bei der weiteren Reise helfen. Der Pfad, den ihr gewählt habt, liegt in schwerer, alles umfassender Dunkelheit. Die Finsternis an diesem Ort ist lebendig und hungrig. Einsamkeit wird euch zu umschlingen versuchen und euch den Atem rauben, wenn ihr nicht auf euch achtgebt. Dieses Lavalicht ist in der Lage, einen Gegenstand dauerhaft zum Leuchten zu bringen. Es glimmt in den Farben pulsierender Lava und wird die Dunkelheit für einen von euch erhellen.«

Das Lavalicht strahlte schon jetzt hell in den Händen des Mannes.

»Wählt mit Bedacht, ihr könnt eure Entscheidung nicht ungeschehen machen. Ich kann euch nur ein Licht übergeben.«

»Nimm du es, Saphina. Du kannst damit dein Schwert erleuchten oder dein Kleid. Egal was, Hauptsache, du kannst vorausgehen. Ich werde dir folgen und mich von dir führen lassen.«

Dante sprach mit ruhiger Stimme und nicht mehr so aufbrausend wie vorhin. Er war wieder so, wie ich ihn kannte. Mutig, selbstlos, mit einer Spur zu viel Selbstvertrauen. Ich wollte ihm widersprechen, nur um zu zeigen, dass ich ebenfalls gönnerhaft sein konnte. Aber ich wusste, dass er recht hatte. Ich wäre nur eine Last, wenn ich von Ängsten geplagt hinter Dante herstolpern würde. Die Gefahr sehen zu können, wenn sie auf uns zukam, dieser Gedanke beruhigte mich, zumindest ein wenig.

Deshalb nickte ich nur und trat näher ans Becken heran. Myrell übernahm das Licht von dem Pyromäen, der zusammen mit den anderen untertauchte, und schwamm auf mich zu. Kurz kam mir der Gedanke, dass sie mich einfach in die Lava ziehen könnte. Doch wenn sie uns hätte töten wollen, dann hätte sie sich das Gerede sicherlich gespart.

Ich kniete mich vorsichtig hin und meine nackten Knie berührten den Boden.

»Was soll dir den Weg erleuchten, Hüterin des Vulkans?«, sprach Myrell in beinahe feierlichem Ton.

Mein Schwert trug Dante am Gürtel, sodass ich mich für das Erstbeste entschied, was ich am Körper hatte – das Krönungskleid. Ich raffte den Stoff zusammen und hielt ihr den mittlerweile ziemlich ramponierten Rock hin. Vorsichtig ließ sie ihre Hände niedersinken, und als die Lavakugel das Kleid berührte, hatte ich kurz Angst, dass es einfach in Flammen aufgehen würde. Doch das Licht kroch in Wellen über den Stoff und ließ ihn rötlich orange strahlen. Der Anblick verschlug mir die Sprache.

»Siehst du das?«, rief ich in Dantes Richtung.

Er schüttelte bloß den Kopf.

»Aber es pulsiert regelrecht!«

Ehe Dante etwas entgegnen konnte, meldete sich Myrell zu Wort. »Nur du kannst es sehen. Für alle anderen ist es unsichtbar.«

»Und wie lange wird es leuchten?«

»Solange du den Vulkan nicht verlässt, wird es für dich die Dunkelheit erhellen. Du hast mein Wort.«

Vorsichtig strich ich mit den Fingern über den leuchtenden Stoff. Er war nicht heiß und das Kleid umschmiegte mich wie ein lebendiger Strom. Es war das Beeindruckendste, was ich jemals gesehen hatte.

»Vielen Dank.« Am liebsten hätte ich Myrell für ihre Hilfe umarmt, doch ich konnte schlecht in den Lavasee steigen.

»Du brauchst mir nicht zu danken. Passt gut auf euch auf.«

Myrell musterte uns ein letztes Mal, ehe sie untertauchte und in dem See verschwand.

Dante und ich umrundeten das Becken, bis wir auf der anderen Seite vor den drei Gängen ankamen. Ob wir uns für den richtigen Eingang entschieden hatten oder nicht, war im Grunde egal, denn wir konnten unsere Wahl nicht ungeschehen machen. Es gab keinen Weg zurück.

»Du kannst es wirklich nicht leuchten sehen?«

»Nein, es ist immer noch dasselbe Kleid wie vorher.«

Ich blickte an mir herunter, ehe ich Dantes Hand nahm und vorauslief.

Doch Dante blieb unvermittelt stehen. Er griff an seinen Waffengurt und reichte mir mein Schwert. »Sicher ist sicher.«

Mit leicht zittriger Hand nahm ich die Waffe entgegen. Dann betraten wir den Tunnel.

Bereits nach der ersten Biegung war der Lichtschein des Magmasees verschwunden. Durch Dantes stolpernde Schritte wurde mir erst richtig klar, dass er durch völlige Dunkelheit schritt, während ich die rauen Felswände und den leicht abfallenden sandigen Untergrund halbwegs erkennen konnte. Ich umfasste seine Hand fester und lotste ihn, so gut es ging, durch den Tunnel. Keiner von uns wagte es, auch nur ein Wort zu sagen, und so schwiegen wir. Dantes gleichmäßiges Atmen beruhigte mich und ich versuchte es ihm gleichzutun. Zwei Schritte lang atmete ich ein, vier Schritte lang atmete ich aus. Dante bewegte sich wie mein Schatten und gab mir Sicherheit.

»Alles in Ordnung?«, hörte ich ihn dicht hinter mir flüstern.

»Bisher schon.« Es fühlte sich komisch an, die Stille plötzlich zu durchbrechen.

Als der sandige Untergrund allmählich wieder felsiger wurde, machte der Weg eine lang gezogene Rechtskurve. Meine Finger krallten sich so fest in den Griff der Waffe, dass ich sie beinahe nicht mehr spürte. Immer weiter stiegen wir in die Untiefen des Vulkans hinab. Das sanfte, gleichmäßige Glimmen des Kleides beruhigte mich zwar, doch mir war nur allzu bewusst, dass ich dem Grauen früher oder später allein in die Augen blicken würde.

»Und du siehst wirklich nichts?«

»Nein, nur Dunkelheit. So muss man sich fühlen, wenn man gekidnappt und in einen Kofferraum gesperrt wird.«

Ich verdrehte kurz die Augen und lächelte in mich hinein.

Dantes Hand lag noch immer in meiner, und egal was passieren würde, ich würde sie nicht loslassen. Unser beider Leben hing davon ab, dass wir diesen Weg gemeinsam gingen, dass wir dem Grauen gemeinsam die Stirn boten.

Plötzlich ertönte ein lautes Krachen. Ich wandte mich panisch zu Dante um, doch sein ausdrucksloser Blick, der mich kurz zusammenzucken ließ, unterstrich seine Worte nur allzu deutlich. Er war blind.

»Was war das?«, fragte er mich, sichtlich darum bemüht, das Beben in seiner Stimme zu unterdrücken.

»Ich weiß es nicht.«

Hinter uns war der Weg bereits wieder von den zähen dunklen Schatten verschluckt worden, direkt vor uns lag der Pfad ruhig und unscheinbar da. Vorsichtig lief ich weiter und zog Dante sanft hinter mir her. Die steinigen Wände schienen immer näher zu kommen und völlig unvermittelt spürte ich, wie etwas an meinem Kleid zog. Ich sprang reflexartig zur Seite und Dantes Hand löste sich von meiner. Sofort drehte ich mich um, machte zwei stolpernde Schritte zurück zu der Stelle, an der er eben noch gestanden hatte. Doch es schien, als hätte sich eine der Höhlenwände aufgetan und ihn verschluckt.

»Dante! Wo bist du? Sag doch was!«, schrie ich. Meine zittrige Stimme hallte von den Wänden wider.

Ich tastete den kalten Fels ab und schnitt mich an einem der spitzen Steine. Wohin war er bloß verschwunden?

»Dante!«, rief ich erneut. Doch das Echo meiner Stimme verebbte und ich versank in der drückenden Stille.

»Vermisst du deinen Freund?«

Im glimmenden Licht suchte ich den Ursprung der säuselnden Stimme.

»Licht mag dir vielleicht Sicherheit geben, doch Illusionen kann es nicht auslöschen.«

Ich traute meinen Augen kaum. Bildete ich es mir bloß ein oder blickte mir aus der gegenüberliegenden Wand ein Gesicht entgegen? Nach und nach schälte sich aus dem Fels ein zierliches Wesen, dessen Körper dem einer Frau ähnelte. Doch seine Haut glich grauem, rissigem Stein. Statt Händen besaß es lange astartige Klauen, mit denen es ein seltsam klapperndes Geräusch erzeugte. Langsam kam es auf mich zu.

Ängstlich tastete ich mich rückwärts, den Blick gebannt auf das Wesen gerichtet. Auf seinem Kopf trug es eine Art Schädelkrone.

»Willkommen auf den gewundenen Khayaalpfaden der Vulkanwelt. Wie ich sehe, haben dir die Pyromäen eines ihrer kostbaren Lavalichter gegeben.«

»Wo ist Dante? Was hast du mit ihm gemacht?«

Meine Stimme klang nicht halb so kraftvoll, wie ich es mir gewünscht hätte. Als ich die rechte Hand zur Faust ballte, gruben sich meine Nägel in meine Handfläche. Das Schwert zitterte in der anderen, doch ich versuchte mir meine Angst nicht anmerken zu lassen.

»Wer die Khayaalpfade betritt, der übergibt sein Schicksal den Xayøli, den Illusionisten der Vulkanpfade. Hat man euch etwa nicht vorgewarnt?«

Die seltsame Frau neigte den Kopf ein Stück nach vorn, sodass ich nun deutlich den Schädel erkennen konnte, der auf ihrem Haupt thronte. Sie wirkte beinahe beleidigt, dass ich nicht wusste, wer sie war.

»Nein«, antwortete ich mit viel zu dünner Stimme.

»Oh, na, das nenne ich Pech.«

Nervös zupfte ich am Stoff meines Kleides herum. Wie hatte ich nur glauben können, dass ein wenig Licht uns beide beschützen würde? Angst überkam mich und ich bereute unsere Entscheidung für diesen Weg. Während ich in der Helligkeit wandelte, hatte ich Dante dem dunklen Abgrund überlassen.

»Aber ich gebe dir eine Chance, die Freiheit deines Begleiters zurückzugewinnen.«

Erleichtert atmete ich auf. Vielleicht gab es ja doch noch einen Ausweg aus dieser Situation. Ich würde alles tun, um Dante zu retten.

»Du wirst diese Gänge niemals überwinden, wenn wir dich nicht lassen. Wir haben die Macht, dich ewig zu täuschen, dich schier endlosen Qualen auszusetzen, dir den Verstand zu rauben, bis du dir wünschst zu sterben. Wir sind die Vorbotinnen des Todes und dies ist unser Reich.«

»Was muss ich tun?«

»Wir ernähren uns von der Furcht der Menschen. Wie du dir sicher vorstellen kannst, ist es schon sehr lange her, dass wir auf unseren gewundenen Pfaden Besucher empfangen haben.«

»Ich will ja nicht unhöflich sein, aber das scheint hier unten irgendwie ein weitverbreitetes Problem zu sein.«

Ein unheilvolles Lächeln breitete sich auf ihrem dunklen, von Staub bedeckten Gesicht aus. Sie strich sich mit ihren dürren Krallen übers Gesicht und bei dem kratzenden Geräusch, das dabei ertönte, zuckte ich zusammen. Schaudernd fragte ich mich, wie viele Körper sie wohl schon mit diesen scharfen Klauen aufgeschlitzt hatte.

Ich wartete darauf, dass sie weitersprach, doch als sich unsere Blicke kreuzten, wurde mir schlagartig bewusst, dass sie es genoss, mich in meiner Verzweiflung zu beobachten. Es schien beinahe, als würde sie meine Furcht einatmen wie einen angenehmen Duft.

»Ich spüre deutlich, dass du diejenige bist, die mehr zu verlieren hat. Dein Körper trieft förmlich vor Angst. Sie rinnt dir aus jeder Pore, benetzt jeden Zentimeter deiner Haut. Sie lähmt dich, schwächt dich und macht dich für mich und mein Volk unwiderstehlich. Wir lassen deinen Freund frei, wenn wir stattdessen dich bekommen.«

Ihr Verlangen zeichnete sich deutlich auf ihren Zügen ab. Dass sie meine Schwäche so offen ansprach und mich damit bloßstellte, traf mich völlig unvorbereitet. Aber das Schlimmste daran war, dass sie recht hatte.

»Woher weiß ich, dass du dein Wort auch hältst? Wieso solltest du einen von uns laufen lassen, wenn du beide haben könntest?«

Ein kehliges Lachen ertönte. »Menschen! Ihr und eure niederträchtigen Spielchen. Wir Xayøli halten unser Wort. Aber die Entscheidung liegt ganz bei dir.«

Ich wusste nicht, was ich tun sollte. Vielleicht war auch dieses Gespräch bloß eine Illusion? Vielleicht hatte mich dieser Ort bereits ins Chaos gestürzt?

Ich hob das Schwert an und ging einen Schritt auf die Frau zu.

»Überlege gut, was du tust«, drohte sie mir. Ihre schwarzen Augen reflektierten das leuchtende Rot meines Kleides.

»Ich glaube dir nicht«, presste ich hervor. Mein Herz schlug pochend gegen meine Brust. »Irgendetwas verschweigst du mir.«

Die Xayøli trat auf mich zu, bis ihr steinerner Körper die Klinge meines Schwerts berührte. »Du kannst mich nicht verletzen. Ich bin Teil dieses Vulkans, mein Körper besteht aus seinem unzerstörbaren Gestein. Aber nur zu, versuch es ruhig.«

Sie streckte ihre Arme aus und entblößte ihren ungeschützten Oberkörper. Doch noch immer ließ mich dieses eigenartige Gefühl nicht los. Ich konnte nicht sagen, warum, aber ich spürte, dass Dante irgendwo hier war. Wenn ich diejenige war, die sie eigentlich wollten, wieso hatten sie dann nicht mich entführt, sondern Dante? Hatte das Licht sie ferngehalten? War es möglich, dass es mich doch irgendwie beschützte? Plötzlich, ganz leise, konnte ich ein Flüstern hören.

»Sie lügt. Geh nicht auf ihren Handel ein, Saphina. Das ist eine Falle.«

War das Dantes Stimme? Noch immer hielt ich das Schwert vor meinem Körper in die Höhe. Mein Blick blieb an dem Griff des Schwerts hängen. Der kleine Edelstein, der darin eingelassen war, leuchtete in einem dunklen Rot.

Ohne noch länger nachzudenken, holte ich aus und rammte die Klinge in die Brust der steinernen Frau. Ein Teil von mir erwartete, dass die glänzende Waffe an ihr abprallen würde. Doch genau das Gegenteil war der Fall. Ein markerschütternder Schrei ertönte, als ich das Kurzschwert bis zum Griff in der Brust der Xayøli versenkte. Ich sah in ihre vor Schreck geweiteten Augen und beobachtete, wie sich Risse über ihren gesamten Körper ausbreiteten. Kraftvoll riss ich die Klinge aus ihrer Brust. Der Schrei verklang, doch ihr Mund stand noch immer offen. Die Risse zogen sich weiter, bis das steinerne Wesen schließlich in sich zusammenfiel.

Die Waffe lag schwer in meiner Hand, doch ich konnte sie einfach nicht sinken lassen. Zu groß war die Befürchtung, dass weitere dieser Kreaturen erscheinen würden, und tatsächlich: Als ich mich suchend nach Dante umblickte, starrten mich aus den Wänden weitere Xayøli an.

»Gebt ihn mir zurück oder ich werde jede Einzelne von euch aus dem Stein herausschneiden!«

Ich schwang das Schwert hin und her, wirbelte die Klinge herum, so wie Dante es mir gezeigt hatte. Meine Hände brannten bereits und meine Arme wurden langsam träge. Doch die Sorge um Dante, die Angst, ihn in diesen dunklen Gängen zu verlieren, trieb mich an.

Als sich das nächste Geschöpf aus dem Stein schälte, zögerte ich nicht lange, sondern rammte ihm die Klinge direkt in die Brust, bevor sie auch nur ein Wort gesagt hatte. Auch sie zerfiel zu feinem Staub. Mein Atem rasselte, die Hitze war unerträglich. Doch alles, woran ich denken konnte, war Dante. Ich suchte die Wände nach seinem Gesicht ab, sah jedoch nichts außer weiteren dieser unheimlichen Kreaturen. Noch ehe ich erneut eine von ihnen angreifen konnte, erbebte die Erde unter meinen Füßen. Ich verlor das Gleichgewicht und fiel auf meine nackten Knie.

»Genug!«, rief eine tiefe Stimme und für einen winzigen Augenblick schien es so, als würden die Worte vom Vulkan selbst kommen.

Als ich mich zurück auf die Beine kämpfte, sah ich ihn. Dante kauerte nur wenige Schritte von mir entfernt am Boden. Sofort stürmte ich auf ihn zu, doch ich kam ihm einfach nicht näher, obwohl ich einen Schritt nach dem anderen machte. Ich blieb stehen und schnappte nach Luft.

»Dante!«, schrie ich verzweifelt, doch er hob nicht einmal den Kopf. Er sah unendlich niedergeschlagen aus.

Sollte es so enden? Wir zwei hier unten, für immer und ewig auf der Suche nacheinander, nah und doch so unendlich fern? Der Schmerz, der mich bei seinem Anblick überkam, riss mich brutal zu Boden. Ich wollte keine Schwäche zeigen, wollte stark und mutig sein. Doch waren Liebe und Mitgefühl nicht genau das, was uns letztlich menschlich machte, was uns von diesen kaltherzigen Xayøli unterschied?

Als mir die Tränen über die Wangen liefen, ließ ich es zu. Sie waren der Beweis dafür, dass ich nicht an diesen Ort gehörte. Und in dem Moment, als die erste lautlos zu Boden tropfte, schien es, als würde sich ein Schleier lichten. Noch immer schwer atmend rappelte ich mich zurück auf die Beine, das Schwert zitterte in meiner Hand. Langsam ging ich auf die zusammengesunkene Gestalt am Boden zu. Schritt für Schritt näherte ich mich, doch diesmal war ich tatsächlich in der Lage, die Distanz zu überbrücken. Als ich mich zu Dante auf den steinigen Grund kauerte und ihn berührte, hob er den Kopf.

»Saphina«, flüsterte er mit brüchiger Stimme.

Er schlang die Arme um meinen Oberkörper und ich nahm eine undurchdringliche Kälte wahr, die von seinem Körper auf meinen übergriff. Dante bebte und ich schloss die Augen, um die Tränen aufzuhalten, die mir noch immer über die Wangen liefen.

»Dir geht es gut.«

Pure Erleichterung durchströmte mich. Die Sorge um ihn, die Angst, ihn hier zu verlieren, war beinahe unerträglich gewesen.

»Ich habe deine Hand losgelassen. Es tut mir so leid«, stotterte ich, doch Dante löste sich aus der Umarmung und starrte mich mit seinen großen Augen an.

»Nein, es tut mir leid«, raunte er.

Er umfasste mein Gesicht mit beiden Händen und zog mich näher an sich heran. Sein kalter Atem auf meiner Haut ließ mich jede einzelne meiner Tränen spüren.

»Ich habe dich in dieser elendigen Dunkelheit allein gelassen. Diese verkommenen Viecher wollten mich brechen. Sie wollten dich und haben mir eingeflüstert, dass du mich schon längst verraten hättest, doch ich wusste genau, dass sie lügen. Eine von ihnen hat mir einzureden versucht, dass du mich einfach zurückgelassen hättest, aber ich habe dich gespürt. Du warst mir noch immer nah, und auch wenn ich dich nicht sehen konnte, ich habe deine Anwesenheit gefühlt, und zwar hier drin.«

Er löste eine Hand von meinem Gesicht und griff nach meiner. Dann legte er sie auf seine Brust. Sein Herz schlug aufgeregt.

»Ich habe dich gehört«, flüsterte ich. »Als ich bemerkt habe, dass du noch irgendwo hier bist, da wusste ich, dass sie mich nur hinhalten wollen.«

Dante strich sanft mit der Hand über mein Gesicht. Langsam zog er mich an sich und drückte seine Lippen auf meine. Es fühlte sich an, als würde uns dieser Kuss vor dem Ertrinken retten. Seine Zunge drängte sich sanft an meine und ich schloss die Augen, um diesen winzigen, flüchtigen Moment völlig auszukosten. Ohne mich wäre er verloren gewesen. Ohne ihn wäre ich verloren gewesen.

Während unser Kuss immer intensiver wurde, spürte ich deutlich die Verbindung zwischen uns. Egal, was in der Vergangenheit passiert war, er war hier bei mir. Nur das zählte. Ich brauchte ihn an meiner Seite, wenn ich diesen Kampf überstehen wollte.

Als Dante sich langsam von mir löste, fühlte er sich nicht länger kalt an. Meine Wärme war auf ihn übergangen.

»Es ging immer nur um dich.« Seine Stimme verursachte mir eine Gänsehaut.

»Wie meinst du das?«

Sein Blick huschte an mir entlang, saugte jeden Zentimeter von mir auf wie ein Schwamm. »Bei den Streitereien mit deiner Schwester. Es ging dabei um dich, Saphina.« Er strich mit den

Fingern über meinen Handrücken und malte feine Kreise auf meine Haut.

»Ich verstehe nicht ganz«, stotterte ich.

»Einige Tage vor den Festlichkeiten habe ich ihr gesagt, dass ich so nicht weitermachen kann. Etikette hin oder her, es fühlte sich falsch an, so zu tun, als hätte ich Gefühle für sie. Deshalb war Maylin so unterkühlt mir gegenüber. Ich habe ihr gesagt, dass ich sie nicht liebe und dass ich diese Scharade nicht weiterspielen will, egal welche Konsequenzen das für die de Laceys hat.«

Das nervöse Kribbeln in meinem Bauch wurde immer stärker, doch ich war unfähig, auch nur ein Wort zu sagen. Dante musterte mich weiterhin und ich spürte, wie seine Blicke auf meinen Lippen hafteten.

»Ich habe mir immer gewünscht, dass du die Prinzessin wärst, mit der die Hochzeit arrangiert wäre. Von Anfang an wollte ich immer dich kennen lernen … und lieben lernen.«

Sprachlos blickte ich ihn an. In meinem Kopf fügten sich lauter Bruchstücke zu völlig neuen Bildern zusammen. Wie verletzend musste es für Maylin gewesen sein, als sie von Dante erfuhr, dass er Gefühle für mich hegte?

»Hat sie es gewusst? Hast du ihr gesagt, dass du mich …?«

Dante schüttelte den Kopf. »Auch wenn ich Maylin nicht auf diese romantische Art geliebt habe, war sie mir dennoch wichtig. Ich hätte sie niemals unnötig verletzt. Sie wusste nichts davon.«

Ein Teil von mir fühlte sich bei dem Gedanken besser. Doch ein anderer, größerer Teil wusste, dass Maylin niemals böse auf mich gewesen wäre. Sie selbst hatte mir, als ich noch jünger gewesen war, gesagt, dass man Gefühle nicht erzwingen konnte. Sie kamen ohne Einladung, ohne Vorwarnung, überfielen uns in den denkbar ungünstigsten Augenblicken und verschwanden oftmals genauso plötzlich, wie sie gekommen waren. Gefühle waren unberechenbare kleine Biester.

Mit einem Mal ergaben all meine verwirrenden Gedanken einen Sinn. Dante war von Anfang an unschuldig gewesen und ich schämte mich so unglaublich dafür, ihn verdächtigt zu haben. Niemals wäre er dazu in der Lage gewesen, Maylin wehzutun.

»Wie kannst du mich lieben, wenn ich dir die ganze Zeit über so viele Gründe geliefert habe, es nicht zu tun?«

Dante strich mir eine Strähne aus dem Gesicht und rückte die verrutschte Krone auf meinem Kopf wieder gerade. In seinem Gesicht war keine Spur von Wut zu sehen. Im Gegenteil, er wirkte erleichtert, beinahe glücklich.

»Ich bin dir nicht böse. Du konntest es ja nicht wissen.«

Wir waren uns so nah, dass ich mir einbildete, seinen Herzschlag hören zu können, dabei war es nur mein eigener. Sein fruchtig-frischer Geruch beruhigte mich irgendwie und kurz vergaß ich, wo wir uns befanden und dass wir nur wegen mir an diesem unheilvollen Ort festsaßen.

»Komm, lass uns schnell von hier verschwinden, bevor diese versteinerten Wesen zurückkommen«, raunte er mir ins Ohr.

Er zog mich vorsichtig auf die Beine und reichte mir das Kurzschwert, das ich offensichtlich fallen gelassen hatte. Jede seiner Berührungen fühlte sich mit einem Mal so vertraut an und es schien mir völlig selbstverständlich, dass er seinen Arm um mich legte.

»Sie haben uns getrennt, weil sie wussten, dass wir ihnen gemeinsam überlegen gewesen wären. Wieso haben die Pyromäen uns nicht gewarnt?«, flüsterte ich.

Dante drückte meine Hand fester. Ich spürte deutlich die Wut, die durch ihn floss. »Du kannst niemandem trauen, Saphina. Jeder an diesem Ort will uns tot sehen. Je eher du das begreifst, desto besser.«

Ich nickte. Irgendwann blieb Dante stehen und die Angst erfüllte mich erneut.

»Dort hinten leuchtet etwas. Siehst du das?«

Ich war so in Gedanken versunken gewesen, dass ich es erst jetzt bemerkte. Langsam liefen wir weiter und jeder Stein, der unter unseren Füßen knirschte, ließ mich zusammenzucken. Doch als wir der Rechtsbiegung folgten, öffnete sich der Gang in eine weitere, größere Höhle. Hier trafen wir auch wieder auf den zähflüssigen Lavastrom, dessen orangerotes Glimmen die Umgebung in dramatisches Licht tauchte.

»Das hätten wir wohl geschafft!«, rief ich erleichtert aus.

»Freu dich nicht zu früh«, hörte ich Dante hinter mir sagen.

KAPITEL 24

Dante hob den Arm und zeigte auf das andere Ende der gigantischen Höhle. Von der Decke hingen gewaltige Steinzapfen, spitz, dunkel und unheilvoll glänzend.

»Ich glaube, wir müssen dort hinauf.«

Direkt unter den Stalaktiten befand sich eine in Stein gemeißelte Treppe. Allein beim Anblick der Hunderte von Stufen wurde mir schwindelig. Doch zwischen uns und dieser Treppe klaffte eine tiefe Schlucht.

»Aber erst einmal müssen wir irgendwie dieses Loch überwinden.«

Dante trat näher an den Rand des Vorsprungs. »Man kann nicht mal den Boden erkennen«, sagte er ratlos.

»Vermutlich führt dieses Loch direkt in die Hölle.« Es war eigentlich als Scherz gemeint, aber als ich in Dantes Gesicht sah, bemerkte ich seine ernste Miene.

»Gut möglich«, murmelte er leise.

Ich zog ihn weg von dem Abgrund und beobachtete den schmalen Lavafluss, der nicht weit von uns entfernt in die Schlucht mündete.

»Es muss doch irgendeinen Weg hinüber geben. Aramea war

schließlich auch schon hier. Vielleicht haben sie sich an der Felswand entlanggehangelt oder einen versteckten Gang gefunden.«

Ich tastete die Wände nach irgendwelchen Einkerbungen ab. Als ich nichts fand, hob ich das Schwert und versuchte selbst welche hineinzuschlagen. Doch die Felsen waren so hart, dass das Schwert daran abprallte und ich bei dem Aufprall beinahe das Gleichgewicht verlor.

»Das kann nicht sein.« Meine Stimme klang verzweifelt. »Wir sind nicht so weit gekommen, um jetzt einfach aufzugeben.«

»Wir werden nicht aufgeben.« Dante sprach leise, mit einer Spur Nachdenklichkeit in seiner Stimme. Langsam tigerte er den Vorsprung auf und ab, den Kopf gesenkt. »Ich gebe es nicht gern zu, aber ich glaube, du musst diese Flöte benutzen.«

Natürlich! Cael schuldete mir noch einen Gefallen. Ich holte die Flöte hervor und drehte sie in meiner Hand. Dante blickte mich ernst an. Mir war bewusst, dass er den bloßen Gedanken, sich von einem Dämon helfen zu lassen, zutiefst verabscheute. Aber dass er es dennoch vorgeschlagen hatte, rechnete ich ihm wirklich hoch an.

»Bist du sicher?«, fragte ich. Ich bat ihn nicht um Erlaubnis, dennoch war es mir wichtig, dass er hinter dieser Entscheidung stand.

Dante breitete die Arme aus und wies auf den Abgrund vor uns. »Uns bleibt wohl nichts anderes übrig, fürchte ich.«

Ich holte tief Luft und blies in die kleine Flöte. Der Ton war gleichermaßen schön wie beängstigend. Der hohe Klang drang mir direkt durch Mark und Bein und ich spürte, wie Adrenalin durch meine Adern schoss. Erwartungsvoll starrte ich umher, konnte Cael aber nirgends entdecken.

»Vielleicht ist das Ding kaputt? Versuch's noch mal«, meldete sich Dante zu Wort.

Ich wollte gerade erneut die Flöte an die Lippen setzen, als ein Räuspern hinter meinem Rücken ertönte.

»Ihr seid aber ganz schön ungeduldig. Ich habe euch schon gehört, ich habe ja nichts an den Ohren.«

Cael stand in dem dunklen Tunnel, aus dem wir gekommen waren. Er trug noch immer den viel zu schicken Anzug. Als er meinen Blick bemerkte, grinste er dreckig.

»Hast du mich etwa gerufen, um mich abzuchecken? Na, na, wenn das dein kleiner Freund mitbekommt, dann gibt's Ärger.«

Er zwinkerte mir provokativ zu, dann drehte er sich zu Dante. Der ballte die Hände zu Fäusten und presste die Zähne aufeinander.

»Nun gut, genug geflirtet, Kleines. Ich hätte ja nicht gedacht, dass ihr es so weit schaffen würdet.«

»Tut uns leid, dich zu enttäuschen«, knurrte Dante.

»Eigentlich bin ich davon ausgegangen, dass Myrell euch ihren hungrigen Pyromäen zum Fraß vorwirft. Wie hast du es nur geschafft, dass sie dir sogar eins ihrer Lavalichter gegeben hat?«

Caels Blick huschte über mein Kleid, das noch immer in dem seltsamen Zauber des Lavalichts leuchtete. Anscheinend konnte er, im Gegensatz zu Dante, das Leuchten des Stoffes erkennen.

»Nur zum Verständnis – du wunderst dich, dass wir beide noch immer leben, weil du eigentlich davon ausgegangen bist, wir würden hier unten sowieso keine drei Minuten heil überstehen. Gleichzeitig erwartet uns aber dein Ach-so-mächtiger Knochenkönig in seiner Fünf-Sterne-Suite vor dem prasselnden Kaminfeuer. Bin ich die Einzige, die deine Logik nicht ganz versteht?«

Fassungslos blickte ich zu Dante, doch der war immer noch damit beschäftigt, Cael nicht in Stücke zu reißen.

»Nimm doch nicht alles so furchtbar persönlich, Prinzesschen.

Ich war doch nur neugierig, immerhin passiert es ja nicht jeden Tag, dass wir königlichen Besuch hier unten haben und dieser direkt alle um den kleinen Finger wickelt. Wie dem auch sei, wo drückt denn der Schuh?«

Ich atmete tief ein und versuchte die Fassung zu wahren. Dann zeigte ich auf den Abgrund. »Ich denke, du weißt genau, wo das Problem liegt.«

Caels Lächeln ließ mir das Blut in den Adern gefrieren. Er wusste, dass er mit uns spielen konnte wie mit verfluchten Schachfiguren. Und dieser Zandor saß vermutlich auf seinem Knochenthron, sah uns dabei zu, wie wir von einer Gefahr zur nächsten stolperten, und amüsierte sich köstlich.

»Ach so, ja, der Abgrund der Qualen. Wie konnte ich das nur vergessen?« Er tippte sich dramatisch mit dem Finger gegen die Stirn. »Lass mich mal nachdenken, wie wir dieses klitzekleine Problemchen gelöst bekommen.«

Ich ging zu Dante und griff nach seiner Hand, denn er war offensichtlich kurz davor, die Beherrschung zu verlieren.

»Eine Brücke wäre ganz nett, oder?«

Fragend blickte ich den Dämon an. Der ging Schritt für Schritt auf den Abgrund zu. Als er am Rand stehen blieb, schluckte ich kurz. Ein falscher Schritt und er würde in die Tiefe stürzen.

»Weißt du, ich bin mir nicht sicher, ob ich euch wirklich helfen kann. Aber vielleicht könnt ihr euch ja einfach selbst helfen.«

»Was soll das? Bring uns jetzt sofort zu diesem beschissenen Knochenkönig, damit wir endgültig von hier verschwinden können«, blaffte Dante ihn an.

Doch Cael ließ sich von Dantes Wutausbruch nicht im Geringsten beeindrucken. »An diesem Ort hier«, sagte er und breitete theatralisch die Arme aus, »ist nichts, wie es scheint.«

Dann trat er einen Schritt nach vorn und ich stieß einen spitzen Schrei aus. Doch Cael stürzte nicht in den Abgrund. Ungläubig starrte ich ihn an, wie er dort in der Luft hing.

»Ihr Menschen seid immmer so leicht zu beeindrucken. Das ist herrlich.« Dann fing er lauthals an zu lachen. »Die Brücke ist direkt vor euren Augen, ihr müsst nur genauer hinsehen.«

Dante und ich wechselten einen Blick. Uns ging sicherlich exakt dasselbe durch den Kopf. Dort vor uns klaffte ein gigantischer Abgrund und ganz sicher war weit und breit keine Brücke in Sicht.

»Das ist völlig ausgeschlossen. Hier ist nichts.«

Cael blickte nach unten in die bodenlose Tiefe, dann zuckte er mit den Schultern. Schritt für Schritt lief er weiter. Es sah wirklich aus, als würde er über festen Untergrund laufen. Aber konnten wir ihm trauen?

»Du behauptest also, hier ist gar kein Abgrund und wir können einfach so hinüberlaufen?«

»Ich habe nie gesagt, hier wäre kein Abgrund.« Cael verschränkte die Arme vor der Brust. »Ich habe lediglich gesagt, es gibt eine Brücke, über die ihr sicher auf die andere Seite gelangt.«

Diese Spielchen fingen langsam an, mir auf die Nerven zu gehen. Zögerlich ließ ich Dantes Hand los und ging näher an den Abgrund heran. Ich versuchte etwas zu erkennen, aber egal wie sehr ich mich anstrengte, mir blieb diese ominöse Brücke weiterhin verborgen. Cael beobachtete mich aufmerksam, sagte jedoch nichts.

»Wenn du die Wahrheit sagst, dann passiert mir nichts, solange ich an derselben Stelle loslaufe wie du?«

Doch bevor ich über den Rand treten konnte, riss Dante mich zurück. »Hast du den Verstand verloren?«, schrie er.

Ich sah die Sorge in seinem Blick, die Angst um mich, und obwohl ich mich geschmeichelt fühlte, war ein Teil von mir auch wütend. Immerhin war ich kein kleines Kind mehr, sondern die amtierende Königin.

»Dante, es wird schon gut gehen.«

»Woher willst du das wissen?«

Ich streichelte ihm sanft übers Gesicht. »Ich weiß es einfach.«

Nervös nahm ich einen tiefen Atemzug, drehte mich wieder zum Abgrund und lief los. Ängstlich schloss ich die Augen, doch nichts geschah. Als ich sie vorsichtig wieder öffnete, konnte ich kaum glauben, was ich sah: Eine eindrucksvolle schwarze Brücke mit dicken Pfeilern erstreckte sich direkt vor mir. Links und rechts an den Pfeilern waren meterhohe Statuen platziert, die zwei unheimliche Wesen mit messerscharfen Zähnen zeigten.

Cael bemerkte, wie ich sie anstarrte, und kam auf mich zu. »Den beiden wärt ihr begegnet, wenn ihr euch für den Weg durch den Steinwald entschieden hättet. Ich nenne sie liebevoll Rufus und Bowie, aber ich denke, ihr habt nichts verpasst. Die beiden sind nicht sehr … kommunikativ.«

»Geht's dir gut?«, hörte ich Dante. Er stand nur wenige Schritte von mir entfernt und blickte mich mit großen Augen an.

»Ja, hier ist wirklich eine Brücke.«

Dante runzelte die Stirn. Anscheinend traute er dem Dämon noch immer nicht.

»Wieso können wir sie erst sehen, wenn wir sie betreten? Das ist doch völlig absurd.«

»Tja, willkommen in der Vulkanwelt. Hier läuft der Hase eben anders. Ich mache die Regeln nicht.«

Cael lief voraus, während ich auf Dante wartete. Als er sich endlich traute, die massive Brücke zu betreten, staunte er genauso wie ich. »Was ist das bloß für ein eigenartiger Ort«, murmelte er leise.

Einen Fuß vor den anderen setzend, folgten wir Cael auf die andere Seite.

»So, die Flöte bitte«, sagte er und streckte seine Hand aus. Ich legte die Flöte hinein und er zerdrückte sie. »Somit ist meine Pflicht getan. Von nun an seid ihr auf euch allein gestellt. Aber die paar Stufen solltet ihr ja wohl ohne Hilfe hinbekommen.« Er drehte den Kopf kurz in Richtung der Treppe.

»Danke, Cael.«

Dante blickte mich böse an, doch ich ignorierte ihn. Egal, was er von dem Dämon hielt, ohne seine Hilfe hätten wir es niemals so weit geschafft.

»Hach, du bist zu süß«, säuselte Cael, dann löste er sich in dunklen Rauch auf.

»Und wir müssen jetzt also da hoch?«

»Ich glaube, die paar Treppenstufen sind nach allem, was wir bisher erlebt haben, unser kleinstes Problem.«

KAPITEL 25

Stufe für Stufe stiegen wir die gigantische Treppe empor. Bei jedem Schritt, den wir machten, klang es, als würden wir über Glas laufen, das unter unserem Gewicht knirschend zerbrach. Ein beängstigendes Geräusch, das ich nie wieder aus dem Kopf bekommen würde. Es war höllisch heiß und mit jeder Stufe wurde der Aufstieg anstrengender. Dantes Ausdauertraining war ein Witz gegen das hier.

»Wie weit ist es noch?«, keuchte ich.

Dante hatte sich bereits einen kleinen Vorsprung erkämpft und ich stellte missmutig fest, dass er immer noch viel besser in Form war als ich. Er blieb stehen und das knackende Geräusch unter seinen Sohlen ließ mich erneut zusammenzucken.

»Wenn ich es nicht besser wüsste, würde ich behaupten, dass diese Treppe endlos ist.« Ich beugte mich nach vorn und stemmte keuchend meine Hände auf die Knie. Obwohl wir ohne Gepäck hier gelandet waren, kam es mir vor, als würde ich kiloweise Ballast mit mir herumschleppen.

»Ich brauch 'ne Pause.«

Ohne auf Dantes Antwort zu warten, ließ ich mich auf der Treppe nieder. Rechts und links brannten imposante Fackeln und tauchten die Stufen in flackerndes Licht. Auch Dante setzte sich, ein Stückchen oberhalb. Von hier aus konnte man die gesamte Höhle sehen. Dennoch hätte ich schwören können, dass wir schon wesentlich weiter hätten sein müssen. Ich strich mir mein dickes Haar aus dem Gesicht und vefluchte mich dafür, dass ich kein Haarband dabeihatte. Einige Strähnen klebten mir unangenehm im Nacken und kurz erlaubte ich mir den Gedanken an eine eiskalte Dusche.

»Woran denkst du?«, fragte Dante.

Ich räusperte mich. »Glaub mir, dir das zu verraten, würde diese Situation nicht gerade angenehmer machen.«

Dante zuckte mit den Schultern. »Ganz ehrlich? Ich weiß, man soll so etwas nicht sagen, aber ich glaube kaum, dass unsere derzeitige Situation noch schlimmer werden könnte.« Er blickte auf die dreckigen Stufen und griff nach etwas, das aussah wie ein loser Stein.

»Da könnte wohl was dran sein.« Ich beobachtete ihn dabei, wie er den Stein drehte, ehe seine Augen schlagartig größer wurden.

»Saphina?«

Fragend blickte ich ihn an. »Was ist?«

Dante warf mir das Gesteinsstück zu. Ich fing es auf und beäugte es kritisch.

Ich drehte das Etwas in der Hand und erschrak. »Sind das …?«, begann ich.

»Knochen«, fiel mir Dante ins Wort. »Ja, diese herrliche Treppe hier besteht aus menschlichen Gebeinen.«

Ich warf das Ding verstört zur Seite und schnappte nach Luft. Vorsichtig strich ich über die Stufe, auf der ich saß, und tatsächlich – wenn man die Oberfläche genauer betrachtete, dann war sie deshalb so rau und uneben, weil sie aus Knochen bestand.

»Glaubst du, das waren alles Menschen, die zu diesem Zandor wollten?« Ich konnte nur noch flüstern.

»Ich hoffe nicht, denn wir haben noch verdammt viele Stufen vor uns.«

Schweigend erhob ich mich. Mein Bedürfnis, eine Pause einzulegen, war schlagartig verschwunden. Dante hatte sich ebenfalls wieder aufgerappelt und ging weiter. Doch als ich meinen linken Fuß anheben wollte, um die nächste Stufe zu erklimmen, berührte mich irgendetwas Kaltes am Bein und hielt mich fest. Ich blickte zu Boden und schrie. Eine skelettartige Hand, die aus den Stufen ragte, umfasste meine Fessel. Um mich irgendwie loszureißen, trat ich wild um mich und schließlich gab mich diese unheimliche Hand frei.

Dante hatte sich zu mir umgedreht. »Saphina, was ist los?« Von oben konnte er nicht sehen, was mich so in Aufruhr versetzt hatte.

Ich wollte zu ihm aufschließen, doch ich blieb mit dem Fuß an einer der Treppenstufen hängen und stolperte.

»Warte, ich helfe dir«, rief er mir zu.

Doch genau in diesem Moment spürte ich wieder die kratzende Hand auf meiner nackten Haut. Panisch schrie ich und strampelte mich erneut frei. Auf allen vieren kroch ich die nächste Stufe hoch, dann drehte ich mich um. Direkt unter uns erhoben sich dunkle Skelette und sie kamen direkt auf uns zu! Ihre klappernden Knochen jagten mir eine Riesenangst ein und hastig versuchte ich wieder auf die Beine zu kommen.

»Was sind das denn für Dinger?«, rief Dante eher aufgebracht als verstört. Sein besorgter Tonfall ließ meinen Puls weiter in die Höhe schießen.

Dante lief zu mir, griff nach meinem Arm und zog mich

zurück auf die Beine. Die Skelette kamen immer näher und es wurden immer mehr.

»Lauf!«, schrie Dante.

Stufe für Stufe rannten wir hinauf und ich traute mich nicht einmal, einen Blick zurückzuwerfen. Plötzlich streifte etwas meine Schulter und ich zuckte zusammen. Im Laufen blickte ich mich um. Unsere Angreifer warfen mit ihren eigenen Knochen nach uns!

Meine Hand löste sich aus Dantes und ich verlor das Gleichgewicht. Ich versuchte noch, mich an ihm festzuklammern wie eine Ertrinkende an der rettenden Schiffsplanke, doch ich griff ins Nichts und fiel. Hart schlug ich mit dem Kopf auf den Stufen auf. Warmes Blut floss mir von der Schläfe über die Wange und ich strich mir benommen die Haare aus dem Gesicht. Mit einem Mal wirkte alles um mich herum seltsam grau und verschwommen. Als hätte mir jemand die Farben gestohlen. Ich hörte Schreie, das Klirren von Klingen, doch egal wie sehr ich mich um klare Sicht bemühte, ich driftete doch immer wieder in diese Welt aus farblosen Schatten ab.

Als ich irgendwann die Augen öffnete, war mir so schwindelig, dass ich sie sofort wieder schloss. Ich spürte ein seltsames Ruckeln, und als ich mich darauf konzentrierte, bemerkte ich, dass es ein gleichmäßiges Auf und Ab war. Ich holte tief Luft, ehe ich erneut die Augen öffnete, diesmal langsamer. Dante hielt mich im Arm, während er sich mühsam die Stufen emporschleppte. Er atmete schwer. Sofort verspannte ich mich.

Er blieb stehen. »Saphina? Du bist wach?«, keuchte er und setzte mich behutsam ab. In seiner rechten Hand hielt er meine Krone, die er mir einen Moment später behutsam auf den Kopf setzte.

Das Flackern der Fackeln brannte in meinen Augen, dennoch konnte ich meinen Blick nicht von ihm abwenden. Seine Kleider hingen nur noch in losen Fetzen an ihm herab und seine nackte Haut darunter war von roten Striemen übersät.

»Was ist passiert?«, stotterte ich.

Er blickte sich nervös um. »Wir sollten uns nicht länger als nötig ausruhen. Wer weiß, wann sie wiederkommen.«

Er strich sich das zerzauste Haar nach hinten. Dabei entdeckte ich eine tiefe Wunde direkt am Hals. Ich stand auf und zog seinen zerrissenen Hemdkragen zur Seite.

»Lass mich das mal ansehen.«

Er hob die Hand und schob mich sanft, aber bestimmt beiseite. »Mir fehlt nichts«, raunte er.

Doch ich blieb, wo ich war, und umfasste seine Hand, mit der er mich abwimmeln wollte. »Was ist passiert? Mein Kopf fühlt sich an, als wäre eine Horde Elefanten drübergetrampelt.«

Dante kämpfte mit sich, ich konnte es deutlich in seinen Zügen erkennen. »Du hast dir den Kopf an einer der Stufen angeschlagen. Und diese Untoten kamen immer näher. Ich musste mir den Weg zur dir freikämpfen, und als ich dich endlich erreicht hatte, habe ich dich weggetragen.«

»Den ganzen Weg lang?«

»Ja. Und sie kamen immer wieder. Egal wie oft ich ihre Körper zerschlagen habe, sie haben sich immer wieder zusammengebaut. Doch mit einem Mal hat es schlagartig aufgehört. Ich bin gerannt, so schnell ich konnte, aber diese Treppe führt ins Nichts. Sie nimmt einfach kein Ende.«

»Danke, Dante«, flüsterte ich nur. »Du hast mir das Leben gerettet.« Ich drückte seine Hand und versuchte mich an einem aufmunternden Lächeln.

»Ja, aber das Schwert deiner Ahnin konnte ich nicht retten. Es fiel zu Boden, als du gestürzt bist. Eines dieser Skelette hat es an sich genommen. Tut mir leid.«

»Ach, das ist doch nur ein Gegenstand. Oder glaubst du ernsthaft, ich wäre glücklicher, wenn du das blöde Ding eingesteckt hättest, anstatt mich vor diesen lebenden Toten zu retten?«

Dante grinste und ich spürte, wie ein Stück der Anspannung von mir abfiel.

»Darf ich mir jetzt deine Wunde ansehen? Oder willst du lieber weiter vor dich hin leiden?«

Widerwillig ließ mich Dante den Schnitt begutachten. Kurzerhand riss ich etwas Stoff von meinem Kleid und tupfte ihm das Blut von der Haut.

»Du hast aber auch ganz schön was eingesteckt«, hörte ich ihn dicht an meinem Ohr.

»Dann kann unser Volk wenigstens nicht behaupten, dass sich seine Vulkankönigin nicht die Hände schmutzig macht. Aber hey, sie werden es ja ohnehin nie erfahren, denn niemand weiß von meiner Krönung.«

»Ich glaube, du wärst die bessere offizielle Thronfolgerin gewesen.«

Dantes Worte schmeichelten mir. Aber bei dem Gedanken daran, dass Livia in diesem Moment vielleicht gemütlich in ihrem Ohrensessel im Palast saß und Earl Grey schlürfte, stieg Wut in mir auf.

»Das hätte aber auch bedeutet, dass du mit Livia hier unten gelandet wärst.«

Dante rümpfte angewidert die Nase. »Deine Schwester wäre niemals auf den Deal mit Avan eingegangen. Sie interessiert sich doch nur für sich selbst.«

»Hm, da hast du nicht ganz unrecht. Aber sie war nicht immer so wie jetzt«, entgegnete ich versöhnlich.

Ich fuhr mir mit den Händen durch die Haare. An der Stirn befand sich die pochende Wunde, die ich mir bei meinem Sturz zugezogen hatte. Vorsichtig tastete ich sie ab und verzog schmerzerfüllt das Gesicht.

»Das wird schon wieder.«

Dante zog mich näher an sich. Sein unruhiger Atem prickelte auf meiner Haut, und obwohl es in diesem Vulkan immer noch unerträglich heiß war, genoss ich die Wärme seines Körpers. Er hatte sein Leben für mich riskiert, er hatte nicht einen Moment gezögert. Es war weder der richtige Ort noch der richtige Zeitpunkt, um das, was zwischen Dante und mir war, in Worte zu fassen. Aber egal was es war, es war das Schönste, was ich jemals erlebt hatte.

»Wir schaffen das. Wir dürfen uns nur nicht einschüchtern lassen. Bisher haben wir doch allen Gefahren und Hindernissen getrotzt.«

Ich nickte, während ich meinen Kopf an seine Schulter drückte und den Geruch von Leder und einen Hauch von Limette wahrnahm.

Ein unheilvolles Knacken ließ mich aufschrecken und Dante schob sich schützend vor mich. Er brachte sich in Angriffsposition, während er die Umgebung nach Feinden absuchte. Doch die Stufen unter uns waren leer. Weit und breit war nicht ein Skelett zu sehen. Dennoch spürte ich etwas. Ein eisiger Luftzug ließ uns frösteln. Als ich meinen Blick zur Seite drehte, flackerten auch die Flammen der Fackeln bedrohlich. Eine nach der anderen erlosch.

»Los, wir sollten weiter!«, rief ich hektisch und zog Dante hinter mir her.

Wir liefen los und vor uns, knapp zwanzig Stufen entfernt, glaubte ich einen Absatz zu erkennen. War das etwa das Ende dieser unendlichen Treppe?

»Schau mal, da oben«, keuchte ich.

Wir hatten den Absatz beinahe erreicht, als schlagartig alle verbliebenen Fackeln ausgingen. In vollkommener Dunkelheit krochen wir auf allen vieren die letzten Stufen weiter hinauf und ich spürte, wie sich die Knochen in meine Handflächen bohrten. Ich ekelte mich, gleichzeitig hatte ich schreckliche Angst, dass wieder eine Hand nach mir greifen würde. Doch von dem Absatz ging ein sanftes Licht aus, das uns beide wie Motten anzog.

Ich erreichte den Absatz als Erste und was ich dort sah, verschlug mir regelrecht die Sprache. Vor mir erstreckte sich eine Art Thronsaal, dessen Boden über und über mit Knochen bedeckt war wie von einem Teppich. An der Decke hing ein gigantischer Kronleuchter. Seine Flammen brannten erstaunlich ruhig und erfüllten den Saal mit einem schaurigen Licht.

Dante schloss zu mir auf und berührte mich am Arm. Auch er starrte gebannt auf die Szenerie, mit dem Unterschied, dass er kurz darauf auf die Beine sprang, während ich noch immer auf der Erde hockte wie ein kleines Kind.

Das Herzstück dieses imposanten Raums bildete ein Thron. Langsam rappelte ich mich auf, strich den Stoff meines Kleides glatt und machte ein paar Schritte in den Saal hinein. Anders als in unserem Astørcia-Palast auf St. Lucien war dieser Thron nicht aus Gold gefasst und mit Edelsteinen verziert. Dieser hier bestand aus Schädeln und Knochen, die spitz in die Höhe ragten wie Speere. Blutroter Samt war über die Sitzfläche gespannt.

»Das muss der Knochenthron sein«, flüsterte ich.

So bizarr und befremdlich er auch war, irgendwie strahlte er eine Macht aus, der ich mich nicht entziehen konnte. Je näher ich ihm kam, desto mehr Details erkannte ich. In manchen Schädeln ruhten schwarz glänzende Augen aus Steinen, ähnlich denen, die in meiner Krone eingelassen waren.

»Sieht nicht gerade einladend aus«, entgegnete Dante trocken. Auch unter seinen Füßen knirschten die Knochen.

Kurz vor dem Thron blieb ich stehen. Vorsichtig strich ich mit den Fingern über die polierten Knochen. Sie waren erstaunlich glatt und glänzten im Schein des brennenden Kronleuchters.

»Beeindruckend, oder?«, schallte eine männliche Stimme durch den Saal.

Ich zuckte zusammen und zog die Hand zurück, als hätte ich mich verbrannt. Suchend blickte ich mich um, konnte den Ursprung der Stimme jedoch nicht ausmachen. Quälende Sekunden der Stille verstrichen, ehe ich deutlich das knackende Geräusch von Schritten vernahm.

»Willkommen in meinem gemütlichen Zuhause«, tönte die tiefe Stimme.

Ich drehte den Kopf nach rechts und aus den Schatten trat eine dunkel gekleidete Gestalt hervor. Dante trat sofort zu mir heran und stellte sich schützend vor mich. Mein Puls schoss in die Höhe, doch ich versuchte mir nichts anmerken zu lassen.

»Ich bin Zandor, aber ihr kennt mich sicherlich eher unter den Namen Knochenkönig oder Knochendämon.«

Der Dämon schritt in gemächlichem Schritt auf uns zu.

»Wir wissen, wer du bist«, antwortete ich und bemühte mich um eine feste Stimme. Ich atmete tief ein und versuchte mich so groß wie nur möglich zu machen, doch je näher der Knochenkönig kam, desto kleiner und unbedeutender fühlte ich mich.

Zandor war groß und breitschultrig, wie ein Krieger. Obwohl

er eine gewisse Lässigkeit zur Schau stellte, sah man deutlich, wie kraftvoll sein Gang war. Sein dunkelblondes Haar trug er streng nach hinten gekämmt, während auf seinem harten Gesicht ein anzügliches Lächeln prangte. Er strahlte pure Kraft aus. Alles an ihm wirkte gefährlich. Und obwohl er schon zu Lebzeiten meiner Vorfahrin Aramea Bell existiert hatte, sah er nicht älter aus als Anfang zwanzig.

Mein Blick wanderte von seinem Gesicht weiter zu seinem Oberkörper. Zandors Kleidung war wenig königlich. Ein weit ausgeschnittenes T-Shirt entblößte seine tätowierte Brust und auch seine Arme waren mit Zeichnungen überzogen.

»Du bist Saphina, nehme ich an?« Zandor zog die linke Augenbraue in die Höhe und musterte mich genauso unverhohlen wie ich ihn zuvor.

Sein ungenierter Blick wanderte weiter zu Dante, der den Dämon keine Sekunde aus den Augen ließ. »Und du musst demnach der ungebetene Gast sein, der sich nicht an Abmachungen hält.«

Er kam näher und reichte mir die Hand. »Freut mich, dich kennenzulernen. Schön, dass du meiner kleinen Einladung gefolgt bist.«

Zögerlich blickte ich auf seine Hand. Ehe Dante protestieren konnte, gab ich ihm meine. Keine Ahnung, was ich erwartet hatte, aber seine Haut fühlte sich an wie die eines Mannes. Warm, lebendig – menschlich.

»Ich wünschte, ich könnte behaupten, dass die Freude auch auf meiner Seite liegt. Aber leider war der Empfang hier alles andere als freundlich.« Ich entzog mich seinem Griff und blickte ihm in die Augen. Es überraschte mich, dass sie nicht schwarz waren, seelenlos und kalt, sondern vielmehr in einem intensiven Blau leuchteten, das mich ans Meer erinnerte. Er wirkte in der Tat wie ein König, auch wenn er keine Krone trug.

»Das tut mir wirklich leid. Aber wir haben hier auch nicht oft menschlichen Besuch. Ich vergesse immer, wie schwach eure Rasse doch ist.« Zandors Blick wurde weicher. Er schritt an mir vorbei und blieb vor seinem Thron stehen. »Ist er nicht einfach wunderschön? Mir ist dein Blick nicht entgangen, Saphina. Gib es ruhig zu, du warst wie hypnotisiert von der Macht der Knochen.«

Zandor strich mit der Hand über dieselbe Stelle, die ich kurz zuvor berührt hatte, und atmete tief ein und wieder aus. Dann ließ er sich auf seinem Thron nieder. »Also, wo waren wir stehen geblieben? Ach ja, ungebetene Besucher.«

Zandor schnipste kurz und eine dunkle Rauchwolke erschien. Als sie sich verzog, tauchte Cael auf. Er blickte nur flüchtig in meine Richtung, ehe er sich tief vor Zandor verbeugte.

»Mein König«, säuselte er in unterwürfigem Ton.

»Wie erklärst du dir, dass dieser Mensch ohne Einladung in meinem Thronsaal steht?«

Caels Augen wurden schmal, doch er schwieg.

»Weißt du, Saphina, wenn man so lange herrscht, wie ich es tue, dann entwickelt man ein gewisses Gespür für die Dinge. Man weiß genau, wann jemand lügt oder ob man jemandem trauen kann. Es ist wie ein siebter Sinn, eine Vorahnung. Ein guter Herrscher verlässt sich auf sein Gefühl. Das solltest du dir für deine Regentschaft gut merken.«

Zandor erhob sich und blickte auf Cael hinunter, als sei er purer Abschaum. »Du solltest ihr helfen«, sagte er und deutete mit einem kurzen Fingerzeig auf mich. »Aber von diesem Laufburschen war nie die Rede.«

Er schlug mit der flachen Hand auf die Armlehne des Throns

und ein Donnergrollen ertönte. Ich presste mir die Hände auf die Ohren. Der Boden begann zu beben, vereinzelte Gesteinsbrocken lösten sich aus der Decke und fielen mit lautem Getöse zu Boden. Während Dante und ich den fallenden Steinen auswichen, blieb Cael stocksteif auf der Stelle stehen und rührte sich nicht. Als das Beben kurze Zeit später erstarb, atmete ich erleichtert auf.

»Dieses Verhalten muss bestraft werden, Cael.«

»Ja, mein König«, entgegnete dieser nur monoton.

Zandor strich sich durch sein blondes Haar und diese Geste erinnerte mich seltsamerweise sehr an Dante.

»Saphina, was für eine Strafe würdest du vorschlagen?« Zandors Blick durchbohrte mich, während ich keinen blassen Schimmer hatte, was ich sagen sollte.

»Strafe?«, echote ich, um etwas Zeit zu schinden.

»Ja, Strafe. Wenn man etwas verbockt, dann wird man dafür bestraft. Als ob ihr Menschen das nicht mehr so machen würdet. Manche Dinge ändern sich auch nach Hunderten von Jahren nicht.«

»Ich weiß nicht.«

»Ach, komm schon, Saphina, du bist doch ein schlaues Mädchen. Was macht ihr in eurem schönen Königreich, wenn jemand Befehle missachtet?«

Mein Hals fühlte sich trocken an und ich unterdrückte ein Husten. »Wir sperren ihn ein.«

Zandor schien einen Moment über die Worte nachzudenken. Dann brach er in schallendes Gelächter aus. »Schätzchen, dieser gesamte Vulkan ist ein Gefängnis. Ob ich Cael nun in eine Zelle einsperre oder nicht, ändert rein gar nichts. Weitere Vorschläge?«

Ich wollte dieses Spielchen nicht weiterspielen. Gleichzeitig wusste ich aber auch, dass ich keinerlei Kontrolle hatte. Es war

Zandors Welt, Zandors Thron und Zandors Entscheidung, wann er endlich zum Punkt kam. Und das Letzte, was ich wollte, war, ihn zu verärgern. Zumindest nicht bevor ich von ihm erfahren hatte, wer Maylin getötet hatte.

»Na, wenn dir nichts einfällt, dann machen wir es eben auf die klassische Art und Weise.«

Zandor erhob sich, streckte seinen linken Arm aus und wie aus dem Nichts erschien eine schwarze Klinge in seiner Hand. Bedrohlich baute Zandor sich vor Cael auf.

»Ihn trifft keine Schuld«, mischte ich mich ein.

Dante zischte mir leise zu, ich solle bloß den Mund halten, doch ich ignorierte ihn.

»Cael hat mir geholfen, weil ich ihn darum gebeten habe. Er hat also im Grunde nur das gemacht, was du ihm aufgetragen hast.«

Zandor runzelte die Stirn, die Waffe ließ er jedoch nicht sinken. »Ihr Menschen seid immer so furchtbar melodramatisch.«

Er warf die Klinge in die Luft und sie verwandelte sich in einen kleinen Dolch. Mit Leichtigkeit fing er ihn auf, drehte ihn mit dem Griff in meine Richtung und hielt ihn mir hin.

»Was soll ich damit?«

»Ein Vöglein hat mir gezwitschert, dass du dein wunderschönes Kurzschwert auf dem Weg zu mir leider verloren hast. Aber diese Waffe hier erfüllt denselben Zweck«, antwortete Zandor.

»Und der wäre?«

»Diese besondere Klinge tötet Dämonen. Menschen hingegen«, er warf einen abschätzigen Blick in Richtung Dante, »überleben einen kleinen Stich mehr oder weniger unbeschadet.«

Fassungslos starrte ich Zandor an. Er wackelte mit dem Dolch vor meinem Sichtfeld hin und her.

»Das soll wohl ein Scherz sein«, meldete sich Dante zu Wort. Er funkelte Zandor wütend an.

»Du hast gar nichts zu melden, Bürschchen.« Zandor würdigte Dante keines Blickes und sah weiterhin mich an.

»Ich soll also entscheiden, ob ich Cael töte oder Dante verletze?«

Zandor nickte grinsend.

»Das werde ich ganz sicher nicht tun.«

Ich verschränkte die Arme vor der Brust. Niemals würde ich mich von diesem Dämon manipulieren lassen. Wir waren hier, um die Wahrheit über Maylins Tod herauszufinden, alles andere war mir egal.

»Nun, ich dachte, du wärst mit einer bestimmten Frage zu mir gekommen. Ich fürchte, dies ist eine Art Mindestvoraussetzung, damit ich dir verraten kann, wer deine Schwester auf dem Gewissen hat.«

Zandor lächelte mich an, und obwohl ich in diesem Augenblick nichts als Abscheu empfand, spürte ich, wie mir die Röte ins Gesicht stieg. Auf eine verstörende Art und Weise schien er mit mir flirten zu wollen, um mir so seine Macht zu demonstrieren. Dieser Dämon wusste genau, wie er mich zu Wachs in seinen Händen machte, und ich hasste es!

Aber ich hatte nicht den ganzen Weg auf mich genommen, um so kurz vor dem Ziel zu scheitern.

»Saphina, töte den Dämon«, riss mich Dante aus meinen Gedanken. »Je schneller du ihn umbringst, desto eher bekommst du, was du willst«, knurrte er beinahe.

»Aber er hat nichts Falsches getan.«

Dante schnaubte verächtlich. »Nichts Falsches getan? Er ist ein gottverdammter Dämon! Seine bloße Existenz ist ein Fehler.

Außerdem hat er dir eine deiner Erinnerungen gestohlen, hast du das etwa schon vergessen?«

Zandor räusperte sich übertrieben. »Pass auf, was du sagst«, drohte er Dante. »Also, Saphina, wie entscheidest du dich: Rettest du den unschuldigen Feind vor dem Tod oder verpasst du dem gefühlskalten Freund einen wohlverdienten Dämpfer? Die Uhr tickt.«

Unruhig sah ich von Dante zu Cael und wieder zurück. Keiner von beiden hatte es verdient. Während Dantes Augen puren Trotz ausstrahlten, war Caels Blick vollkommen unbeteiligt. Langsam hob ich den Arm und ließ mir von Zandor den Dolch überreichen. Sein Griff war warm und lag erschreckend gut in der Hand.

»Also, Prinzessin, auf wen ist die Wahl gefallen?«

Entschlossen ging ich auf Cael zu. Doch kurz bevor ich ihn erreichte, drehte ich mich zu Zandor um.

»Ich bin verdammt noch mal eine Königin, keine Prinzessin!«

Dann rammte ich mir den Dolch in den Bauch.

KAPITEL 26

Der Schmerz, der meinen gesamten Körper durchflutete, machte mich beinahe blind. Ich sah nur noch verschwommene Bilder, als ich auf den Boden sackte, den Dolch noch immer fest umklammert.

»Scheiße! Was hast du dir nur dabei gedacht?«, hörte ich Dante fluchen. Ich spürte seine Hand an meiner Schulter. »Wir müssen den Dolch rausziehen und dann die Blutung stoppen. Das wird wehtun, aber du bist stark, hörst du? Du schaffst das!«

Dante löste sanft meine Finger vom Griff der Waffe. Ehe ich begriff, was er tat, riss er sich das zerfetzte dunkle Hemd vom Körper, zog ruckartig den Dolch aus meinem Bauch und presste das Stück Stoff auf die Wunde. Die Waffe fiel klimpernd zu Boden.

»Schön die Augen auflassen, Saphina. Rede mit mir. Erzähl mir was. Egal was«, versuchte er mich zu beruhigen.

Doch ich brachte kein Wort heraus, sah nur wie durch dichten Nebel hindurch ein zufriedenes Lächeln auf Zandors Lippen. Cael stand mittlerweile neben ihm und Zandor klopfte dem Dämon anerkennend auf die Schulter. Aus dem Augenwinkel sah ich deutlich, wie überrascht Cael war, dass ich ihn nicht getötet hatte.

»Was lächelst du so dämlich?«, brüllte Dante den Knochendämon an.

Ich spürte, wie er meine Hände nahm und sie auf den weichen Stoff meines Kleides legte, genau dorthin, wo ich mir selbst in den Bauch gestochen hatte. Ich hatte nicht erwartet, dass es so wehtun würde.

»Es ist so herrlich, wie ahnungslos ihr beiden seid«, antwortete der Dämon gut gelaunt.

Dante sprang auf die Beine und ging auf Zandor los, doch mitten in der Bewegung erstarrte er plötzlich. Zandor hatte seine rechte Hand gehoben und hielt Dante mit seiner unsichtbaren Kraft davon ab, näher zu kommen.

»Einen ziemlich aufbrausenden Aufpasser hast du da«, sagte Zandor nun an mich gewandt. Langsam erhob er sich vom Thron und kam auf mich zu, ohne den erstarrten Dante auch nur eines Blickes zu würdigen. Er beugte sich zu mir hinunter und berührte meine blutigen Hände. »Du bist einfach perfekt, Saphina«, flüsterte er. Er hob den Dolch auf, der mit einem Mal genauso aussah wie mein Kurzschwert. Deshalb waren diese Skelettviecher also hinter uns her gewesen. Sie hatten es auf die Waffe von Aramea abgesehen.

»Na, erkennst du das wieder?«

Ich nickte schwach.

»Das hier ist nicht nur irgendein nettes Schwert. Es gehörte deiner verkommenen Urahnin, dieser selbstgefälligen, arroganten und viel zu sehr von sich überzeugten Aramea Bell. Ich weiß, ihr verehrt sie als Heldin, aber das war sie nicht.« Er schnaubte verächtlich, ehe er weitersprach. »Dieser Stein, der so unscheinbar aussieht, hat magische Kräfte. Ich brauche ihn, um endlich dieses Gefängnis verlassen zu können. Aber er entfaltet seine besonderen Kräfte nur, wenn diese Waffe von einer Person mit reinem Herzen geführt wird.«

Er blickte kurz zu Cael, der mich musterte. Lag da eine Spur Bewunderung in seinem Blick? »Ich war mir nicht sicher, ob du wirklich so weit gehen würdest, einen Dämon zu retten. Dass du deinem Freund da drüben kein Haar krümmen würdest, das war mir von Anfang an klar. Aber Cael? Deine Urahnin würde sich im Grabe umdrehen, wenn sie wüsste, dass du einen verdammten Dämon verschont hast.« Zandor lachte, und obwohl meine Wunde wirklich schmerzte, verursachte sein hämisches Lachen die weitaus größeren Schmerzen. Er hatte mich benutzt! Von Anfang an war hier unten alles, jede Begegnung, jede Gefahr und jeder vermeintliche Rettungsversuch, eine einzige Lüge gewesen.

»Du bist widerlich«, keuchte ich mühsam.

»Ach, da hat man mir schon ganz andere Dinge an den Kopf geworfen, Schätzchen«, entgegnete er und bei dem letzten Wort lief es mir eiskalt den Rücken hinunter. »Aber wir wollen dich nicht länger leiden lassen. Diese überaus selbstlose Tat soll ja nicht vollends umsonst gewesen sein.«

Zandor ließ die Waffe ohne große Geste verschwinden, einzig der Blutstein blieb in seiner Hand zurück. Die rötlichen Sprenkel auf seiner grauen Oberfläche schienen regelrecht zu glühen. Er übergab ihn mir und ein warmes Gefühl breitete sich in meinem Körper aus. Stück für Stück wurde ich von einer seltsamen Leichtigkeit ergriffen, als würde ich auf Wolken wandeln. Der Schmerz rückte in weite Ferne, meine Sicht wurde wieder klarer, doch als ich Dantes erstarrte Gestalt entdeckte, verflog das wohlig warme Gefühl schlagartig.

»Was hast du mit ihm gemacht?«, schrie ich Zandor an.

Er machte eine abwehrende Bewegung mit den Händen. »Halb so wild, ihm geht's gut. Zumindest noch.«

»Was immer du getan hast, mach es rückgängig!« Meine Stimme bebte, und als ich aufsprang und zu Dante eilte, tanzten schwarze Punkte vor meinen Augen.

»Na gut, wie du willst. Aber wenn er weiter so herumbrüllt, dann garantiere ich für nichts.«

Ein kalter Luftzug huschte über meine Schultern und hauchte Dante wieder Leben ein. Der blickte verwirrt von Zandor zu mir und wieder zurück. »Was ist passiert? Alles in Ordnung mit dir?«, fragte er verwirrt.

Ich drückte ihn kurz an mich, sog seinen bekannten Geruch nach Leder und Limette ein. »Alles gut«, flüsterte ich.

»Nachdem du ja nun nicht mehr Gefahr läufst zu verbluten, kommen wir also zum Wesentlichen«, unterbrach uns Zandor.

Dante funkelte ihn immer noch böse an, hielt sich aber zum Glück etwas zurück.

»Du schuldest mir eine Antwort. Wer ist der Mörder meiner Schwester?«, erinnerte ich ihn.

»Ich weiß, meine Liebe, und ich stehe zu meinem Wort. Aber du solltest dich nicht in erster Linie fragen, wer der Schuldige ist, sondern ob du die Wahrheit wirklich ertragen kannst.« Seine Wangenknochen stachen noch weiter hervor, als sich erneut dieses widerwärtige Lächeln auf seinen Lippen zeigte.

»Es schmeichelt mir zutiefst, dass du dich so um mein Wohlergehen sorgst, aber ich habe diesen weiten Weg nicht auf mich genommen, um jetzt einen Rückzieher zu machen. Also sag mir, wer sie getötet hat.«

Zandor griff in seine Hosentasche und zückte etwas, das aussah wie eine Zigarre. Wollte er jetzt tatsächlich eine Rauchpause einlegen? Er zündete sie an und nahm einen tiefen Zug. Er hielt sie mir entgegen, aber ich wollte keine dämliche Zigarre. Ich wollte endlich wissen, wer Maylin umgebracht hatte.

»Also schön, ganz wie du willst.« Zandor lief zu seinem Thron und ließ sich auf den Samtsitz fallen. »Livia war's. Abmachung erfüllt. Jetzt zu deinem Teil des Vertrags, du darfst mich jetzt hier rausholen.« Er zog erneut an der Zigarre, doch ich war unfähig, mich zu rühren.

»Das … kann nicht … sein«, stotterte ich benommen.

Dante griff nach meiner Hand, doch ich zog sie weg.

»Du lügst!«, schrie ich.

Zandor saß völlig ungerührt auf seinem Thron. »Ich habe dich ja gewarnt, aber du wolltest nicht hören. Die Wahrheit ist eben nicht immer ein Geschenk.«

»Woher soll ich wissen, dass stimmt, was du sagst? Dass du nicht versuchst, mich gegen meine Schwester aufzustacheln?«

»Gar nicht. Aber sobald wir an der Oberfläche der Insel sind, kannst du sie ja damit konfrontieren.«

Erst jetzt wurde mir bewusst, dass ich weinte. Die Tränen flossen einfach aus mir heraus und ich fühlte mich seltsam leer. War Livia wirklich in der Lage, jemanden umzubringen? Und dann ausgerechnet Maylin? Die beiden hatten nie das beste Verhältnis zueinander gehabt, zumindest nicht in den letzten Jahren, aber das bedeutete noch lange nicht, dass Livia eine Mörderin war. Sie war doch keine Mörderin, oder? Ich wischte mir die Tränen aus dem Gesicht und versuchte mir meinen Schmerz nicht anmerken zu lassen, doch ich hatte keinerlei Kraft mehr. Weder um aufrecht zu stehen noch um mich gegen diesen Dämon zu behaupten.

»Warum?«, stammelte ich leise.

Dante versuchte erneut, mich zu trösten, und diesmal gab ich jede Gegenwehr auf. Ich begrüßte seine starken Arme, die mich umschlossen und dafür sorgten, dass ich nicht in mich zusammensackte. Mit einem Mal war jegliche Farbe, jeglicher Ton und jegliche Lebensfreude aus meiner Welt verschwunden.

»Es wird sich alles klären, wenn wir wieder zurück sind«, sagte er beruhigend.

Ich löste mich von ihm und blickte dem Dämon direkt in die Augen. »Geht es meiner Schwester gut?«, stammelte ich.

Zandor hob die rechte Augenbraue und musterte mich ausdruckslos. »Ich erzähle dir, dass deine Schwester eine Mörderin ist, und du fragst mich, ob es ihr gut geht?«

Mein Blick ruhte nach wie vor auf dem Dämon.

»Sie lebt noch, aber wer weiß, ob ihre Schuld sie nicht doch früher oder später unter sich begraben wird.«

Etwas an der Art, wie er die Worte aussprach, ließ mich zusammenzucken.

»Ich möchte ja nicht unhöflich wirken, aber ich sitze nun schon so viele Jahre hier unten fest. Es wird Zeit, dass sich das ändert.«

Dante knurrte irgendetwas Unverständliches, doch es machte ohnehin keinen Unterschied. Ich hatte eine Abmachung mit dem Dämonenkönig getroffen und er hatte sich an seinen Teil gehalten. Nun war ich dran.

»Was muss ich tun?«, flüsterte ich.

»So gefällt mir das. Obwohl man dir beide Flügel gestutzt hat, strebst du immer noch danach, durch die Lüfte zu gleiten. Du bist ein tapferes kleines Vöglein, Saphina.«

Ich ignorierte seine Spitze gegen mich. Es war ohnehin egal.

»Also, zuerst brauchen wir deine Krone. Nimm sie ab, und dann musst du den Blutstein in die passende Fassung in deiner Krone stecken.«

Ich folgte Zandors Anweisung und nahm die Krone ab, die mittlerweile schief auf meinem Kopf lag. »Wieso hast du dir ausgerechnet mich für diese Aufgabe ausgesucht? Hätte das nicht auch Thalea während ihrer Regentschaft tun können? Oder eine der anderen Königinnen, die den Vulkan bewachten? Wieso jetzt, nach all der Zeit, die du hier verbracht hast?«

Zandor erhob sich von seinem Thron. »Du bist doch ein cleveres Mädchen. Hast du wirklich keine Ahnung?«

Als ich ihm nicht antwortete, kam er auf mich zu und sein kalter Blick ließ mich frösteln.

»Arameas Gefängnis war eine Meisterleistung. Das muss ich in all meinem Hass für diese abscheuliche Person dennoch zugeben. Sich mit einem Røar zu verbünden und die Zukunft ihrer Famile bis in alle Ewigkeit mit diesem Pakt zu besudeln, das war ein selbstloses Opfer. Doch Yomadø war keinesfalls dumm. Er wusste, dass es verboten war, Wesen ohne Rückkehrmöglichkeit an einem Ort wie diesem gefangen zu halten. Er schuf also ein winziges Schlupfloch, von dem er wusste, dass es nie genutzt werden würde, weil er es an die Gutherzigkeit von euch Menschen knüpfte.«

Der Dämon machte eine kleine Pause. Gebannt hing ich an seinen Lippen. Obwohl mein Herz schmerzte und mein Körper sich seltsam taub anfühlte, verschaffte mir die Geschichte meiner Vorfahren etwas Linderung. Aramea war eine großartige Frau gewesen, egal was Zandor mir weismachen wollte. Und ein Teil von mir tröstete sich mit dem Gedanken, dass alles, was er sagte, jedes Wort, das seine Lippen verließ, nur eine ekelhafte Lüge sein konnte.

»Yomadø gab den königlichen Wächterinnen eine Möglichkeit, das Tor zu dieser Gefängniswelt zu öffnen. Aber nur denjenigen mit einem reinen Herzen. Nur ihnen war es gestattet, diese Vulkanwelt zu betreten und sie auch wieder lebendig zu verlassen.«

»Aber das bedeutet doch nicht, dass ich dich retten kann«, gab ich trotzig zurück.

»Indem du das Tor zu deiner Welt von hier aus öffnest, schaffst du gewissermaßen eine Art Brücke, die einseitig passierbar ist.«

»Aber dein Dämonenbote hat es doch auch ohne meine Hilfe in die Menschenwelt geschafft.« Es schien, als würde Zandor mir nur die halbe Wahrheit erzählen.

»Schlauer Gedanke, aber Avan war nie in der Vulkanwelt gefangen. Ich bin mächtig genug, um den Kontakt zu den Dämonen in deiner Welt zu halten. Sonst wäre ich schließlich nicht der König der Dämonen«, entgegnete er selbstgefällig.

»Aber du bist nicht mächtig genug, diesen Ort aus eigener Kraft zu verlassen«, konterte ich.

Zandor presste die Lippen zu einem Strich zusammen und ich genoss es, ihm sein selbstgefälliges Grinsen aus dem Gesicht zu wischen.

»Wie dem auch sei, du hast dieses seltene reine Herz, von dem Yomadø so sicher war, dass es kaum eine Bell jemals besitzen würde. Und wenn ich überlege, wie lange ich warten musste, hatte er damit auch gar nicht so unrecht.«

Ich musste mich regelrecht zusammenreißen, um diesem Dämon nicht an die Gurgel zu springen. Mit seinem Kommentar zog er meine Schwestern in den Dreck, denn ich traute keiner von beiden zu, etwas wirklich Grausames zu tun. Außerdem konnte ich mir überhaupt kein richtiges Bild davon machen, was er mit einem reinen Herzen überhaupt meinte. Ich hatte auch schon gelogen oder schlechte Dinge über andere gedacht. Es musste also mit etwas anderem zusammenhängen.

»Du glaubst mir nicht, aber das macht nichts. Sobald wir zurück in der Menschenwelt sind, kannst du dich ja selbst davon überzeugen, dass ich recht habe. Ich habe es nicht nötig, dich von der Wahrheit zu überzeugen.«

»Das werde ich tun.«

Der Dämon nickte, ehe er auf die Krone blickte. »Nun, dann wollen wir es zu Ende bringen.«

Er klatschte übertrieben motiviert in die Hände und ich unterdrückte den Drang, mit den Augen zu rollen. Zandor griff sich den Stoff seines Oberteils und riss ihn sich vom Körper. Fassungslos beobachtete ich ihn dabei, wie er die Fetzen zu Boden warf. Sein Oberkörper war muskulös und auch seine Brust war mit feinen Tätowierungen übersät. In der Mitte seiner Brust befand sich eine ovale Zeichnung, von der ich meinen Blick nicht losreißen konnte. Ein feiner Ornamentrand zierte das Oval und es schien, als würden die verschnörkelten Muster langsam über seine Haut wandern.

»Du hättest es dir auch einfach wie ein normaler Mensch über den Kopf ziehen können«, bemerkte Dante trocken.

Doch der Dämon grinste nur hämisch und spannte seine Muskeln an. »Ich bin aber kein Mensch.«

Unsere Blicke trafen sich kurz, ehe ich leicht beschämt zu Boden sah.

»Siehst du den ovalen Stein in der Mitte der Krone?«, fragte Zandor. Ich nickte. »Löse ihn aus der Fassung. Aber vorsichtig! Er darf nicht zerbrechen, sonst sitzen wir hier bis in alle Ewigkeit fest.«

Ich tastete über die schnörkeligen kleineren Einbuchtungen in der Krone, in die feine rote Rubine eingelassen waren, bis ich den größten Stein berührte. Der Obsidian funkelte wunderschön im

Schein der brennenden Fackeln. Mit zitternden Fingern drückte ich ihn heraus und er löste sich mit einem feinen Klirren aus der dornenartigen Krone.

Dante stand weiterhin am Rande des Geschehens und ein Teil von mir hätte sich sehnlichst gewünscht, dass er mich aus den Fängen des Dämons rettete. Aber dann wurde mir bewusst, dass die einzige Person, die mich retten konnte, ich selbst war. Ich atmete tief ein, ehe ich auf den Dämon zuging und ihm den Obsidian reichte. Zandors Blick klebte förmlich an dem Edelstein und ich bildete mir für einen winzigen Moment sogar ein, dass seine Augen feucht waren. Doch ich war mir beinahe sicher, dass Dämonen gar nicht in der Lage waren zu weinen.

»Endlich«, raunte Zandor und drückte den Stein an seine nackte Brust.

Zuerst blieb alles ruhig und ich schnappte erleichtert nach Luft. Doch dann riss Zandor die Augen auf und ein gleißendes Licht schien direkt aus dem Dämon hervorzubrechen. Er hatte die Hände immer noch an die Brust gepresst und brüllte so laut, dass ich mir die Ohren zuhalten musste. Dieser unmenschliche, animalische Ton war beängstigend und ich stolperte panisch zurück. Nun eilte Dante auf mich zu und versuchte mich so gut es ging von dem grellen Licht abzuschirmen.

»Was passiert hier?«, schrie ich in Dantes Richtung. Das Licht machte es beinahe unmöglich, etwas zu erkennen.

»Eine Vereinigung«, antwortete Dante.

Eine Vereinigung? Was sollte das sein? Dante drückte meinen Kopf an seine Brust und ich schloss meine Augen, die bereits tränten.

Schlagartig verstummte Zandors Brüllen und mit einem dumpfen Ton fiel er auf die Knie. Ich löste mich von Dante, doch der

Anblick, der sich mir bot, war erschreckend. Auf dem Steinboden kauerte etwas, das in keinster Weise mehr aussah wie ein Mensch. Insgeheim hatte ich mich zuvor gewundert, dass Zandor aussah wie wir. Vermutlich war es einem so mächtigen Dämon wie ihm möglich, jede Form anzunehmen, die er wollte. Doch das hier schien nun seine wahre Gestalt zu sein – und das Wesen, das vor uns auf dem Boden hockte, war abstoßend und Furcht einflößend.

»Endlich bin ich wieder frei!«, brüllte Zandor.

Seine Stimme dröhnte, jegliche Feinheit war aus ihr verschwunden. Seine Haut glich einem angerauten schwarzen Panzer und erinnerte an die Felswände, die uns umgaben. Feine glühende Linien durchzogen sie, wie fließende Lava-Adern, die sich ihren Weg über einen Vulkan bahnen. Seine strahlend blauen Augen waren glühenden runden Kohlen gewichen und sein Mund bestand fast nur noch aus langen, spitzen Zähnen. Ich war gebannt von seinem Anblick.

»Was ist da gerade mit dir passiert?«

Zandor berührte seine Brust und mit einem Mal verstand ich. Dort, wo sich die ovale Tätowierung befunden hatte, saß nun der Obsidian aus meiner Krone.

»Du hast mir mein dunkles Herz zurückgegeben«, raunte der Dämon.

Ich konnte nicht sagen, ob in seinem Tonfall so etwas wie Dankbarkeit mitschwang. Aber er sah mehr als zufrieden aus.

»Jetzt kann ich endlich zurück in die Menschenwelt.« Er strich erneut mit seinen Pranken über den Stein in seiner Brust, der nun zu glühen anfing. »Setz die Krone auf«, befahl er mir.

Ängstlich folgte ich seiner Anweisung und griff nach Dantes Hand. Egal was jetzt passieren würde, ich wollte ihn so nah wie möglich an meiner Seite wissen.

»Ich bin immer bei dir Saphina«, raunte er mir ins Ohr. Seine Worte waren wie ein Anker, an dem ich mich festhielt, jetzt, wo ein Sturm auf uns zukam.

Zandor begann zu sprechen, doch ich verstand nicht ein Wort. Es schien eine Beschwörungsformel oder eine Art Zauber zu sein, denn die feinen Linien auf seinem Körper fingen an, im Takt seiner singenden Worte zu pulsieren. Dann spürte ich, wie mein Kopf heiß wurde. Ich stieß einen spitzen Schrei aus, doch Zandor ließ sich davon nicht beirren. Unermüdlich sprach er weiter seine Worte, bis sich um uns dicke schwarze Nebelschwaden bildeten.

»Alles wird gut«, hörte ich Dante neben mir flüstern.

Der einzige Trost, den ich hatte, war der Umstand, dass ich wenigstens nicht allein sterben würde. Dante stand zu seinem Wort – egal was passierte, er wich mir nicht von der Seite.

Die Schattenschwaden begannen sich zu bewegen, als würde sie ein unsichtbarer Wind vor sich hertreiben. Dann erschien direkt vor uns ein brennender Bogen. Die Hitze der Flammen war deutlich spürbar. Dante zog mich hinter sich her auf den Bogen zu.

»Sollen wir dort wirklich durchgehen?«, fragte ich misstrauisch.

»Haben wir denn eine Wahl?«

✣

Dieser Übergang zurück in unsere Welt war so anders als die Reise in den Vulkan. Es schien, als würden wir in einem Albtraum umherwandeln, auf der verzweifelten Suche nach dem rettenden Ausgang, der uns in unserer gewohnten Umgebung aufwachen lassen würde. Nur dass das hier kein Albtraum war, sondern bittere Realität.

Kaum hatten wir den Bogen durchquert, lechzten die Flammen nach uns. Überall loderten sie, griffen nach uns und versuchten uns zu verschlingen. Das Feuer rief unsere Namen, verhöhnte uns und ich wollte die schrillen Schreie nur noch aus meinem Kopf verbannen. Es versuchte uns von unserem Weg abzubringen, doch wir liefen unbeirrt weiter. Selbst der Boden unter uns glich glühenden Kohlen. Ich krümmte mich vor Schmerz, doch diesmal hielt ich Dantes Hand fest und ließ sie nicht los. Auch er wand sich unter den Qualen, doch wir liefen immer weiter, setzten mühsam einen Schritt vor den anderen, bis sich das Flammenmeer plötzlich lichtete und wir völlig unvorbereitet ins Nichts stürzten.

KAPITEL 27

Der Aufprall war hart und ich schlug mit dem Hinterkopf so heftig auf dem Boden auf, dass ich für einen Moment regungslos liegen blieb. Etwas später hörte ich, wie Dante neben mir landete. Anscheinend hatten wir uns bei dem Sturz doch losgelassen.

Vorsichtig öffnete ich die Augen und versuchte etwas zu erkennen. Es war dunkel und kalt. Doch zum ersten Mal in meinem Leben freute ich mich darüber, dass ich fror. Die Hitze in der Vulkanwelt endlich los zu sein war wie ein Segen.

»Saphina? Dante? Seid ihr es?«, hörte ich eine mir bekannte Stimme in der Dunkelheit. Sie klang ungewöhnlich schrill.

Langsam tauchten Bilder vor mir auf und ich glaubte zu wissen, wo ich war – im Tempel, in dem ich gekrönt worden war. Eine hell gekleidete Gestalt eilte aufgeregt auf mich zu, ehe sie sich vor mir auf die Knie fallen ließ und zu weinen anfing.

»Du lebst! Ich bin ja so erleichtert.«

Meine Hand wanderte mechanisch zu meinem Kopf, der bei der kleinsten Berührung sofort wieder zu dröhnen begann. »Thalea?«, krächzte ich.

»Ihr wart tagelang verschwunden. Ich dachte schon, ihr …« Sie stockte. »Geht es Dante gut?«

Thalea ließ mich los und langsam nahm ihr Körper vor meinen Augen Gestalt an. Sie sah blass aus und tiefe Augenringe verrieten mir, dass sie wenig Schlaf bekommen hatte.

»Er atmet«, rief sie. Sie drehte Dante auf den Rücken und rüttelte leicht an seiner Schulter.

»Wie lange waren wir weg?«, fragte ich.

Meine Tante sah mich besorgt an, während sie aufstand und zu einer Leinentasche ging. Sie holte eine Flasche heraus und ging zurück zu Dante. Vorsichtig tröpfelte sie ihm etwas Wasser auf die Stirn. Dann reichte sie mir die Flasche und ich trank gierig daraus.

»Sechs Tage.«

Erschrocken setzte ich die Flasche ab. Wir waren sechs Tage in diesem Dämonengefängnis gewesen? Dort hatte es sich wie wenige Stunden angefühlt.

»Saphina?«, murmelte Dante benommen.

»Ich bin hier, alles ist gut.«

Vorsichtig beugte ich mich über Dantes Körper und griff nach seiner Hand. Bis auf ein paar blaue Flecken schien er ebenfalls unverletzt zu sein.

Als sich unsere Blicke trafen, entspannten sich seine Gesichtszüge. Doch dann sprang er wie ein Wahnsinniger auf die Beine und fummelte an seinem Schwertgurt herum.

»Wo ist dieser widerliche Dämon?«, schrie er.

Thalea sprang zur Seite und ich ließ vor Schreck die Wasserflasche fallen. Suchend blickte sich Dante um. Doch bis auf uns drei war der Tempel leer.

»Er ist nicht hier«, antwortete ich resigniert.

Meine Tante musterte uns, doch ihre weichen Gesichtszüge hatten sich schlagartig verändert. »Was soll das heißen? Bitte sagt mir, dass er noch in der Vulkanwelt gefangen ist!

Keiner von uns beiden antwortete ihr, aber es brauchte auch keine Worte. Ich wandte den Blick ab, denn ich konnte ihre anklagende Miene nicht ertragen.

»Ist euch eigentlich klar, was das bedeutet? In was für eine Gefahr ihr die Menschen auf dieser Insel bringt?« Thalea verschränkte die Arme vor der Brust und ich spürte deutlich, wie viel Beherrschung es sie kostete, uns nicht anzubrüllen.

»Es ging nicht anders«, antwortete ich ruhig.

»Es ging nicht anders? Das ist das Einzige, was du dazu zu sagen hast? Ich hätte mehr von euch erwartet, besonders von dir, Dante.«

Thalea schnappte sich ihre Umhängetasche. Dann griff sie nach einer der Fackeln, die in den Halterungen an den Wänden hingen, und stapfte davon.

»Das lief ja großartig. Kaum sind wir zurück unter den Lebenden, werden wir mit offenen Armen empfangen«, nuschelte ich.

Enttäuscht ließ ich mich auf den Boden sinken. Meine Knochen schmerzten noch immer und ich wollte einfach nur noch weg von hier, weg aus diesem staubigen alten Tempel. Und Thalea konnte mir auch gestohlen bleiben. Als ob ich nicht selbst wusste, dass ich einen gewaltigen Fehler begangen hatte.

»Ich sage es nur ungern, aber deine Tante hat mit dem, was sie gesagt hat, nicht ganz unrecht.« Dante blickte mich mit einer Mischung aus Mitleid und Ratlosigkeit an.

»Ich weiß, aber was hätten wir sonst tun sollen?«

Dante verharrte einen Augenblick, ehe er sich ebenfalls eine der Fackeln schnappte. »Wir hätten dortbleiben können. Niemand hat uns gezwungen zurückzukehren.«

Er wandte sich von mir ab, aber seine Worte konnte ich so nicht stehen lassen. Ich lief hinter ihm her und griff nach seiner

Schulter. »Ist das dein Ernst? Wir hätten in dieser abscheulichen Vulkanwelt bleiben sollen? Wenn Zandor die Wahrheit gesagt hat, dann ist Livia die Mörderin von Maylin! Sie sitzt unrechtmäßig auf dem Thron und das Volk hat ein Recht darauf, es zu erfahren. Genau wie meine Mutter.«

Dante hatte sich halb zu mir umgedreht, doch sein Blick war ausdruckslos. Keinerlei Emotion oder Verständnis spiegelte sich in seinen Augen. Nur Bedauern.

»Mag sein, aber was nützt deinem Volk die Wahrheit über den Tod deiner Schwester, wenn die Hälfte von ihnen den Launen dieses Dämons zum Opfer fallen wird?« Er nahm meine Hand von seiner Schulter und ließ mich allein zurück.

Ich unterdrückte ein Schluchzen und versuchte die Tränen zurückzudrängen. Erschöpft ließ ich mich auf den Stufen zum Altar nieder.

Ein kalter Luftzug strich über meine nackten Schultern. Die Flammen der Fackeln zuckten aufgeregt.

»Eine Königin weint doch nicht wegen so einem Einfaltspinsel.«

Erschrocken sprang ich auf.

Direkt vor mir stand plötzlich Cael. Sein Haar war ein klein wenig zerzaust, abgesehen davon strahlte er nach wie vor eine unfassbare Souveränität aus, die mich zutiefst durcheinanderbrachte.

»Wie bist du hierhergekommen?«

»So wie du auch«, antwortete er mit einem feinen Lächeln auf den Lippen. »Ich hab mir ein Beispiel an deinem Freund genommen. Nur dass ich mich an Zandors Versen geheftet habe und nicht an deine.«

»Solltest du nicht bei deinem tollen König sein und ihm die

Stiefel lecken? Verschwinde einfach, ich will allein sein«, giftete ich ihn an. Es war mir unangenehm, dass mich dieser Dämon so verletzlich sah.

»Vermutlich hast du recht, aber ich schulde dir noch etwas.«

Er trat näher. Unsicher blickte ich in sein Gesicht.

»Wie meinst du das?«

»Ich hatte keine Ahnung, dass Zandor dich diesem Test unterziehen würde. Niemals hätte ich es für möglich gehalten, dass du dich selbst verletzen würdest, um mich zu retten. Menschen retten normalerweise keine Dämonen. Erst recht nicht, wenn sie den Namen Bell tragen.« Sein Blick wurde weicher und seine harten, dämonischen Züge wurden für einen kurzen Moment wieder menschlich. »Ich würde dir gerne etwas zurückgeben, das ich dir gestohlen habe.«

Cael trat näher und umfasste meine Schultern mit beiden Händen. Langsam beugte er sich vor und ich fürchtete schon, ich müsste erneut einen Dämon küssen. Doch Cael drehte meinen Kopf sanft mit der Hand zur Seite und küsste mich auf die linke Wange. Ein wohlig warmes Gefühl durchströmte mich und kurz meinte ich den Duft nach Vanille und warmem Gebäck in der Nase zu spüren.

»Als ich noch ein Mensch war, habe ich Plätzchen geliebt. Ich kann gut verstehen, wieso diese Erinnerung deine liebste war. Nicht jeder hat eine so harmonische Familie, die sich diese gemeinsame Zeit zum Backen nimmt, erst recht nicht, wenn sie eine ganze Insel beherrscht. Aber jetzt gehört sie wieder ganz allein dir. Das viele Mehl, dieser zuckersüße Duft nach Keksen und euer glockenhelles Kinderlachen waren ohnehin zu viel des Guten. So viel Frohsinn kann ein Dämon auf Dauer unmöglich ertragen.«

Er nahm seine Hand von meiner Schulter und schenkte mir einen letzten versöhnlichen Blick, ehe er sich umdrehte und verschwand.

Als ich zwanzig Minuten später ebenfalls den Tempel verließ, warteten Thalea und Dante etwas abseits der mächtigen Mauern. Ich hatte nicht vor, ihnen etwas von Caels Auftritt zu erzählen, immerhin hatten sie mir beide deutlich vor Augen geführt, was sie von mir und meiner Entscheidung hielten. Das Letzte, was ich wollte, waren weitere Vorwürfe.

Die beiden sprachen miteinander, verstummten jedoch schlagartig, als sie mich kommen sahen.

»Ihr müsst nicht aufhören zu reden. Ich weiß auch so, dass es um mich geht.«

Thalea wich meinem Blick aus, Dante hingegen sah mir direkt in die Augen, ohne auch nur zu blinzeln.

»Es dreht sich nicht alles nur um dich, so ungern ich dir diese Illusion auch nehme. Thalea hat einen Wagen gerufen, der uns gleich von hier abholen wird.«

Thalea musterte Dante angesichts seines harschen Umgangstons und auch ich zog überrascht eine Augenbraue in die Höhe. Wann hatte Dante sich wieder in diesen unnahbaren Eisklotz verwandelt? Hatte er schlagartig alles vergessen, was in den Vulkanlanden geschehen war?

»Na, dann störe ich euch mal nicht weiter bei der Schadensbegrenzung.«

Ich warf den beiden einen betont kalten Blick zu und setzte

mich unter eine der hochgewachsenen Palmen, die sich direkt neben dem Tempeleingang befanden.

✣

Eine Stunde später stand ich unter der Dusche in Whitehill Manor und wusch mir den Vulkanstaub vom Körper. Das zerfetzte Abendkleid hatte ich direkt in den Müll geschmissen und die Krone auf mein Bett geschleudert. Ich fühlte mich hilflos und allein. Man hatte mich in eine Rolle gedrängt, die ich nie hatte ausfüllen können. Maylin war die Weise von uns dreien gewesen. Livia die Starke. Und ich? Ich war diejenige, die unsere Insel ins Verderben stürzte.

Das Wasser lief meinen Körper herunter und ich wünschte mir, die jüngsten Geschehnisse genauso von mir abwaschen zu können wie den Dreck von meiner hellen Haut.

Es klopfte.

»Saphina? Kommst du bitte in den grünen Salon, wenn du fertig bist?«, drang die Stimme meiner Tante gedämpft durch die Tür.

Ich antwortete ihr nicht, aber sie konnte sich denken, dass ich sie verstanden hatte.

Als ich nur mit einem Handtuch bekleidet mein Zimmer betrat, fiel mein Blick auf mein Bett. Dort lagen schwarze Jeans, ein rotes Tanktop und eine Lederjacke auf der Bettdecke. Auf dem Boden standen dunkle Lederboots. Ich konnte mir ein Grinsen nicht verkneifen. Sicherlich hatte Thalea mir die Klamotten besorgt. War das ihre Art eines Friedensangebots?

Nachdem ich mich angezogen und mir die Haare geföhnt

hatte, ging ich zum grünen Salon. Dort erwarteten mich Thalea und Dante bereits. Thalea stand vor dem großen Fenster, während Dante auf einem der mintfarbenen Sofas saß. Auch er hatte sich frisch gemacht. Dante wirkte, als käme er aus dem Sommerurlaub und nicht direkt aus einem Dämonengefängnis.

»Setz dich, Saphina. Dante hat mir schon einen Teil eurer Erlebnisse berichtet. Aber er meinte, es gäbe da etwas, das du mir persönlich sagen müsstest.«

Ich ließ mich im Sessel nieder. Ich spürte Dantes Blick auf mir, doch ich wollte ihn nicht ansehen. Deshalb drehte ich mich in Thaleas Richtung und wandte ihm den Rücken zu.

»Wenn es stimmt, was Zandor sagt, dann ist Livia die Mörderin von Maylin.«

Thaleas Augen weiteten sich. »Dämonen lügen, sobald sie den Mund aufmachen. Und der Knochenkönig ist der größte Lügner von allen.« Thalea zupfte an den Vorhängen herum.

»Er war durch den Pakt an die Wahrheit gebunden. Selbst wenn er gewollt hätte, er konnte nicht lügen.«

Meine Tante ließ von den Gardinen ab und kam auf mich zu. »Ist dir klar, was du da sagst? Familienmord ist das Grauenhafteste, was es gibt. In all den Jahren hat keine Bell jemals Hand an ihre eigene Familie angelegt«, keifte sie mich an. So hatte ich Thalea noch nie erlebt.

Ich sprang vom Sessel auf und baute mich vor ihr auf. »Mir ist bewusst, was das bedeutet. Aber anscheinend ist euch allen hier die Wahrheit völlig gleichgültig! Livia ist vermutlich eine Mörderin und nur dank diesem Dämon kennen wir nun die tatsächlichen Umstände von Maylins Tod. Mir ist egal, ob ihr mich für meine Handlungen verurteilt. Ich werde meine Schwester zur Rede stellen, und dann«, ich warf Dante einen herausfordernden

Blick zu, »werde ich mich auf die Suche nach Zandor machen. Wenn man ihn ein Mal einsperren konnte, dann kann man das auch ein weiteres Mal. Ihr könnt von mir aus weiter hier herumstehen und mir Vorwürfe machen. Aber ich bereue meine Entscheidung nicht. Ich stehe zu ihr und zu den Konsequenzen.«

Ich rauschte aus dem Zimmer und drehte mich nicht noch einmal um. Zielstrebig lief ich in die Eingangshalle und schnappte mir Dantes Autoschlüssel von der Kommode. Sollte er doch wieder die Polzei rufen, diesmal würde ich garantiert nicht rechts ranfahren!

KAPITEL 28

Als ich die Auffahrt zum Palast entlangfuhr, stand die Sonne bereits tief am Himmel und blendete mich unangenehm. Ich parkte den Wagen direkt vor der Eingangstreppe und atmete einmal tief ein und wieder aus. Auch heute war unten keine Wache postiert, aber als ich die Stufen erklommen hatte, wurde ich zumindest dort begrüßt.

»Eure königliche Hoheit«, säuselte ein junger Mann, den ich noch nie zuvor gesehen hatte.

Er hatte etwas Verwegenes an sich und die Art, wie er mich anblickte, war alles andere als anständig. Doch ich nickte ihm nur kurz zu, ehe ich durch die Eingangshalle schritt. Unentschlossen blickte ich nach links, dann nach rechts. Sollte ich zuerst zu Livia oder doch lieber zu meiner Mutter gehen? Livia war immer Mutters Lieblingskind gewesen, niemals würde sie mir glauben, wenn ich behauptete, Livia sei die Mörderin von Maylin. Erst recht nicht, wenn sie erfuhr, woher ich diese Informationen hatte.

Meine Hände glitten über das Treppengeländer, als ich den Weg nach links nahm, um zu Livias Schlafgemächern zu gelangen. Meine Schritte waren das einzige Geräusch in den langen Fluren. Die Stille, die schwer zwischen den Palastwänden hing, schien mich beinahe zu erdrücken. Es war noch gar nicht so lange her, da hatten wir auf diesen Fluren Fangen gespielt und waren laut kreischend durch die Gänge geflitzt. Mit einem Mal schien alles eine Spur dunkler zu sein, kälter und unpersönlicher. Bereits bei meinem letzten Besuch im Palast hatte ich mich nicht länger zu Hause gefühlt. Ich hatte mich entfremdet, nicht nur von meiner Familie, sondern auch von dem Ort, an dem ich aufgewachsen war.

Ich verlangsamte unwillkürlich mein Tempo, schlich geradezu, als ich mit einem Mal Schritte hörte. Ich strich mir mit der Hand das rote Shirt glatt, richtete meine Lederjacke und lief selbstbewusst weiter. Eine Dienerin starrte mich mit großen Augen an, ehe sie einen Knicks machte und mich mit zitternder Stimme begrüßte. Als ich sie musterte, bemerkte ich, dass ihr Körper bebte. Sie hielt ein Bündel Wäsche in den Händen, das sie an sich drückte wie ein Kind.

»Alles in Ordnung? Du zitterst ja«, sprach ich beruhigend auf das junge Mädchen ein.

Doch sie wich meinem Blick aus und starrte zu Boden. »Königliche Hoheit, ich möchte Sie nicht aufhalten. Mir geht es gut«, sagte sie schüchtern.

Bevor ich sie daran hindern konnte, schob sie sich an mir vorbei und huschte um die nächste Ecke. Fragend blickte ich ihr hinterher. Was war das denn gewesen? Die Dienerin war ohne jeden Zweifel aus dem Flügel gekommen, in dem Livia mit ihrem Mann lebte. Ob Livia ihre Launen wieder mal an einer der armen Bediensteten ausgelassen hatte?

Ich öffnete die weiße Flügeltür und trat in den Vorraum, von dem aus man in die privaten Gemächer meiner Schwester gelangte. Hier waren gleich sechs Wachen postiert, die bei meinem

Anblick keine Miene verzogen. Ich sah von einem Soldaten zum nächsten, doch sie waren wie versteinert. Als keiner von ihnen Anstalten machte, mich von meinem Vorhaben abzuhalten, durchquerte ich den Raum und schritt zielsicher zu der Tür, die in Livias Schlafzimmer führte.

»Sie dürfen dort nicht eintreten, Prinzessin«, dröhnte die tiefe Stimmes eines Soldaten. Ich wandte mich zu ihm um, doch sein Blick war weiterhin stur geradeaus gerichtet.

»Und wer sollte mich daran hindern? Sie etwa?« Missbilligend musterte ich den Mann. Auch ihn umgab eine gewisse Dunkelheit. Sie alle wirkten irgendwie leer.

»Die Königin und der König haben veranlasst, dass niemand ihre privaten Räumlichkeiten betreten darf, der nicht eingeladen wurde.«

»Der König? Der König ist tot!«, blaffte ich den Mann an. Wütend stemmte ich die Hände in die Hüften. »Mein Vater war der König dieser Insel. Weder ist Tyr König von St. Lucien noch wird er es jemals werden. Ist das klar?«

Der Soldat blieb stumm und seine Teilnahmslosigkeit machte mich nur noch wütender.

»Ich werde jetzt durch diese Tür gehen und keiner von Ihnen wird mich daran hindern oder mir folgen. Haben Sie mich verstanden? Ich bin Mitglied der Königsfamilie und kann mich in diesem Schloss frei bewegen!«

»Auf Ihre eigene Gefahr, Hoheit.«

Ich musterte jeden von ihnen eindringlich, ehe ich zur Tür lief, sie vorsichtig öffnete und leise hinter mir schloss. Nervös strich ich mir die Haare aus dem Gesicht. Meine Hände zitterten leicht, aber konnte man es mir verübeln? Ich war nicht der Typ, der herumschrie und wahllos die Dienerschaft zusammenstauchte. Das war immer eher die Aufgabe meiner Mutter gewesen. Aber Livia war angeblich eine Mörderin. Die Mörderin meiner Schwester. Dass sie selbst ebenfalls Teil meiner Familie war, wollte ich in diesem Moment am liebsten verdrängen.

Ich schritt über den weichen Teppich, der meine Schritte fast vollständig dämpfte. Seit meinem letzten Besuch hatte Livia anscheinend einiges verändert. Eine neue, weiße Kommode stand in der Ecke, auf der sich allerlei Parfüms und Tiegel befanden. Darüber war ein eleganter verschnörkelter Spiegel angebracht worden. Direkt vor mir hing ein dunkelblauer Vorhang, der den großzügig angelegten Raum elegant in zwei Hälften teilte. Dahinter befanden sich Livias Bett und ihr Ankleidezimmer. Sicherlich würde ich sie dort finden, sie liebte diesen Raum, denn immerhin hingen dort all ihre heiß geliebten Kleider. Als meine Finger den weichen Stoff des Vorhangs berührten, durchfuhr mich ein kleiner elektrischer Schlag. Kurz zuckte ich zusammen, dann schob ich den Stoff beiseite und machte einen Schritt in die andere Zimmerhälfte.

Erschrocken ließ ich die Hand sinken und schnappte nach Luft. Mit stolpernden Schritten versuchte ich Abstand zu dem zu gewinnen, was ich sah, doch ich verfing mich in dem dunkelblauen Vorhang. Der Stoff riss und ich fiel zu Boden, und mit mir der einzige Schutz vor dem Anblick, der sich direkt vor meinen Augen bot. Livia lag reglos auf ihrem Bett in einer dunkelroten Lache aus Blut. Ihr Gesicht wirkte, als würde sie schlafen. Friedlich, beinahe glücklich sah sie aus in ihrem pastellfarbenen Kleid, die Augen geschlossen. Doch ihr blutiger Oberkörper zerstörte das vermeintlich schöne Bild. Das dunkle Blut tropfte vom Bett auf den hellen Teppich und von dem metallischen Geruch wurde mir ganz übel. Doch noch schockierender als der Anblick meiner leblosen Schwester war der von Tyr, der direkt neben der toten Livia auf dem Bett lag. Er grinste mich an und zeigte mir seine unnatürlich weißen Zähne.

Ich versuchte mich aus dem Stoff zu befreien, während ich mich hektisch aufrappelte. Das konnte unmöglich wahr sein!

»Diese Familie hat einfach ein Faible für mieses Timing«, sprach Tyr ruhig und erhob sich vom Bett. Langsam kam er auf mich zu.

»Bleib mir bloß vom Leib!«, schrie ich ihn an, während ich rückwärts in Richtung Tür taumelte. Doch ehe ich aus dem Schlafzimmer flüchten konnte, stand Tyr plötzlich direkt vor mir und griff nach meiner Hand.

»Beruhig dich, Saphina. Alles ist in bester Ordnung«, säuselte er, und obwohl mir das Herz bis zum Hals schlug, sorgte seine Stimme dafür, dass die Panik verschwand.

Mein Blick huschte durch den Raum und blieb immer wieder am leblosen Körper meiner Schwester hängen. »Ist sie tot? Hast du sie …?«, setzte ich an, als Tyr laut zu lachen anfing.

»Du bist wirklich herzallerliebst, Saphina. Ich musste gerade an unsere kleine Diskussion denken und daran, wie kratzbürstig und widerspenstig du damals warst. Jetzt gleichst du einem verängstigten kleinen Mädchen, dem man seinen Lolli geklaut hat.« Tyr verschränkte seine muskulösen Arme vor der Brust. Erst jetzt fielen mir die Blutflecken auf seinem dunklen Anzug auf. Er bemerkte meinen Blick und hob entschuldigend die Hände. »Es ist nicht meine Schuld, dass du hier so früh aufgekreuzt bist. Mein Bruder meinte, du würdest später kommen. Schieb es also ihm in die Schuhe.«

Irritiert musterte ich den Ehemann meiner Schwester. Was hatte er da gerade gesagt?

»Wie meinst du das? Was ist hier los?«, fragte ich wütend.

Mit aller Macht versuchte ich die Angst in die hinterste Ecke meines Selbst zu verbannen. Ich spürte deutlich, was für eine Flut an Emotionen aus mir herauszubrechen drohte. Ein Meer aus Tränen und Trauer, das mich umschließen wollte, doch das durfte ich nicht zulassen. Nicht jetzt! Erst musste dieser elendige Mörder zugeben, was hier vorgefallen war.

»Deine Schwester hatte recht – du bist wirklich von der langsamen Sorte.« Tyr rollte theatralisch mit den Augen, bevor er mich zurück zum Bett zog und sich auf den Rand setzte.

Wütend entriss ich ihm meine Hand. »Damit wirst du nicht durchkommen. Du wirst niemals König werden. St. Lucien wird nicht von Männern regiert.«

Doch Tyr schienen meine Worte völlig kaltzulassen. »Denkst du wirklich, es geht hier um euren lächerlichen Thron? Pah, dass ich nicht lache. Du hast es immer noch nicht begriffen, oder?«

»Was begriffen?«

»All das war von langer Hand geplant. Wir haben euch verzogene Prinzesschen die ganze Zeit nur benutzt und keine von euch hat es geschnallt.« Tyr sah kurz zu Livia und seine Mundwinkel umspielte ein wissendes Lächeln. »Sie war wie Wachs in meinen Händen. Ein machtgieriges Biest, das nur zu bereitwillig das tat, was man ihr sagte. Keine Ahnung, was ihr euch dabei gedacht habt, so jemanden zur Königin zu krönen. Wenn du mich fragst, solltet ihr alle froh sein, dass der Thron wieder frei ist. Sie hätte euch nur ins Verderben gestürzt mit ihrer selbstsüchtigen Art.«

Ich hob die Hand und schlug Tyr ins Gesicht. Sofort spürte ich das Brennen meiner Handfläche, doch ich versuchte mir den Schmerz nicht anmerken zu lassen.

»Vermutlich habe ich das sogar verdient«, entgegnete Tyr. Auf seiner rechten Gesichtshälfte zeichnete sich mein Handabdruck ab, ansonsten deutete nichts darauf hin, dass ich ihm eine schallende Ohrfeige verpasst hatte.

»Was fällt dir ein, so über meine Schwester zu sprechen! Sie ist kein schlechter Mensch«, zischte ich aufgebracht.

»Ist dem so? Wenn ich richtig informiert bin, hat sie deine andere Schwester getötet. Mein moralischer Kompass zeigt zwar auch nicht immer nach Norden, aber gute Menschen töten nicht ihre Familienmitglieder, oder irre ich mich da?«

Ich antwortete nicht auf seine Provokation, doch als er sich von der Bettkante erhob, brach es aus mir heraus. »Wer bist du nur? Livia hat dich geliebt und du hast sie erstochen! Wieso?«

»Stell dich nicht dümmer, als du bist. Du kennst die Antwort ganz genau. Deine älteste Schwester war die nervigste, niederträchtigste und verlogenste Person, der ich je begegnet bin. Und glaub mir, ich weiß, wovon ich spreche. Ich wandle schon seit so vielen Jahrhunderten auf dieser Erde, aber ein solches Biest ist mir selten begegnet. Du liebst sie trotz ihrer verkommenen Art, genau das macht dich aus. Du bist das einzig Gute, was in all den Jahren aus eurem Stammbaum hervorgegangen ist. Ohne dich säße Zandor noch immer in seinem Gefängnis. Doch mein Bruder ist frei, und das bedeutet, dass ich meine lächerliche Tarnung als Schoßhündchen der Königin nicht länger aufrechterhalten muss. Es war befreiend, ihr das Messer in die Brust zu rammen. Sieh es doch als ausgleichende Gerechtigkeit: Livia hat Maylin getötet und ich habe Livia getötet.«

»Zandor ist dein Bruder? Wie ist das überhaupt möglich?«, fragte ich fassungslos. Wie konnte es sein, dass Tyr der Bruder eines Dämons war? Außer er war selbst einer.

»Ich sehe die Erleuchtung in deinen Augen. Du bist also doch nicht so dumm wie gedacht. Ihr Menschen seid wirklich leicht hinters Licht zu führen. Wenn ihr wüsstet, wie viele Dämonen unter euch wandeln. Als Aramea Bell Zandor gefangen nahm und ihn in diesen Vulkan sperrte, habe ich alles versucht, um ihn zu befreien. Doch kein Sturm oder Unwetter vermochte es, das mächtige Gefängnis deiner Vorfahrin zu sprengen. Also habe ich recherchiert und fand den genauen Wortlaut des Paktes, den Aramea mit Yamadø geschlossen hatte. Von da an schlich ich mich immer wieder in eure Familie ein und suchte nach der einen reinen Seele, die es vermochte, das Gefängnis zu betreten und meinen dämonischen Bruder aus dem Vulkan zu befreien. Aber irgendetwas kam immer dazwischen. Irgendeinen dunklen Fleck trugen sie alle auf ihrer Seele – doch dann traf ich auf Maylin.«

Tyr leckte sich über die Lippen und mir wurde bei diesem Anblick schlagartig übel. Diese ganze Geschichte klang völlig absurd. Tyr hatte doch nicht beinahe zweihundert Jahre darauf gewartet, seinen Bruder zu befreien?

»Maylin war die perfekte Wahl. Mutig, ehrlich, tapfer. Sie wurde auf ihre Aufgabe vorbereitet, ihre Seele war rein. Doch sie musste ja aus der Reihe tanzen.«

»Aus der Reihe tanzen?«, hakte ich nach.

»Deine geliebte Lieblingsschwester wollte die Insel verlassen. Sich heimlich auf und davon machen. Das konnte ich natürlich nicht zulassen. Sie musste hierbleiben und ihre Rolle spielen, aber leider ließ sie sich nicht umstimmen. Wirklich schade, sie war mit Abstand die Hübscheste von euch dreien – nichts für ungut.«

Ich sah Tyr in die Augen und bemerkte das dämonische Funkeln, das ich bereits bei Zandor entdeckt hatte. Er war durch und durch böse. Alles, was er sagte, jedes einzelne Wort brannte in meinen Ohren und breitete sich wie Gift in mir aus.

»Das ist eine Lüge! Maylin hätte mich niemals allein zurückgelassen. Sie wusste, wie sehr ich sie brauchte.«

»Bilde dir das nur weiter ein, kleine Saphina. Aber Maylin wollte nie Prinzessin und erst recht keine Königin sein. Nach ihrer Ernennung wäre sie bis an ihr Lebensende an diese Insel gefesselt gewesen, genauso wie mein Bruder an den Vulkan. Für sie gab es keine schlimmere Vorstellung.«

Schluchzend sackte ich auf die Knie. Dieser Dämon manipulierte mich doch nur! Alles, was er sagte, zielte nur darauf ab, mich zu brechen.

»Du lügst«, krächzte ich.

»Ich habe keinen Grund, dich anzulügen. Nicht mehr. Das ist meine Art, mich bei dir zu bedanken. Ohne dich und deine selbstlose Rettungsaktion wäre mein Bruder nicht frei. Zugegeben, dass ich Livias Mörder bin, hättest du nicht erfahren sollen. Natürlich wäre es früher oder später aufgefallen, wenn ich mich aus dem Staub gemacht hätte, aber manche Dinge kann man eben nicht planen.«

Tyr schritt durch das Schlafzimmer, bis er vor dem großen Fenster stehen blieb. »Aber wenn es dich tröstet: Livia hat Maylin nur die Mauer hinuntergestoßen, weil ich es ihr aufgetragen habe. Dämonen können sehr überzeugend sein, weißt du? Sie hasste Maylin zwar, genauso wie sie im Übrigen dich hasste. Aber ihr Hass reichte bei Weitem nicht aus, um Maylin aus völlig freien Stücken zu töten.«

Mein Körper bebte vor Trauer und die Tränenflut, die über mich hereinbrach, ließ die Welt vor meinen Augen verschwimmen. Ich hatte alles verloren, was mir jemals etwas bedeutet hatte. Bis zum Schluss hatte ich glauben wollen, dass Livia unschuldig war. Doch die Wahrheit schmerzte noch weitaus mehr: Der Mann, dem sie ihr Herz geschenkt hatte, hatte sie dazu gebracht, Maylin von der Mauer zu stoßen.

»Wenn du mich nun entschuldigst, Zandor und ich haben eine Menge aufzuholen. Immerhin weiß der Arme nicht einmal, was ein Auto ist, geschweige denn ein Handy. Mach's gut, kleine Prinzessin!«

Als ich meinen Kopf hob und in Richtung des Fensters blickte, sah ich nur noch eine dunkle Rauchwolke. Tyr war fort und ich am Boden zerstört. Als ich mich endlich wieder auf die Beine kämpfte, fühlte ich mich wie ein Schatten, den man gewaltsam von seinem Körper gelöst hatte. Vorsichtig ließ ich mich aufs Bett gleiten und rückte näher an Livia heran. Ich wagte es nicht, sie zu berühren, doch ich wollte ihr nahe sein. Ein letztes Mal.

Livias Tod war meine Schuld. Und durch das Grauen, das ich entfesselt hatte, würden Hunderte Tode folgen. Wie hatte ich nur so egoistisch sein können? Meine Trauer und meine Wut hatten diesem Dämon erst die Tür geöffnet, und egal womit ich den Handel mit Zandor rechtfertigen würde, es würde nichts an meiner Schuld ändern. Thalea hatte mich gewarnt und Dante hatte vehement versucht, mich aufzuhalten. Ich war nicht in der Lage gewesen, meine Familie zu beschützen, und erst recht nicht fähig, mein Volk vor Gefahren zu bewahren. Wie konnte ich da angeblich reinen Herzens sein? Livia war nur meinetwegen tot!

Plötzlich ertönte ein Schrei und ich zuckte zusammen. Es schien, als würden sich draußen Leute streiten. Kurz darauf hörte ich gedämpfte Schritte. Wer auch immer gleich diesen Raum betreten würde, er würde sicherlich glauben, dass ich Livia umgebracht hätte. Aber sosehr ich mich auch aufraffen wollte, ich konnte mich nicht rühren. Doch es war keiner der Soldaten, der dort im Türrahmen erschien, sondern Dante.

»Saphina! Was ist passiert?«, fragte er besorgt. Sofort rannte er auf mich zu und beugte sich über mich.

»Livia ist tot und … es ist meine Schuld«, sagte ich tonlos.

Dante schien meine Worte gar nicht zu beachten. Behutsam hob er mich vom Bett. »Es wird alles wieder gut, hörst du! Du kannst nichts dafür. Aber wir sollten so schnell wie möglich verschwinden. Wenn dich hier jemand findet, dann haben wir ein Problem. Und die Soldaten vor der Tür waren nicht sehr erfreut, mich zu sehen.«

»Ich habe ein Monster entfesselt und du hast mich davor gewarnt, aber ich wollte nicht auf dich hören. Es tut mir so leid, Dante«, flüsterte ich mit zitternder Stimme.

Dante strich mir behutsam mit der Hand übers Gesicht, während er mich vorsichtig auf dem Boden vor der Zimmertür absetzte. Er versperrte mir bewusst den Blick auf Livias leblosen Körper und schob mich weiter in Richtung Ausgang.

»Wir können Zandor aufhalten, aber dazu müssen wir sofort los. Es ist nur eine Frage der Zeit, bis auffallen wird, dass Livia tot ist. Und jeder im Schloss wird denken, wir hätten etwas damit zu tun. Du kannst deinen Fehler wiedergutmachen, aber dazu musst du dich jetzt zusammenreißen. Kannst du das, Saphina?«

Dante packte mich an den Schultern und zwang mich dazu, ihm ins Gesicht zu blicken. Seine Augen strahlten vor Entschlossenheit. Doch ich spürte deutlich die Leere, die nach mir griff und mich mit Haut und Haar zu verschlingen versuchte.

»Ich weiß es nicht.«

»Das solltest du aber. Du bist schließlich die Einzige, die Zandor noch aufhalten kann.« Dante griff nach meiner Hand und zog mich aus dem Schlafzimmer. »Gibt es für diesen Gebäudeflügel einen seperaten Eingang?«, fragte er.

Ich nickte. Leise schloss Dante die Tür hinter uns und wir durchquerten den Vorraum. Die Soldaten schienen uns gar nicht wahrzunehmen. Sie wirkten wie lebensechte Porzellanfiguren. Als ich vor einem von ihnen stehen blieb und ihn musterte, fing er an, sich aufzulösen. Vor Schreck stieß ich einen spitzen Schrei aus. Die Männer verpufften wie Rauch. Zurück blieben lediglich dieselben dunklen Schwaden wie bei Tyr.

»Sie waren wohl ebenfalls nur Dämonen«, flüsterte ich.

»Wie meinst du das?« Dante drehte sich zu mir herum.

»Tyr ist Zandors Bruder. Sie haben all das von Anfang an geplant. Sie sind für Maylins Tod verantwortlich.«

Ehe ich mehr berichten konnte, trieb Dante mich jedoch weiter den Gang entlang. Nach einer kurzen Zeit blickte er mich an und ich übernahm widerwillig die Führung. Geschickt führte ich uns durch das Schloss, das wie ausgestorben wirkte.

»Hier ist keine Menschenseele«, bemerkte er misstrauisch.

Als wir einen der Seitenausgänge erreicht hatten und über den Kiesweg zum Haupteingang liefen, war die Sonne bereits dabei unterzugehen. Nichts hatte noch vor wenigen Tagen darauf hingewiesen, dass sich unter der Oberfläche unserer schönen Insel eine düstere Vulkanwelt befand. Doch von einem auf den anderen Augenblick hatte sich unsere gesamte Welt verändert und plötzlich war so gut wie nichts mehr unmöglich.

»Übrigens …«, Dante riss mich aus meinen Gedanken, »nehme ich es dir so langsam wirklich krumm, dass du ständig mein Auto klaust. Whitehill Manor hat eine Garage mit sechs Sportwagen. Nächstes Mal bedienst du dich einfach dort, ja? Ich häng wirklich an dem Wagen.«

Wir überquerten den Vorplatz und mein Blick fiel auf einen grellgelben Lamborghini, der protzig direkt vor Dantes Sportwagen abgestellt worden war. Ich hob fragend eine Augenbraue an und Dante lachte trocken.

»Damit du nicht wieder einfach abhaust«, entgegnete er ungerührt.

»Stimmt, ich bin natürlich nicht in der Lage, den Rückwärtsgang zu betätigen.«

Dante lief zu dem gelben Sportwagen und holte eine schwarze Tasche aus dem Kofferraum, ehe er zur Fahrerseite des BMWs ging. Ich warf ihm die Schlüssel hinüber und ohne ein weiteres Wort stiegen wir in sein Auto. Er reichte mir die Tasche, die ich auf den Rücksitz schmiss, ehe ich mich anschallte.

Dante fuhr die Hauptstraße entlang, und während wir genug Abstand zwischen uns und den Palast brachten, erzählte ich von der Begegnung mit Tyr. Er lauschte meinen Worten, ohne mich zu unterbrechen, doch als ich meinen Kopf in seine Richtung drehte, erkannte ich deutlich Sorgenfalten auf seiner Stirn.

»Wir dürfen die beiden nicht davonkommen lassen. Wenn sie bereits kleinere Dämonen um sich scharen, ist es nur noch eine Frage der Zeit, bis sie die gesamte Insel in ihre Gewalt bringen«, sagte Dante entschlossen.

Ich ließ den Blick aus dem Fenster hinausschweifen, wo die untergehende Sonne die Landschaft in ein bedrohliches rotes Licht tauchte. »Und wie sollen wir das anstellen? Sie können doch überall sein und wir werden sie wohl kaum beide überreden können, in die Gefängniswelt zurückzukehren.«

Ich seufzte, dann drückte ich die Stirn gegen die kalte Scheibe. Mir dröhnte der Kopf und ich hasste mich für das, was ich getan hatte.

»Es gibt da eine Möglichkeit«, begann Dante zögerlich. Er hielt den Wagen an, griff in seine Jackentasche und holte sein Handy hervor. Während er die Nummer eintippte, blickte er mich ernst von der Seite an. »Vertraust du mir?«

Ich blickte in seine treuen braunen Augen, die so viel Wärme ausstrahlten. Wie hatte ich ihm bloß all die bösen Dinge zutrauen können? Obwohl ich nicht nur ihn, sondern mein gesamtes Volk so bitter enttäuscht hatte, war er mir gefolgt. Er bot mir erneut seine Hilfe an, gegen einen beinahe unbesiegbaren Feind. In diesem Augenblick erkannte ich endlich, was ich mir die ganze Zeit nicht hatte eingestehen wollen: Ich vertraute Dante nicht nur, ich liebte ihn.

»Ich vertrau dir«, antwortete ich entschlossen.

Er zog mich an sich und drückte seine Lippen auf meine. Dieser Kuss war anders als unser erster: Er war stürmisch und wild, weniger zärtlich und doch war er perfekt. Ich schmeckte das unausgesprochene Versprechen auf seinen Lippen, die süßsaure Verheißung unseres Kampfes, der kurz bevorstand. Wir würden entweder zusammen gewinnen oder gemeinsam untergehen. Doch dieser Kuss besiegelte das Versprechen, dass wir alles tun würden, um den anderen zu beschützen. Und das war alles, was in diesem Augenblick zählte.

KAPITEL 29

Wir fuhren eine ganze Weile durch die Gegend, während Dante meine Tante anrief und ihr von Livias Tod berichtete. Als er einige Zeit später auflegte, war die Sonne bereits hinter dem Horizont verschwunden.

»Wohin fahren wir überhaupt?«, fragte ich ihn.

»Ins Taryøu.«

Ich grübelte einen Moment, ehe ich begriff, was er vorhatte. »Wir werden Zandor nicht suchen, oder?«

»Nein, werden wir nicht«, entgegnete Dante mit einem verschmitzten Gesichtsausdruck.

»Wir werden ihn rufen«, schlussfolgerte ich.

Dante schmunzelte. »Nicht ganz. Nyla wird ihn rufen. Zumindest hoffe ich das.«

Dante ging merklich vom Gas und von einem auf den anderen Moment befanden wir uns auf demselben unbequemen Weg, den wir damals entlanggefahren waren. Genau wie beim letzten Mal holperte der Wagen mitten durch den Dschungel, nur dass es diesmal unter dem dichten Blätterdach bereits dunkel war.

»Sag mir jetzt aber bitte nicht, dass wir wieder so weit laufen müssen.«

Doch Dante grinste nur etwas mehr, während er vorsichtig eine enge Kurve nahm.

✣

Als wir wenig später den Wagen abstellten, konnte man in der Dunkelheit eindeutig helle Lichtpunkte ausmachen. Dante schnappte sich die Tasche von der Rückbank und wies mich an, ihm zu folgen. Bereits nach wenigen Schritten lichtete sich das dichte Grün und wir betraten die bekannte Lichtung.

»Wieso haben wir damals so eine lange Wanderung gemacht, wenn es auch einen viel schnelleren Weg zum Dorf gibt?«

»Weil ich unfassbar gern Zeit mit dir verbringe. Außerdem hätten wir andernfalls niemals die Bekanntschaft dieser äußerst reizenden Schlange gemacht.«

Ich verpasste ihm einen kleinen Ellenbogenstoß und wir betraten den Steg, der die einzelnen Häuser miteinander verband. Überall im Dorf brannten Fackeln und das leise Knistern der Flammen vermischte sich mit dem Zirpen und Kreischen der Dschungeltiere.

Die Dorfbewohner musterten uns mit derselben Neugierde wie bei unserem ersten Besuch. Wir liefen direkt auf Nylas Hütte zu, doch die junge Priesterin stand bereits im Türrahmen, so als hätte sie unsere Ankunft erwartet. Ihre ernste Miene und die abweisende Körperhaltung zeugten jedoch in keinster Weise von der Gastfreundlichkeit, die sie uns beim letzten Mal entgegengebracht hatte.

»Was habt ihr getan?«, sagte sie statt einer Begrüßung.

Dante hob abwehrend die Hände, doch ehe er etwas sagen konnte, trat ich auf Nyla zu.

»Nyla, wir brauchen deine Hilfe. Ich war gemeinsam mit Dante in der Vulkanwelt, um herauszufinden, wer der Mörder von Maylin war. Ich weiß, ich hätte mich niemals darauf einlassen sollen, überhaupt dorthin zu gehen, aber ich musste es tun. Und nun ist Zandor frei und wir müssen ihn aufhalten, damit er nicht noch mehr Menschen tötet.«

Nylas Blick wurde weicher und ich konnte für einen Moment Bedauern auf ihrem Gesicht erkennen. Doch dann richtete sie ihre strenge Maske wieder. Sie verschränkte die Arme vor der Brust und lehnte sich ein Stück nach hinten.

»Als wir das letzte Mal hier waren, hast du gesagt, du seist in der Lage, einen Dämon zu beschwören. Wenn du Zandor herbeirufst, kann ich ihn vielleicht zurück in sein Gefängnis sperren und die Ordnung wiederherstellen. Aber ohne deine Hilfe schaffe ich es nicht.«

Nyla atmete tief ein. Ihre kunstvoll geflochtenen Zöpfe fielen ihr über die schlanken Schultern und im Schein der Fackeln wirkte ihr Gesicht so jung und unschuldig wie das eines kleinen Kindes. »Ich werde dich nicht für deine Taten verurteilen, denn das steht mir nicht zu. Du hast egoistisch gehandelt und du hast Dante nicht vertraut, obwohl ich euch vor genau diesem Fehler gewarnt hatte.«

Ihr strenger Blick traf erst mich, dann Dante, ehe sie weitersprach. »Aber es geht um mehr als darum, recht zu haben. Du bist hier, weil du endlich Verantwortung für dich und dein Volk übernehmen möchtest, und ich rechne dir diesen Schritt hoch an. Leider steht es nicht in meiner Macht, euch zu helfen. Zandor ist der König der Dämonen, der Herrscher über die Vulkanwelt und Anführer allen Dunkels – ihn zu rufen liegt jenseits meiner Kräfte.«

Bei ihren Worten fröstelte ich und spürte, wie die Angst meinen Körper erneut auszufüllen drohte. Nyla ließ die Arme sinken und gab ihre abweisende Haltung auf. Sie sah mich noch einmal eindringlich an, dann trat sie zur Seite und gab den Weg ins Innere ihrer Hütte frei.

»Ich kann euch nicht helfen. Aber unsere Älteste kann es.«

Sie bedeutete uns mit einer knappen Geste, in die Hütte zu kommen, und mir fiel beinahe ein Stein vom Herzen, als ich mich auf einem der alten Holzstühle niederließ.

Nervös spielte ich mit dem Reißverschluss meiner Lederjacke, während ich die dumpfen Stimmen aus dem Nebenraum wahrnahm. Nyla hatte sofort die älteste Priesterin im Dorf rufen lassen und nun saßen die beiden schon eine gefühlte Ewigkeit dort und redeten. Als sich die schwere Holztür öffnete, trat eine faltige alte Frau aus dem Raum. Der Stock, mit dessen Hilfe sie sich fortbewegte, erzeugte ein schabendes, kratzendes Geräusch auf den Holzdielen. Sie kam langsam auf mich zu und ihre milchig weißen Augen schienen mir direkt in die Seele zu blicken.

»Meine Königin«, krächzte sie und deutete eine Verbeugung an. Peinlich berührt blickte ich zur Seite, doch die Priesterin starrte mich unverwandt an. »Seid Ihr sicher, dass Ihr den Dämonenkönig wirklich beschwören wollt? Jede Beschwörung hat ihren Preis und diese wird Euch ganz besonders viel abverlangen.«

»Leider habe ich keine andere Wahl. Ich muss meinen Fehler wiedergutmachen. Das schulde ich meinem Volk und denen, die wegen mir bereits sterben mussten.«

Kurz flackerte das Bild von Livia vor meinem geistigen Auge auf und ich unterdrückte den Drang zu weinen.

Ob Zandor in der Zwischenzeit noch mehr Menschen getötet hatte? Was für abscheuliche Dinge tat er wohl in genau dieser Sekunde, während ich hier saß und versuchte, endlich das Richtige zu tun?

»Dann werde ich alles für die Beschwörung vorbereiten. Ich werde zu Yomadø beten, dass er uns als Schutzpatron beiwohnt. Doch um den Dämonenkönig einzusperren, braucht Ihr Eure Krone. Die Krone ist der Schlüssel zum Gefängnis und sie ist das Schloss, das ihn gefangen hält.«

Als ich zum Palast aufgebrochen war, hatte ich alles in Whitehill Manor zurückgelassen. Panisch blickte ich zu Dante, doch der öffnete die schwarze Ledertasche.

»Ich habe die Krone dabei«, sagte er lächelnd.

»Woher wusstest du, dass wir sie noch brauchen würden?«

Fragend blickte ich ihn an.

»Wenn wir die Krone brauchten, um Zandor aus dem Vulkan zu befreien, dann lag es recht nahe, dass wir sie ebenfalls brauchen, um ihn wieder dorthin zu verbannen.«

Das klang plausibel.

Vorsichtig zog er die zierliche schwarze Krone hervor und legte sie auf den zerkratzten Holztisch. Seit der funkelnde schwarze Stein in der Mitte fehlte, wirkte sie seltsam matt und unvollständig. Die Priesterin griff mit ihren knorrigen Fingern nach der Krone, und die Art, wie sie darüberstrich, hatte etwas Ehrfürchtiges an sich.

»Es gibt nur sehr wenige Menschen, die dieses Artefakt jemals zu Gesicht bekommen haben. Es ist wohl die mächtigste Waffe unseres gesamten Königreichs.«

Sie zog ihre Hand zurück und wandte sich an Nyla. Leise flüsternd gab sie ihr einige Anweisungen.

»Wir treffen uns in einer Stunde wieder. Ein Stück vom Dorf entfernt gibt es eine kleine Lichtung. In der Zwischenzeit werden wir alles vorbereiten.« Nyla richtete ihre langen Zöpfe, ehe sie gemeinsam mit der Priesterin die Hütte verließ.

»Was erwartet uns wohl bei diesem Ritual?«, fragte ich Dante besorgt. Mittlerweile war mir nur allzu bewusst, dass es in dieser Welt keinerlei Grenzen gab und man aufpassen musste, nicht den Verstand zu verlieren.

»Ich bin mir nicht sicher, aber in einem der alten Tagebücher des Barons stand etwas über diese Art der Beschwörung.« Dante schien angestrengt über den Wortlaut nachzudenken, ehe er weitersprach. »Aramea beschwor damals den Røar, um sich von ihm die Macht geben zu lassen, damit sie Zandor wegsperren konnte. Aber die Krone, die dies ermöglicht, befindet sich ja in unserem Besitz. Aramea musste noch etwas anderes opfern als das Schicksal ihrer Nachkommen. Ich erinnere mich nur nicht mehr genau daran, was es war.«

Während Dante vergeblich in seinem Gedächtnis zu kramen schien, musste ich an meine Mutter denken. Ich hätte mir so sehr Unterstützung von ihr gewünscht, Zuspruch und Vertrauen. Sicherlich wusste sie bereits von Livias Tod und man hatte ihr wohl auch schon längst von meinem Besuch im Palast berichtet. Ob sie glaubte, ich sei schuld?

Die Zeit, die wir in der Hütte saßen und abwarteten, verstrich quälend langsam. Und das ungute Gefühl in meinem Bauch schwoll von Minute zu Minute weiter an. Irgendwann klopfte jemand an die Tür und ich schreckte bei dem dumpfen Ton zusammen. Ein junger Mann betrat den Raum. Sein Oberkörper war mit roten Zeichen bemalt und in der rechten Hand hielt er einen dunklen Speer. Er wirkte wie ein entschlossener Krieger auf dem Weg in eine verheerende Schlacht.

»Bitte folgt mir!«, rief er uns mit tiefer Stimme zu.

Dante verstaute die Krone in der Tasche, ehe wir die Hütte verließen. Kein Bewohner war auf dem Steg zu sehen und auch auf dem kleinen Dorfplatz herrschte Leere. Als wir den Rand des Dorfes erreicht hatten, schob der Krieger einige Äste beiseite und bedeutete uns weiterzugehen. Nach wenigen Schritten befanden wir uns wieder im tiefsten Dschungel und das Kreischen und Brüllen der Tiere begleitete uns.

Wir liefen einige Zeit quer durch den Urwald, bis wir auf eine Lichtung trafen, die von gigantischen knorrigen Bäumen umrandet wurde. Ihre Äste bildeten eine Art Dach über unseren Köpfen, durch das man den Himmel kaum noch sehen konnte.

»Wir sind da«, flüsterte Dante.

Direkt in der Mitte hatte jemand ein Feuer errichtet. Rund um den Platz herum brannten Fackeln. Verwundert stellte ich fest, dass die alte Priesterin und Nyla nicht allein waren. Weitere Krieger waren am Rande des Feuers postiert, während drei junge Mädchen ganz in Weiß gehüllt vor etwas standen, das wie ein Altar aussah.

»Was machen die vielen Menschen hier?«, fragte ich leise.

Dante zog mich näher an sich, während wir über die Lichtung schritten. Alle Blicke waren auf uns gerichtet.

»Ich schätze mal, die Alte wird die Beschwörung nicht ganz allein durchführen können. Sie braucht Unterstützung von den jüngeren Priesterinnen.«

Nyla winkte uns zu sich und der Krieger nickte kurz, ehe er sich zu seinesgleichen gesellte.

»Da seid ihr ja.«

Nyla trug ebenfalls ein blütenweißes Gewand, das die wunderschönen Zeichen auf ihrer Haut nur noch mehr hervorstechen ließ. In ihre dicken Haare hatte sie rote Blüten geflochten. Ihr Anblick erinnerte mich seltsamerweise an eine Hochzeit, nur dass sie nicht im Entferntesten so glücklich wirkte wie eine Braut.

»Bevor wir beginnen, möchte ich allein mit der Königin reden.«

Dante und ich wechselten einen kurzen Blick, ehe Nyla mich zur Seite zog. Ihr Gesicht wirkte trotz ihrer dunklen Hautfarbe seltsam fahl.

»Unser Volk hat seit zwei Jahrhunderten keine so große Zeremonie mehr abgehalten. Du denkst sicherlich, wir erweisen dir hier einen Gefallen, aber wir folgen deinem Willen und Bestreben als Nachfahrin der ehrwürdigen Aramea Bell, egal was du von uns verlangst. Wir haben uns deiner Familie vor sehr langer Zeit verschrieben, und das, obwohl wir beinahe völlig ausgerottet wurden, nur weil wir Aramea bei ihrem Kampf gegen die dämonischen Wesen halfen.«

Nyla sah mir tief in die Augen, und alles, was sich darin spiegelte, waren Wut und Trauer.

»Ich weiß, du kannst nichts dafür. Du warst nicht für diese Aufgabe bestimmt, aber ich möchte, dass du dich umsiehst, dir jedes einzelne Gesicht hier gut einprägst. Sie alle folgen deinem Ruf, und das ohne den leisesten Zweifel. Vergiss nie, was deine Familie einst geschworen hat. Durch unser aller Adern fließt dasselbe Blut, wir alle opfern etwas für diese Insel. Wir alle opfern etwas für dich.«

Ehe ich antworten konnte, wandte sie sich von mir ab. Ihre Worte ergaben für mich keinerlei Sinn. Dass ihre Vorfahren Aramea geholfen hatten, war mir bekannt gewesen, aber so, wie sie es darstellte, wirkte es beinahe, als hätten sie sich Aramea mit ihrem Leben verschrieben.

Ich ging zurück zu Dante, der direkt vor dem Altar wartete. Dieser war aus dickem festen Stein gebaut und stand vermutlich schon unzählige Jahre an diesem Platz. Er war mit bunten Blumen bedeckt, neben denen allerlei Schüsseln mit buntem Pulver platziert waren. Eines der jungen Mädchen schob sich an uns vorbei und begann die unzähligen Kerzen anzuzünden.

Ich wollte mich gerade umdrehen, als mich jemand an der Schulter berührte. Ich wandte mich um und blickte direkt in das faltige Gesicht der Priesterin. Auch sie trug ein prächtiges Gewand. Doch im Gegensatz zu den anderen war es nicht blütenweiß, sondern blutrot. Sie bedeutete mir, mich vor den Altar zu stellen. Dahinter postierten sich Nyla und die drei jungen Mädchen.

»Lasst uns beginnen«, rief sie.

Wie auf ein Zeichen hin begannen die Männer ihre Speere auf den Boden zu schlagen. Ein tiefer monotoner Rhythmus ertönte. Dann sangen sie. Ich verstand kein einziges Wort, doch es klang gefährlich und böse. Die Priesterin blickte in Dantes Richtung. Er kam mit der Tasche auf sie zu, öffnete sie und holte die Krone hervor. In der Ledertasche befand sich noch etwas anderes, doch ehe ich den glänzenden Gegenstand erkennen konnte, schloss Dante die Tasche. Vorsichtig legte er sie auf dem Altar ab und zog sich wieder zurück.

»Bevor wir den Dämon rufen, müssen wir eine Waffe für dich schmieden, die es dir erlaubt, Zandors dunkles Herz zurück in die Krone zu verbannen. Nur wenn du den Stein aus Zandors Brust herausbrichst, kannst du erfolgreich sein. Doch du brauchst eine Waffe, die so rein und strahlend ist, wie du selbst es bist.«

Die Alte beugte sich nach vorn und zückte ein Messer. Der helle Griff wirkte, als sei er aus Knochen, während die Klinge im Schein der Flammen golden leuchtete. Feine Ornamente waren auf ihr eingraviert. Die Priesterin reichte mir das Ritualmesser, das ich zögerlich entgegennahm. Ängstlich blickte ich zu Dante, doch diesmal konnte er mir nicht helfen. Ich musste mich meinen Dämonen allein stellen – im wahrsten Sinne des Wortes.

»Dein Blut ist unser Blut. Es verbindet uns, macht uns zu einer Einheit. Unser gemeinsames Blut wird die Waffe, die wir schmieden, um den Dämon zu bannen.«

Die Alte hielt eine kleine unscheinbare Schale in der Hand, mit der sie näher kam.

»Schenke uns dein Blut, damit wir dir unseres darbieten können.«

Sie hielt mir die Schale entgegen, und ohne zu zögern, setzte ich das Messer an und schnitt mir in die Handfläche. Blut tropfte in die Schale und ich verzog kurz das Gesicht. Die Priesterin wartete einige Sekunden, dann nahm sie mir das Messer ab. Sie schritt zu Nyla, die sich ebenfalls in die Handfläche schnitt, ehe sie die drei jungen Mädchen aufforderte, ihr Blut in die Schüssel zu geben. Kurz darauf ging sie zu den Kriegern, deren Gesang schlagartig verklang. Auch sie schnitten sich, bluteten in die Schüssel und verzogen bei dem Ritual keine Miene.

Ein mulmiges Gefühl breitete sich in mir aus. Ich fragte mich, was nun geschehen würde. Wozu benötigte diese Alte unser Blut? Als sie ihre Runde beendet hatte, kam sie zurück zum Altar. Sie blickte zu Nyla, die kurz ihre Augen schloss, wie um zuzustimmen.

Die Priesterin stellte die Schüssel in die Mitte des Altars, direkt neben die Krone, und begann zu sprechen. Ihre Stimme klang tief und bedrohlich, während sie fremdartige Worte sprach, spitz und stechend, gleichzeitig wurde ihre Stimme immer lauter. Gebannt starrte ich in ihre Richtung, als ich aus dem Augenwinkel bemerkte, wie Nyla plötzlich umkippte und zu Boden fiel. Ehe ich überhaupt realisierte, was geschah, sackten auch die Mädchen zu Boden. Panisch sah ich mich um. Auch die jungen Krieger, die uns umringten, verloren das Bewusstsein und das dumpfe Geräusch, das ihre Körper verursachten, als sie auf den Boden fielen, jagte mir eine Gänsehaut ein.

Ich wollte mich bewegen, zu ihnen laufen, doch irgendetwas ließ mich innehalten. Hilflos sah ich zu Dante, der genauso ratlos wirkte wie ich. Immerhin war er noch bei Bewusstsein.

Die Worte der Priesterin wurden fordernder, als plötzlich ein einzelner Funke aus Nylas Körper hervortrat und wie von Geisterhand auf den Altar zuschwebte. Er leuchtete auf und landete schließlich in der Blutschale. Weitere Funken folgten und ich spürte, wie sich eine enorme Hitze in meiner Brust bildete. Ich keuchte, bekam kaum noch Luft. Was geschah mit mir? Was passierte mit all diesen Menschen, die nun leblos auf dem kalten Boden lagen?

»Dein Opfer ist unser Opfer. Dein Blut ist unser Blut. Dein Kampf ist unser Kampf«, sprach die Priesterin.

Sie nahm das Messer, dessen Klinge bereits rot gefärbt war, und schnitt sich ebenfalls in die Hand. Als ihr Blut in die Schale tröpfelte, erloschen schlagartig die Flammen. Irgendetwas in meinem Inneren riss. Es fühlte sich an, als würde ein wildes Tier meine Brust von innen heraus zerfetzen. Ich schrie vor Schmerz laut auf.

»Dein Schmerz ist unser Schmerz. Dein Verlust ist unser Verlust. Deine Stärke ist unsere Stärke.«

Die Schale ging in Flammen auf und das gleißend helle Licht blendete in meinen Augen. Blutrot brannte das Feuer. Die Priesterin beobachtete es mit großer Ehrfurcht, ehe sie mitten hineingriff. Aus den Flammen zog sie ein schmales Schwert. Sein schwarzer Griff glänzte wie Vulkanstein, während seine Klinge in der Dunkelheit rot leuchtete wie eine lodernde Flamme.

»Mit diesem Schwert kannst du den Dämon besiegen. Es hat eine genauso reine Seele wie die Königin, die es führt. Vergiss jedoch niemals, dass es nicht nur einen Teil deiner Seele beinhaltet, sondern auch die Seelen derjenigen, die sich bereitwillig für deinen Kampf geopfert haben.«

Die Alte reichte mir die Waffe und ich umfasste den Griff mit beiden Händen. Das Schwert selbst wog erstaunlich wenig, doch das Wissen darum, wie es entstanden war, drückte mich beinahe zu Boden. Sprachlos blickte ich auf die pulsierende Klinge. Wie war es überhaupt möglich, eine Waffe zu schmieden, die aus menschlichen Seelen und Blut bestand? Schlagartig fiel mir Arameas Dolch ein. Hatte sie ihn auch durch ein derartiges Opfer erhalten?

»Du musst dich nicht schlecht fühlen, mein Kind«, sprach die Priesterin.

»Ich hätte es niemals zugelassen. Nichts von dem hier.«

Ich ließ das Schwert sinken und unterdrückte die Tränen. Wut stieg in mir auf, dass durch einen Fehler von mir so viele unschuldige Menschen ihr Leben verloren hatten. Ihnen allen schuldete ich Vergeltung.

»Das wussten wir, genau deshalb haben wir dich im Dunkeln gelassen. Du hast ein reines Herz, das dich niemals diese schwere Entscheidung hätte treffen lassen. Aber was geschehen ist, ist geschehen. Mein Volk hat sich dir und deiner Aufgabe verschworen, genauso wie deine Familie einst geschworen hat, uns vor den dunklen Wesen zu schützen, die nun erneut diese Insel bedrohen.«

»Ich werde Zandor dahin verbannen, wo er hingehört«, versprach ich der Priesterin mit fester Stimme.

»Nichts anderes habe ich von dir erwartet.« Die Alte ergriff die Krone und hob sie in die Höhe. »Sobald ich die Beschwörungsformel gesprochen habe, musst du selbst den Knochenkönig rufen, denn er gehorcht nur den Befehlen einer Königin. Er wird sich wehren, sich winden und versuchen, sich zu widersetzen. Allein die Stärke deines Willens wird darüber entscheiden, ob er dennoch folgen muss.«

Die Priesterin hielt noch immer die Krone in den Händen, während sie eine Art Gesang anstimmte. Ihre Stimme klang plötzlich viel höher als zuvor und ihr Körper bebte vor Anstrengung. Unentwegt starrte sie auf die Krone, während der Wind auffrischte und mir das Haar ins Gesicht wehte. Gebannt bemerkte ich, dass das Schwert im Takt ihres Gesangs pulsierte. Dann trafen sich unsere Blicke. Sie kam näher und setzte die Krone auf meinem Kopf ab. Und instinktiv wusste ich, dass es nun Zeit war, den Dämon zu rufen.

»Zandor, König der Dämonen, Herrscher über die Vulkanwelt, ich rufe dich!«, schrie ich in die Nacht hinaus.

Meine Stimme bebte und ich legte all meine Wut in die Worte. Erst spürte ich nichts und wollte bereits einen zweiten Versuch starten, als sich etwas regte. Es fühlte sich an, als würde mir jemand über den Rücken streichen, sanft und zögerlich. Doch als ich mich auf das Gefühl konzentrierte, übermannte es mich und mit einem Mal flammte ein so starker Schmerz auf, dass ich laut aufschrie. Das sanfte Streichen verwandelte sich in ein widerwärtiges Kratzen, als hätte mir eine wilde Kreatur ihre Klauen in den Rücken geschlagen. Meine Finger krallten sich um den Schwertgriff und ich versuchte mich krampfhaft auf den Beinen zu halten.

»Wie kannst du es wagen!«, schallte das Grollen des Dämons durch meinen Kopf.

»Ich … rufe dich, Zandor!«, presste ich gequält hervor.

Mein Rücken brannte wie Feuer, und obowohl ich versuchte, den Schmerz beiseitezuschieben, war es, als würde ich inmitten eines Infernos stehen. Als ich mich zu bewegen versuchte, verlor ich den Halt und fiel auf die Knie.

»Du hast nicht annähernd die Stärke, mich zu rufen. Du kleines Gör!« Schallendes Gelächter dröhnte in meinen Ohren.

Meine Kräfte schwanden mit jeder Sekunde, die er mich quälte. Hilflos blickte ich zu der Priesterin, doch die sang weiter die Beschwörungsformel. Ich durfte nicht aufgeben! Ich schuldete es Maylin und Livia und den unschuldigen Dorfbewohnern, die sich für diese Chance geopfert hatten.

Wütend stieß ich das Schwert in die Erde und zog mich an seinem Griff zurück auf die Beine. Erneut schlug mir etwas seine Klauen ins Fleisch und ich keuchte auf. Doch dann zog ich das Schwert aus dem Boden, wirbelte herum und hielt es in die Höhe.

»Zandor, deine Königin ruft dich!«, brüllte ich und plötzlich fuhr ein Blitz mitten auf die Klinge des Schwerts herunter. Sie ging in Flammen auf und der Blitz prallte an ihr ab.

Ich wankte, doch ich fiel nicht. Ein gewaltiges Donnern ertönte, dunkler Rauch stieg auf, und nachdem er sich endlich verzogen hatte, konnte ich den Dämonenkönig erkennen. Seine dämonische Erscheinung jagte mir einen Schauer durch Mark und Bein. Zandor wirkte abgekämpft und erschöpft. Leicht nach vorn gebeugt stand er vor mir, das Gesicht eine grauenvolle Fratze. Er entblößte seine Zähne, als sich unsere Blicke trafen.

»Du dummes Ding!«, grölte er. Langsam kam er näher und seine Klauen schabten über den Boden. »Glaubst du wirklich, ich lasse mich zurück in dieses Loch sperren?«

»Ich habe nicht damit gerechnet, dass ich dich nett darum bitte und du deinen Weg dorthin freiwillig antrittst.« Mein Körper schmerzte noch immer und ich fragte mich, ob Zandor mich wirklich verletzt oder ich mir diese grauenvollen Schmerzen lediglich eingebildet hatte.

Als er nur noch wenige Schritte von mir entfernt war, hob ich das flammende Schwert an, um ihn auf Abstand zu halten. Doch der Dämon lachte bloß.

»Den Aufwand hättet ihr euch sparen können. Egal wie viele reine Seelen ihr geopfert habt, diese Waffe wird mir niemals erneut mein Herz entreißen. Lass die Beschwörung enden und ich verschone dein Leben.«

»Ich verhandle nicht mit dir!«

»Oh, woher kommt denn dieser Sinneswandel?«

Ich sammelte all meine Kraft, holte aus und ließ das Schwert auf seinen Arm niedersausen. »Seit du auch noch das Leben meiner anderen Schwester auf dem Gewissen hast!«, schrie ich dem Dämon entgegen.

Die Trauer ließ mich alles um mich herum vergessen. Ich hechtete auf den Dämon zu und versuchte ihm das Schwert in den Oberkörper zu rammen, doch er hob den Arm und stoppte mich mühelos. Er schlug nach mir und ich verlor das Gleichgewicht und fiel zu Boden. Der Aufprall presste mir sämlichte Luft aus den Lungen.

»Du willst wirklich kämpfen, Prinzesschen? Na gut, so sei es.«

Zandor hob die Hände und erneut war dunkles Donnergrollen zu hören. Er baute sich vor mir auf und ich schaffte es nur knapp, mich zur Seite zu rollen, um seinem Schlag auszuweichen. Er lachte, als würden wir ein dämliches Spiel spielen. Ein greller Blitz zuckte über den Himmel und kurzzeitig war ich durch das grelle Licht abgelenkt.

»Saphina, pass auf!«, hörte ich Dante hinter mir rufen.

Doch ehe ich reagieren konnte, spürte ich, wie Zandor mir seine Krallen in den Arm rammte. Der Schmerz lähmte mich und ich blieb regungslos liegen.

»War das etwa schon alles?«, verhöhnte er mich.

Dante kam auf mich zu und half mir auf die Beine. Ich hatte vollkommen vergessen, dass er da war. »Steh auf, Saphina«, raunte er. »Dieses Schwert gibt dir Kraft. Du musst es nur zulassen«, flüsterte Dante mir ins Ohr.

Er erhob sein eigenes Schwert und lief auf den Dämon zu. Zandor griff ihn mit voller Härte an, doch Dante parierte seine Schläge. Erst jetzt begriff ich, was er vorhatte – er lenkte Zandor ab, damit ich ihm ein für alle Mal sein verkommenes, dunkles Herz entreißen konnte. Mein Blick fiel auf die Klinge meines Schwertes, die nicht länger brannte, sondern wieder in ein pulsiendes Glühen verfallen war.

»Ich weiß nicht, ob ihr mich hören könnt«, begann ich leise zu sprechen. Ich fühlte mich seltsam, wie ich hier stand, blutüberströmt, am Ende meiner Kräfte, und mit einem Schwert sprach. »Ich brauche eure Kraft, um diesen Wahnsinn zu stoppen. Ich stehe auf ewig in eurer Schuld, aber euer Tod soll nicht umsonst gewesen sein.«

Die Klinge des Schwerts wurde heller und ein angenehmes Kribbeln breitete sich in meinem Körper aus. Plötzlich war das

Brennen und Pochen in meinem Inneren verschwunden. Ich richtete mich auf, berührte die Krone, die trotz allem noch immer auf meinem Kopf lag, und formte mit meinen Lippen ein einziges Wort.

Danke.

Die Klinge ging erneut in Flammen auf und diesmal züngelte das Feuer so wild und unbeherrschbar, dass ich kaum noch etwas erkennen konnte. Mit neu gewonnener Kraft stürmte ich auf Zandor zu. Der Dämon drückte Dante zu Boden und hob bereits seine gewaltigen Klauen an, um ihn zu töten. Das Schwert in meinen Händen pulsierte und es schien beinahe so, als würde die Waffe mich führen statt umgekehrt. Ich holte aus und rammte sie dem Dämon mit aller Kraft mitten in die Brust. Zandor schrie auf und der Ton, der seinen Mund verließ, war ohrenbetäubend. Mühsam zog ich die Klinge aus seiner pechschwarzen Haut. Die Flammen waren deutlich kleiner geworden, doch sie loderten noch immer. Ich hatte die Stelle, wo der Stein in Zandors Brust lag, nur um eine Handbreit verpasst. Als ich erneut ausholen wollte, hörte ich Dantes Schmerzensschreie. Zandor bohrte ihm trotz meines Angriffs seine Klaue in die Brust.

»Nein!«, schrie ich.

Meine Klinge schnitt dem Dämon erneut ins Fleisch und er heulte auf. Ich spürte einen Widerstand und mit letzter Kraft drückte ich Zandor das Schwert tiefer in die Brust.

Er stieß einen barbarischen Schrei aus und ich spürte, wie die Klinge durch seinen Körper glitt, bis sie auf den harten Stein stieß, den er sein Herz nannte. Das Schwert stieß auf Widerstand, doch mit letzter Kraft gelang es mir, den Obsidian aus seiner Brust herauszubrechen.

Zandor ließ endlich von Dante ab und fiel keuchend zu Boden. Suchend blickte ich mich nach dem glänzenden Stein um. Zandors dämonische Gestalt wich der eines Menschen. Seine geschundene nackte Haut war mit Ruß bedeckt und er krümmte sich vor Schmerzen.

Plötzlich erschien eine dunkle Rauchwolke am Rande der Lichtung und ich zuckte zusammen. Tyr schritt aus dieser direkt auf mich, sein Blick von Wut verzerrt. »Du nimmst mir meinen Bruder kein zweites Mal!«, brüllte er und sein menschliches Gesicht wandelte sich zu seiner dämonischen Fratze.

Ich umfasste mein Schwert fester und ging drohend auf ihn zu. »Bist du dir da sicher? Ich kann euch ja beide in die Vulkanwelt verbannen, wenn du so gern bei deinem Bruder sein willst. Wenn ich den König der Dämonen besiegen kann, dann ist es ein Leichtes für mich, auch dich zu besiegen.«

Tyr verzog angewidert das Gesicht und ich konnte deutlich sehen, dass er mit sich kämpfte. Vermutlich war Zandor ihm wirklich wichtig, doch Dämonen waren nicht fähig zu lieben. Sie retteten immer zuerst sich selbst. Selbstlosigkeit war wider ihre Natur. Tyr warf Zandor einen letzten Blick zu, ehe er einen lauten, inbrünstigen Schrei von sich gab. Er sprintete auf mich zu, doch ich duckte mich und rammte ihm im Umdrehen das Schwert in den Rücken.

Dickflüssiges schwarzes Blut tropfte auf den sandigen Boden und ich hörte Tyrs Keuchen. »Ich werde mich rächen, Prinzessin. Wenn nicht an dir, dann an denen, die du liebst. Die Bells werden niemals siegen.«

Er wirbelte herum und dunkle Schwaden umspielten ihn. Sie griffen mich an, pressten mir die Luft aus den Lungen, doch dann verschwand die Dunkelheit und mit ihr auch Tyr.

Erschöpft ließ ich das Schwert fallen und blickte mich suchend um. Einige Schritte entfernt entdeckte ich den ovalen Stein, der direkt neben Zandors leblosem Körper lag, und hastete zu ihm. Als ich ihn aufhob, spürte ich die Wärme, die von ihm ausging. Dann fiel mein Blick auf Dante, der blutend am Boden lag.

»Dante!«, schrie ich außer mir. Doch ehe ich ihn erreichte, packte Zandor mich am Bein und ich stürzte.

»Ich lasse nicht zu, dass du mich wieder einsperrst«, knurrte er. Doch das unheilvolle Grollen in seiner Stimme war bereits verblasst.

Ich trat ihn weg und robbte weiter zu Dante. Dessen Oberkörper hob und senkte sich unregelmäßig und ich atmete erleichtert auf. Obwohl er über und über mit Blut bedeckt war, lebte er. Ich öffnete die Hand, in der ich den Stein hielt, und griff mit der anderen nach der Krone. Dann presste ich mit letzter Kraft den Stein zurück in die Fassung. Nichts geschah. Zandor rappelte sich hoch, und obwohl er nicht länger seine dämonische Gestalt trug, war das Grinsen, das sich auf seinen Lippen ausbreitete, mehr als abstoßend. Dunkles Blut rann ihm über das Gesicht und sein wahnsinniger Blick spiegelte sein wahres, verkommenes Wesen wider.

»Weiß das arme Prinzesschen nicht, was es tun muss, um den bösen, bösen Dämon einzusperren?«

Zandor kam näher und näher und mit Erschrecken stellte ich fest, dass ich mein Schwert hinter ihm hatte fallen lassen, als ich Tyr verwundet hatte.

»Du wirst nicht gewinnen, Zandor«, entgegnete ich. »Egal was du versuchst, du wirst diese Insel nie wieder tyrannisieren.«

Ich drehte die Krone herum und suchte nach einem Hinweis, doch ich fand keinen. Musste ich irgendeine Formel sprechen? Suchend blickte ich mich zu der Priesterin um, aber sie schien in einer Art Trance gefangen.

»Wen von euch beiden töte ich zuerst? Den nervigen Möchtegernbeschützer oder die verzogene Prinzessin?«

Zandor baute sich vor mir auf und ich stellte mich schützend vor Dante. Egal was geschehen würde, es würde nicht noch ein Mensch wegen mir sterben. Zandors kalter Blick durchbohrte mich, dann folgte ein böses Lächeln.

»Ich denke, ich fange mit dir an.«

Er setzte zum Angriff an, doch ehe ich richtig begriff, was geschah, fiel ich rücklings auf den Boden. Zandor verfehlte mich knapp, während ich mit dem Hinterkopf hart auf dem Boden aufschlug. Dante kämpfte sich zurück auf die Beine. Während Zandor überrascht die Augen aufriss, rammte Dante ihm mit voller Wucht sein Schwert in die Brust und ein klirrendes Geräusch ertönte. Erst dachte ich, die Klinge sei an Zandor zerbrochen. Doch stattdessen war es der Dämon, der zerbrach. Dantes Klinge hatte direkt die Stelle getroffen, aus der ich Zandor zuvor das Herz herausgeschnitten hatte.

Dante sackte erschöpft zusammen, während ich fasziniert dabei zusah, wie jeder einzelne Teil des Dämons in den Stein der Krone überging. Die vielen kleinen Splitter glommen rötlich und feine Funken sprühten. Die Krone selbst vibrierte leicht, während Zandor Stück für Stück wieder dort landete, wo er hingehörte – in der Vulkanwelt.

Neugierig beäugte ich die Krone. Der Obsidian glänzte in ihrer Mitte, als wäre er nie herausgebrochen worden.

Wir hatten es geschafft. Zandor war zurück in seinem Gefängnis und diesmal würde er dort bleiben. Für immer.

Erleichtert kniete ich mich neben Dante und schloss ihn in die Arme. »Du hast ihn getötet.«

Dantes Augen waren trüb und er kämpfte darum, nicht das

Bewusstsein zu verlieren. »Wir haben ihn getötet«, presste er gequält hervor.

Ich strich ihm übers Gesicht, ehe ich mich zu ihm beugte und ihn küsste. Wie hatte ich nur jemals denken können, dass ich diesen Kampf allein bestreiten musste? Dante war immer an meiner Seite gewesen und er hatte auch diesmal sein Leben riskiert, um meines zu retten.

»Ich liebe dich«, flüsterte ich ihm ins Ohr. »Lass mich nie wieder allein.« Ich zog ihn in meine Arme und streichelte ihm über den Kopf.

Auf Dantes Lippen formte sich ein Lächeln, ehe er erwiderte: »Ich liebe dich auch.«

KAPITEL 30

Ein paar Wochen später …

Vorsichtig strich ich den Stoff meines Kleides glatt. Ein zufriedenes Lächeln breitete sich auf meinem Gesicht aus, als ich in den Spiegel sah.

»Sie sehen wunderschön aus.« Elouise stand direkt hinter mir und steckte mir eine Haarsträhne fest.

»Danke. Ich hätte nie gedacht, dass das einmal passieren würde.«

Gedankenverloren blickte ich mich um. Ich stand wieder in meinem alten Zimmer im Palast. Es fühlte sich immer noch komisch an, obwohl ich kurz nach unserem Sieg über Zandor zurückgekehrt war.

»Sie gehören an diesen Ort. Das haben Sie immer schon«, versuchte meine Zofe mich aufzumuntern.

»Das hier war immer Livias Traum, nicht meiner.«

Ich lief zu der Kommode neben meinem Bett und griff nach dem silbernen Bilderrahmen. Das alte Foto von mir und meinen zwei älteren Schwestern zeigte uns im blühenden Schlossgarten. Livia las in einem Buch, während Maylin und ich ein Glas Eistee in der Hand hielten.

»Aber nur weil es ihr Traum war, heißt das nicht, dass sie nicht stolz auf Sie wäre, wenn sie hier wäre.« Elouise trat näher und nahm mir behutsam das Bild aus der Hand. »Sie werden dieses gebrochene Land nach dem schrecklichen Mord an der Königin wieder zusammenfügen. Das Volk vertraut Ihnen, und das völlig zu Recht.«

Es schmerzte mich jedes Mal aufs Neue, wenn jemand Livias Tod ansprach. Doch viel schlimmer war die Tatsache, dass wir die wahren Umstände ihres Ablebens verschweigen mussten. Niemand wusste, was in dieser verhängnisvollen Nacht geschehen war. Meine Mutter hatte, nachdem sie von allem erfahren hatte, sofort eine umfangreiche Geschichte gesponnen. Livia war durch Tyrs Hand gestorben, weshalb dieser nun landesweit gesucht wurde. Es war nach wie vor unklar, wohin sich Tyr nach dem Kampf abgesetzt hatte, aber Thalea hatte mir versichert, dass er allein keine Gefahr darstellte, jetzt, wo sein Bruder wieder dort saß, wo er hingehörte – in der Vulkanwelt. Vermutlich hatte das Seelenschwert Tyr ohnehin tödlich verwundet.

Elouise berührte mich sanft am Arm und ich schenkte ihr ein dankbares Lächeln. Sie tat alles, damit es mir besser ging, und dafür schätzte ich sie sehr.

Leise klopfte es an der Tür und Elouise beeilte sich, sie zu öffnen. Erwartungsvoll drehte ich mich um. Im Türrahmen erschien Dante. Er trug einen schwarzen Anzug, der ihm perfekt auf den Leib geschnitten war. Sein braunes Haar fiel ihm genauso lässig ins Gesicht wie immer.

»Es bringt Unglück, wenn Sie so kurz vor der Zeremonie hier auftauchen«, beschwerte sich Elouise und verschränkte die Arme vor der Brust.

Dante lächelte entschuldigend, ehe er eintrat. »Prinzessin, wenn Ihr die Bemerkung erlaubt, Ihr seht bezaubernd aus.«

»Vielen Dank, aber Euer Erscheinungsbild ist ebenfalls nicht zu verachten, Baron de Lacey«, antwortete ich in demselben spielerischen Tonfall.

Ich lief auf ihn zu und sofort schloss er mich fest in seine Arme. Erleichtert vergrub ich mein Gesicht an seiner Schulter und atmete seinen mir mittlerweile so vertrauten Duft ein. Noch immer konnte ich es nicht glauben, dass ich ihn um ein Haar verloren hätte. Nachdem wir Zandor endgültig verbannt hatten, hatte Dantes Leben eine Zeit lang am seidenen Faden gehangen. Seine Verletzungen waren schwer gewesen, doch ich war ihm nie von der Seite gewichen.

»Deine Mutter schickt mich, um dir auszurichten, dass die Zeremonie gleich beginnt. Bist du bereit?«

Langsam löste ich mich aus der Umarmung und sah ihm in die Augen. Diese Wärme, die sein Blick ausstrahlte, wollte ich nie wieder missen. So viele geliebte Menschen waren fort, doch Dante war noch immer bei mir.

»Kann man für so etwas jemals bereit sein? War ich damals bereit für das, was uns beiden widerfahren ist? Ich glaube, manchmal muss man sich mit dem Gedanken anfreunden, dass das Leben unberechenbar ist. Aber wenn ich eine Sache gelernt habe, dann die, dass das nicht immer etwas Schlechtes sein muss.«

Dante umfasste meine Taille und zog mich an sich. Wir waren uns so nah, dass sich unsere Nasenspitzen beinahe berührten und ich seinen Atem auf meiner Haut spüren konnte.

»Genau deshalb liebe ich dich, Saphina. Du bist über dich hinausgewachsen, obwohl du wusstest, wie viel Leid und Schmerz das für dich bedeutet. Aber trotz allem, was passiert ist, bist du immer noch du. Ich werde immer an deiner Seite sein, egal was noch passiert.«

Er legte eine Hand sanft auf meine Wange, ehe er mir einen Kuss auf die Lippen drückte.

»Ich störe Ihre Zweisamkeit nur ungern, aber unten warten die Menschen darauf, dass ihre neue Königin gekrönt wird«, mischte sich meine Zofe ein.

Dante reichte mir seine Hand. »Saphina Eleonora Bell, bist du bereit, die neue Königin zu werden?«

Dante führte mich die Treppe hinunter in die Eingangshalle. Dort war alles für meine offizielle Krönung zur Königin von St. Lucien vorbereitet worden. Nachdem der Bevölkerung Livias Tod bekannt gemacht worden war, hatte meine Mutter das Amt übergangsweise wieder übernommen. Das Volk bewunderte sie für die Stärke, die sie in diesen schweren Zeiten zeigte, doch bereits kurze Zeit später waren Stimmen laut geworden, die forderten, ich solle die Nachfolge antreten. Keiner von diesen Menschen konnte ahnen, dass ich bereits gekrönt worden war. Heute würde ich als erste Frau in der Geschichte von St. Lucien eine zweite Krönung erhalten und somit zwei Rollen ausfüllen müssen, für die ich ursprünglich nicht ausgewählt worden war.

Dante lächelte stolz und die geladenen Gäste blickten mich mit einer Mischung aus Neugierde und Misstrauen an. Niemand wusste, was ich durchgestanden hatte, um diese Insel zu retten. Sie sahen in mir nur ein viel zu junges Mädchen, für das die Krone nicht mehr als ein hübsches Accessoire sein mochte. Aber sollten sie nur. All das hatte mich gelehrt, dass ich stärker war, als ich glaubte.

Dante führte mich an ihnen vorbei zu dem in der Mitte des Saals aufgebauten Podest. Ich hatte darauf bestanden, nicht an demselben Ort gekrönt zu werden wie Livia. Es hätte sich falsch angefühlt und meine Mutter hatte diesem Wunsch ausnahmsweise entsprochen.

Direkt vor dem Podest wartete bereits meine Mutter. Sie trug ein pompöses goldenes Kleid und auf ihrem Kopf lag die einzige Krone, die unser Volk kannte. Das schillernde Gegenstück zu derjenigen, die mich beinahe ins Verderben gestürzt hätte. Was in diesem Moment in meiner Mutter vorging, konnte ich nicht sagen.

»Saphina, du siehst wunderschön aus«, flüsterte sie mir leise zu. Dann richtete sie das Wort an die anwesenden Adligen.

»Sie alle sind Teil eines Ereignisses, das in dieser Form für immer etwas ganz Besonderes sein wird. Noch nie in der Geschichte unserer Insel mussten wir derartig schlimme Rückschläge und Verluste erleiden. Unser Königreich hat nicht nur eine geliebte Prinzessin verloren, sondern auch eine Königin – und ich zwei Töchter, deren Leben viel zu früh enden mussten.« Sie machte eine kleine Pause, ehe sie weitersprach. »Doch heute ist nicht der Zeitpunkt, um zu trauern. Heute ist der Tag, an dem meine jüngste Tochter die Zukunft unserer Insel sichern wird. Ich weiß aus den Tiefen meines Herzens, dass sie weise regieren wird und unser Volk – mein Volk – vor allem Bösen schützen wird, egal wie niederträchtig und abscheulich es sich auch darstellen möge.«

Ich bemerkte, dass ihre Augen feucht geworden waren, und nickte ihr kaum merklich zu. Wir waren uns gerade in letzter Zeit fremd geworden, aber diese Worte aus ihrem Mund zu hören war das, was einer Wiedergutmachung wohl am nächsten kam. Sie vertraute mir, und das war mehr, als ich jemals erwartet hätte. Meine Mutter griff nach der Krone auf ihrem Haupt und sprach weiter.

»Schwörst du, dass du das Wohl dieser Insel und ihrer Bewohner stets über dein eigenes stellen wirst?«

»Ich schwöre es.«

»Schwörst du, die Geheimnisse der Bells zu wahren und sie niemals zu verraten, egal was kommen mag?«

»Ich schwöre es.«

»Und schwörst du, niemals Hand an deine Familie zu legen?«

Die Stimme meiner Mutter brach bei den letzten Worten. Genau dieselben Schwüre hatte sie Livia abgenommen, und obwohl sie wusste, dass Tyr daran schuld war, dass Livia Maylin von der Mauer gestoßen hatte, war uns bewusst, dass Livia den dritten Schwur schon vor ihrer Krönung gebrochen hatte. Ich erinnerte mich daran, wie sie gezögert hatte, ehe sie meiner Mutter geantwortet hatte. Vorsichtig berührte ich den Arm meiner Mutter.

»Ich schwöre es«, antwortete ich mit fester Stimme.

Einige Sekunden verstrichen. Dann legte mir meine Mutter sacht die Krone auf den Kopf.

»Hiermit ernenne ich dich, Saphina Eleonora Bell, zur neuen Königin von St. Lucien.«

»Und wie fühlt es sich an, die einzig wahre Königin von St. Lucien zu sein?«

Dante hatte den Arm um mich gelegt, während wir auf den

alten Pavillon zusteuerten. Die Gäste genossen das herrliche Wetter und Dante hatte mich direkt nach der Krönung an der Hand gepackt und vor dem Trubel gerettet. Während alle Adligen im botanischen Garten saßen und bei gediegener Musik das Büfett stürmten, drang die Musik nur gedämpft bis hierher.

»Klingt es blöd, wenn ich sage, dass ich davor mehr Angst habe als vor dem Kampf gegen dunkle Bedrohungen?«

Wir setzten uns in den Pavillon und ein angenehmer Wind wehte den Duft von blühenden Blumen zu uns herüber.

»Nein, das tut es nicht. Aber ich hoffe, du weißt, dass du es nicht allein durchstehen musst.«

Ich bettete meinen Kopf auf seiner Schulter und genoss die Ruhe, die Dante ausstrahlte. Wir saßen eine Weile einfach nur so da, ehe Dante sich plötzlich erhob.

»Ich habe die letzten Wochen auf den perfekten Augenblick gewartet, aber dann musste ich mir eingestehen, dass es im Leben niemals einen perfekten Augenblick gibt. Es gibt nur das Hier und Jetzt und ich möchte jede einzelne Sekunde in diesem Leben mit dir verbringen.«

Er hob eine Hand in die Höhe und plötzlich begann jemand eine sanfte Melodie auf einer Violine anzustimmen. Sie kam mir irgendwie bekannt vor.

Dante ging vor mir auf die Knie und griff in seine Anzugjacke. »Saphina Bell, willst du mich heiraten?«

Sprachlos blickte ich ihn an und mein Herz pochte so wild gegen meine Brust, dass ich keinen klaren Gedanken fassen konnte. Doch dann sprang ich auf und Dante sah mich mit großen Augen an. »Dante, bitte sag mir, dass das Lied dort auf der Violine nicht Shape of You von Ed Sheeran ist?«

Dante war einen Moment still, ehe wir beide anfingen zu lachen. »Du hast damals nur gesagt, es wäre für dich auf der Hochzeit ein absolutes No-Go. Vom Antrag war nie die Rede. Ich weiß wirklich nicht, was du gegen den Song hast.«

Er zog mich in seine Arme und ich genoss die Wärme und die Geborgenheit, die von ihm ausgingen. »Ich hoffe übrigens, dass das ein Ja, ich will war«, raunte er mir ins Ohr.

Vorsichtig löste ich mich von ihm und lächelte ihn an. »Ja, das war ein Ja, ich will.«

ENDE

Danksagung

Ein Buch zu schreiben gleicht manchmal einer sehr abenteuerlichen Reise, auf der man nicht immer weiß, wo man am Ende landet.

Dass ich euch Saphinas Geschichte erzählen konnte, verdanke ich zu großen Teilen der Literaturagentur erzähl:perspektive, oder vielmehr meinem supergenialen Agenten Klaus Gröner. Du hast immer an diese Geschichte geglaubt und dich für meine Prinzessinnen starkgemacht, und dafür danke ich dir. Ich freue mich auf viele weitere tolle Geschichten, die ich an eurer Seite schreiben darf.

Ein mindestens genauso großer Dank gilt meiner wunderbaren Lektorin Kerstin Kopper. Deine Kommentare haben mich so oft zum Lachen gebracht und deine geheime Schwärmerei für Zandor behalte ich natürlich für mich ;) Ich danke dir von Herzen für die hilfreichen Tipps und Ideen und für all die Unterstützung in den letzten Wochen und Monaten. Ich war unfassbar nervös vor dieser Veröffentlichung, aber du hast mir meine Angst genommen und mich stets bestärkt. Streng genommen wären all unsere verrückten Randkommentare für sich ein mindestens genauso spannendes Buch geworden. Ich hoffe sehr, dass wir uns 2021 endlich auch einmal persönlich treffen und ich dem tollen Impress-Team als Dankeschön eine gewaltige Portion Süßkram spendieren kann.

Natürlich möchte ich mich auch beim gesamten Carlsen / Impress-Verlagsteam herzlich bedanken. Ihr seid die Helden hinter den Kulissen, die uns Autor*innen ermöglichen, das zu tun, was wir am liebsten machen – Geschichten erzählen. Danke für dieses wunderschöne Cover, an das ich sofort mein Herz verloren habe, und die allseits herzliche Kommunikation. Ich weiß euer Engagement wirklich sehr zu schätzen. Ihr seid großartig.

In meiner noch recht kurzen Zeit als Autorin habe ich zwei ganz besondere Freundschaften geschlossen, die an dieser Stelle nicht unerwähnt bleiben sollen, weil ihr beiden immer mit mir gelitten, gelacht und mitgefiebert habt:

Caroline Brinkmann, ich freue mich so sehr, dass wir 2021 zu unserem Veröffentlichungsjahr machen. Danke für all die nächtlichen Sprachmemos, die unentwegten Mutmacher, wenn ich mal nicht weiterwusste, und dein stets offenes Ohr. Ich bin unglaublich froh, dich zu kennen. Schreiben wäre nur halb so schön ohne den Austausch mit dir!

Erin Lenaris, dass du einen Limited-Edition FunkoPop zu Saphina gebastelt hast, macht mich immer noch sprachlos und erhebt dich auf ewig zu einem Ehrenmitglied der Bell-Dynastie. Das Beste an der Seraph-Nominierung 2019 war, dass wir uns dadurch kennengelernt haben. Du bist für immer meine Dystopieschwester im Geiste.

Danke auch an Madelaine und Sandra, die als Einzige das komplette Manuskript schon vor Veröffentlichung gelesen haben. Euer Feedback hat mich wirklich angespornt und riesig motiviert, niemals den Mut zu verlieren.

Jasmin, von dir habe ich das erste »Autoren-Schreib-Carepaket meines Lebens bekommen, und es war toll! Ich weiß, du konntest es kaum erwarten, diese Geschichte endlich zu lesen, und ich hoffe, sie wird deinen Erwartungen gerecht.

Ein großes Dankeschön geht auch an Carmen (@kimcarlika), die diesem Buch eine einzigartige und wunderschöne Klappen-illustration gezaubert hat.

Chii Rempel (@bitchybard), du hast mit diesen atemberaubend schönen Illustrationen Saphina, Dante und Zandor ein Gesicht gegeben!

Natürlich danke ich auch all den engagierten, buchverrückten Blogger*innen, die so unfassbar geniale Fotos machen und dafür sorgen, dass meine Bücher gelesen werden – ihr seid großartig!

Und weil das Beste wie immer zum Schluss kommt: Danke schön auch an euch Leser*innen. Ihr adoptiert die Bücher aus den Buchhandlungen und gebt ihnen ein lauschiges Plätzchen in euren Regalen. Ich hoffe, euch hat Saphinas Geschichte gefallen und wir lesen uns ganz bald in einem neuen Abenteuer wieder.

Wenn ihr keines meiner Bücher mehr verpassen wollt, dann folgt mir gern auf Instagram (@storytellerchristina) oder bei Facebook (Christina Hiemer Autorin). Ich freue mich dort über jede Nachricht, jedes Buchfoto und jede Rezension von euch und danke euch von Herzen,

Eure Christina

Leseprobe

400 Seiten
ISBN 978-3-551-58443-4
Klappenbroschur
Auch als E-Book erhältlich

Vier Götter wurden einst auf die Erde gesandt, um das Zeitalter der Menschen einzuläuten. Aus schwarzem Sand schufen sie das Reich des Kampfes. Aus goldenem Staub erwuchs die Weisheit. Aus roter Asche wurde der Tod geboren. Und aus blauem Eis das Leben. So die Legende, die noch heute Saris Schicksal bestimmt. Wie alle Achtzehnjährigen muss sie den gefährlichen Lauf durch die vier Reiche der Götter bestehen, bevor sie ein vollwertiges Mitglied der Gesellschaft werden kann. Dabei ist sie auf die Hilfe eines mächtigen Schattenbringers angewiesen, der ihr Herz ungewöhnlich tief berührt. Aber seine Treue gilt nicht ihr …

»Das Licht des blauen Eises
kämpft nun am Firmament.
Es strahlt bis in die Wüste
aus schwarzem Turmalin.
Der Dämon war gekommen
und nahm sie mit zu sich.
Vier Völker sind gespalten
und finden nicht zurück.«

Das Lied gleitet mir wie selbstverständlich über die Lippen, während ich mir die schwarze, lederbesetzte Hose überstreife.

»Arasá, lasse mich ziehen durch das Reich des Lichts, der Liebe und Heilung. Sei mein Schutzschild mit deinem goldenen Staub«, flüstere ich das Gebet, das ich so oft zusammen mit meiner Mutter gebetet habe, und verbinde mir meine Brüste mit der schwarzen Bandage, bevor ich das enge, dunkle Oberteil darüberziehe.

»Kalipar, gib mir die Kraft, ein Krieger auf deinem Pfad zu sein. Lege mir die Waffen deines schwarzen Sandes in die Hände.« Es sind beruhigende Worte, die ich gern sage, während ich meinen Körper verschleiere. Ich lege das goldene Korsett an, das kurz unter meinen Brüsten endet und sie nach oben drückt. Die Bandagen helfen schon seit Monaten nicht mehr. Ich bin erwachsen geworden.

»Tunis, erlaube mir, an deinem Tisch des unendlichen Todes und der Unterwelt zu speisen, bis ich zu roter Asche vergehe.« Nachdem ich die Schnallen festgezogen habe, nehme ich die schwarze Sturmhaube und stülpe sie über meinen Kopf, bis nur noch mein Gesicht zu sehen ist. Keine einzige meiner goldenen Haarsträhnen darf hervorschauen. Während ich die schwarze Kapuze darüberziehe und das schwarze Tuch, das alles bis auf meine Augen

verdeckt, an der linken Seite feststecke, atme ich schwer ein und aus. Ich hasse es, mich derart verhüllen zu müssen. Aber das ist nicht nur *mein* Schicksal. Jeder, der the Run noch nicht bestanden hat, lebt als Phantom in unserer Gesellschaft und muss ein Tahill tragen. Als Namenloser, der sich verhüllen muss und niemanden berühren darf, weil er noch kein Mitglied der Gesellschaft ist.

»Emza, gib mir die Kraft deines blauen Eises. Lass mich eintreten in ein Reich, in dem alles Leben erstarrt ist, und die Hektik des Tages vergessen.«

Ich kenne das Gebet nur bis hierhin. Marra hat damals viel mehr gesagt, aber ich habe mir nur den Anfang gemerkt und jetzt kann ich sie nicht mehr danach fragen. Ich schiebe den Gedanken beiseite, bücke mich und binde meine schwarzen Stiefel fest, bevor ich aus meinem Zimmer trete. Eigentlich ist es eher so etwas wie ein Dachboden, mit einer alten Leiter. Es gibt keine Türen, keine Privatsphäre. Nur Stroh, auf dem ich nachts unruhig schlafe.

Mein Blick fällt auf meinen kleinen Bruder Jarrusch und meine Hände ballen sich automatisch zu Fäusten, während ich den letzten Meter hinabspringe und vor dem Esstisch lande.

»Was machst du hier?«, frage ich ihn.

Dann sehe ich zu unserem Vater hinüber, der in sich gekehrt neben Jarrusch sitzt. Er zuckt immer wieder und sein Kopf wippt hin und her. Seit Marras Tod ist es, als würde er Gespenster sehen. Dunkle Wesen. Nur uns sieht er seitdem nicht mehr.

»Ich hatte Hunger«, brummt Jarrusch in einem für ihn eher aufmüpfigen Ton.

Ich schlucke schwer, um nicht die Beherrschung zu verlieren. Sein Leben ist auch so schon schwarz genug. Ständig in diesem Loch eingesperrt zu sein und nie nach draußen gehen zu dürfen.

»Warum hast du wieder dieses Gebet gesprochen?«, fragt er

mit erhobenen Brauen, als ich mich neben ihn setze und mir die Kruste des Brotes nehme, die er nicht mag.

»Weil man das eben so macht«, gebe ich zurück.

Sein Gesichtsausdruck wird noch skeptischer. »Aha.«

»Weil es mir hilft, zu mir zu finden und zu Marra. Und weil die Götter es dann vielleicht gut mit dir und mir meinen.« Beschwingt kneife ich ihm in seine rosige Wange.

»Sie werden es nie gut mit uns meinen. Außerdem sind sie unsere Feinde, Sari.«

»Du bist zu jung, um mir das zu erklären«, sage ich streng und deute auf das Brot auf seinem Teller. »Iss auf, und dann …«

»… ab in deine Kammer«, führt er den Satz wütend zu Ende.

Ja, heute stimmt etwas nicht. Er ist nie begeistert davon, dass er fast den ganzen Tag in einem kleinen Loch unter unseren Dielen leben muss. Aber heute ist er besonders zornig.

»Was ist los?« Ich lege meine Hand behutsam auf eines seiner Beine und sehe in sein deformiertes Gesicht. Seine Augen wirken klein und unsymmetrisch hinter seinen geschwollenen Lidern, und doch sieht man in einen Ozean aus Liebe, wenn man hineinblickt. Seine Lippen sind schmal und kaum zu erkennen und eine Narbe zieht sich bis zu seiner Nase, die viel schmaler ist als die anderer Menschen, aber für mich gibt es keinen schöneren Anblick. Vor allem dann nicht, wenn seine Augen vor Begeisterung aufleuchten, während er ein Buch liest oder unsere heilige Schrift, die ihm den Glauben an die Götter zurückgibt. Trotzdem ist sein Leben anders als das all der anderen. Ein Versteckspiel, denn Mutanten wie er müssen eigentlich gemeldet werden. Angeblich haben sie starke übersinnliche Fähigkeiten, die für die Gesellschaft nützlich sind. Doch ich glaube ihnen kein Wort. Genauso wenig, wie Marra es tat. Sie hat Jarrusch von Anfang an versteckt und behauptet, ihr Kind sei bei der Geburt gestorben. Ja, sie, Varra und ich standen vor einem Grab und haben es beerdigt. Und nur wir wussten, dass der in dem goldenen Leintuch unseres Königreichs eingewickelte Leichnam nicht das Baby Jarrusch, sondern ein Schwein war, das Varra an dem Tag getötet hatte.

Marra hat Jarrusch jahrelang vor unserem Monarchen und seiner Armee versteckt. Und als sie starb, übernahm ich das für sie. In all den Jahren habe ich mich Jarrusch nie ohne meine Verhüllung gezeigt. Möglicherweise würde es ihn nicht einmal stören, aber ich will nicht, dass er denkt, er sei anders als ich. Denn das ist er nicht.

»Auch wenn ich in einem Loch lebe, weiß ich, was morgen passiert, Sari«, zischt Jarrusch jetzt und klingt dabei reifer als ein Achtjähriger. Wahrscheinlich ist er mit seinem Schicksal erwachsener als Gleichaltrige. Genau wie ich.

»Wir haben darüber geredet. Varra wird sich um dich kümmern und ich werde ganz schnell wieder hier sein.« Ich streiche ihm eine goldene Strähne aus seinem dreckigen Gesicht.

»Du lügst! Du weißt nicht, ob du überhaupt wiederkommst!«

»Zweifelst du etwa an meinen Fähigkeiten?«, frage ich lachend, obwohl mir selbst übel wird, wenn ich an das denke, was mir morgen bevorsteht.

ENDE der Leseprobe